本书由大连市人民政府资助出版

The published book is sponsored
by the Dalian Municipal Government

本书为辽宁省社会科学规划基金重点项目
“先秦文学与中华民族精神研究”（L07AZW002）
“法治文化与《韩非子》散文研究”（L14AZW002）
成 果

先秦文学的文化精神

张庆利◎著

中国社会科学出版社

图书在版编目（CIP）数据

先秦文学的文化精神/张庆利著.—北京：
中国社会科学出版社，2018.3
ISBN 978-7-5203-1461-9

Ⅰ.①先…　Ⅱ.①张…　Ⅲ.①中国文学—古典文学研究—先秦时代
Ⅳ.①I206.2

中国版本图书馆CIP数据核字(2017)第280171号

出 版 人　赵剑英
责任编辑　郭晓鸿
特约编辑　席建海
责任校对　石春梅
责任印制　戴　宽

出　　版　中国社会科学出版社
社　　址　北京鼓楼西大街甲158号
邮　　编　100720
网　　址　http://www.csspw.cn
发 行 部　010-84083685
门 市 部　010-84029450
经　　销　新华书店及其他书店

印　　刷　北京明恒达印务有限公司
装　　订　廊坊市广阳区广增装订厂
版　　次　2018年3月第1版
印　　次　2018年3月第1次印刷

开　　本　710×1000　1/16
印　　张　23
插　　页　2
字　　数　279千字
定　　价　99.00元

前　　言

先秦，在中国史学与文学中是一个特定的历史概念，它指秦统一中国之前这一漫长的历史时期。先秦文学，在中国文学史上是一个极为重要的历史时期，它以本初元典性与纵深的历史继承性和丰富的文学成果，成为几千年中国文学长河奔流不息的不竭源头；它又凭借华夏文明的深沉厚积和开拓创造对后代文学起了典范作用。它不仅是中国文学的根底，也是中国传统文化的范本。

先秦文学走过了漫长的历史道路。它经历了原始社会、奴隶社会和初期封建社会几种社会形态，跨越了原始神话与古老歌谣的启蒙时期，经过甲骨卜辞、殷盘周诰的过渡，最终以《诗经》的结集、历史散文与诸子散文的产生、楚辞的出现宣告了它的成熟。中国文学在先秦时期走过了一条曲折而漫长的道路，因而先秦文学给后世提供了孕育诸多文学内容与形式的温床。

从文学内容上说，先秦文学为后代文学提供了丰富的文学题材和艺术形象，后代作家从中采撷素材，熔铸、改编旧题材，演化新故事，创造了许多优秀作品。如陶渊明对神话英雄夸父、精卫的赞叹，李白诗中源自《庄子》的大鹏形象，取材于春秋历史的元杂剧《赵氏孤儿》，等等。先秦文学中表现出来的英雄主义、乐观主义、求索精神等，更对后世文学家进步世界观的形成有着积极影响。

从文学观念上看，后代文学理论、美学观点上许多重要的问题在先秦时代已被提出并得到初步论说。如孔子的诗论、乐论、文质论，孟子对“气”与“言辞”的认识，《周易》中的意与象，《庄子》的审丑观，屈原的“发愤以抒情”等，都对我国古代文学理论和美学思想的发展有重大影响。

从文学体裁上说，后世许多文体，在先秦时代就已产生或萌芽。颜之推在《颜氏家训·文章篇》中即有“夫文章者，原出五经”的说法，虽不无牵强，但也有一定道理。诗文自不必说，“小说”一词源自《庄子》一书，其不少描写被后代学者称为“小说之祖”；戏剧文学的源头也被不少人追溯到《楚辞·九歌》；赋体文学盛于汉，而在先秦，荀子就首先以“赋”名篇；说唱文学的起源也可以追溯到《荀子·成相》。分而论之，《诗经》之于五七言诗，诸子散文之于论说体文学，历史散文之史传体文学，宋玉赋之于宫体文学，韩非子之于辩难体文学，都具有“导夫先路”的重要作用。

更令人瞩目的是，先秦时代出现了雄视百代的巨匠和宗师。孔子与老子开创了儒家和道家学派，他们在社会与自然、群体与个体的对立中各自把握了一端，影响着中国哲人的思想，培育着中国文化的发展。而在其发展中，儒与道更在对立的基础上，从正反两个方面实现了相融与互补，构成了中国文化性格的基本内涵和中国文化发展的基本线索。它们的美学、艺术特质，不仅是滋养中国文学艺术不竭的美感源泉，而且构成了中国文学肌体上的血肉，并进而升华为中国文学的灵魂，结晶为艺术理想和美学追求。而《离骚》与《庄子》，则代表着先奏诗文的最高成就，矗立在先秦文学高峰的顶端，分别以“诗哲”（屈原）和“哲诗”（庄子）的姿态，引导着中国诗文的发展。

正是在这样的意义上，中国文学在先秦时即有了一个辉煌的开端。也正是从这里开始，中国文学走向了更大的辉煌。

斯大林在《马克思主义和民族问题》中指出："还必须注意到结合成一个民族的人们在精神面貌上的特点。各个民族之所以不同，不仅在于他们的生活条件不同，而且在于表现在民族文化特点上的精神面貌不同。"[①] 中国文化的基本精神也就是中华民族在精神形态上的基本特点。

中国文化精神表现在哪些方面？具有怎样的基本特征？张岱年先生认为，"中国文化丰富多彩，中国思想博大精深，因而中国文化的基本思想也不是单纯的，而是一个包括诸多要素的统一体系。这个体系的要素主要有四点：（1）刚健有为；（2）和与中；（3）崇德利用；（4）天人协调。其中'天人协调'思想主要解决人与自然的关系；'崇德利用'思想主要解决人自身的关系，即精神生活与物质生活的关系；'和与中'的思想主要解决人与人的关系，包括民族关系、君臣、父子、夫妇、兄弟、朋友等人伦关系；而'刚健有为'思想则是处理各种关系的人生总原则。四者以'刚健有为'思想为纲，形成中国文化基本思想的体系"[②]。邵汉明先生认为，中国文化的基本精神"大体上可概括为人本精神、和谐意识、道德意识、理想主义、实践品格、宽容品格和整体思想等几个方面"[③]。何晓明认为，"源远流长的中国文化孕育了中华民族有别于世界其他民族的价值观念、理想境界、道德尺度和人生态度，这些共同构成了独具特色的中国文化精神。大略言之，中国文化精神体现为天人合一的自然观，和而不同的

---

① 《斯大林全集》第2卷，人民出版社1953年版，第294页。

② 张岱年、程宜山：《中国文化精神》，北京大学出版社2015年版，第14—15页。

③ 邵汉明主编：《中国文化精神》，商务印书馆2000年版，第2页。

矛盾观，通变持中的发展观，刚健自强的实践观和尊亲尚德的社会观”[①]。尽管各位学者的用词有所不同，所论各有侧重，但其主体精神并无太大差异，倡导天人合一，主张以人为本，崇尚和谐中道，重视恪守致用，正是中国文化的基本精神。先秦文化是中华民族文化的源头，中国文化的基本精神在先秦时期早已萌发、酝酿，并逐渐形成、发展着。先秦文学正体现和承载着这样的品格，推动和弘扬着中国文化精神。

当然，文化精神是一个类的概念，民族精神、文化品格、文学精神、艺术精神等都属于这一“类”的范畴。民族精神是一个民族在漫长的历史发展过程中形成的、为大多数成员认同和信守的民族品格、道德观念和价值准则的总和。它是民族集体人格的体现，是这个民族区别于其他民族的精神特质，并在这个民族的政治、经济、文化以及人们的日常活动中表现出来。文化品格是一个民族在文化的创造和发展中逐步形成的鲜明的文化特色、不同的社会情调、迥异的文化韵味和特殊的精神风貌，他们从一篇作品、一位作家、一个时代升腾起来，一旦获得文化上的确认，便会成为一种永恒的文化品格，不仅有着持久的保鲜期，更有着无穷的正能量。文学精神是“以文学为载体，从中抽绎出来的有关文学的观念、思想意蕴、审美理想、人文精神、价值取向、文体风范，以及创造主体所体现的人生态度、人生追求、人格力量和艺术创造力”。“文学精神的内涵丰富多彩、饶富哲理和人生趣味，既带有鲜明的时代特点和民族风范，又具有创造主体的自我精神风貌和个性特点。”[②] 艺术精神是指在文学艺术作品中体现出

---

① 何晓明：《中国文化精神论纲》，《中国地质大学学报》（社会科学版）2008 年第 1 期。

② 郭延礼主编：《中国文学精神》（先秦卷），山东教育出版社 2003 年版，“总序”第 1—2 页。

来的一个民族、一个时代或一个艺术家所具有的艺术理想、心灵境界、艺术特征、艺术风格及审美趣味。它们既有相同的精神内核，又有不同的文化表现，从各自角度体现着文化精神。

先秦文学是中华民族文化精神的重要载体，它通过形象的塑造、语言的运用、情节的描述，多方面地展示着民族文化精神，并对民族文化精神的凝聚起着重要作用。原始神话是中华民族精神的滥觞，其中体现的乐观态度与坚韧意志、群体精神与献身精神、抗争意识与创造精神等，是中华民族重要的精神特质；《周易》具有鲜明的文化品格，其对君子人格的设计与追求所内蕴的忧患意识，其中所倡导并表现出的中和之美等，都对中国文学以及中国文化产生了深远影响；《诗经》中已经表现出文学的自觉意识，其中反映出的敬德意识、宗国情怀、和谐意趣的民族精神和声韵和谐、深于取象、长于抒情的艺术精神，都是民族文化的宝贵财富；《左传》的赋诗言志是一种政治现象，更是一种文化景观，其中包含着美与善、中与和两个重要的文艺话题，并具有文学修辞、文艺思想、赋诗唱和的文学意义；《论语》是中华民族精神的凝聚，其蕴含的为政以德的道德意识、仁者爱人的人文品格、文质彬彬的君子风范和经世致用的价值取向，都成为中华民族精神的重要标志；《孟子》中以人为本、勇于担当、敢于批判的文化精神对其文学风格产生了重要影响，使其在批判反驳、排比设喻等方面具有鲜明特色；《庄子》的哲学思想富于创造性，呈现出一种道化境界，在言与意的关系上，在“三言”的运用上，都具有独特风貌；《韩非子》强调法治，这既体现了韩非的文艺思想，也影响了他的文学风格；《楚辞》的浪漫与理知、直切与迂曲、神性与人性、热烈与悲戚、时间与空间等，均表现出高妙的艺术辩证法，反映着先秦文学多方面的艺术精神。

总之，先秦文学是中国文学的发轫期，它不仅是中国文学的奠基与源头，而且由于先秦文学的研究对象涵盖了文史哲各个领域，从而使其在中国文化和中华民族的发展中产生了比较特殊的意义，由此成为中国古代文化心理和中华民族精神形成的重要基础。因此，深入文学构成的内部机制，探讨先秦时期有关文化现象的文学意义，挖掘先秦典籍的文学意识与文学内核，并从文化的本质上探讨先秦文学的艺术精神，挖掘先秦文学的文化精神，具有十分重要的学术意义。

目　　录

第一章　神话：中华民族精神的滥觞

马克思曾说，神话是“通过人民的幻想用一种不自觉的艺术方式加工过的自然界和社会形式本身”①。就是说，神话也是社会生活的反映，只不过这种反映是不自觉的、曲折的、带有幻想性的。剥开这些幻想性的外衣，我们便会比较清楚地认识民族精神的内核。中国古代丰富多彩的神话，是远古历史的回音，它真实地记录了中华民族在它童年时代瑰丽的幻想、顽强的斗争，以及蹒跚的步履。同样，它作为中华民族的文化源头，在很大程度上滋润并影响了民族精神的形成，体现了民族精神的基本特征。

第一节　乐观态度与坚韧意志

中华民族发源于以黄河流域为中心的广阔地域。而在3000年前，黄河流域除了不断出现的洪水和旱灾以外，还分布着很多密林、灌木丛和沼泽地，其中繁衍着各种毒蛇猛兽，从《山海经》中那些带来灾

① 马克思：《政治经济学批判·导言》，《马克思恩格斯选集》第2卷，人民出版社1972年版，第113页。

难的能食人的半人半兽或半禽半兽的描述中，从女娲、羿、禹神话描绘的人类恶劣处境中，我们可以看到先民对生存环境的警惧之情。

为了顺利地生存和发展，我们的先民们一方面切实地体验着现实的艰难；另一方面这些神性的主人公们都能正视现实的艰难，并且满怀希望，通过锲而不舍的辛勤劳作和不懈斗争，最终战胜自然灾害。如《后羿射日》的神话：

> 昔容成氏之时，道路雁行列处，托婴儿于巢上，置余粮于晦首，虎豹可尾，虺蛇可蹍，而不知其所由然。逮至尧之时，十日并出，焦禾稼，杀草木，而民无所食。猰貐、凿齿、九婴、大风、封豨、修蛇皆为民害。尧乃使羿诛凿齿于畴华之野，杀九婴于凶水之上，缴大风于青丘之泽，上射十日而下杀猰貐，断修蛇于洞庭，禽封豨于桑林，万民皆喜，置尧以为天子。(《淮南子·本经训》)

这里反映了干旱给先民带来的巨大困扰。原始人认为天上的太阳给人们带来炎热，那么干旱一定是10日并出的结果，因而解除旱的关键便是减少太阳。然而，这10个太阳都是帝俊之子。相传在南海之外、甘水之间，有一个女子叫曦和（太阳神），东方天帝娶她为妻，共生了10个孩子，即10个太阳。他们都居住在大海中的扶桑树上，本来一个居于树顶，其他9个栖于树枝，轮流值班，但他们却乱了秩序，同时出现，于是庄稼被晒焦，草木被晒枯，百姓无以为食，各种凶禽猛兽如吃人的猰貐、怪异的凿齿、能喷水吐火的九婴、凶猛的大风鸟、长大的蟒蛇，等等，也都乘机为害。发明弓箭的后羿接受了尧的命令，杀掉了猛兽，缚住了大风，斩断了巨蟒，又射杀了9日，重新为人们创造了美好环境。我们可以看到，神话中所歌颂的具有威望的神或神性的英雄，大都是手执工具的劳动能手和发明家，如开天辟地的盘古、炼石补天的女娲、教民稼穑的后稷、治理洪水的禹、发明钻木取火的燧人氏、发明巢居的有巢氏等，正如杨公骥先生所说："在洪水泛滥时，人并不变成鱼而是成为驾舟的渔人；在猛兽成群的环境里，人并不进化自己的爪牙，而是成为操弓矢的猎人。"①

我们的祖先在生存斗争中与强大的自然力做了英勇的、不妥协的斗争，神话中表现出一种为了实现某种理想，敢于战斗、勇于牺牲、自强不息、舍己为人、博大坚韧的精神。如《精卫填海》，讲的是炎帝的女儿女娃"游于东海"，溺水而死后化为精卫鸟填海的故事：

> 发鸠之山，其上多柘木，有鸟焉，其状如乌，文首，白喙，赤足，名曰"精卫"，其鸣自詨。是炎帝之少女，名曰女娃。女娃游于东海，溺而不返，故为精卫，常衔西山之木石，以堙于东海。（《山海经·北山经》）

神话中的"游"应解释为出游，离开故地到外地去都可称作游。游是有一定目的性的，我们应该根据神话的特点来理解这句话。在远古时期，由于生产力低下，自然界往往威胁着人类的生命，旱灾夺走了人们的食粮，洪水毁坏了人们的家园，无情的大海又使无数人葬身鱼腹。正因为海边的渔民常常受到大海的威胁，所以他们想征服大海，改造大海。但人力与自然力相比，显得那样的微不足道，所以女娃"溺而不返"，她年轻的生命被大海吞噬了。但事情并没有结束，这里想象起了作用，神话让女娃变成了一只精卫鸟，继续与自然做斗争。它的抱负是那样的伟大，它的决心是那样的坚强，它的毅力是那

① 杨公骥：《中国文学》（第一分册），吉林人民出版社1980年版，第18页。

样的惊人，它的气概是那样的不寻常。精卫誓要填平大海，表现了人类同自然斗争到底的不屈精神，体现了我们祖先艰苦卓绝，锐意进取的浩然正气。

《夸父逐日》也是这种精神的代表之作：

> 夸父与日逐走，入日。渴，欲得饮，饮于河、渭，河、渭不足，北饮大泽，未至，道渴而死。弃其杖，化为邓林。（《山海经·海外北经》）

夸父为什么“逐日”？这则神话本身没有明说。但正如马克思所说：“任何神话都是用想象或借助想象以征服自然力，支配自然力，把自然力加以象化。”（《政治经济学批判·导言》）我们对夸父逐日的动机也应从人与自然的冲突方面去理解。具体来说，这一神话反映了人类了解太阳、征服太阳的愿望。太阳给万物带来了光明和温暖，也造成了酷热和干旱，它对整个地球的自然景观和人类生活都造成了巨大的甚至是决定性的影响。因此，人类从原始时代开始，就认真地观察太阳，探索有关太阳的知识。夸父的形象反映了人类对自然界不屈不挠的探索精神。这里描写的是一场奇特的斗争，一方是普照万物、酷热炎炎的太阳，另一方是拄着拐杖的老人，而这个老人居然要在拐杖的扶持下去追赶太阳！两相比较，真是太悬殊了。在追赶太阳的过程中，夸父遇到的困难是巨大的，上面是太阳炙烤，下面有体力、水分的消耗，自然奇渴无比。而神话却写他去逐日后才感到口渴难忍，竟因渴而致死。这进一步说明夸父是如何逐日的——他为了争取时间，紧紧地追赶太阳，消耗巨大的体力，忍受了奇渴的袭击，竭尽全力绝不稍停半步！正是在这样悬殊的对比中，在这种战胜艰难险阻的斗争中，显示出了“人类童年的天真”，而其可贵之处也正在这里。因为在这“人类童年的天真”中蕴含着一种战胜自然的雄心壮志和追求理想的不屈不挠的坚毅精神。夸父在与太阳的较量中牺牲了自己的生命，但他的手杖却变成了郁郁葱葱的邓林，来养育人民，让人民继续与大自然斗争，从而创造出一种死而不已、奋斗不息的悲壮而崇高的艺术境界。

第二节　群体意识与献身精神

上古神话不仅集中体现了许多人的智慧、经验，塑造了众多的神性形象，如发明“钻木取火”的燧人氏、发明房屋居所的有巢氏、发明八卦的伏羲氏、发明弓箭的羿、发明文字的仓颉等，而且还创造了一些为完成某项工作、为进行某项事业而共同努力、同心协力的故事，这些都体现了先民的群体意识。如“女娲造人”，虽有“引绳于泥中，举以为人”的想象，但最初是十分艰难的，甚至是靠一个神的力量所难以完成的，于是神话中又有“皇帝生阴阳，上骈生耳目，桑林生臂手，此女娲所以七十化也”（《淮南子·说林篇》）的说法。按照袁珂先生的解释，这里的“化”是“孕育”之意，他说：“原来在女娲与诸神合作创造人类、一天孕育多次的过程中，有来助其生阴阳性器官的，有来助其生耳目手足的……”它固然“反映了原始母系氏族社会以女性为中心的婚姻关系和生育情况”①，但也反映了原始人朴素的群体意识。

这种群体意识的另一种表现是为人类的整体利益所做出的拯救行

① 袁珂：《古神话选释》，人民文学出版社1982年版，第19页。

动，其中以“女娲补天”的神话表现最为明显。神话首先为人们展现出一幅惨烈景象：“往古之时，四极废，九州裂，天不兼覆，地不周载；火爁炎而不灭，水浩洋而不息，猛兽食颛民，鸷鸟攫老弱。”这里用极为朴素简洁的语言，艺术地概括了上古人类所经受的许许多多自然灾难：“四极废”“天不兼覆”是描写遭到陨石袭击的情景（用冯天瑜说[1]），他们不知道那是流星的坠落，而认为天是由石头构成的，因此有女娲“炼五色石以补苍天”的想象；“九州裂”“地不周载”是描写由于地震而引起的地裂、地陷等情景；接着又有火山爆发或不灭或蔓延、由于连绵的暴雨而形成的滔滔洪水、猛兽凶禽横行食人等情景。总之，从天到地，从火到水，从无生物到有生物，危害充塞，整个宇宙已然成为人类无法生存的空间。于是女娲“炼五色石以补苍天，断鳌足以立四极，杀黑龙以济冀州，积芦灰以止淫水”。女娲补天的成效是显著的，其直接成果是：“苍天补，四极正，淫水涸，冀州平，狡虫死，颛民生。”这里通过女娲力补苍天、格杀猛兽、根治洪水等正面刻画，通过人们生存环境的改善和凶禽猛兽凶残本性的改变的描写，反衬出女娲惊天动地的威力和拯救天下的胸怀。

上古神话塑造的英雄不畏艰难，不怕牺牲，勇于承担，甘于奉献，表现出崇高的奉献精神。神农氏看到人们“茹草饮水”“多疾病毒伤之害”，于是教导百姓“播种五谷”。他为了发现能食用的谷物，能饮用的泉水，能居住的土地，亲自“尝百草之滋味，水泉之甘苦”，探查民之所去，一天之内甚至中毒70余次（《淮南子·修务训》）！就是靠着这种精神，他发明了农业，又以百草之“平毒寒温之性，臭味所主”（《搜神记》卷一），开创了医药业。

① 冯天瑜：《上古神话纵横谈》，上海文艺出版社1983年版，第105页。

值得注意的是，在上古神话中，有一种“化生”的模式，一个神性的英雄死后，并没有完全消失，他的躯体或工具又衍化生成了新的事物，或为山川，或为森林，或为人物，继续造福于人类。开天辟地的盘古，死时化身：“气成风云，声为雷霆，左眼为日，右眼为月，四肢五体为四极五岳，血液为江河，筋脉为地里，肌肉为田土，口发髭为星辰，皮毛为草木，齿骨为金石，精髓为珠玉，汗流为雨泽，身为诸虫，因风所感，化为黎虻”（《绎史》引《五运历年纪》）。女娲死后，肠子化成了十个神人，在栗广之野保护着人们（《山海经·大荒西经》）。《夸父逐日》中，夸父在与太阳的较量中牺牲了自己的生命，但这形体的毁灭、个体生命的结束，并不是斗争的结局，神话以生命换形的方式，让夸父的手杖变成了郁郁葱葱的邓林，来养育人们，让人们继续与大自然斗争。炎帝的女儿死后“化为瑶（䔄）草”，这种草叶子重重叠叠，花呈黄色，娇嫩欲滴，香艳异常，女子佩戴它可以玲珑、可爱，服食它可变得更加娇艳迷人。

这种“化生”模式的神话，是先民对于自然现象、地理方位、人类生命所做的一种超现实的解释。但剥开超现实的外衣，我们从中可以感受到这些神性英雄们的博大胸怀和献身精神，这正是中华民族奉献精神的不尽源泉。

第三节　抗争意识与创造精神

面对自然的主宰，面对上帝的权威，中国神话表现出一种不畏强暴、不计安危、不顾利害、不屈不挠的反抗精神。《鲧禹治水》是一则洪水神话，鲧是一个悲剧英雄。史书上记载，鲧是尧时“崇”（今陕西郭县东）这个地方的首领，叫“伯”，所以人们称他为“崇伯鲧”。面对浩渺汪洋的洪水，他曾请求天帝收回漫野的洪水，但未奏效；他也曾用雍土挡水的方式治理洪水，但结果是水越涨越高，九年而无功。最后，鲧为了拯救人类，不怕冒犯天帝而窃取至宝息壤。这息壤土十分灵妙，把它撒向何处，这里就会积土成山，筑起座座堤坝，而且随水的上涨而自动增高。原本汹涌的洪水不仅不再逞凶，反而还会在泥土上逐渐干涸。但不幸的是，就在洪水快要平息的时候，鲧窃息壤的事被天帝知道，天帝勃然大怒，派了兽面人身的火神祝融，前来惩办违犯天条的鲧，他将鲧杀死在羽山，并取回了息壤土。

无独有偶，像鲧这样充满大无畏精神和悲剧结局的人，在希腊神话中也有，这就是普罗米修斯。在希腊神话中，普罗米修斯依照神祇的形象用泥土造人，后来又想帮助人类减轻供奉神祇的负担，最终得罪了天帝宙斯。作为一种报复，宙斯拒绝给人类提供文明所必需的最后一物——火。普罗米修斯便窃取火种，传给了人类。普罗米修斯窃取火种给人间的行为激怒了宙斯，他派威力神克斯托拉、暴力女神比采，用铁链将普罗米修斯锁在阿尔卑斯山的悬崖绝壁上，每天派一只鹰鹫去啄食他的肝脏，但肝脏被吃之后，随即又生长。这样，普罗米修斯被吊在绝壁上，经历了无数悲苦的岁月，最后，被大力神赫拉克勒斯拯救。

希腊神话至此而止，着重突出普罗米修斯为人民宁死不屈的牺牲精神。但在中国神话里，却没有至此而止。鲧虽为拯救人类招致杀身之祸，但事业还未成功，理想还未实现，人民还生活在水深火热之中，这种强烈的情绪在支撑着他，因而他的精魂不散，尸体三年不烂，身体中孕育着新的生命，最后化生出了儿子禹。最后，禹终于完成了治水的大业。

此外，后羿不顾天帝的戒条与威严，射杀九日；刑天头被砍掉，还要“以乳为目，以脐为口”，舞动着干戚而战；共工与颛顼争为帝，怒而触不周之山，撞断了天柱与地维，都表现出无所畏惧的抗争精神。

生活在原始野蛮状态的先民，无时不在探寻着文明的曙光，从未停止过创造发明的脚步。从盘古的开天辟地，到仓颉的观象造字，我国上古神话中有相当大的一部分记述了这种创造发明的故事。这种记述有的是猜想推测，有的是集中概括，有的是经验总结，它们把人们经过长期探索，多少代人不断完善的智慧、技术，通过虚妄的方式，附会在某个神或英雄身上。但透过虚妄的形式、神话的形象和人们崇敬的目光，我们分明可以看到先民的创造意识。“邃古之初，谁传道之？天地未形，何由考之？”这是屈原在《天问》中举首亘古、仰望长天发出的千古诘问。而这样的问题何尝不是时常折磨着我们思维尚不发达、认识尚属简单的祖先呢！虽然他们无法认识到，但是他们已经接触到最为本初的哲学命题：天地何起？人从何来？于是他们创造了“盘古”的神话，创造了“女娲”的神话。盘古是在“混沌如鸡子”的天地之中，经过了“万千八岁”，最终“天地开辟”（《三五历纪》），女娲则在“开天辟地，未有人民”的情况下，“抟黄土作人”（《风俗通》）。

天地既开，人类已长，人们仍需要更美好的生存环境和更文明的生活方式。因此，燧人氏“钻木取火”，使人类逐渐摆脱了动物的膻腥臊臭；神农氏“播百谷”，发明了劳动工具，创造了农业生产，提高了劳动效率（《绎史》引）；女娲还“作笙簧”（《世本》），伏羲氏“作瑟”，“造《驾辩》之曲”（《楚辞》王逸注）；黄帝和他的子孙们还创造了宫室、舟车、衣服、冠冕、律吕，等等。这其中无疑加入了后人的猜想与附会，但所蕴含的创造意识则是中华民族自主自强、创造发展的精神动力。

第四节　上古神话的“异变”

民族精神是民族文化的灵魂，它是民族文化得以生生不息、不断创新、发展繁荣的根本。处于原始社会的人类，生存环境很恶劣，生活很艰难，也没有文字，但他们却有了思想，有了艺术，有了文学，也有了精神的传承。中国上古神话体现的民族精神，既是神话的灵魂所在，也是中华民族精神的重要组成部分。

中国上古神话都是幻想的故事，怎么会体现着我们现在所说的民族精神？发生在中华民族的童年，神话对于原始人来说具有重要意义。人们讲述神话，为的是保持社会习俗及社会制度的意义和合理性，神话在维系人们的社会性上具有重大意义：（1）保存经验。由于生产力低下，尤其是面临令人敬畏的自然界，个人必须把自己融入氏族之中才能生存，神话是把个人和集体联系为一体的一条强有力的精神纽带。（2）融入整体。先民们在神秘而悲喜莫测的日常劳动和生活中，积聚了相当多而强烈的情绪体验，神话故事可以使难以理解的现实呈现出种种戏剧性的属性，人们在对世界假想性的把握中宣泄了种种令人不安的情绪。（3）宣泄感情。神话也是社会生活的反映，只不过这种反映是不自觉的、曲折的、带有幻想性的，那么剥开这些幻想性的外衣，中华民族精神的内核便会比较清楚地呈现在我们面前。

神话在流传和记录的过程中，确实存在“异变”的现象。首先是思想观念的“异变”。《风俗通》记载了“女娲造人”的神话：“俗说开天辟地，未有人民，女娲抟黄土做人。剧务，力不暇供，乃引绳于泥中，举以为人。故富贵者，黄土人也；贫贱者，引绳人也。”其中，“富贵者”与“贫贱者”的划分明显是后代人的思想。《诗经·大雅·生民》记载了后稷出生的神话：

> 厥初生民，时维姜嫄。生民如何？克禋克祀，以弗无子。履帝武敏歆，攸介攸止，载震载夙。载生载育，时维后稷。
>
> 诞弥厥月，先生如达。不拆不副，无菑无害。以赫厥灵。上帝不宁，不康禋祀，居然生子。
>
> 诞寘之隘巷，牛羊腓字之。诞寘之平林，会伐平林。诞寘之寒冰，鸟覆翼之。鸟乃去矣，后稷呱矣。

履巨人迹而怀孕生子，这是故事的原貌，不仅后稷如此，伏羲的出生也是这样的：“大迹出雷泽，华胥履之，生宓牺。”（《太平御览》引《诗含神雾》）但司马迁写《史记》的时候，加上了他的理解：“以为不祥，弃之隘巷，马牛过者皆辟不践；徙置之林中，适会山林多人，迁之。”“以为不祥”便是后人的思想。

神话还有形式的“异变”，其实也是其本质的变化，即神话的“历史化”。《韩非子·外储说左下》记载：“哀公问于孔子曰：‘吾闻夔一足，信乎？’曰：‘夔，人也，何故一足？彼其无他异，而独通于声。尧曰：“夔一而足矣。”使为乐正。’故君子曰：夔有一足。非一足也。’”那么事实如何呢？可以看如下记载：

> 夔一足，越人谓之山缫，人面，猴身，能言。（《国语·鲁语》韦昭注）
>
> 东海中有流波山，入海七千里。其上有兽，状如牛，苍身而无角，一足，出入水则必风雨，其光如日月，其声如雷，其名曰夔。黄帝得之，以其皮为鼓，橛以雷兽之骨，声闻五百里，以威

天下。(《山海经·大荒东经》)

其实，在神话中，“夔”的确是一种怪兽，兽头、鸟嘴而且一只脚。其形状有人说像牛，如《山海经》说它“状如牛，苍身而无角”。也有人说它像猴，如《国语·鲁语》韦昭注：“夔一足，越人谓之山缫，人面，猴身，能言。”这种怪兽非常凶猛，它的眼睛如日月之光，声音像雷一样响亮；它的皮柔韧无比，如果做成鼓，声音可传至数百里。据说，黄帝讨伐蚩尤时，神女曾经为黄帝制了八十面夔皮鼓，一面鼓的声音可传到五百里之外，而几十面鼓同时敲响，其声可达到三千八百里之遥。蚩尤本来既是铜头钢齿，可撞倒山陵，咬碎石头，又能够在空中飞行，在悬崖峭壁上行走，但听到夔鼓的声音，却丧失了这一切神功，失去了所有的本领，结果被黄帝所杀。但到了后来，夔却成了传说中尧、舜的乐官。《尚书·舜典》中记载舜命令夔掌管音乐，并以此教育子弟，夔表示自己要“击石拊石，百兽率舞”。而在《吕氏春秋·古乐》中，夔不仅做乐官的时间要更早，而且其功绩也有了明确的记载：尧即位后，命令夔制作乐章，于是“夔乃效山林溪谷之音，拊石击石，以象上帝玉磬之音，以致舞百兽”。舜即位以后，又命令夔创作了《九招》《六列》《六英》等乐曲，以此来颂扬帝王的德行。

在这里，由神话到史书，夔经历了一个从兽到人、从怪兽到乐官的身份变化。原始社会普遍存在着图腾观念，某个群体或某个氏族把某种动植物、无生物看成自己的亲属、祖先或保护神，夔由于凶猛无比，声威远震，自然被某氏族尊为图腾神。而在各部族不断斗争、融合的过程中，战胜一方的氏族图腾，自然被转化为融合后的大部族的祖先神，而其他各氏族的图腾神，自然转化为在某些方面具有贡献的人物。于是夔因声音如雷，夔鼓声震四方，而变为给尧舜掌管音乐的人。从夔“击石拊石，百兽率舞”的记述中，我们还可以看到许多神话的影子。

这种变化，就是神话的历史化过程。这种历史化，一是由于人们要用这些具有超人行迹的神灵，继续鼓舞人类的抗争；二是由于上古史料阙如，于是只好把神话派上用场，把神话中的角色改造成历史人物，把神的行迹演绎为历史事件。当然，神话中的形象在后人看来，有许多“不雅训”的东西，有伤体面。于是历史学家又不断地对此加工、改造，使之改换了神形，而趋向了人体。对于这样一个复杂的过程，鲁哀公当然无从知晓，因而他看到古书中的两种记载并合在一起思考的时候，就感到疑惑不解了。而孔子作为一个历史家，也便隐去了夔“不雅训”的一只脚，巧妙地借汉字一词多义的特点和语句的歧义，姑妄言之，做了一个符合舜的乐官身份的解释。而这种解释，也使有关夔的神话彻底失去了原来的意义。

这样的例子，在古代典籍的记载中不胜枚举。如黄帝，传说中他的头上有四张脸（“黄帝四面”），可以同时观察前后左右四方，但这样的形象对后人来说是难以接受的，特别是对于“不语怪、力、乱、神”的孔子。有一次子贡向孔子问道：“据说古代黄帝四面，是真的吗?”孔子却解释道：“黄帝派遣能够遵照自己意旨并承担责任的四个人去治理四方，这叫作‘四面而治’，并非说皇帝有四张脸。”司马迁的《史记》开宗明义第一篇《五帝本纪》，也把黄帝、颛顼、帝喾、尧、舜等神话中的人物和行事作为信史记录下来。

第二章 《周易》的文化品格与文学精神

《周易》被称为“群经之首”。今本《周易》包含两个不可分离的部分：“易经”和“易传”。“易经”本为卜筮之书，是周人留传下来的卦象及筮辞；“易传”则主体是孔子对“易经”的解释，共有10篇，被称为“十翼”，即《彖》上、下，《象》上、下，《系辞》上、下，《文言》，《说卦》，《序卦》，《杂卦》。后人将“经”“传”合一，并称《周易》。[①]无论“易经”的卦象筮辞，还是“易传”的义理哲思，其所体现出来的思维特点和价值观念，都使之在中国文化的发展中具有特殊地位。而无论“易经”的“立象以尽意”，还是“易传”的语言修辞、话语体式、审美意识，都蕴含深广的文学精神，具有高度的文学史意义。

第一节 《周易》的忧患意识与文学精神

《周易》充满着浓重的忧患意识。《易传》在揭示《易经》写作意图的时候，曾满怀深情地推论说：“《易》之兴也，其于中古乎？作

① 关于《易传》的作者是否为孔子，学界向有争议。笔者另有专论，可参阅拙作《〈易传〉作者问题两则史料辨正》，《古籍整理研究学刊》2010年第6期；《〈易〉类出土文献考议》，《绥化学院学报》2012年第5期。

《易》者，其有忧患乎?”其实何止是《易经》,《易传》不仅第一次使用了“忧患”一词，对《周易》的整个阐释自始至终也都贯穿着忧患意识。

一 《易经》的忧患思想

《易经》是否具有忧患意识?《易传》做出的答复是明确的，后人也往往沿着这条思路去挖掘、演说《周易》的忧患思想。如徐复观先生在《中国人性论史·先秦篇》中说，中国的“忧患意识”最早起源于殷周之际，取辞于《易·系辞下》，这种“忧患”是周初统治者在击败大邦殷之后，没有战胜强敌的喜悦，反而感到“皇天无亲”“天命靡常”，由此而产生的一种戒惧恐惧的心态。[①] 朱伯崑先生在《易经的忧患意识与民族精神》中认为,《易经》提出了“人们对自己的处境和现状，时刻抱有警惕之心的忧患意识”，经过《易传》的阐发，其居安思危、拨乱反正的忧患意识，以及坚持信念、“唯义所适”等思想，更加突出，并且影响深远，成为中华民族的精神之一。[②] 20 世纪 90 年代以后，人们在探讨民族精神的热潮中，也大都将忧患意识的源头追溯到《周易》。但王国良博士不同意这一说法，他认为“周初统治者表现的只是少数人的戒惧恐惧的心态，并不构成普遍的社会心理”，而且，周初统治者所忧，主要是考虑自己的统治，是为了符合天命而不是否定天命，所以不能称之为“忧患意识”。他认为“真正具有文化精神意义且构成普遍的社会心理和时代精神的忧患意

① 徐复观：《中国人性论史》，华东师范大学出版社 2005 年版，第 14—15 页。

② 朱伯崑：《易经的忧患意识与民族精神》,《北京大学学报》(哲学社会科学版) 1997 年第 1 期。

识，实产生于西周末年”[①]。

每一种思想意识的产生，都不是一蹴而就的，而是经过了一个不断丰富、不断成熟的过程。而在这样一个过程中，历史唯物主义的观点是把问题放到历史的进程中去考察。用这样的态度与方法去研究，我们可以看到，具有文化意义且构成普遍的社会心理和时代精神的忧患意识，在周初就已经十分浓郁了。

《尚书·周书》记载了不少上一代统治者对下一代的告诫、训诰之词。如周初，武王去世后年幼的成王即位，周公为平叛大诰诸侯说：“天降威，知我国有疵，民不康。”（《大诰》）周武王弟康叔（名封）前任卫君，周公忧虑康叔年轻，反复告诫他“用康保民”，“若德裕乃身”“若有疾，惟民其毕弃咎；若保赤子，惟民其康乂”（《康诰》）。成王主持政事后，周公告诫他不要贪图安逸：“呜呼！君子所其无逸。先知稼穑之艰难，乃逸，则知小人之依。”“呜呼！继自今嗣王，则其无淫于视、于逸、于游、于田，以万民惟正之供!”（《无逸》）这些诰语绝不仅仅是少数人的心态，也不是像王国良文释“保”为“统治”那样仅仅为了自己的统治，而是充满了对国、对民、对君的忧患之情。在一个朝代取代另一个朝代而掌有天下之初，新取得政权的阶级往往更积极地去总结前一朝代的政治教训，从而制定自己的统治政策。在“天命靡常”的无奈中，周初统治者已经认识到“唯德是辅”的规律性，在天的地位逐渐下降、民的地位已经上升的周代，这种统治者的“德”包含着对“民”的态度。抛开了历史的规定性与局限性，去奢谈统治者只是为了维护“自己的统治”，是不客观的。

在《易经》中，即使不论是否文王作《易》的背景，仅就六十

① 王国良：《忧患意识与宗教精神：中西文化精神的一个比较考察》，《南京化工大学学报》2000 年第 3 期。

四卦加以审视，无论“吉凶、悔吝、无咎”等断语的设置，还是卦辞、爻位的解说，其中包含的忧患意识都是显而易见的。

居安思危，是《易经》忧患意识的第一个表现。如《丰》卦：“丰，亨，王假之。勿忧，宜日中。”“丰”是大的意思，孔颖达说：“财多德大，故谓之丰。德大则无所不容，财大则无所不济……假，至也。丰亨之道，王之所尚，非有王者之德，不能至之，故曰‘王假之’也。”[①] 这是只有王者之德才能达到的“大”，这种“大”虽然可以“勿忧”，但必须保持在“日中”的状态。从自然规律上来说，一方面“日中”是正午时分，阳光最为充足，光照最为强烈而广泛；但另一方面，“日中则昃”，过了正午，太阳就会向西偏斜，渐渐衰落。所以，正如金景芳先生所说，《丰》既有“亨”的一面，也有“忧”的一面。[②] 卦辞本身既明有王德者方可或“亨”之意，又有“宜日中”的保丰之诫。吴汝纶所谓“言王者履此丰亨之运，有易衰之忧，惟宜以至明处之也”。《彖传》说：“日中则昃，月盈则食；天地盈虚，与时消息。”正揭示了《丰》卦的宗旨，告诫人们“丰”不忘衰，盈不忘亏，这样才能保证长处丰盈之态。六爻与此相应，初九与九四“明动相资”，有“和”德，所以一“往有尚”一“吉”；六二以阴居阴，必须发挥诚信之德，则可或“吉”；九三与上六，居内外卦之极，均为过丰损德之象，九三必须屈己慎守，方得“无咎”，而上六自绝于人终至“凶”；六五阴柔而在阳刚之位故有阳刚之气，若能招致天下章美之才，则“庆誉而吉”。丰大之时，尚须修美德行，广致贤明，这无疑是一种居安思危的思想。

居危自励，是《易经》忧患意识的第二个表现。如《蛊》卦，

① （唐）孔颖达：《尚书正义》，北京大学出版社 1999 年版，第 224 页。

② 金景芳、吕绍纲：《周易全解》，吉林大学出版社 1989 年版，第 388 页。

“蛊”的本义为害虫，《说文》：“蛊，腹中虫也。《春秋传》曰：‘皿虫为蛊，晦淫之所生也。’”引申为毁坏、惑乱之意。为卦下巽上艮，巽为风，柔性，艮为山，刚性；刚居上而不与下交，柔居下而不上就，上下隔绝不通，因而至于蛊坏。《彖传》所谓“刚上而柔下”，就是从致蛊的缘由上讲的。《序卦》也说：“蛊，事也。”《周易正义》引褚氏云：“蛊者惑也，物既惑乱，终至损坏，当须有事也。”卦体是刚柔不交、上下不通而生事之象，但卦义却在于“拯弊治乱”。卦辞说：“蛊，元亨，利涉大川。先甲三日，后甲三日。”物极必反，蛊乱之极正是治弊之始，治弊必能致“亨”。但由乱而治，不会自然转化，必须主观付出努力，适时合理地修理整饬，才会“治”。“利涉大川”中，“大川”说明面临艰难险阻，“涉”要求动，要有勇气有能力去面对、去奋争，这样才会“利”，才能“亨”。“甲”是天干之首，引申为开始、发端。“先甲三日，后甲三日”是说，在治蛊之前要分析原因，掌握动态，制定方法，谨慎治理；在治蛊之后要总结经验，分析事理，研究趋向，巩固成果。《程传》曰：“治蛊之道，当思虑其先后三日，盖推原先后，为救弊可久之道。先甲，谓先于此，究其所以然也；后甲，谓后于此，虑其将然也。”各爻又展示了特定情境下治蛊的可行之道。《大象传》又指出了治危救乱的根本在于“振民育德”。困境不馁，有时甚至积弊已久，但只要善于修养德行，能够难中振起，就一定会化险为夷，走向亨通。

自我反省，是《易经》忧患意识的第三个表现。无论居安，还是处危，反思都是永葆安泰和走出危困的关键。《易经》的断辞，经常用到“吉”“凶”“有悔”“无悔”“悔亡”“咎”“无咎”“吝”等词语，《系辞上》说：“吉凶者，言乎其失得也；悔吝者，言乎其小疵也。无咎者，善补过者也。”金景芳先生说：“其知过能改者，爻辞曰有悔，知过而不能改者，爻辞则曰吝。悔是吉之先；……吝是凶之本。”① 朱伯崑先生在《易经的忧患意识与民族精神》一文中说：“这些断语都表示通过悔悟或悔恨，改过自新，使自己从困境中摆脱出来，否则，则陷于困境或险地而不能自拔，甚至遭遇不幸。”朱先生在文中举了不少例证说明，《易经》是“要人们对自己的处境，时刻保持警惕。即是说，要有忧患意识，以自省和改过迁善自己的处境，从而化凶为吉，或避免不幸”。②

由以上分析可见，《易经》的忧患思想是明显的。张载说：“《易》为君子谋，不为小人谋。”其“谋”就是谋如何避凶就吉、化险为夷。

二 《易传》的忧患意识

尽管《易经》的忧患意识十分浓郁，但它还是针对单个的时、事，在卜筮的层层包裹中，还没有形成系统的理论。而《易传》则将之加以推阐，挖掘出其层层深义，赋予时代的精神，由此，成为系统的忧患理论。

首先，《易传》通过对《易经》形成及思想的揭示，阐明了《易经》忧患意识的思想来源。

孔子认为《易经》产生于特殊的历史时期，具有特殊的历史背景。他说：“《易》之兴也，其于中古乎？作《易》者，其有忧患乎？”那么，“中古”为何时？“作《易》者”为何人？《系辞下》也透露了一些信息：

---

① 金景芳、吕绍纲：《周易全解》，吉林大学出版社 1989 年版，第 8 页。

② 朱伯崑：《易经的忧患意识与民族精神》，《北京大学学报》（哲学社会科学版）1997 年第 1 期。

> 其称名也，杂而不越。于稽其类，其衰世之意邪？夫《易》，彰往而察来，而微显阐幽，开而当名辨物，正言断辞，则备矣。其称名也小，其取类也大。其旨远，其辞文，其言曲而中，其事肆而隐。因贰以济民行，以明失得之报。
>
> 《易》之兴也，其当殷之末世、周之盛德耶？当文王与纣之事耶？是故其辞危。危者使平，易者使倾。

“中古”指的就是“殷之末世、周之盛德”的殷周之际，《易》说的是周文王和商纣王时代盛衰之事，表达的是作者身处“衰世”“彰往而察来”的忧患之情。“作《易》者”，《易传》屡称之为“圣人”，此前只有文王可当“盛德”（“圣德”），这里又说是殷周之际、“文王与纣之事”，所以“作《易》者”指的就是周文王。司马迁说“文王拘而演《周易》”（《报任安书》），后人讲《周易》“世历三古，人经三圣”（三古指上古、中古、近古，三圣指伏羲、文王、孔子），是有根据的。众所周知，殷周之际是社会大变革的时期。周本来是崛起于西北的一个姬姓部族，殷商时期是商的与国。文王姬昌继立后，受封为西伯侯。当时商纣王暴虐无道，四方诸侯群起反抗，而西伯昌则勤政爱民，礼贤下士，颇得民众拥戴，从者如流。这引起了商纣王的猜忌，又加上崇侯虎的挑拨，于是将西伯昌拘于羑里。在被羁的七年中，姬昌有充分的时间和精力去思考：为何昔日强盛的殷商今天岌岌可危？为何崇侯虎那些人残酷霸道却颇得宠信？自己恭行正道却反被拘系？现在的国家将会何去何从？自己的部族将怎样发展？他仰观天象，俯察地理，希望通过八卦的推演，总结得失成败之理：“明得失之报”，推求变通持久之道：“彰往而察来，而微显阐幽。”

其次，《易传》作者通过对《易》卦的阐释，对《易经》的忧患意识进行了理论的抽象与概括，并寄托了自己的道德理想。

在孔子看来，“忧患”贯穿于《易》的始终，是《易》的核心思想之一。它能够使人们“以度内外，使知惧”，懂得言行谨慎；它“原始要终”，使人们能够鉴察前事，忧患未来：“明于忧患与故”，虞翻所谓“神以知来，故明忧患；知以藏往，故知事故”。[①]《易传》作者正是深刻理解了安危、存亡的辩证关系，所以才精辟地概括道：“危者，安其位者也；亡者，保其存者也；乱者，有其治者也。是故君子安而不忘危，存而不忘亡，治而不忘乱，是以身安而国家可保也。”“安而不忘危，存而不忘亡，治而不忘乱”是忧患意识的精髓，“身安而国家可保”是忧患意识的目的。这是问题的一个方面。

另外，如何消除所“忧”之“患”？怎样实现“安家保国”的目的？在《系辞下》中，作者通过对《履》《谦》《复》《恒》《损》《益》《困》《井》《巽》九卦的反复论述，集中讨论了这一问题：

> 《易》之兴也，其于中古乎？作《易》者，其有忧患乎？是故《履》，德之基也，《谦》，德之柄也，《复》，德之本也，《恒》，德之固也，《损》，德之修也，《益》，德之裕也，《困》，德之辨也，《井》，德之地也，《巽》，德之制也。《履》，和而至。《谦》，尊而光，《复》，小而辨于物，《恒》，杂而不厌，《损》，先难而后易，《益》，长裕而不设，《困》，穷而通，《井》，居其所而迁，《巽》，称而隐。《履》以和行，《谦》以制礼，《复》以自知，《恒》以一德，《损》以远害，《益》以兴利，《困》以寡怨，《井》以辨义，《巽》以行权。

上面所举九卦“皆反身修德以处忧患之事也”（朱熹《周易本

① （清）李光地：《周易折中》引，巴蜀书社2006年版，第510页。

义》)，如何摆脱“忧患之事”？在这被称为“三陈九卦”的论述中，我们可以看到一个共同的特点，就是以“德”为中心。“一陈”在于突出九卦之“德”的意义，“二陈”在于揭示九卦之德为何具有这样的意义，“三陈”在于阐发九卦以此为“德”所起到的作用。《履》者礼也，礼定尊卑，故为德之基础；礼之用，和为贵，和宜中，不能过，故曰“和而至”；其作用是以“和”为宗旨指导行动。《谦》者退也，谦己而尊人，故为德之关键；自谦则人益敬之，尊人则人益尊之，故曰“尊而光”；其作用是以“谦”为准则制定礼仪。《复》者反也，归复正道，故为“德”之根本；从初始细微之处，辨知物之吉凶善恶，故曰“小而辨于物”；其作用是审知不善以归正道。《恒》者久也，守常不变，始终如一，持之以恒，“德”方坚固。《损》者减也，减损有害于德者，惩忿窒欲，故为“德”之修省；先乃减损，后乃获益，故曰“先难而后易”；其作用是远离灾难。《益》者进也，增进有益于德者，改过迁善，故“德”愈丰厚；进德须长增不已，既不虚设，也不设限，才能使“德”更加丰厚；其作用自可兴利除弊。《困》者穷也，身处困境，不改初衷，方见其“德”；虽穷困一时，但只要坚守道德，不怨天，不尤人，必致亨通。《井》者通也，“改邑不改井”，故能自存，“往来井井”，故能博施济众，存己济物，各得其宜。《巽》者伏也，以“德”制政，必能如风吹草，所至必伏；必能随风入物，皆得其宜。这一系列论述，以“德”为中心，涉及“礼”的节制、“辨”的智慧、“省”的反思、“称”的公正、“恒”的坚持、“通”的目标、“和”的境界等众多方面，而这些都是君子人格的重要组成部分。

《易传》中的忧患意识表现在诸多领域。在政治生活中，要防微杜渐，防患未然，居安思危，居危自强；在道德修养上，要知过能改，见善则迁，知己辨物，尊礼守恒；在日常生活里，要慎言慎行，自省自励，谦己尊人，善始善终。

在孔子的思想中，忧患意识是比较强烈的。以《论语》的记载而论，他强调自省："见贤思齐焉，见不贤而内自省也"（《里仁》）；他强调自新："温故而知新，可以为师矣"（《为政》）；他强调改过："过则勿惮改"（《学而》）。生活在春秋这个动荡的时代，他有"志于道"却忧虑着大"道"的消亡，他仰望着"大同"的理想却忧虑着难以建立起"为政以德"和"礼乐之治"的社会秩序，他向往着君子的人格却忧虑着"德之不修，学之不讲，闻义不能徙，不善不能改"（《述而》），他虽然"学如不及，犹恐失之"（《泰伯》），发愤忘食，夜以继日，"不知老之将至"，但望着滚滚流逝的河水，他还是发出了"逝者如斯夫，不舍昼夜"的艮世感慨（《子罕》）！忧患意识已然成为激励他修德进业、传道授徒、周游宣教的精神力量！

三　忧患意识与文学精神

忧患意识是一种居安思危、未雨绸缪的品格，一种居危自励、坚持奋斗的精神，体现着一种崇高的社会责任感，一种勇于担当人间忧患的悲悯情怀。这是一种价值观念，也是一种思想境界，在中国古代文学中，更是一种文学精神。

这种文学精神，首先表现为中国古代文学作家忧深思远的群体意识。在《诗经》里，虽然许多作品我们已无法考知作者的名姓，但他们所塑造的抒情形象、所表达的忧思情感，千百年来一直震撼着人们的心灵。《王风·黍离》的作者是一个周朝大夫，从诗中可见，他经常出使四方。但他每一次经过宗周旧都镐京时，都要驻足垂悼，为这满目荒凉从前的龙楼凤阁，为这诸侯纷争从前的西周王朝。"彼黍离离，彼稷之苗”“彼黍离离，彼稷之穗”“彼黍离离，彼稷之实”，诗人好像在思索，在分辨，但感情的痛苦又使他难以思索，难以分辨。于是，忧愁与愤懑交织成了这一首缠绵悱恻、荡气回肠的动人诗篇。“行迈靡靡，中心摇摇”“行迈靡靡，中心如醉”“行迈靡靡，中心如噎”，貌似简单的诗句却形象地写出了诗人因忧愤而“居则忽忽若有所亡，出则不知其所往”（司马迁《报任安书》）的情态，表现出诗人踽踽独行、茕茕徘徊、凄惨难持、感伤无限的动人形象。诗人对故国的悲悯之情具有典型性，反映了一种群体意识，因此后人常以“黍离之悲”代指亡国之痛。向秀《思旧赋》：“叹《黍离》之愍周兮，悲《麦秀》于殷墟。”陆机《辨亡论》：“故能保其社稷而固其土宇，《麦秀》无悲殷之思，《黍离》无愍周之感矣。”姜夔《扬州慢》闵国伤乱，当时即被称为“有《黍离》之悲也”①。对故国的悲悯，既有对故国的怀念，更有对现实的忧患与对新政的期待。在中国文学史上，从发出“哀恫中国”（《小雅·节南山》）悲鸣的《诗经》作者，到“亦余心之所善兮，虽九死其犹未悔”（《离骚》）不断抗争的屈原；从告诫“生于忧患，死于安乐”（《孟子·告子下》）的孟子，到强调“忧劳可以兴国，逸豫可以亡身”（《五代史伶官赞序》）的欧阳修；从“穷年忧黎元，叹息肠内热”（《自京赴奉先县咏怀五百字》）的杜甫，到“满纸荒唐言，一把辛酸泪”（《红楼梦》题头诗）的曹雪芹，文学家们用不同的方式表达了他们对现实、对未来、对国家、对人生的忧患之情，成为人类共同的精神财富。

其次，这种文学精神表现为中国古代文学“发愤著书”的优良传

---

① 其词《序》曰：“淳熙丙申至日，予过维扬。夜雪初霁，荠麦弥望。入其城，则四顾萧条，寒水自碧。暮色渐起，戍角悲吟。予怀怆然，感慨今昔，因自度此曲。千岩老人以为有《黍离》之悲也。”

统。《诗经》中已经有抒发内心情感的自觉创作观念，如：“心之忧矣，我歌且谣”（《魏风·园有桃》），“君子作歌，维以告哀”（《小雅·四月》）等。屈原在《惜诵》开篇就说：“惜诵以致愍兮，发愤以抒情!”他信而见疑，忠而被谤，修而遭谗，美而受妒，竭忠尽智，却屡遭毁弃。他将满腔的忧愤发而为诗，于是在文学史上便出现了《离骚》《天问》《惜诵》《哀郢》等呼天抢地、荡气回肠的不朽诗篇！司马迁更把内心的忧愤作为人生及创作的动力，提出了“发愤著书”说：

> 古者富贵而名摩灭，不可胜记，唯倜傥非常之人称焉，盖西伯拘而演《周易》，仲尼厄而作《春秋》；屈原放逐，乃赋《离骚》；左丘失明，厥有《国语》；孙子膑脚，兵法修列；不韦迁蜀，世传《吕览》；韩非囚秦，《说难》《孤愤》；《诗》三百篇，大抵圣贤发愤之所为作也。此人皆意有所郁结，不得通其道，故述往事，思来者。（《报任安书》）

司马迁一生效“款款之愚”，尽“拳拳之忠”，因直言而遭遇“李陵之祸”。他也曾想“引裁自决”，但“恨私心有所不尽”，这“私心”就是“稽其成败兴坏之理”的《史记》“草创未就”。他“隐忍苟活，函粪土之中而不辞”的原因，就在于为了完成“究天人之际，通古今之变，成一家之言”的皇皇巨著。在忧愤之中，才能以自己的切身遭遇对社会的弊端和现实的昏暗作深入的思考，因而才具有更加深重的使命感和更加强烈的责任意识，而这种思考和意识又无法通过政治的渠道予以实施，于是只能将之诉诸笔端，或记其事，或论其理，或抒其情。均有为而发，故寓意深厚。宋代的黄彻在《䂬溪诗话·自序》中说：“士之至于为善，而数奇不偶，终不能略展素蕴者，其胸中愤怨不平之气，无所舒吐，未尝不形于篇咏，见于著述也。此《说难》《孤愤》《离骚》《国语》所由作也。”① 明代思想家李贽也表述过相同的看法：“太史公曰：‘《说难》《孤愤》《诗》三百篇，大抵圣贤发愤之所作也。’由是观之，古之圣贤，不愤不作矣。不愤而作，譬如不寒而颤，不病而呻吟也，虽作何观乎？”② 在忧愤之中，才能更深切地爆发出“不平之鸣”，才能更真切地寄托“郁结之情”，而文学是以“情”为生命的。由此，韩愈提出了“不平则鸣”、欧阳修提出了“诗穷而后工”的理论命题：

> 大凡物不得其平则鸣：草木之无声，风挠之鸣。水之无声，风荡之鸣。……人之于言也亦然，有不得已者而后言。其歌也有思，其哭也有怀，凡出口而为声者，其皆有弗平者乎！……从吾游者，李翱、张籍其尤也。三子者之鸣信善矣。抑不知天将和其声，而使鸣国家之盛邪？抑将穷饿其身，思愁其心肠，而使自鸣其不幸邪？（韩愈《送孟东野序》）
>
> 予闻世谓诗人少达而多穷，夫岂然哉？盖世所传诗者，多出于古穷人之辞也。凡士之所蕴其所有，而不得施于世者，多喜自放于山巅水涯之外，见虫鱼风云鸟兽之状类，往往探其奇怪，内有忧思感愤之郁积，其兴于怨刺，以道羁臣寡妇之所叹，而写人情之难言，盖愈穷则愈工。然则非诗之能穷人，殆穷者而后工也。（欧阳修《梅圣俞诗集序》）

唐晓敏教授认为，韩愈“实际上讲了三种‘不平’”，一是“物”之不平，二是“人”之不平，三是“天”之不平，他们相互推荡磨砺，并“借助于人的创造性活动而得以表现”，这种创造性活动就是

---

① （宋）黄彻：《䂬溪诗话》，汤新祥校注本，人民文学出版社1986年版，第2页。

② （明）李贽：《忠义水浒传序》，《焚书》卷三，中华书局1975年版，第109页。

文学。[①] 黄黎星博士说："欧阳修的'穷而后工'说，更涉及对文学创作主体心理状态和情感活动情况的认识。"[②] 而其源，均在于司马迁的"发愤著书"说，在于《易》的忧患意识。

这种文学精神，还表现为中国古代文学忧国忧民的文学主题。忧虑国家的命运，同情人民的不幸，像一条红线贯穿于中国文学之中，表现了文学家强烈的爱国主义和热切的人文精神。在朝代更迭的历史时期，在民族矛盾深化、阶级矛盾尖锐的历史阶段，这个文学主题更为鲜明。《诗经》已经奏响了忧国忧民的历史强音。在《鄘风·载驰》中，许穆夫人在国家危亡的关头，毅然冲破世俗的观念，赶回卫国，吊唁卫侯，慰问新立的文公。失去亲人的痛苦，国家破败的忧伤，使她五内俱焚。她登上高高的山冈，遥望灾难深重的家乡，悲凉之情油然而生，情不自禁地唱道："载驰载驱，归唁卫侯。驱马悠悠，言至于漕。大夫跋涉，我心则忧。"在这首《载驰》诗中，她描述了自己怀念宗国、奔赴国难的内心世界，表达了借助大国、拯救卫邦的坚定信念，抒发了沉郁悲壮而又缠绵悱恻的爱国情怀，掷地有声，感人至深。在屈原的创作中，诗人对国家命运的担忧、对民众苦难的同情和对自己人生失意的悲悯是融合在一起的。他猛烈抨击腐朽势力，愤怒痛斥群小党人，大胆谴责昏庸楚王，关注痛切颠沛民众，感慨悲伤艰难人生：

> 彼尧舜之耿介兮，既遵道而得路。何桀纣之昌披兮，夫惟捷径以窘步！惟夫党人之偷乐兮，路幽昧以险隘。岂余身之殚殃兮，恐皇舆之败绩！……余固知謇謇之为患兮，忍而不能舍也。

---

① 唐晓敏：《中唐文学思想研究》，北京师范大学出版社 2000 年版，第 97 页。

② 黄黎星：《易学与中国传统文艺观》，上海三联书店 2008 年版，第 184 页。

指九天以为正兮，夫惟灵修之故也！……初既与余成言兮，后悔遁而有他。余既不难夫离别兮，伤灵修之数化。（《离骚》）

皇天之不纯命兮，何百姓之震愆？民离散而相失兮，方仲春而东迁。……登大坟以远望兮，聊以舒吾忧心。哀州土之平乐兮，悲江介之遗风。（《哀郢》）

心郁郁之忧思兮，独永叹乎增伤。思蹇产之不释兮，曼遭夜之方长。……数惟荪之多怒兮，伤余心之忧忧。愿摇起而横奔兮，览民尤以自镇。（《抽思》）

从《诗经》的“饥者歌其食，劳者歌其事”，到汉乐府的“感于哀乐，缘事而发”，到杜甫的“朱门酒肉臭，路有冻死骨”，到白居易的“篇篇无空文，惟歌生民病”，忧民之心怦然可感。从昔也“日辟国百里，今也日蹙国百里”（《诗经·大雅·召旻》）的感叹，到“岂余身之殚殃兮，恐皇舆之败绩”（屈原《离骚》）的惶恐，到“居庙堂之高，则忧其民；处江湖之远，则忧其君”（范仲淹《岳阳楼记》）的担当，到“王师北定中原日，家祭勿忘告乃翁”（陆游《书愤》）的嘱托，到“了却君王天下事，赢得生前身后名”（辛弃疾《破阵子》）的决心，到“拼将十万头颅血，须把乾坤力挽回”（秋瑾《黄海舟中日人索句并见日俄战争地图》）的壮志，忧国之情粲然可见。

第二节　《周易》的中和之美与文学精神

《易传》对《易经》的阐释，充满了中庸和睦的精神，表现出以中和为美的观念。“中”与“和”在原始社会中已作为一种观念存在。但作为一种哲学范畴，则是在殷商时期出现的。[1]“中”与“和”的观念产生之后，被广泛地运用于社会各领域，成为商、周十分重要的社会思想。“中”是讲某一物质不能过度，所谓“不偏不倚，无过不及”（朱熹注《中庸》语）；“和”是讲不同物质的相互协调及其产生的和谐的效果，所谓“以他平他谓之和”（《国语·郑语》载史伯语）。既适中又和谐，“中”与“和”的融合，是孔子追求的一种精神境界。

一 《周易》的和谐观

余敦康先生说：“《周易》的智慧，代表了中华民族的精神。这种精神，其核心价值……就是和谐。”[2]《周易》所描述的万事万物既是对立的又是统一的，既是相反的又是相成的，其最终的目标指向和谐。张载《太和篇》说：“有象斯有对，对必反其为。有反斯有仇，仇必和而解。”[3]便描述了由对立到统一、由矛盾到和谐的过程。《易》的这种和谐思想被《易传》揭示出来，并加以发扬光大，成为一种影响深远的精神品格。

《周易》的和谐观表现为三个层次。

一是宇宙天地自然的和谐。八卦代表八种自然界中的物质：天、地、雷、风、水、火、山、泽。天和地相对，雷和风相对，水和火相对，山和泽相对，它们两两相对，又相互依存，构成了对立统一的整体。《乾·彖传》说：“乾道变化，各正性命，保合太和，乃利贞。”

---

① 参阅游焕民《论“中庸”的产生与发展》，《湖南师大学报》1988年第2期。

② 余敦康：《中国智慧在周易，周易智慧在和谐》，《光明日报》2006年8月24日第6—7版。

③ 《张子全书》卷二。

王弼注曰："不和而刚暴。"《程传》解释道："乾道变化，生育万物，洪纤高下，各以其类，各正性命也。天所赋为命，物所受为性。保合太和乃利贞，保谓常存，合谓长和，保合太和，是以利且贞也。"就是说，天地自然的运动变化，创生了万物，并使万物各归其类，各自端正，不刚不暴，互不相背，从而达到"常存""长和"的"太和"的境界，这样就会利于守正。"太和"即"泰和"，是安泰和谐，是天地万物和谐共处的理想状态，是和的最高境界。如《泰》卦，乾下坤上，乾是天，是阳，坤是地，是阴。阳气下降，阴气上升，天地交汇，二气相融，阴阳和畅，始生万物，因此《彖传》说是"天地交而万物通也"。而《否》卦则是坤下乾上，坤为地本在下而愈下，乾为天本在上而愈上，两相背离，不能相融，"天地隔绝，不相交通"，所以"否塞不行也"（《程传》）。因而《彖传》说"天地不交而万物不通也"。

二是人与自然的和谐。人为天地自然所化生，又生活在天地自然之中，必须与自然和谐相处。《易传》把宇宙天地自然之道概括为阴阳，阴阳的变化有其自然的规律与法则，只有掌握其规律，适应其法则，才能够化育天下，臻于至善，《系辞》所谓"一阴一阳之谓道，继之者善也，成之者性也"。李光地说："圣人用'继'字极精确，不可忽过此'继'字，犹人子所谓继体，所谓继志。盖人者，天地之子也。天地之理，全付于人而人受之，犹《孝经》所谓身体发肤，受之父母者是也。但谓之'付'，则主于天地而言；谓之'受'，则主于人而言；唯谓之'继'，则见得天人承接之意，而'付'与'受'两义皆在其中矣。"① 天人承接，讲的便是人与自然的和谐，实际这也

① （清）李光地：《周易折中》，刘大钧整理，巴蜀书社2006年版，第551页。

是“天人合一”的一种表现。本章在前面论述了天人合一的思想在《易传》论说结构上的反映，而作为一种精神，其在《易传》中可以说是无处不在。《易传》认为，在人类发生，是“日月运行”、风雷相激、天地万物孕育了男女之道；在社会秩序，由于“天尊地卑”决定了贵贱之位；在万物发展，是“在天成象，在地成形”启示了社会的变化；而在《易》，则是“仰则观象于天，俯则观法于地，观鸟兽之文与地之宜，近取诸身，远取诸物”以成象，“有以见天下之动，而观其会通”以立意，“通神明之德”“尽万物之情”以尽情。所以，《易》以天地自然为准的，因而才能“弥纶天地之道”，“范围天地之化”（以上引文见《系辞》）。

在《大象传》中，有一种言说的模式，即前列卦体所象之自然，后说人事，而自然与人事之间均用“以”字连接，如“山下出泉，蒙。君子以果行育德”，“地上有水，比。先王以建万国，亲诸侯”，“明两作，离。大人以继明照于四方”，等等，无一例外。“以”是以此、因而之意，它所连接的两方面，前者是自然，后者是人事，前者是后者的原因，后者是前者的推演。人对自然的效法，与自然的融合，十分明显。《易传》的断占之词也往往把天与人勾连起来。如《泰·彖》说“天地交而万物通也”，这是自然，而紧接着“上下交而其志同也”则是人事；“内阳而外阴”是自然，“内君子而外小人”则是人事。《谦·彖》说“天道亏盈而益谦，地道变盈而流谦，鬼神害盈而福谦”是自然，而“人道恶盈而好谦”则是人事。在《易传》中，我们常常可以看到“应乎天而时行”（《大有·彖》）、“君子尚消息盈虚，天行也”（《剥·彖》）之类的话，看到天、地、人对举的情况，正如《咸·彖传》所说：“天地感而万物化生，圣人感人心而天下和平。观其所感，而天地万物之情可见矣”，从中反映的是天人相应、天人合一、人与自然相和谐的精神。

三是社会中人的和谐。人与人的和谐，是孔子的社会理想。他哲学的核心是“仁”，而“仁”的出发点便是“爱人”，人与人的友爱、人与人的和谐，就是“仁”的归结点，他的目的是最终实现“大同”的社会理想。在《易传》中，有“君子以独立不惧，遁世无闷”（《大过·象》）的告诫，这是讲在时运不济的形势下，君子之人要胸怀大道，不与邪恶势力同流合污，苏世独立，横而不流。也有“君子以容民畜众”（《师·象》）这般的嘱托。《易经》中常有“利见大人”之语，《易传》也往往由此申发，主张亲附有德、中正之人。如《乾》九二曰“见龙在田，利见大人”，孔子解释说是“龙德而正中者也”，而“同声相应，同气相求”，这昭示着要修养德行必须亲附有德之人。《蹇·象》曰“‘利见大人’，往有功也”，《萃·象》曰“‘利见大人，亨’，聚以正也”，均为此意。孔子重视聚合，《论语》开篇就曾倾诉过“有朋自远方来”的快乐，在《大象传》中，他推演《兑》卦也主张“君子以朋友讲习”。他高扬“同人”之道，认为“二人同心，其利断金；同心之言，其臭如兰”（《系辞》），不仅可以同类相聚，同声相应，而且“与人同者，物必归焉”（《序卦》），可以获得最大的利益。

人的和谐是有原则的，《易传》追求“以同而异”。《睽·象传》说：“上火下泽，睽。君子以同而异。”以同而异，既要求同中辨异，所谓“以类族辨物”（《同人·象传》：“天与火，同人。君子以类族辨物”），又要求异中求同，所谓“上下交而志同也”，修省向善，摒除恶行，同时保持人格的独立。他说：“君子和而不同，小人同而不和。”（《论语·子路》）这里的“和”正如五味的调和、八音的和谐，是不同事物有机统一的和谐；而“同”则是单一，是无变化，是不辨是非而盲从。《国语·郑语》载史伯之论曰："夫和实生物，同则不继。以他平他谓之和，故能丰长而物归之；若以同裨同，尽乃弃矣。""声一无听，物一无文，味一无果，物一不讲。"《左传·昭公二十年》载晏子之论曰：和如味如声，有不同材料、音调的相成和相济，故得悦口悦耳；同则"若以水济水""若琴瑟之专一"，因而不可食、不可听。这与孔子的看法是一致的，杨伯峻先生《论语译注》译"和"为"恰如其分"，译"同"是"盲从附和"，是准确的。[①] 在孔子那里，和谐是一种境界。政治上，是"礼之用，和为贵"（《论语·学而》）；教学里，是"学然后知不足""教然后知困"的"教学相长"（《礼记·学记》）；人生中，则是"温而厉，威而不猛，恭而安"（《论语·述而》）的尺度。

和谐是一种精神。《易传》文学中追求崇高与美好的人格、师法自然的精神、生生不息的意识，都是这种精神的反映。傅道彬先生曾以"师法自然"论到《周易》的文学精神，他说："《易》充溢着'生生谓《易》'的生命活力，贯注在整体天地万物中，无所不在，无所不注，因此才能'与天地准'。"他认为，日月为易，"易"字上为日下为月，把大自然的太阳与月亮为一体构成了《周易》的根本象征意蕴；观物取象，《周易》象征的武库源于天地，源于自然万物；天地之大德曰生，自然万物旺盛的生命力极大地启示了上古人类，使《周易》高扬起"生生之谓易""天地之大德曰生"的生命精神。[②]

① 杨伯峻：《论语译注》，中华书局1980年版，第142页。

② 傅道彬：《歌者的乐园——中国文化的自然主义精神》，东北林业大学出版社1996年版，第22—35页。

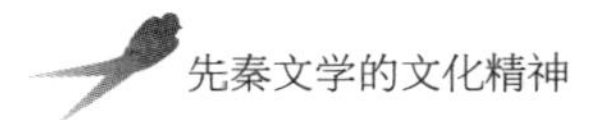

二 刚柔相济

刚与柔不见于《周易》本经，是《易传》使用的概念。而且在《易传》之中，刚与柔的使用非常普遍，据郭文友先生统计，“刚”使用92次，柔使用64次，远远高于“阴”（20次，含本经2次）“阳”（19次）使用的频率。[①] 这表明，刚柔作为阴阳观念的外化形式，已经纳入《易传》的理论体系之中。

刚与柔本是事物存在的形态，表示其物理属性的软硬程度。《诗经·小雅·采薇》中有“采薇采薇，薇亦柔止”“采薇采薇，薇亦刚止”的诗句，用薇菜由柔嫩到坚硬的变化，反映时间的推移，从而抒发久役不归、思家念亲的感情。由事物柔嫩、坚硬的物理属性，引申为柔弱、坚强的性格特点，再引申为宽柔、强硬的为政风格。在为人上，儒家主张刚柔相济；在为政上，儒家主张亦刚亦柔。在《尚书》中，《舜典》称帝舜命令夔掌管音乐，要求教育贵族子弟“直而温，宽而栗，刚而无虐，简而无傲”，便是兼顾刚柔两个方面。《皋陶谟》记述皋陶与禹讨论政治谈到为人与执政的九种美德，即“宽而栗，柔而立，愿而恭，乱而敬，扰而毅，直而温，简而廉，刚而塞，强而义”，大都从刚柔立论。《洪范》中箕子告诉武王安民之“三德”：“一曰正直，二曰刚克，三曰柔克”，宋代林之奇《尚书全解》说：“弗顺之世，则用刚克以治之，以刚德也；于和顺之世，则用柔克以治之，以柔德也。”刚与柔既是政治手段，也是道德品格。在《诗经》中，《商颂·长发》歌颂商汤不相争不急躁，不强硬不柔软，具有

---

① 郭文友：《周易辞海》，巴蜀书社2005年版，第396—397（刚）、349（柔）、459（阴）、500（阳）页。

“不竞不絿，不刚不柔”的美德，因而才出现了“其政优优”的和美局面。《大雅·烝民》赞美仲山甫说：“人亦有言，柔则茹之，刚则吐之。惟仲山甫，柔则不茹，刚则不吐。不侮矜寡，不畏强御。”茹，《方言》曰：“食也。”这是用软的吃下去、硬的吐出来比喻欺软怕硬，赞美仲山甫不欺鳏寡、不畏强暴、宽严适度、刚柔有则的君子风范。孔子从人格上主张刚柔有济，他说：“刚毅木讷，近仁。”（《论语·子路》）从政治上主张以宽缓为主恩威并重，他说：“道千乘之国，使民以时。”（《论语·学而》）“以时”是一种宽柔的政治，《孟子·梁惠王上》中孟子说梁惠王时有“不违农时”“勿夺其时”之论，正可为此注脚：

> 不违农时，谷不可胜食也；数罟不入洿池，鱼鳖不可胜食也；斧斤以时入山林，材木不可胜用也。谷与鱼鳖不可胜食，材木不可胜用，是使民养生丧死无憾也。养生丧死无憾，王道之始也。五亩之宅，树之以桑，五十者可以衣帛矣。鸡豚狗彘之畜，无失其时，七十者可以食肉矣。百亩之田，勿夺其时，数口之家可以无饥矣。谨庠序之教，申之以孝悌之义，颁白者不负戴于道路矣。七十者衣帛食肉，黎民不饥不寒，然而不王者，未之有也。

这是怀柔之政，因而他们反对“苛政”，声讨其“猛于虎”①；另

① 《礼记·檀弓》：“孔子过泰山侧，有妇人哭于墓者而哀。夫子式而听之，使子路问之。曰：‘子之哭也，壹似重有忧者。’而曰：‘然，昔者吾舅死于虎，吾夫又死焉，今吾子又死焉。’夫子曰：‘何为不去也？’曰：‘无苛政。’夫子曰：‘小子识之，苛政猛于虎也！’”

外，孔子主张为政要取信于民，但也要“足食”“足兵”[①]。这是刚柔在政治上的应用。

在《易传》中，刚柔既是阴阳观念的外化形式，也是人格与政治的内在表现。刚柔是阴阳观念的外化形式，这在《易传》中有着多方面的论述。《系辞上》说：“刚柔者，昼夜之象也。”白昼有日光，为阳；黑夜无日光，为阴。昼夜为阴阳，刚柔为昼夜之象，也就是说刚柔为阴阳之象。这是从象意上加以说明。《说卦》说：“昔者圣人之作《易》也，幽赞于神明而生蓍，参天两地而倚数，观变于阴阳而立卦，发挥于刚柔而生爻。”卦是观象所得，须通过爻加以显示；阴阳是象，刚柔则是象的变化所生。正如李炳海先生所说：“卦有阴阳，阴阳发挥于爻位就是刚柔，刚柔是阴阳以爻位形式的显现，爻位是表示刚柔的基本单位。”[②] 这是从卦与爻的关系上说明。《系辞下》说：“乾，阳物也；坤，阴物也。阴阳合德，而刚柔有体。”《说卦》也说：“分阴分阳，迭用柔刚，故《易》六位而成章。”阴阳是其本性，并且各有其位，而通过刚柔体现出来，这就更明确了阴阳与刚柔的关系，这是问题的一个方面。另一方面，在把刚柔推广运用到修身为政的时候，刚与柔则成为人的内在品格的重要因素。《系辞下》说：“君子知微知彰，知柔知刚，万夫之望。”意思是君子能够探知隐微，把握彰显，懂得刚柔之理，深通刚柔之性，实为天下所瞩望。由此可见，刚与柔既是阴阳学说的范畴，又是道德学说的范畴，而《易传》推崇的正是阴阳交汇、刚柔相济、仁义融合的和谐境界：“昔者圣人之作《易》也，将以因性命之理。是以立天之道曰阴与阳，立地之道曰柔

---

① 《论语·颜渊》：“子贡问政，子曰：‘足食，足兵，民信之矣。’子贡曰：‘必不得已而去，于斯三者何先？’曰：‘去兵。’子贡曰：‘必不得已而去，于斯二者何先？’曰：‘去食。自古皆有死，民无信不立。’”

② 李炳海：《周代文艺思想概观》，东北师范大学出版社 1993 年版，第 176 页。

与刚，立人之道曰仁与义。”（《说卦》）

《周易》以刚柔相济为尚，以刚柔适中为善，《彖传》正是以此为原则断定各卦吉凶。如《小畜》，为卦乾下巽上，六四以一阴畜五阳、一柔敌五刚，本有伤害忧惧，但因其柔顺孚诚，有九二、上九二阳相助，因而“无咎”，《彖传》断曰：“柔得位而上下应之。”九五阳刚居中，又与六四相比而和，能够畅行其志，因而《彖传》说：“刚中而志行。”再如《大过》，为卦巽下兑上，孔颖达《周易正义》说：“四阳在中，二阴在外，以阳之过越之甚也。”四阳居中过盛，所以称“大过”。王申子分析道：“《大过》诸爻，以刚柔适中者为善。初以柔居刚，二以刚居柔以比之，是刚柔适中，相济而有功者也。其阳过也，如杨之枯，如夫之老。其相济而有功也，如枯杨而生稊，如老夫得女妻。”[①] 那么，如何补救“大过”，善处其时呢？上下两阴必须取刚济柔，中间四阴必须取柔济刚，如此互剂，方可成调和之功，正如黄寿祺、张善文先生所说：“拯治‘大过’的根本原则是‘刚柔相济’、力求平衡。”[②] 刚柔相济表现的是一种和谐的精神。李光地《周易折中》概括了《易》之“义例”，其中有“应、比”一项，应是“上下体相对应之爻”，初与四、二与五、三与上；比是处位相近之上下爻。但“应”与“比”均以阴阳、刚柔相应为准的：“凡比与应，必一阴一阳，其情乃相求而相得。若以刚应刚，以柔应柔，则谓之‘无应’。以刚比刚，以柔比柔，则亦无相求相得之情矣。”[③] 中国文学中，刚与柔并生、豪迈与婉约共存的发展状况，正是刚柔相济思想在文学中的反映。

---

① （清）李光地：《周易折中》，巴蜀书社 2006 年版，第 154 页。

② 黄寿祺、张善文：《周易译注》，上海古籍出版社 2007 年版，第 169 页。

③ （清）李光地：《周易折中》，巴蜀书社 2006 年版，第 17 页。

另外，在《易传》中刚柔相济而以刚为主，这种特点使得儒家在文艺观上否定了柔弱之音，而高歌浩然之气。《诗经》的《郑风》多婚恋之歌，为柔弱之音，被孔子视为“淫声”，要“放郑声”[①]；孟子则声称“我善养吾浩然之气”，并说这种浩然之气是“其为气也，至大至刚，以直养而无害，则塞于天地之间”（《孟子·公孙丑上》）。

三　中和之美

《周易》尚中贵和。“和”的思想已如上述。“中”在《周易》中凡 144 见[②]，其中《易经》13 见，《易传》131 见，另外《周易》中用了很多带“中”字的词，如正中、中正、时中、中行、中直、中心、中道、得中、中位、刚中、柔中等，词语使用的高频率和词汇涵容的广泛性，都可以看出“中”在《周易》的重要地位。正如金景芳先生所说：“中在《周易》最为重要。”[③] 在《周易》中，“中”是特定的爻位，指的是二与五，二居下体中间，五居上体中间，所以称中；阳爻居阳位，阴爻居阴位，称为“正”。既中且正，最为美好。金景芳、吕绍纲先生说：“《易》中 384 爻，中爻 128；128 中爻里中而正者 64，中而不正者 64。64 个中而正的爻中，唯有乾卦九五刚健中正。乾卦九五是纯乾中的中正。”[④] 所以《文言》赞美道：“大哉乾乎！刚健中正，纯粹精也。”

《周易》本经中包含中与和的思想，这不仅仅表现在“中”与“和”词语的使用上，更重要的是其所蕴含的观念。如中位多吉，而

---

① 《论语·卫灵公》：“颜渊问为邦，子曰：‘行夏之时，乘殷之辂，服周之冕，乐则韶舞，放郑声，远佞人。郑声淫，佞人殆。’”

② 郭文友：《周易辞海》，巴蜀书社 2005 年版，第 85 页。

③ 金景芳、吕绍纲：《周易全解》，吉林大学出版社 1989 年版，第 22 页。

④ 同上书，第 28—29 页。

上位多凶，物极而反，其间体现的是中和思想。二是阴位，九是阳爻，《泰》卦九二以刚居柔，但爻辞却说“包荒……得尚于中行”，《象传》赞美说：“‘包荒，得尚于中行’，以广大也。”李光地说：“《易》最重者中，故卦德之不善者，过乎中则愈甚，《睽》《归妹》之类是也；卦德之善者，过乎中则不能守矣，《复》《中孚》之类是也。”① 而这种思想经过孔子的阐发，并与孔子的哲学思想结合在一起，从而使得《易传》充满了中庸和穆的精神。

《易传》的中和精神表现在以下几个方面。

（一）以“中”为标准推断吉凶

如前所论，六爻之位作用各不相同。《小象传》对爻位象喻的揭示，往往反映着作者的思想与认识。值得注意的是，《小象传》对中位格外重视，往往成为它断定吉凶的首要标准。位正但不中者，不一定吉；位虽不正但居中者，则必吉。位正居中者为六二和九五，既中且正，自得吉占，如：《需》九五，“‘酒食贞吉’，以中正也”；《讼》九五，“‘讼元吉’，以中正也”；《谦》六二，“‘鸣谦贞吉’，中心得也”；《震》六二，“‘震往来厉’，危行也。其事在中，大无丧也”。位不正居中者为九二和六五，阳刚居阴柔之位、阴柔居阳刚之位，本非吉，但因居中而吉，如：《坤》六五，“‘黄裳元吉’，文在中也”；《履》九二，“‘幽人贞吉’，中不自乱也”；《大有》九二，“‘大车以载’，积中不败也”。位正不居中者为初六、九三、六四、上九，位正一般均吉，但也有不吉的，如：《艮》九三，爻辞曰：“艮其限，列其夤，厉薰心。”《程传》说：“三以刚居刚而不中……是确乎止而不复

① （清）李光地：《周易折中》，巴蜀书社2006年版，第175页。

能进退者也。”黄寿祺、张善文分析说：“这三句说明九三处《艮》之上下卦之中，犹人体之‘腰’；而腰动被止。脊肉断裂，故致‘薰心’之危。”所以《小象传》说：“‘艮其限’，危薰心也。”在《小象传》中，我们可以看到许多对“中”的赞美之词，如“以中正也”“中有庆也”“中无尤也”“得中道也”“以正功也”，等等，在阐释与推断中，表现出“中”道的和乐之情和对“中”道的向往之情。

《序卦》在解释卦序的过程中，常常使用“物不可以终通，故受之以《否》”“无不可以终否，故受之以《同人》”这样的话语，尽管从卦序的说解看有牵强的地方，但其中体现的“过犹不及”的中庸思想，却是显而易见的。

（二）以“和”为宗旨申说易理

《序卦》解释卦序，表现出两个重要思想：一是天地化育万物、人类效法天地的天人合一思想；二是宇宙有始无终、循环往复的生生不息思想。《序卦》在上、下经开始处有两段引入的话：

> 有天地，然后万物生焉。盈天地之间者唯万物，故受之以《屯》。屯者，盈也。
>
> 有天地然后有万物，有万物然后有男女，有男女然后有夫妇，有夫妇然后有父子，有父子然后有君臣，有君臣然后有上下，有上下然后礼义有所错。

前者是说天地化育了万物，万物充满了天地；后者是说万物养育了人类，人类又效法天地万物形成了秩序。《系辞》中也有类似的表述，这反映的是一种天地合德、天人合一的思想。古人认为宇宙最初是鸿蒙、混沌的状态，尽管鸿蒙混沌但毕竟是个开始，《序卦》的作者认为开始之后的宇宙却是一个无止无息、循环往复的过程。在这个过程中，事物或相因或相反，但总是朝着“既济”的结局发展，不论结局如何，这是一个完整的过程；但《既济》只是标志着一个过程的结束，正如《序卦》所说“物不可穷也”，《未济》又标志着一个新的过程的开始。在天地融通、生生不已的氛围里，和合之气盈满宇宙。《杂卦》解释卦义，不按卦序，而是有选择地两两成对，既有顺承，也有逆承，但即使相反也是相成，表现的是“和”的精神。

《说卦》论说八卦之象，首先，谈到卦、爻的形成：“参天两地而倚数，观变于阴阳而立卦，发挥于刚柔而生爻，和顺于道德而理于义，穷理尽性以至于命。”“是以立天之道曰阴与阳，立地之道曰柔与刚，立人之道曰仁与义。兼三才而两之，故《易》六画而成卦。”是天地人合而成卦。其次，谈到八卦的变化：“天地定位，山泽通气，雷风相薄，水火不相射，八卦相错。”与自然的相通与变化相适应。然后八卦的象义，而这些象征意义是成体系的，以乾、坤、震、巽、坎、离、艮、兑的次序，其整体呈以下状态：

基本义：天、地、雷、风、水、火、山、泽

功　用：君、藏、动、散、润、煊、止、说

方　位：西北、西南、东、东南、北、南、东北、西

性　情：健、顺、动、入、陷、丽、止、说

动　物：马、牛、龙、鸡、豕、雉、狗、羊

人　身：首、腹、足、股、耳、目、手、口

人　伦：父、母、长男、长女、者男、中女、少男、少女

时　令：立冬、立秋、春分、立夏、冬至、夏至、立春、秋分

这些成体系的言说中，各体系之内是一个彼此补充、相互融合的整体；而各体系又在宇宙中构成相互依存、相互作用的和谐整体。

（三）以和融的语言风格体现中和的文学精神

《易传》是新体文言的代表，其“张弛有致”的特点具有中和的品格。《易传》语言的和融风格，表现出以下几方面的特点。

第一，去偏而取中，递进而兼得。朱熹解释“中庸”说：“中者，不偏不倚、无过不及之名。庸者，平常也。”① 平常即恒常。季札评价周乐时，说《邶风》《鄘风》《卫风》“忧而不困”，说《王风》“思而不惧”，说《豳风》“乐而不淫”，说《小雅》“思而不贰”，说《颂》“直而不倨，曲而不屈，迩而不偪，远而不携，迁而不淫，复而不厌，哀而不愁，乐而不荒，用而不匮，广而不宣，施而不费，取而不贪，处而不底，行而不流”（《左传·襄公二十九年》），孔子评价《关雎》说“乐而不淫，哀而不伤”（《论语·八佾》），都是使用的去偏取中的语言方式，言其两个极端，而取中间的含义。《易传》中这个语言特点也比较明显，如“居上位而不骄，在下位而不忧”（《文言》）、“杂而不越”“劳而不伐”（《系辞》）。除这种方式之外，《易传》还使用递进或并列而兼得的方式。如“先天而天弗违，后天而奉天时”“坤至柔而动也刚，至静而德方，含万物而化光，后得主而有常”（《文言》）、“刚中而应”（《师·彖》）、“文明以健，中正而应”（《同人·彖》）。

第二，类同以相得。即把相同或相类的事物排列在一起，从而形成一种“同声相应”的和谐效果。如“同声相应，同气相求。水流湿，火就燥，云从龙，风从虎，圣人作而万物睹。本乎天者亲上，本

① （宋）朱熹：《四书章句集注》，中华书局1983年版，第17页。

乎地者亲下，则各从其类也”（《文言》），“方以类聚，物以群分，吉凶生矣。在天成象，在地成形，变化见矣”，“夫《易》广矣大矣，以言乎远则不御，以言乎迩则静而正，以言乎天地之间则备矣”（《系辞上》），“是故君子安而不忘危，存而不忘亡，治而不忘乱，是以身安而国家可保也”，“《损》，先难而后易，《益》，长裕而不设，《困》，穷而通，《井》，居其所而迁”（《系辞下》）。

第三，对举而和同。即把相反的事物相对而言，却造成相成的艺术效果。在《易传》中，阴与阳、刚与柔、日与月、男与女、天地人、寒与暑、动与静、治与乱、安与危，等等，经常对举而言，如“天尊地卑，乾坤定矣。卑高以陈，贵贱位矣。动静有常，刚柔断矣”，“日月运行，一寒一暑。乾道成男，坤道成女”（《系辞上》），“日往则月来，月往则日来，日月相推而明生焉。寒往则暑来，暑往则寒来，寒暑相推而岁成焉”，“危者，安其位者也；亡者，保其存者也；乱者，有其治者也”（《系辞下》）。

第四，韵律和谐。《易传》具有“韵律之美”和“修辞之美”，其韵散相间的论说方式，其排比、对偶等修辞手法的运用，既有诗的韵味与情思，又有文的舒缓与酣畅，表现出流畅和谐的艺术境界。

第三节 《易传》的文道合一与文学精神

文与道是中国古代文学的重要范畴。文与道的统一是中国古代文学追求的最高境界，“文以明道”也成为历代文学家补救时弊的鲜明旗帜。针对南朝文坛片面追求工丽与华彩而忽视内容与情感的弊端，刘勰主张“原道”，提出“因文明道”的主张：“道沿圣以垂文，文因圣而明道。”（《文心雕龙·原道》）但这种文风没有因刘勰的反对而得以改变，直到盛唐，无论朝廷公文、科举考试用语，还是人们的日常书信来往，仍然以华丽的骈文为主。结合当时儒道复兴的社会要求，韩愈进一步明确提出“文以明道”的思想：“君子居其位，则思死其官；未得位，则思修其辞，以明其道”（《争臣论》），并和柳宗元等人一起掀起了一场轰轰烈烈的古文运动。追本溯源，在文学上最早涉及文与道的关系，同时也实现了文道统一的是《易传》。

一 《易传》中的“文”

传统文学思想中的“文”指的就是文章、文学、形式，“道”指的就是道德、儒道、内容。但在先秦时期，“文”与“道”的含义都比较含混、丰富，但其中已包含了后代文章与道德、文学与儒道、形式与内容的关系。

关于“文”的词义，《说文解字》说：“文，错画也，象交文。”错是交错、错杂，这是一个象形字，物质交错形成的纹理叫“文”。这个解释来源于《易传》。《易传·系辞下》说：

> 道有变，故曰爻；爻有等，故曰物；物相杂，故曰文；文不当，故吉凶生焉。

“道”是指自然的阴阳之道。自然阴阳处在不断的变化之中，仿效这种变化，创造了爻；爻有初、二、三、四、五、上位置的不同，象征着各种事物；事物的相互交错，形成了不同的纹理；纹理有的适当，有的不适当，所以吉凶就产生了。李简说：“一则无变无动，兼则两之，故三才之道，皆有变动，以其道有变动，故名其画曰爻。爻者，效也，言六画能效天下之动也。爻有贵贱上下之等，故曰物。物有九六杂居刚柔之位，则成文，交错之际，有当与不当，吉凶由是生焉。”① 纹理，这是“文”的第一层含义，是“文”的本义。

“文”的第二层含义是自然的文采。物质的交错，纹理的形式，让人感到色彩斑斓，因而引申为文采。《革·象传》：“大人虎变，其文炳也；君子豹变，其文蔚也。”这里的“文”既有文理之意，又有文采之意。吕大临说：“虎之文修大而有理，豹之文密茂而成斑。其文炳然，如火之照而易变也；其文蔚然，如草之畅茂而丛聚也。”② 吕大临的解释展示了词义演化的过程。物质交错以成文，则天地阴阳之气交错，天之阴晴朝夕、斗转星移，地之花草树木、河流湖泊、鸟兽虫鱼，形成天文、地貌，又称天象、地理。《易传》描述圣人创造八卦时说：“仰以观于天文，俯以察于地理，是故知幽明之故。”（《系辞上》）又说：“仰则观象于天，俯则观法于地，观鸟兽之文与地之宜，近取诸身，远取诸物，于是始作八卦。”“观于天文”与“观象于天”意同，“天文”即“天象”，指天的文采；“地理”包括“鸟兽之文与地之宜”，之地的文采。自然的文采不是自然本身，而是对自然的装点，于是“文”开始有了“外在”的意义。

“文”的第三层含义是文饰、礼文、文德。文用之于人，首先是话说得动听，需要有所文饰；文字产生之后用之称字，因为字也是错画而成的；书面语言形成之后，文饰的观念直接用于表达，傅道彬先生曾论到甲骨卜辞中形式整齐的文辞格式、不一而足的询问语气、节奏鲜明的韵律，等等，都表现出它们“已经不是普通的未经雕琢的口

① （清）李光地：《周易折中》，巴蜀书社 2006 年版，第 €15 页。

② 同上书，第 503 页。

语，而是经过锤炼文饰”的文饰之言。[①] 为了突出文采绚烂，有了“文章”一词，而后又用“文章”专指文采绚烂的辞章，即“文学”。一方面人形成了社会，社会分化成阶级，阶级需要制度的规定；另一方面，人有本性有情感，但本性情感又不能随意放纵。因此，周代制定了礼，一方面维护着社会的等级制度；另一方面节制着人们的本性情感。礼自外作，因此礼也称“文”。《国语·周语上》：“先王之于民也，茂正其德而厚其性，阜其财求而利其器用，明利害之乡，以文修之，使务利而避害。”韦昭注曰：“文，礼法也。”[②] 文告（文诰）、文典等均为此一层次。人要服从德的要求，服从礼的规定性，必须进行德与礼的教化，德深入内心，礼加诸形式，因此“文”又指称文、德，或“文德”连称成为一个词。如《国语·周语下》记载，单襄公病危，召其子顷公告之曰：“必善晋周，将得晋国。其行也文，能文则得天地。”然后襄公谈到了忠、信、仁、义、智、勇、教、孝、毁、让10种美德，并称这些美德都是“文”在不同方面的表现，所以韦昭注曰：“文者，德之总名也。”这里“文”即指德。[③]《左传·襄公二十七年》：“兵之设久矣，所以威不轨而昭文德也。”则“文德”连称。在《易传》中，文饰之意非常突出，“文言”就是文饰之言，《系辞下》：“其旨远，其辞文”，“辞文”指语言经过修饰富于文采。文德之意也非常明确，《小畜·象传》：“风行天上，小畜。君子以懿文德。”懿者，美也，善也。《小畜》卦是讲蓄养待时，“懿文德”就是修美文德以待时机。

“文”的第四层意义是文明、人文、文化。这几个词后代已广泛

① 傅道彬：《春秋时代的“文言”变革与文学繁荣》，《中国社会科学》2007年第6期。
② 《国语》，上海古籍出版社1998年版，第2页。
③ 同上书，第96页。

运用，但最早均见于《易传》。《贲·彖传》说：

> 贲，亨，柔来而文刚，故亨；分刚上而文柔，故小利有攸往。刚柔交错，天文也。文明以止，人文也。观乎天文，以察时变；观乎人文，以化成天下。

《贲》卦，象征文饰。为卦下离上艮，离为火，艮为山，程颐《程氏易传》（下文简称《程传》）说：“山者，草木百物之所聚生也；火在其下而上照，庶类皆被其光明，为贲饰之象也。”六二承九三，是柔饰刚，故《彖》曰“柔来而文刚”；六五承阳，以上九为饰，故《彖》曰“分刚上而文柔”。柔刚即阴阳，阴阳之气交错，产生天之形象、天之文采，即所谓“天文”。《程传》曰：“天文，谓日月星辰之错列，寒暑阴阳之代变。”文明，即文之使明，光明而有文采之意。《程传》解释卦体说：“下体本乾，柔来文其中而为离。”又解释《彖》义说：“柔来文于刚，而成文明之象。”意思是说，六二的加入使下卦由乾变而为离，六二为阴为柔，来文乾文刚，使之为离为明。“文明”一词在《易传》中出现5次，其中在《彖传》的4次均为此意。另外还有1次在《文言》中：“‘见龙在田’，天下文明。”这里的“文明”则是前面意义的引申，指的是经过教化之后，社会有文德而清明的景象。《文言》前面解释“见龙在天，利见大人”时说：“龙德而正中者也。庸言之信，庸行之谨，闲邪存其诚，善世而不伐，德博而化。《易》曰：‘见龙在田，利见大人’，君德也。”言行谨慎，内心至诚，兼善天下，美德广施而化育天下，正是“天下文明”的主因。

人文，指人的文采。人的文采来自礼义。“文明以止”的“止”是“止于礼义”，儒家强调中庸和睦，凡事不能过，“过犹不及”，因而“文明”亦不能过，要限制，要用礼义来限制。因为是经过人为地用礼义来限制所表现出来的文采，所以称“人文”。“文化”的最初含义是“文以化之”，是“观乎人文，以化成天下”的减缩语。“文”指人文，即指人的“文明以止”的程度，根据这个程度来实施教化，推行化育天下的礼义制度。

“文”的四层含义，有着一个从简单到丰富、从自然到社会、由具体到抽象的过程。在这个过程中，尽管它包含着“文德”“礼义”之“义”的内容，但总体上来说，“文”是外在的，是形式的，是修饰的。

二 《易传》中的“道”

《易经》中的“道”用的都是本义，指道路。如《复》：“出入无疾，朋来无咎。反复其道，七日来复，利有攸往”；《履》：“九二，履道坦坦，幽人贞吉”；《随》：“有孚在道，以明，何咎?”

《易传》中的“道”则多用其引申义，指规律、规则等，并且把它提升到哲学的高度。那么从哲学的意义上说，“道”是指什么?《庄子·天下》说“《易》以道阴阳”，《系辞上》说“一阴一阳之谓道”，可以说都揭示了易道的根本。对此，朱伯崑先生论述道：

> 《系辞上》解释此性命之理说：“一阴一阳之谓道，继之者善，成之者性也。”是说，就卦画说，有奇偶两画和阴阳二位，方有一卦之体制。就事物说，宇宙任何个体，都有阴阳两方面，从而成为自己的本性。天象继承此道，为寒暖二气；地形继承此道，为刚柔二性；人类继承此道，为仁义二德。这样，一阴一阳之道，便成了宇宙的根本原理。①

① 朱伯崑：《朱伯崑论著》，沈阳出版社1998年版，第719页。

《易传》的“道”不是单一的，“易”本身就是不易的，又是变易的，因而用“唯一”的思维方式去理解《易传》的“道”，不能全面认识《易传》的思想。《系辞上》说：“易与天地准，故能弥纶天地之道。”实际上，《易传》的“道”也是涵容天地的概念，具有多方面的含义。

（一）阴阳之道

“一阴一阳之谓道”，这是《易传》自身所做的解释。学术界对阴阳观念的起源还存在着争议，但其萌生于原始的自然崇拜和生殖崇拜、产生于原始的巫术宗教文化之中，则为大多数学者所认可。傅道彬先生说：

> 生殖崇拜的历史给中国的哲学家们以极大的启示。原始的世界是自然与人生、客体与主体浑然同在的世界。从这一逻辑出发，既然人类的发展演变由男女媾和的创生行为演变而来，那么天地万物的自然世界也必然存在着一个相同的生殖规律。这个以男女媾合为原型的基本规律，在中国古代哲学中被抽象为两个基本的生殖符号——阴（- -）与阳（—）。[①]

“阴”《易经》中仅1见，指水的南面，引申为幽隐之地，《中孚》卦：“九二，鸣鹤在阴，有子和之。”《程传》曰：“二刚实中孚之至者也，孚至则能感通。鹤鸣于幽隐之处，不闻也，而其子相应和，中心之愿相通也。”意义较实。“阳”在《易经》中则未见。但这并不说明阴阳观念就不存在，傅先生的论证已经十分清楚地表明了

① 傅道彬：《中国生殖崇拜文化论》，湖北人民出版社1990年版，第314页。

阴阳符号的象征意义，只不过西周初年人们还没有用“阴阳”加以指称。黑格尔曾说过：“从一个范畴，通过缺点的指出，推进到另一个范畴，在我们是很容易的，但在历史的历程中，这却是很困难的……世界精神从一个范畴到另一个范畴，常常需要好几百年。”① 阴阳观念正是这样一个范畴。实际上，《易经》的卦爻辞就是以阴阳之位来推断吉区的。正如李炳海先生所说：“《周易》本经成书于西周初年，阴阳观念是作为具有普遍意义的思想而贯穿全书，人们是以阴阳观念推断吉凶、逆料未来的。”②

阴阳概念的提出是在西周末年。《国语·周语上》记载，周宣王二年，西周镐京周围的泾水、渭水、洛水一带发生地震，伯阳父分析道：

> 周将亡矣！夫天地之气，不失其序，若过其序，民乱之也。阳伏而不能出，阴迫而不能烝，于是有地震。今三川实震，是阳失其所而镇阴也。阳失而在阴，川源必塞，源塞，国必亡。

伯阳父认为，天地之气体现为阴阳之气，阴阳之气决定着宇宙自然的变化，其协调使宇宙自然得以平衡，其失衡便造成宇宙自然秩序的紊乱，并由此造成社会秩序的混乱。伯阳父用阴阳学说加以解释地震现象，表现出这时期的阴阳理论已经相当成熟。③

春秋时期，阴阳观念已经被普遍地运用于解说天象人事，《左传》《国语》中均有大量记载。《易传》不仅体悟并揭示了《易经》所具

---

① ［德］黑格尔：《哲学史讲演录》（一），贺麟、王太生译，商务印书馆 1978 年版，第 101 页。

② 李炳海：《道家与道家文学》，东北师范大学出版社 1992 年版，第 7 页。

③ 参考赵东栓《先秦哲学思想与文艺美学观念》第三章“阴阳五行‘哲学’与文艺美学观念”，吉林人民出版社 2005 年版，第 151—201 页。

有的阴阳观念："《易》之义谁（唯）阴与阳"（帛书《易之义》）①，用阴阳学说解释卦爻象、卦爻义、卦爻辞，而且广泛吸收了西周以来阴阳学说的成果，以阴阳为中介，把自然与社会贯通起来，把天与人融合起来，把原始阴阳学说的简单对立统一观念升华为整个宇宙的普遍规律。

（二）道德之道

阴阳是孔子体悟到的解开《易》之谜的一把钥匙。但孔子作《易传》还有一个重要目的是通过阐释《易经》，挖掘其道德因素，进一步建立道德规范，不断进行道德教育。帛书《要》说：

> 子曰：《易》，我后其祝卜者矣！我观其德义耳也。幽赞而达乎数，明数而达乎德，又仁守者而义行之巨。……后世之疑丘者，或以《易》乎？吾求其德而已，吾与史巫同涂而殊归者也。君子德行焉求福，故祭祀而寡也；仁义焉求吉，故卜筮而希也。祝巫卜筮其后乎？②

在占筮面前，孔子更重视其中的道德仁义，怀有道德仁义可以少犯错误，少有困境，也就少行占筮，只有靠着道德仁义才能真正获得吉祥福禄。他是希望从根本上止恶扬善，《讼·大象传》"君子以作事谋始"便是这个意思。帛书《要》篇第一章还说："无德，则不能知《易》，故君子奠之。"③ 既是强调首先进行道德的修养，也可见出其作《易传》的真正目的。

---

① 邓球柏：《帛书周易校释》，湖南人民出版社 2002 年版，第 548 页。邓氏释曰："谁：读为'唯'字。"

② 同上书，第 572 页。

③ 同上书，第 569 页。

《易传》一方面注意发掘《易经》的道德因素；另一方面注意阐发具有积极意义的道德精神。《易经》中蕴含着丰富的道德内容，如刚健、尚中、贵和、重恒、惩恶、扬善、好谦、敬顺、重时、忧患等。有些表现得较为明确，并得到多方面反映，如忧患，《乾》卦九三“君子终日乾乾，夕惕若，厉无咎”，《临》卦六三“甘临，无攸利，既忧之，无咎”，都是说因忧虑在先，并勤恳为之，方得无咎，表现了忧患意识。有些则处于萌芽或者是朦胧状态，没有充分展示，如重时，仅《归妹》九四有“迟归有时”之语。《易传》则或从卦象（如尚中），或从卦名（如好谦），或从卦辞（如“元亨利贞”四德），或从爻辞（如由《坤》“直方”而正直敬义）进行了广泛的引申和发挥。[①] 如刚健，《易经·乾》卦中只是“描绘了苍龙星一年四季在美丽的夜空中的运动变化”[②]，并有“君子终日乾乾，夕惕若，厉无咎”的象意、“元亨利贞”的断辞以及“利见大人”的占语。但孔子从六爻皆阳、龙象、断占之词中却发掘出了“刚健”之德，而且赋之以崇高的品格，包括自强不息的意志、勤勤恳恳的作风、进德修业的努力、充满忧患的意识、进退自如的造诣，等等。这些不仅成为《乾》卦的象征，而且成为历代士人追求的道德目标。再如重时，《归妹》九四的“归妹愆期，迟归有时”之语，是说女子“迟迟未嫁静待时机”[③]，孔子解释“愆期”为“有待而行也”（《小象传》），更以此为契机，总结出《易》“六位时成”的规律，并将“时”上升到哲学的高度，凝聚成“与时偕行”（《文言》）、“待时而动”（《系辞》）的思想，常常发出“时之义大矣哉！”“时义大矣哉！”“时用

① 参考黄钊《〈易传〉的道德观发微》，《湘潭大学学报》2006年第3期。

② 傅道彬：《〈诗〉外诗论笺》，黑龙江教育出版社1993年版，第128页。

③ 黄寿祺、张善文：《周易译注》，上海古籍出版社2007年版，第319页。

大矣哉!”的旷世之叹!《易传》阐发的具有积极意义的道德是多方面的,《大象传》可以说就是论述的“君子”之道,本章第一节已对此做过专论。

由此可见,《易传》的“道”是天人合一的“道”,既是阴阳之道,所谓“一阴一阳之谓道”;又是道德之道,所谓“夫《易》,圣人所以崇德而广业也”(《系辞上》)。而其功用各有不同,阴阳之道重在阐释《易》理,道德之道重在垂典示范。

三 语言与思想

语言与思想的关系从某种意义上来说,也是言与意的关系。从《易传》来说,语言是如何承载思想、如何与思想融为一体的呢?

《易传》表现的思想就是“道”。《易传》既有对“道”的揭示,如“一阴一阳之谓道”“夫《易》,圣人所以崇德而广业也”;有对“道”的描述,如“《易》无思也,无为也,寂然不动,感而遂通天下之故”;也有对“道”的升华,如“时”“中”等。

这里我们需要注意的是,《易传》并没有把文与道截然分开,作者把思想寄托于语言,让语言承载着思想,两者密切结合。首先,不做拘系之谈,而是把解经与明道融合在一起。《易传》是解经之作,但作者并没有简单地拘系于《易经》本身的解释,而是把“论理”与“释义”“说象”紧密结合起来,而“释义”“说象”也多阐发义理。如《坎》卦:

习坎,有孚,维心亨,行有尚。

《彖》曰:“习坎”,重险也。水流而不盈,行险而不失其信。“维心亨”,乃以刚中也。“行有尚”,往有功也。天险,不可升也。地险，山川丘陵也。王公设险以守其国。险之时用大矣哉！

《象》曰：水洊至，习坎。君子以常德行，习教事。

坎是水，水的本质是流。水流的特点，一是专心流下，其心诚信，故卦辞曰“有孚”；二是流程艰难，可能多遇险阻，所以称“习坎”；但不管遭遇如何均不会改变其向东奔流的总体目标，所以说“维心亨，行可尚”。《易传》根据水之象与卦之辞，“重险也，水流而不盈”“水洊至”言其特点；以“信”释“孚”，既符合“水”的象义，又是对卦辞的训释，同时也弘扬了儒家“信”的思想，所以说“行险而不失其信”。“天险”“地险”几句则是作者针对现实所做的发挥，“险”可以阻挡水，成为行事的障碍，但又可以化弊为利，以此为防御“以守其国”；“君子以常德行，习教事”则是道德上的升华，可以像水一样保持恒常的修德之心、不间断地学习。其次，不做空泛之论，语言与思想融合在一起。《易传》以“简约之言”阐释《易经》，依经立义，不作空言。这与汉代以后的经学家“分文析字，繁言碎辞”（《汉书·楚元王传》）、“支叶蕃滋，一经说至百余万言”（《汉书·儒林传》）的烦琐支离大相径庭。因而经学不断地受到冲击，而解经的《易传》反而与经合刊也成为经典，除了孔子的宗师地位，这不能不说是一个重要原因。在《易传》的阐释中，我们看到语言与思想的高度融合性。道是阴阳，又是道德，它充满宇宙，遍布人间，《易传》的论述也是天人融通，上下和睦，文采斐然，声韵和谐。

在这里我们还需要关注的是孔子对“道”的体认，对“道”的追寻，和他在体悟“道”、追寻“道”的过程中所表现出来的精神。

帛书《要》称："夫子老而好《易》，居则在席，行则在囊。"[1] 为求《易》理，几乎形影相随，其恒心可见；《要》载孔子言："后世之疑丘者，或以《易》乎？吾求其德而已，吾与史巫同涂（途）而殊归者也。"与世俗之巫求祝卜归向神秘不同，他是求道德而归向现实，甚至不惜被怀疑，也要从巫蛊的迷障中发掘出道德的光芒！他不仅要求"士志于道"，而且表示"朝闻道，夕死可矣"（《里仁》），表现出矢志求道的可贵人格。这种"主忠信，徙义，崇德"的道德意识，正是一种"士不可不弘毅"的以天下为己任的敢于承担、勇于奉献、甘于牺牲的社会责任意识。

① 邓球柏：《帛书周易校释》，湖南人民出版社2002年第3版，第572页。

第三章 《诗经》的文学自觉与文化精神

第一节 《诗经》的文学自觉

毫无疑问，文学的发展经过了一个从自发走向自觉的阶段。中国文学从什么时候开始进入了文学的自觉阶段？自从鲁迅先生受日本学者影响，提出魏晋为中国文学的自觉时期的看法之后，学界大都遵从此说。但这个观点在新时期的古代文学研究中不断被提出质疑。

一 "文学自觉"问题的提出与论争

1927 年 7 月 23 日和 26 日，鲁迅在广州学术演讲会上，分两次做了题为《魏晋风度及文章与药及酒之关系》的讲演，正是在这个讲演中，鲁迅先生提出了中国文学的"文学自觉"说，他说："用近代的文学眼光看来，曹丕的一个时代可说是'文学的自觉时代'，或如近代所说是为艺术而艺术（Art for Art's SaKe）的一派。"① 讲演的记录

① 《鲁迅全集》第 3 卷，人民文学出版社 1981 年版，第 504 页。

稿最初发表于1927年8月11日、12日、13日、15日、16日广州《民国日报》副刊《现代青年》第173期至第178期，改定稿发表于1927年11月16日《北新》半月刊第2卷第2号，后收入《而已集》。关于这两次讲演的时间，由于收入集中时加了“九月间在广州夏期学术演讲会讲”的题下注，所以许多学者在引述这一观点时大都写作“1927年9月”，实际是错误的，《鲁迅全集》的编者早已做出辨析，并明断其“有误”[①]。对这两次演讲，鲁迅《日记》相关时间均有记载：(1927年7月)“二十三日 晴。上午蒋径三、陈次二来邀至学术讲演会讲二小时”，“二十六日 雨。上午往学术讲演会讲二小时”[②]；而其讲演记录稿当年8月即已发表，均可证明《全集》编者注释的判断是正确的。

鲁迅先生的这一观点是受了日本学者铃木虎雄的影响。铃木虎雄于1919年10月—1920年3月在日本《艺文》杂志分五期发表了《魏晋南北朝时代的文学论》一文，明确提出“魏的时代是中国文学的自觉时代”的观点。该文后收入作者所著《支那诗论史》，该书于1925年初由日本京都弘文堂书房出版。1928年，孙俍工先生翻译、上海北新书局出版，将此书介绍给中国读者，翻译出版时改名为《中国古代文艺论史》(上、下册)。后许总先生重译此书，译名为《中国诗论史》，由广西人民出版社于1989年出版。应该说，大多数学者都认为鲁迅先生关于“文学自觉”说接受了铃木虎雄的观点，但也有学者认为此说并没有切实的依据。实际上，鲁迅早在1925年铃木著作出版不久，就购得此书。其《日记》1925年9月15日记载：“往东亚公司买《支那诗论史》一本，《社会进化思想讲话》一本，共泉四元。”

① 《鲁迅全集》第3卷，人民文学出版社1981年版，第517页注[2]。

② 《鲁迅全集》第14卷，人民文学出版社1981年版，第564页。

其当年“书账”中亦有“《中国诗论史》一本，二．四〇”[①]，即为此书。因为与“书账”中所记《社会进化思想讲话》同购于“九月十五日”，后者价格“一．六〇”，二书共“四元”，与前记相合。说明鲁迅先生自然是受了此书影响。

因为首次提出“文学自觉”并揭示了建安时期文学的典型特征，而且由于鲁迅先生的文化影响与学术地位，所以这一说法影响很大，此后半个多世纪学界涉及此问题均采用此说。如初版于1934年的罗根泽《中国文学批评史》说：“至建安，‘甫乃以情纬文，以文披质’，才造成文学的自觉时代。”[②] 刘大杰写于1939—1940年的《中国文学发展史》说：“中国文学发展到了魏晋，它的精神与作家的创作态度，都发生了变化。这期的文学，形成一种自觉的运动，重视文学价值和社会地位，探讨文学理论问题。在这转变的过程中，文学逐渐摆脱经学的束缚，得到比较自由的发展。”[③] 游国恩等先生主编的《中国文学史》认为“建安时期，文士地位有了提高，文学的意义也得到更高的评价，加之汉末以来，品评人物的风气盛行，由人而及文，促进了文学批评风气的出现，表现了文学的自觉精神”[④]。李泽厚在完成于1979的《美的历程》第五章第二节专门论述“文的自觉”，他认为“文的自觉（形式）与人的主题（内容）同是魏晋时期的产物”。在其后他与刘纲纪主编的《中国美学史》也明确说：“曹丕的确已意识到文艺有独立于儒家政治伦理的价值，标志着中国历史上‘文’的自觉的时代的到来。”[⑤] 至20世纪90年代末期，袁行霈主编

---

① 《鲁迅全集》第14卷，人民文学出版社1981年版，第580页。

② 《中国文学批评史》（一），上海古籍出版社1984年版，第123页。

③ 《中国文学发展史》（上），上海古籍出版社1982年版，第231页。

④ 《中国文学史》（一），人民文学出版社1963年版，第229页。

⑤ 《中国美学史》（第2卷·上），中国社会科学出版社1987年版，第55页。

的“面向21世纪课程教材”《中国文学史》对此做了总结式的概括，提出了“所谓文学的自觉有三个标志”，“第一，文学从广义的学术中分化出来，成为一个门类”；“第二，对文学的各种体裁有了比较细致的区分，更重要的是对各种体裁的体制和风格特点有了比较明确的认识”；“第三，对文学的审美特性有了自觉的追求”。[①]

对“文学自觉”始于建安之说最早提出质疑的是龚克昌先生。1981年，龚克昌在《文史哲》当年第一期发表《论汉赋》一文说：“根据鲁迅先生这个标准，或用我们今天所说的所谓自觉地进行艺术创作的标准，我都以为，这个‘文学的自觉时代’至少可以再提前三百五十年，即提到汉武帝时代的司马相如身上。”此后，他在《刘勰论汉赋》《汉赋的奠基者司马相如》等文中又不同程度地阐述了这一观点。[②] 1988年，他又在《文史哲》当年第5期发表《汉赋——文学自觉时代的起点》一文，对此进行了专门论述。他认为，汉赋中“浪漫主义表现手法的广泛充分运用”和“追求华丽的辞藻”是一种“文学意识的强烈涌动，文学特点的充分表露”，而司马相如所说“合纂组以成文，列锦绣而为质，一经一纬，一宫一商，此赋值迹也。赋家之心，包括宇宙，总览人物，斯乃得之于内，不可得而传”，则是他提出的一种“新的比较系统的文艺理论”，这两方面都标志着汉赋已是文学自觉时代的起点。

龚克昌的研究结论对学界产生了重要影响。一方面，许多学者研究汉赋时接受了这个意见，并从不同角度深化了这一研究。康金声说：“汉赋是文学自觉时代的第一声春雷。”[③] 汪祚民认为，从汉代的

---

① 《中国文学史》（第二卷），高等教育出版社1999年版，第3—5页。

② 分别见《文心雕龙学刊》第1辑，齐鲁书社1983年版；《社会科学战线》1983年第3期。

③ 龚克昌：《论汉赋在中国文学史上的地位》，《山西大学学报》1991年第3期。

辞赋品评可见，其审美愉悦价值成为文学批评的重要维度，其唯美倾向和辞宗赋首的观念确立了文学自身新的审美范式和新的传统，这都是文学独立自觉后必然出现的理论景观，因而“汉代辞赋品评是中国文学独立自觉的理论风标”。[①] 李炳海先生也论道：“人们通常所说的文学自觉无非是以下几个标志：人的生命意识的觉醒，个体价值得到普遍关注，文学理论的建构，文学独立地位的确认。从这几个方面来衡量，把辞赋生成期定为文学自觉的初始阶段是合乎历史实际的。”[②] 另外，龚克昌的研究启示众多学者从更广阔的文化背景和更宽泛的文学体裁上，充实和进一步完善“汉代文学自觉说”。张少康先生认为：“文学的独立和自觉是从战国后期《楚辞》的创作初露端倪，经过了一个较长的逐步发展过程，到西汉中期就已经很明确了，这个过程的完成，我以为可以刘向校书而在《别录》中将诗赋专列一类作为标志。”这种自觉在汉代，主要表现在四个方面：文学观念的发展与演进，学术和文章的分野日益明显；专业文人创作的出现和专业文人队伍的形成；多种文学体裁的发展和成熟；汉代的文学批评是一种文学的、艺术的批评。[③] 詹福瑞先生从文士的兴起和经生的文士化倾向对文学自觉的推动，以及汉人对屈原的批评体现渐近自觉的文学观念等方面，坚信汉代是中国文学自觉时代的开始。[④] 赵敏俐先生认为，即便是以袁行霈先生关于文学自觉说的三个标志来衡量，汉代文学也已经完全达到“自觉”了。班固在《汉书·艺文志》中把诗赋单列一类，扬雄对于“易”“传”“史”“箴”“赋”等文体及其特点的明确

---

① 汪祚民：《文学独立自觉的理论风标：汉代辞赋品评透视》，《安庆师范学院学报》2004 年第 5 期。

② 李炳海：《辞赋研究的视角转换》，《东北师范大学学报》2000 年第 4 期。

③ 张少康：《论文学的独立和自觉非自魏晋始》，《北京大学学报》1996 年第 2 期。

④ 詹福瑞：《文士、经生的文士化与文学的自觉》，《河北学刊》1998 年第 4 期。

认识，赋家创作对文学审美特性的自觉追求，这些都说明“中国文学如果有一个自觉时代的起点，这个起点也应该是在汉代，而不应该是在魏晋”。[①] 对此，杨树增先生还以司马迁论述屈原《离骚》的创作动机、《史记》塑造典型人物形象的意识及技巧等方面，证明汉代文学的多方面创新，实际上开创了一个“文学自觉”的时代。[②] 万志全则认为扬雄的审美命题“诗人之赋丽以则，辞人之赋丽以淫”中提出的“丽”的审美范畴，开启了“文学的自觉”理论探讨之先河。[③]

在对《诗经》的研究中，赵敏俐先生曾谈到《诗经》中功利主义的创作自觉、个体诗人的出现和艺术美的主动追求等，都“从创作主体的角度划开了《诗经》与原始诗歌的时代界域，标志着中国诗歌艺术脱离了原始自发的阶段而开始飞跃发展”，“是中国诗歌艺术从自在到自为的质变”。[④] 而在全面考察春秋时期“文言”变革和文学繁荣的基础上，傅道彬先生鲜明地提出了“春秋文学自觉说”。傅先生认为文学是语言的艺术，文学的自觉首先表现为语言的自觉，春秋时期的“新文言”表现方法自由灵活，修辞手段广泛应用，语言鲜活生动，形式多变，显示出了文学语言的成熟，这是中国文学成熟与自觉的主要标志；《诗经》的结集、《春秋》的“五例”创制、《左传》《国语》的艺术经验、《老子》的诗性哲理、《论语》的道德理性，《文言》等的议论文字、志传誓诔等的文体形式，等等，这些文学创作的繁荣是文学自觉的实践与证明，也是理论自觉的根本前提。一批熟悉礼乐经典、长于辞令表达的文士从士人集团中分化出来形成文士

---

① 赵敏俐：《“魏晋文学自觉说”反思》，《中国社会科学》2005 年第 2 期。

② 杨树增：《“史化”文学与文学“自觉”——论先秦两汉文学的特点》，《广州大学学报》2009 年第 9 期。

③ 万志全：《论“文学的自觉”理论探讨始自扬雄的“丽”》，《名作欣赏》2007 年第 1 期。

④ 赵敏俐：《论诗经在中国文学史上的创作论意义》，《东方论坛》1996 年第 2 期。

集团，成为文学自觉的主体力量；春秋时代的文学理论不是简单地提出零散的词语式的理论概念，而是系统的、全面的、体系性的理论构建，包括“有德者有言”的文学自觉追求、“婉而成章”的文学表达方式、“辞达而已”的文学思想原则、“文质彬彬”的中和美学精神，这不是理论的初建，而是理论的成熟，更能反映文学的自觉意识。因而他得出结论：春秋时代的“文言”变革与文学繁荣标志着这一时期的中国文学已经进入全面成熟和自觉的历史时期。①

“文学自觉”问题论争的实质是如何认识“文学”。“文学”一词确实在先秦时期已经出现，是学术的统称，有“文章博学”“先王典文”“释经之学”等含义，也指“文饰之言”。这一语词经过了两汉时期，到魏晋南北朝时期才专指现代文艺理论意义上的“文学”。这是无可置疑的。但历史唯物主义告诉我们，研究历史问题，必须把问题放到一定的历史环境中去，才能得出恰当的认识。对“文学”的认识亦复如此。我们需要考虑的不仅仅是“文学”这个语词什么时候产生，以及什么时候具有了现代文艺理论中的“文学”之意，我们更要考察的是“文学”这种现象什么时候产生，以及创造这种现象时人们内心的意识如何。因而“魏晋说”者声称“文学”到魏晋时期才成为独立的学科，“汉代说”者则强调汉代“文学”已有了“文章”之意，“春秋说”者也努力寻找一个与“文学”相对应的语词，并由此判定各时期的“文学自觉”问题，这实际上是颠倒了名与实的关系。在先秦时期，用“诗”“文”“言”“辞”“文学”等指称的这种现象，早已产生并得以广泛运用，论争的各方都无法否认《诗经》中的诗歌是文学作品、春秋时期的历史与哲理著作由于使用了文学手法也

---

① 傅道彬：《春秋时代的“文言”变革与文学繁荣》，《中国社会科学》2007年第6期。

可以看作是文学文本这样一个事实。理论是实践的总结，难道非要先确定一个名号、规定一种理论，然后才去根据这个名号、按照这个规定进行创作，才是一种自觉吗！或者说非要古人按照现代人的思维、根据现代人的理论去进行创作，才是一种自觉吗！如果否定了这样的一种假设，根据历史的现实加以判断，通过《诗经》的采集编辑、《诗经》的创作意识和《诗经》的艺术追求，我们完全可以说，春秋时代已经进入了文学的自觉阶段。

二 《诗经》采集编辑的自觉

《诗经》的时代，上起西周初期，下至春秋中叶；《诗经》的作者，上及王公贵族，下至平民农奴；《诗经》采集编辑的地域，包括东之齐鲁、西之渭陕、北之燕冀、南之江汉，范围涵盖了今天的河北、河南、山西、山东、陕西五省及湖北北部、安徽北部。以当时的条件，能够编成这样一部诗集，确实称得上一项了不起的文化工程。那么这样漫漫数百年、绵延数千里、纭纭数百人的作品，何以汇聚于一部《诗经》中呢？前人的记述与推测，为我们逐渐揭示谜底，提供了一些信息。

史料可见，周代朝廷对诗歌十分重视，并建立采诗、献诗以及礼乐制作的制度。典籍记载，上古有所谓“采诗之官”，专于民间采诗，献诸朝廷：

> 《夏书》云：“遒人以木铎徇于路，官师相规，工执艺事以谏。”（《左传·襄公十四年》）
>
> 诏问三代，周秦轩车使者、卣（遒）人使者，以岁八月巡路，求代语、童谣、歌戏。（刘歆《与扬雄书》）

古有采诗之官，王者所以观风俗，知得失，自考正也。(《汉书·艺文志》)

孟春之月，群居者将散，行人振木铎徇于路以采诗，献之大师，比其音律，以闻于天子。故曰：王者不窥牖户而知天下。(《汉书·食货志》)

晋人杜预《春秋经传集解》注曰：“遒人，行令之官也。木铎，木舌金铃。徇于路，求致谣之言。”所引《夏出》指逸书《胤征》篇，可见“求歌谣之言”的“遒人”之官，是早已设立的。清代学者段玉裁考证，“卣人”就是“遒人”，与“使者”“行人”异名而同实。尽管这些记载有的地方不尽相同，如时间上刘歆说是“岁八月”，班固说是“孟春之月”，采诗之人有“遒人”“行人”“轩与使者”“卣人使者”“史官”，等等，但从《诗经》汇集了众多民间之诗的实际情况来看，采诗的制度应该是存在的。

另外，《孟子·离娄下》说：“王者之迹熄而《诗》亡，《诗》亡然后《春秋》作。”意思是说周天子巡狩天下的车辙马迹停止了，王业凋零了，《诗》的命运也就终止了；然后孔子作《春秋》，褒贬是非，维护周制，乱臣贼子因而忐忑惧怕。可以说明《诗》的存亡与周代礼乐制度有密切关系，也可以佐证采诗一事并非汉代人的凭空臆测。

统治阶级中的贵族文人还有“献诗”的制度，这在典籍中也多有记载：

故天子听政，使公卿至于列士献诗，瞽献曲，史献书，师箴，瞍赋，矇诵，百工谏，庶人传语，近臣尽规，亲戚补察，瞽、史教诲，耆艾修之，而后王斟酌焉。是以事行而不悖。(《国语·周语上》)

> 古之王者，政德既成，又听于民。于是乎使工诵谏于朝，在列者献诗，使勿兜……有邪而正之，尽戒之术也。（《国语·晋语六》）
>
> 自王以下，各有父兄子弟，以补察其政。史为书，瞽为诗，工诵箴谏，大夫规诲，士传言，庶人谤，商旅于市，百工献艺。故《夏书》曰："遒人以木徇于路，官师相规、工艺执事以谏。"正月孟春，于是乎有之，谏失常也。（《左传·襄公十四年》）
>
> 昔穆王欲肆其心，周行天下，将皆必有车辙马迹焉。祭公谋父作《祈招》之诗，以止王心。王是以获没于祗宫……其诗曰："祈招之愔愔，式招德音。思我王度，式如玉，式如金。形民之力，而无醉饱之心。"（《左传·昭公十二年》）

由此可见，公卿列士、贵族官员和文人献诗是周朝的一个制度。值得注意的是，周朝建立制度，命"行人"采诗，让公卿献诗，有着明确的目的性。

首先，在于考察民风民情。中国是一个诗的国度。早在《尚书·舜典》中就有"诗言志"的记载，这说明当时人们已经认识到诗歌抒发情感的本质特征。既然诗是抒发情感的，而各种情感又往往是在一定的社会环境和历史条件中产生的，所以通过诗歌所表现的内容就可以了解到当时的社会情况。可以说周朝设立采诗之官，首先是为了考察人民的动向，了解施政的得失，以利于巩固统治。《汉书·艺文志》所谓"观风俗"正是这个道理。

其次，在于了解政治得失。上古时期就有"明堂"这种带有一定原始民主遗风的建制，周代还设有"乡校"。不同行业的执事者，从不同的角度，对现行的政策发表自己的意见，已然成为一种风气。而公卿贵族士人作诗以献诸朝廷，通过诗歌进行讽谏或赞颂，表达对政治的评价，其意亦在“补察时政”。执政者从中了解情况，掌握动向，所谓“知得失，自考正”，才能“事行而不悖”。

最后，在于教育贵族子弟。我国古代非常重视音乐教育，传说中的舜让夔掌管音乐，并让他以诗、乐教育子弟。而在周代，诗、乐除了培养人的品德性格，使之能够和谐地处理好上下左右各个层次的关系外，还有一个更实际的用途，就是赋诗言志。民间诗歌那种鲜活的语言、生动的形象、丰富的含蕴，可以使贵族子弟、各类官员在许多场合下，截取其中的诗句以表情达意。孔子就曾总结道：“诗可以兴，可以观，可以群，可以怨。迩之事父，远之事君，多识于鸟兽草木之名。”（《论语·阳货》）

这种采诗制度在后代仍延续不衰，汉代则设立了一个专门的机构——乐府，采集民歌，整理音乐。南北朝时期朝廷也设有乐府官署，收集整理民歌。这些民间歌谣也逐渐引起了文人们的注意，他们从民歌中汲取丰富的营养，充实自己的写作，如陶渊明、鲍照、杜甫、白居易等，都取得了巨大成就。有些文人更是亲自采风，搜集、整理民间歌谣，为文化发展做出了贡献。如明代的冯梦龙，就以毕生精力搜集、整理、研究民歌，他不仅编纂了《挂枝儿》《山歌》等民歌集，而且阐释民歌的艺术性，论述民歌的发展及其文学价值。这不能不说是受到了周代“振木铎以采诗”的影响。而《诗经》中有些作品也提供了可靠的内证，表明了这种创作意识的自觉。

三 《诗经》创作意识的自觉

在文学从自发走向自觉的过程中，作者是否具有明确的创作意识是一个重要标志。原始劳动歌谣，也对劳动生活进行了描绘，如保存在《吴越春秋》中的《弹歌》：“断竹续竹，飞土逐宍”，就是反映我国渔猎时代人们的狩猎生活；原始人也用它表现各种各样的情感。如《伊耆氏蜡辞》：

> 土反其宅！
> 水归其壑！
> 昆虫毋作！
> 草木归其泽！

这首诗歌保存在《礼记·郊特牲》中，是一篇祷祝丰收、祭祀百神时的祭辞。人们企图以命令或乞求式的语言，实现自己的幻想和愿望。这四句祭辞，要求土神、水神、昆虫神、草木神都回到自己的"领地"去，不要为害人类。句句是希望，句句是祈祷，语词恳切，表现了先人们控制自然、改变环境的强烈愿望和美好理想，透露出原始人征服自然的坚强意志和豪迈气概。

但这些歌谣或是对劳动生活的简单记述，或是对幻想愿望的真诚表达，或是对内心感情的切实流露，都是出于自发，是无意识的。尽管《尚书·舜典》中有"诗言志，歌永言，声依永，律和声"的话，但从理论上推断在诗歌并不发达的原始时代，这种诗歌理论的产生是不可能的，而且晋代人已经考订《舜典》的伪书性质。马克思主义告诉我们，理论的产生往往是基于实践的总结，而反过来又指导实践。文学亦为如此，作者在大量创作的基础上，开始反思创作的意义，并自觉地进行创作。《诗经》便处于这样的时期。

《诗经》中有十余篇作品直接言及作诗的目的，其含义是丰富的。

首先，用诗抒发自己欢乐、爱慕、忧思、怨愤的思想感情。如：

> 《魏风·葛屦》：维是褊心，是以为刺。
> 《小雅·四牡》：岂不怀归？是用作歌，将母来谂。

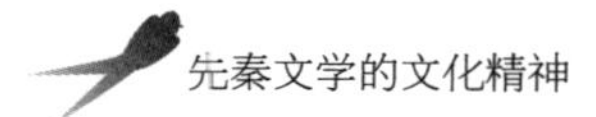

《小雅·四月》：山有蕨薇，隰有杞桋。君子作歌，维以告哀。

《大雅·崧高》：吉甫作诵，其诗孔硕。其风肆好，以赠申伯。

《魏风·葛屦》是一首缝衣女奴所唱的歌。天气转冷，她仍然穿着夏天的凉鞋，受冻挨饿使她纤细瘦弱。尽管如此，她还必须为富有而傲慢的女主人缝制新衣，服侍穿戴。不平的地位，凄惨的命运，使她作歌以讽。《小雅·四牡》是一首被公务缠身的小官吏的不平之鸣，面对"王事靡盬"与"岂不怀归"的矛盾，诗人明确地表示怀归、念亲的思想，展现了"我心伤悲"的感情世界。《四月》一诗，方玉润说："此诗明明逐臣南迁之词。"[①]诗人遭遇贬谪，身被窜逐，贫病交加，颠沛流离，因而"君子作歌，维以告哀"。《大雅·崧高》是一首送别诗，周厉王的妻弟申伯是宣王的重臣，他从封地来朝，宣王为优待这位母舅，增加他的封地，派遣卫伯虎去南方给他建筑谢城和寝庙，申伯荣归封地，宣王为他设宴饯行，大臣尹吉甫作此诗相赠。

其次，用诗表达自己对人生、社会、政治的态度，进行赞颂、劝谏、讽刺、呼号。如：

《小雅·节南山》：家父作诵，以究王讻。式讹尔心，以畜万邦。

《小雅·何人斯》：为鬼为蜮，则不可得。……作此好歌，以极反侧。

---

① 方玉润：《诗经原始》，李先耕点校，中华书局1986年版，第422页。

《小雅·巷伯》：寺人孟子，作为此诗。凡百君子，敬而听之。

《大雅·民劳》：王欲玉女，是用大谏。

这几首诗都是怨刺诗。这类诗歌汉代开始被称为“变风”“变雅”，这些诗歌大部分产生于西周后期至东周初年，其产生都有一定的社会背景。《毛诗序》称：“至于王道衰，礼义废，政教失，国异政，家殊俗，而‘变风’‘变雅’作矣。”《汉书·礼乐志》也说：“周道始缺，怨刺之诗起。”这个时期执政者昏庸腐败，社会动荡不安，各种矛盾尖锐复杂，一些头脑清醒的有识之士出于历史责任感，勇于直接向统治者指出国政的弊端。同时，在先秦时代，原始民主风气尚有遗存，这种传统也为怨刺诗作者提供了依据和动力。于是，他们饱含激情，写出了一些愤世忧时、讽喻规谏的诗篇。诗中可见，他们试图通过诗歌，对宗国的政治黑暗、君主的为政昏庸、小人的无端谗害，提出呼吁，进行劝谏。

再次，用诗使人们受到感染、教育，提高认识、增强理解，得到愉悦或警诫的审美体验。如：

《陈风·墓门》：夫也不良，歌以讯之。讯予不顾，颠倒思予。

《大雅·卷阿》：君子之车，既庶且多。君子之马，既闲且驰。矢诗不多，维以遂歌。

《大雅·抑》：于乎小子，未知臧否。匪手携之，言示之事。匪面命之，言提其耳。借曰未知，亦既抱子。民之靡盈，谁夙知而莫成？

《大雅·桑柔》：民之未戾，职盗为寇。凉曰不可，覆背善

> 詈。虽曰匪予，既作尔歌！

《陈风·墓门》是一首政治讽刺诗，诗以“墓门有棘”起兴，表现出对恶势力的鄙夷、痛斥，最后称“夫也不良，歌以讯之”，以斩截顿挫的口吻，表达出指斥告诫的写作意图。《大雅·卷阿》是一首颂赞诗，是周王出游卷阿，诗人所陈赞美之歌，“矢诗不多①，维以遂歌”可见群臣献诗歌功颂德之意。《抑》与《桑柔》都是贵族怨刺诗，诗人面对“昔先王受命……日辟国百里，今也日蹙国百里”（《抑》）的国家日益衰败的现实，面对“谋臧不从，不臧复用”（《小雅·小旻》）的黑暗政治，面对“民靡有黎，具祸以尽”（《桑柔》）的苦难人生，他们直接向统治者指出国政的弊端，以引起疗救的注意。

除了这样直接言及创作目的的作品之外，《诗经》中还有许多诗篇谈到内心情感的表达。如表示嘱告之意：

> 《小雅·雨无正》：凡百君子，各敬尔身。胡不相畏，不畏于天？
>
> 《小雅·小明》：嗟尔君子，无恒安处。靖共尔位，正直是与。神之听之，式穀以女。嗟尔君子，无恒安息。靖共尔位，好是正直。神之听之，介尔景福。
>
> 《小雅·青蝇》：营营青蝇，止于樊。岂弟君子，无信谗言。

表示祝愿之情：

> 《小雅·信南山》：祀事孔明，先祖是皇。报以介福。万寿无疆。

---

① 不多，很多。不，读为“丕”，大。

《小雅·甫田》：黍稷稻粱，农夫之庆。报以介福，万寿无疆。

表示幽怨之心：

《小雅·頍弁》未见君子，忧心奕奕；既见君子，庶几说怿。

《小雅·何草不黄》：何草不玄？何人不矜？哀我征夫，独为匪民。匪兕匪虎，率彼旷野。哀我征夫，朝夕不暇。

《大雅·召旻》于乎哀哉！维今之人，不尚有旧！

尽管不一定305篇所有的诗均具有这样的理论诉求，但以上所引都表明诗人所具备的明确的创作意图和自觉的创作意识。而这种自觉意识自然会带来艺术表现的自觉。

四 《诗经》艺术表现的自觉

《诗经》是诗人情感的审美表现，因而诗中涉及的客观事物无不打上诗人主观情感的烙印。借助客观物象表现主观情意创造出来的形象，我们称之为意象。“物象一旦进入诗人的构思，就带上了诗人主观的色彩。这时它要受两个方面的加工：一方面，经过诗人审美经验的淘洗和筛选，以符合诗人的美学理想和美学趣味；另一方面，又经过诗人思想感情的化合与点染，渗入诗人的人格与情趣。经过这两方面加工的物象进入诗中就是意象。”①

《诗经》中的意象创造多为触景生情、感物兴怀。如在《诗经》

① 袁行霈：《中国古典诗歌的意象》，《中国诗歌艺术研究》，北京大学出版社1987年版，第62—63页。

中有许多“鸟”的意象。“关关雎鸠，在河之洲”（《周南·关雎》），是男女爱情的象征；“黄鸟于飞，集于灌木，其鸣喈喈”（《周南·葛覃》），象征着主人公“归宁父母”时欢快的心情；“伐木丁丁，鸟鸣嘤嘤；出自幽谷，迁于乔木”（《小雅·伐木》），这是宴飨亲朋故旧时，以“嘤嘤”象征求友之声，以“迁于乔木”象征求友之行，表达“亲亲以睦，友贤不弃”的感情；“驮彼晨风，郁彼北林”（《秦风·晨风》），以无知的鸟尚且知道按时投宿北林，反衬思念之情，表达对亲人早日归来的愿望，等等。这些意象大多是诗人某种心迹的符号，是用特殊的符号表达某种特定情感和意绪的象征方式，还是一种较为原始的诗歌意象。

在《诗经》中，还有一些意象积淀了更多的民族文化心理，须从更广阔的文化背景中去加以理解。如“水”意象在《诗经》婚恋诗中使用频率很高，当主人公思念情人时，会不由自主地信步来到水边，水边成为引发情思的场所，如《周南·汝坟》《陈风·泽陂》等；当有情人终于相会时，一定会涉过眼前那条河，涉水成为恋情成功的象征，如《邶风·桑中》写男子渡过水与恋人在桑中相会，之后女子又情意绵绵地把男子送到水边。“水”既可以象征缠绵的爱情，如《召南·江有汜》用江水比喻自己的丈夫，把自己比作长江水道；《邶风·柏舟》则把爱情比作一条河，把自己比作河流上的一条小船。同时，“水”也可以象征爱情的阻隔，如《秦风·蒹葭》《周南·汉广》都写主人公面对茫茫的流水，却不能和心目中的恋人相见，虽上下求索，但最后仍只能望水浩叹徘徊。人类文化起源于大河流域，生产的丰收与灾荒、人生的忧戚与欢欣，常常伴随着奔腾不息的流水。所以先秦文献涉及的祭祀、男女交往的场所往往是在水边。[1] 此外，“东门”“南山”等意象也应从上古文化中去寻绎其丰富内涵。[2]

第二节 《诗经》的宗国情怀

对宗国的热爱，对国家命运的忧虑，像一条红线贯穿于中国文学之中，表现了文学家强烈的爱国主义精神和热切的人文精神。在朝代更迭的历史时期，在民族矛盾激化、阶级矛盾尖锐的历史阶段，这个文学主题更为鲜明。《诗经》表现出鲜明的宗国情怀，已经奏响了历史的强音。

一 投身部族发展与斗争的责任感与献身精神

《诗经》中为数不少的诗歌反映了商周政治的变革、周族演变的历史、周族发展的轨迹，等等。周族在始祖后稷时居有邰之地，公刘时迁居豳地。古公亶父继立后，积德行义，“国人皆戴之”，但时时遭戎、狄侵扰。于是他率周族“废漆沮，逾梁山”，来到岐山下的周原，营城筑室，建立国家机构。以后周族就在这里逐步强大起来，至文王时，周族发展成为可与殷商抗衡的力量，武王则一举而灭商。《大雅》中的《生民》《公刘》《绵》《皇矣》《大明》便描述了周族从传说中的始祖降生到灭商建国的曲折历程，融神话、传说、现实于一体，塑造了鲜明生动的英雄形象，被称为周族史诗。

---

① 参阅徐华《〈诗经·国风〉婚恋诗中的“水”的隐义》，《华侨大学学报》2002年第2期。

② 参阅李炳海《〈诗经〉中的空间方位词选析》，《中州学刊》1991年第3期。

《生民》写的是周族始祖后稷的故事。全诗八章，前三章生动地描绘了后稷神奇非凡的诞生与成长，后五章赞美他熟知农艺，长于农事，功德齐天，业绩辉煌；后稷从匍匐爬行到稍长教民稼穑，到后来带领周族定居有邰，是周族历史上的第一个英雄。《公刘》写的是公刘的事迹，公刘是后稷的曾孙，当时已是夏朝末年，为避夏桀之乱，公刘率周人平定西戎，从邰迁到豳（今陕西郊县）；全诗六章，围绕不肯苟安、开拓奋进、率部迁徙、营建新邑的主线次第展开。《绵》是写古公亶父太王的故事，古公亶父是周文王的祖父，他继位的时候，周族不断遭到戎狄等部族的侵袭，另外也为寻求更广阔的发展空间，古公亶父带领周族又做了一次大规模迁徙，从豳地“度漆祖，逾梁山”，来到岐山下肥沃的周原。本诗艺术地再现了周人迁岐、建国、创业的过程。《皇矣》叙写太王、王季、文王的史事，而以“明德”贯穿始终；写太王，德体现为保民；写王季，德体现为友兄；写文王，德体现为伐暴。《大明》写武王克商立国的事迹，诗篇突出了周的崛起和文王、武王的诞生是秉承天命的这一思想，最后描绘了牧野之战的情景，表现了周军的恢宏气势。诗人以周族发展为线索，一路道来，叙述有条有理，繁简各宜。这些诗歌以叙事为主，但其中穿插着精彩的描写，有的只一两句（如《绵》：“周原朊朊，堇荼如饴。”）有的则用一章的篇幅（如《绵》第六章），这些有声有色的描写使诗具有跌宕之美。周族史诗在叙事和描写上的成就表现了诗人高超的生活观察力和艺术表现力。

周族的发展经历了一个艰难而漫长的过程。而在这一过程中，斗争成为民族生存、发展的一个重要手段，同自然的，同自身腐朽、分裂力量的，同其他部族之间的，等等。在对抗中求生存，在斗争中求发展，这是周民族发展壮大的基本规律之一。周朝在崛起的同时，便开始了同周围各部族的斗争。自厉王时起，由于政治腐败，国力日衰，因而四方异族多伺机入侵。厉王被国人赶出京城“流于彘”后，共和伯代王行政。十四年后，宣王继位。而此时“戎狄交侵”，暴虐中国”（《汉书·匈奴传》），甚至“俨狁内侵，逼近京邑”（《诗集传》），因此宣王“内修政事，外攘夷狄”（《毛传》），多次派大将四处出击，并屡立战功，维护和巩固了周王朝的统治地位，诗人“美大其功”作歌以叙其事。《小雅》的《出车》《六月》《采芑》，《大雅》的《常武》等便是这样的作品，这些诗歌表现出投身宗国与民族发展中的高度责任感和强烈献身精神。

如《小雅·出车》，这是一首叙写南仲受命东征、击退俨狁和西戎而凯旋的诗。在这次战争中，南仲带领军队取得了辉煌胜利。诗人身历其境，虽饱尝战时的苦难，但也分享了胜利的喜悦，因而他记述了这次战争的全过程。用以歌颂“赫赫南仲，薄伐西戎”“赫赫南仲，俨狁于夷”的胜利。《六月》是叙写尹吉甫受命北伐获胜而归的诗，《诗集传》说：“成、康既没，周室寖衰，八世而厉王胡暴虐，周人逐之，出居于彘。玁狁内侵，逼近京邑。王崩，子宣王靖即位，命尹吉甫帅师伐之，有功而归。诗人作歌，以叙其事如此。”诗中描述了玁狁入侵、宣王授命之后，从准备到出征、从交战到胜利、从班师回朝到设典庆功的全过程。《采芑》是叙写方叔受命南征荆蛮（楚）的诗，它与《六月》均为班师之作，诗中极写方叔谋略双全、威慑敌胆，以见宣王中兴之功。但与《六月》相比，《采芑》言辞舒缓，不像《六月》那样紧迫：这是因为玁狁系以征讨而定，而荆蛮则以威慑而服。《大雅·常武》则系周宣王亲征淮夷、徐方的凯旋之歌。周宣王在对西戎、北狄（玁狁）用兵、基本稳定了西北和北部的边防后，从公元前 823 年开始向南方和东南用兵，命方叔平荆蛮，命召虎平淮夷，又命南仲、皇父为统帅，亲征徐戎，最后终于征服了徐国，收复了淮北一带。此事《竹书纪年》也有记载：宣王六年，“王率师伐徐戎。皇父、休父从王伐徐戎，次于淮”。由于此次征伐解除了周王朝的边患，安抚了南方诸国，因此诗人作诗以美之。

这些诗歌充溢着奋发昂扬的精神。对这些战争的性质，诗人有着明确的认识。在他们看来，“王事多难”，国家正处于危急关头，而危难的原因则是“猃狁孔炽”（《六月》）、“徐方绎骚”（《常武》）、蛮荆与“大邦为雠”（《采芑》）。因此“王于出征”是为了反抗外族的侵略，目的是“以匡王国”“以定王国”，是正义的（《六月》）。在这种认识下，诗人的情感与国家的利益达到了统一。在战争中，他们尽管会遭遇种种不幸，诸如无暇安居、思家念亲、生命安全等，但一想到这一切是为了讨伐异族，为了“王事”，他们的情绪便又激奋起来，表现出为民族的生存和发展而甘愿奉献一切的民族责任感和可贵的献身精神。在诗中，诗人以主人翁的姿态叙述周军的准备：“天子命我，城彼朔方”（《出车》），“整我六师，以修我戎”（《常武》）；以赞美的口吻写照周军的主帅：“王奋厥武，如震如怒”（《常武》）、“赫赫南仲，猃狁于襄”（《出车》）、“文武吉甫，万邦为宪”（《六月》）；以盛大的气势渲染周朝的军队：“戎车啴啴，啴啴焞焞，如霆如雷”（《采芑》），“王旅啴啴，如飞如翰，如江如汉，如山之苞，如川之流”（《常武》）；以自豪的语气写照战争的结局：“薄伐猃狁，至于太原”（《六月》）、“显允方叔，征伐猃狁，蛮荆来威”（《采芑》），反映了为民族而战的自豪感和强烈的爱国心。诗中所焕发出来的这些民族精神在历史上形成了优良传统，产生了巨大影响，成为中华民族得以延续和发展的重要精神支柱。

二 义赴国难、勇于承担的壮志和豪情

在古代，从军远戍被当作“万里勤王事”的行动。那时忠于职守、忠于君主与爱国是联系在一起的，为“王事”而奔走，被看作臣下义不容辞的责任，而对军人来说，自应是天职。因此，《诗经》的许多战争诗表现下层军士英勇杀敌的壮志和共赴国难的豪情。

这种精神在《小雅·出车》《六月》中都有突出表现，已如前述。《小雅·采薇》也具有这种品格。《采薇》是一名军士在远戍归来的路上追述征戍生活的诗。应该说，失去家庭的欢乐，失去安定的生活，面对生命的危险，诗人所付出的代价是巨大的。因此，诗人开始就唱道：“采薇采薇，薇亦作止。曰归曰归，岁亦莫止！”希望能够早日结束战争，回归家园，愿望是迫切的，失望是沉重的，痛苦是强烈的。但这只是问题的一个方面；另一方面，在探求这种希望、失望以至痛苦产生原因的时候，在抛开个人利害而以国家命运为重的时候，国家的利益战胜了个人的痛苦，仇恨的怒火冲淡了对亲人的思念，诗人以昂扬的气概将怨嗟的感情归结到猃狁的入侵上：“靡室靡家，猃狁之故。不遑启居，猃狁之故。”在诗中，这种豪情壮志主要表现在三个方面：一是军队装备精良、军容整饬。战车华贵高大，战马威武雄壮，战士器械精良，从而写出周军的高昂士气。二是上下一致，同仇敌忾。第四章兴句“彼尔维何，维常之华”有一定的象征意义，王安石说：“棠之华，上承下覆，甚相亲比。犹之路车，将帅乘之以庇其下，师徒恃之以载其上。上载下庇，甚相亲比。”[①] 诗人正是以棠棣之花来象征面对强大敌人、在共同的爱国热情鼓舞下的将帅与

① 王安石：《诗义钩沉》，邱汉生辑校，中华书局1982年版，第131—132页。

士兵的关系。三是情感崇高，精神悲壮，尽管条件艰苦，不能安居，但全军官兵仍然以高昂的英雄气概打击强敌，保卫国土，并连连取得胜利。

这种情绪在《秦风·无衣》中表现得更为突出。诗共三章：

> 岂曰无衣？与子同袍！王于兴师，修我戈矛，与子同仇。
> 岂曰无衣？与子同泽！王于兴师，修我矛戟，与子偕作。
> 岂曰无衣？与子同裳！王于兴师，修我甲兵，与子偕行。

《汉书·地理志》说："（秦）安定北地，上郡西河，直迫近戎地，修习战备，高尚气力，以射猎为先，故秦诗曰：'其在板屋'，又曰：'王于兴师，修我甲兵，与子偕行。'"秦处西北边地，与犬戎相接，多次与之交锋，在抗击犬戎入侵方面极有战功。周平王东迁时，秦襄公护送有功，平王一方面封他为诸侯，赐他西周王畿、豳等土地，另一方面命他攻逐犬戎。因是周天子之命，所以诗称"王于兴师"。诗每章的前两句都反映了一种赠衣习俗。从远古开始，中国便有赠衣的礼俗，或者是对下级的嘉赏，或者是对同道表示惠爱之情，或者是男女之间表示性爱。在本诗中，袍是外衣，泽是贴身的内衣，裳是下衣，"同袍""同泽""同裳"不是说两人同穿一件衣服，而是解衣赠人，把身上穿的衣服送给对方，表示同甘共苦，以激发起共赴国难的高昂情绪。① 如果说这两句还是婉曲达意的话，那么后三句便是直接号召了。"同仇"是说具有共同的敌人，"偕作"是说一起行动起来，"偕行"是说一起奔向战场，章节的复沓却表现出递进的意义，它把士兵们那种共同御侮、为国从军的慷慨激昂之情和必胜信念

① 详参李炳海《〈诗〉〈骚〉中的古代赠衣礼俗》，《古典文学知识》1990年第1期。

表现得更加强烈、更加动人！

在国家危亡的关头，表现出诗人对宗国命运的急切关注和深深感怀。在《鄘风·载驰》中，许穆夫人毅然冲破世俗的观念，赶回卫国，吊唁卫侯，慰问新立的文公。失去亲人的痛苦，国家破败的忧伤，使她五内俱焚。她登上高高的山冈，遥望灾难深重的家乡，悲凉之情油然而生，情不自禁地唱道："载驰载驱，归唁卫侯。驱马悠悠，言至于漕。大夫跋涉，我心则忧。"在这首《载驰》诗中，她描述了自己怀念宗国、奔赴国难的内心世界，表达了借助大国、拯救卫邦的坚定信念，抒发了沉郁悲壮而又缠绵悱恻的爱国情怀，掷地有声，感人至深。

《王风·黍离》写于周室东迁之后。这时周王朝疆土削减，国力衰弱，王室已不可能再雄踞关中统治中国，而只是作为诸侯攻伐、兼并时被利用的偶像与借口。有的诸侯国逐渐强大起来之后，根本不把周王放在眼里，甚至辖地不大、国势不强的郑国竟然也敢迎战周王的车队，它的将领祝聃在战场上竟然射中周桓王肩部。诗的作者是一个周朝大夫，从诗中可见，他经常出使四方。每次经过旧都镐京时，他都要驻足垂吊，为这满目荒凉的从前的龙楼凤阁，为这诸侯纷争的从前的西周王朝。长久的忧伤郁愤积压在胸，爆发成了这一首哀婉动人的《黍离》悲歌：

彼黍离离，彼稷之苗。行迈靡靡，中心摇摇。知我者，谓我心忧；不知我者，谓我何求。悠悠苍天，此何人哉！

彼黍离离，彼稷之穗。行迈靡靡，中心如醉。知我者，谓我心忧；不知我者，谓我何求。悠悠苍天，此何人哉！

彼黍离离，彼稷之实。行迈靡靡，中心如噎。知我者，谓我心忧；不知我者，谓我何求。悠悠苍天，此何人哉！

在诗中，作者舍去了断壁残垣、花鸟树木等景物，只选取“禾黍离离”这一典型物象，其宫殿废址、满目荒凉之状便宛然可见。《史记·宋微子世家》载：“箕子朝周，过‘故殷墟，感宫室毁坏，生禾黍，箕子伤之……’乃作《麦秀》之诗，以歌咏之。其诗曰：‘麦秀渐渐兮，禾黍油油。彼狡童兮，不与我好兮！’所谓狡童者，纣也。殷民闻之，皆为流涕。”《麦秀歌》虽载于《史记》，而微子伤殷却在西周初年，其内容作者不会不知道。不仅知道，而且还学习了它的表现手法，以“彼黍离离”点染颓败景象，既见出朝代更迭、世事变化之速，亦大有“殷鉴不远”的意味。

诗的开篇是用“兴”的手法，用两种物象起兴，而在对举的形式中，表现出一种情感的游移性。尤其是两个“彼”字显示出的，是诗人对两种事物的判别与辨认。从作用上来说，表现出一种在理智与情感的剧烈冲突中所产生的迷茫朦胧、似是而非的心理，这是忧深创痛之时所必然出现的一种心理反应。在这里，诗人好像在思索，在分辨，但情感的搅扰又使他难以思索，难以分辨。于是，忧愁与愤懑交织在一起，汇成了这一首缠绵悱恻、荡气回肠的动人诗篇。这里的“苗”与下文的“穗”“实”，不仅仅意味着禾黍逐渐成长的过程，也不仅仅是以此象征层层深化的心理活动，其情感意蕴更应该从黍稷莫分、苗穗难辨中去体味，“岂真黍耶？抑稷之苗、稷之穗、稷之实耶？”（范处义《诗补传》）忧思愁苦乱于中，错乱颠倒形于外。在这种无可分辨的分辨中，在这种回环往复的吟咏中，诗的开篇便把诗人难以抑制的愁情烘托出来。接着，作者直抒胸臆，以无限感慨道出心中忧愤，“行迈”既是说行而不止，又是说行无所至：“靡靡”是行走迟缓的样子，这是一个字面十分简单的句子，却形象地写出了诗人因忧愤而“居则忽忽若有所亡，出则不知其所往”的情态，表现出诗人踽踽独行、茕茕徘徊、凄惨难持、感伤无限的动人形象。这一句从神情下笔，下一句则从意态落墨，突出人物的心灵感受，“摇摇”连同后面的“如醉”“如噎”都是形容诗人的内心，从不同角度、不同层次，形象地展示出诗人忧思不断加深，最后凄恻难耐、五内俱焚的心理状态和情感波澜。在此基础上，诗人把自己的忧心直接道出：“知我者谓我心忧，不知我者谓我何求！”对“周室颠覆”的悲悯，对“日蹙国百里”的国家命运的忧虑，以及这种悲悯与忧虑的不被理解，都使得诗人心中的哀怨更加深重。

方玉润称此诗“专以描摹虚神擅长”（《诗经原始》），全诗既不描写抒情主人公的外在形体状态，也不描写忧愁之种种情形，而是紧紧扣住人物的内心世界，写出他的心理感受，正如梁启超在《中国韵文里头所表现的情感》所评：“他的表情法，是胸中有种种酸甜苦辣写不出来的情绪，索性都不写了，只是咬着牙龈，长言咏叹一番，便觉得一往情深，活现在字句上。”① 由于作品高超的艺术表现力和强烈的艺术感染力，其奔走呼号而叩天问地的动人形象、缠绵悱恻而满腔愁苦的艺术情感，已经在民族心理上构成一种审美积淀——以“黍离之悲”代指亡国之痛。向秀《思旧赋》：“叹黍离之愍周兮，悲麦秀于殷墟。”陆机《辩亡论》：“故能保其社稷而固其土宇，《麦秀》无悲殷之思，《黍离》无愍周之感矣。”姜夔《扬州慢》闵国伤乱，当时即被称为“有《黍离》之悲也”（见其《序》）。

① 朱自清：《诗名著笺》引，见《朱自清古典文学专集》之二《古诗歌笺释三种》，上海古籍出版社 1981 年版，第 147 页。

三　愤世嫉时、忧国忧民的社会意识与抗恶精神

西周自文、武以来，封建经济发展很快，到成、康时期达到高潮。但随着社会的发展，存在于这个制度内部的各种矛盾也不断激化起来。我国的初期封建社会到西周晚期、东周初年，经历了一次严重的社会危机。《史记·周本纪》载："昭王之时，王道衰缺。……穆王即位，春秋已五十年矣，王道衰微。"这说明西周到了昭、穆时代，已经出现了衰败的迹象。到了懿王时，"王道既衰，戎狄交侵，暴虐中国，中国被其苦"（《汉书，匈奴传》），阶级矛盾和民族矛盾日益尖锐，从此，周王朝走上了衰败的道路。厉王时，社会政治日趋腐败。他贪得无厌，宠幸小人而又刚愎自用，终于使得民不聊生、众叛亲离，最后危机四起，厉王也在"民不堪命"的情况下被"国人"逐奔于彘（《国语·周语》）。宣王虽"能内修政事，外攘夷狄，复文武之竟（境）土"（《毛传·小雅·车攻序》），号称中兴之主，但这也不过是西周封建制度的回光返照而已。由于连年战争耗费了大量的人力和物力，所以他对内暴征酷赋，把战争的负担强加在人民身上，这样就激化了国内矛盾，加深了社会危机。幽王是继厉王之后西周的又一昏君，且更加暴虐昏聩。这个时代，社会动荡不安，天灾人祸不断，内忧外患接踵而至，民族矛盾和阶级矛盾空前尖锐。在人民载道的怨声中，"曾、夷、狄、犬戎攻幽王"，杀幽王于骊山下。至此，摇摇欲坠的西周政权彻底垮台了。平王即位后，为"辟戎寇"，将都城从镐京东迁洛邑。但这也不过是一时的缓兵之计，王室倾圮的命运已无可挽回。虽然诸侯间的征伐也还打着"尊王攘夷"的旗号，但实际上王室的地位已同诸侯。周王室"天下宗主"的地位实际上是名存实亡了。

在这样的社会动荡中，一些头脑清醒的有识之士，面对“昔先王受命……日辟国百里，今也日蹙国百里”（《大雅·召旻》）的国家日益衰败的现实，面对“谋臧不从，不臧复用”（《小雅·小旻》）的黑暗政治，面对“民靡有黎，具祸以烬”（《大雅·桑柔》）的苦难人生，他们勇于直接向执政者指点国政的弊端，以引起疗救的注意。同时，在先秦时代，受原始社会民主风气的影响，开明的统治者为缓和矛盾，调整内部关系，提倡奖励进谏并自觉纳谏，《左传》《国语》等典籍中就有许多关于进谏和纳谏的记载。[①] 这种传统为他们提供了可能。于是，他们饱含激情，写出了一些愤世忧时，“以究王讻”的诗篇，《小雅》中的《节南山》《十月之交》《雨无正》《小旻》《巧言》《巷伯》《角弓》等，《大雅》中的《民劳》《板》《荡》《抑》《桑柔》《瞻卬》《召旻》等便是其中的代表性作品。

这些诗的作者均属贵族阶级的上层，他们作诗的目的是“以究王讻”（《节南山》）、“王欲玉女”（《民劳》），试图对现有的政治进行一定的改良，以巩固其统治。正因为如此，这些作品揭露了统治阶级内部尖锐的矛盾斗争，暴露了上层统治集团腐朽的生活，对残酷的现实进行了猛烈的抨击，并且表现了一定的忧国忧民的思想感情。

首先，作品深刻揭露和批判了当政者昏庸腐朽、荒政误国的恶德恶行，那些昏庸无道的执政者、专权误国的大官僚、尸位素餐的小官吏都成为批判的对象在作品中出现。作者愤怒指责：他们言行不一，“出话不然，为犹不远。靡圣管管。不实于亶”（《板》）；他们生活糜烂，“颠覆厥德，荒湛于酒”（《抑》）；他们败坏政治，“谋臧不从，不臧覆用”（《小旻》）。正因如此，才造成了国家的混乱和社会的危机，不仅“乱

① 分别见《国语》周语六、晋语六，《左传·襄公十四年》等。

靡有定”，而且“式月斯生”（《节南山》），“具赘卒荒”（《桑柔》）、“民卒流亡”（《召旻》）。面对这“兴迷乱于政”（《板》）的社会现实，作者告诫执政者，政策的得失关系着国家的命运，“辞之辑矣，民之洽矣。辞之怿矣，民之莫矣”（《板》），希望他们实行仁政，争取国家的富强。在这里，《节南山》一诗具有一定的典型性。

《诗序》说：“节南山，家父刺幽王也。”诗末章有“家父作诵，以究王讻”之句，明言家父作这篇诗，意在以此来追究王的凶德；诗中又说“国既卒斩”，国运已经要绝灭，说明作于国家将灭未灭之时。因此，《诗序》的说法符合诗的实际。诗所刺的对象是“维周之氐（砥），秉国之均”的太师尹氏，诗中历数了尹氏的种种罪状：他官居高位，却不思王政，不恤民情，而实行暴虐统治，因而使宗国面临灭亡，百姓敢怒不敢言；他施政不公，造孽深重，直使得天降灾荒，民怨载道，然而他仍不思悔改，无所做戒；他把持国政，虽肩负重任，却不能维系四方，辅佐天子，只是让民困国空。作者不仅历数其状，更呼天抢地，发出了“何用不监”的质询和“不宜空我师”的哀怨。值得注意的是，诗人并没有仅仅揭露现象，指出弊端，而是进一步探求形成这种现象、造成这种时弊的根源，从而把矛头直接指向最高统治者。他认为国王不躬亲政治、不体察民情，任用小人，连引私党，这正是祸乱屡屡发生、人民不得安宁的原因。因而诗人指责尹氏，意则在讽刺君王，正如胡承珙《后笺》所说：“唯不平者严氏，而任尹氏者则王也，篇中一则曰‘天字是毗’，再则曰‘我王不宁’，而终之‘以究王讻’，故《序》者批其本，而以为刺幽王耳。其家诗词专责尹氏，而刺王之旨自在言外。”① 诗中表现出的抒情主人公形象是感

① 转引自陈子展《雅颂选译》，上海古籍出版社 1986 年版，第 89 页。

人至深的。他时时关注着国家政治形势的发展，关心着百姓的命运和遭遇，他之所以“忧心如酲”，是由于宗国“乱靡有定”，国力日削，是由于百姓“不宁”，终久劳苦。他不仅揭露丑恶，针砭时弊，更希望执政者能够弃恶从善、君主能够选贤任能，他是一个忧国忧民、为国为民的卿的典型。在国人“莫敢戏谈”的恐怖政治下，他不畏强暴，疾恶如仇，表现出强烈的抗恶精神。

这些诗揭露和批判了小人当道、正人远斥的现实政治，暴露了信而见谗、忠而被谤的社会黑暗，抒发了自己遭谗受害、无辜见逐的忧愤情绪。作者认为，执政者妄信谗言、宠幸小人、废弃忠言、摒除贤良是政治日益衰败的主要原因，所谓“乱之初生，僭始既涵。乱之又生，君子信谗”“君子屡盟，乱是用长。君子信盗，乱是用暴”。（《巧言》）。他们认为自己的不幸遭遇、下民的种种灾难都来自众口交谗：“黾勉从事，不敢告劳。无罪无辜，谗口嚣嚣。下民之孽，匪降自天。噂沓背憎，职竞由人。”（《十月之交》），因此，他们希望执政者“无从诡随，以谨无良”（《民劳》），改变“谋臧不从，不臧复用”（《小旻》）的弃贤用谗态度。在诗中，作者对善进谗言的“谮人”进行了辛辣的讽刺和嘲笑，如《巷伯》：

萋兮斐兮，成是贝锦。彼谮人者，亦已大甚！
哆兮侈兮，成是南箕。彼谮人者，谁适与谋。
缉缉翩翩，谋欲谮人。慎尔言也，谓尔不信。
捷捷幡幡，谋欲谮言。岂不尔受？既其女迁。

揭露他们全靠造谣中伤、罗织假象、挑拨离间、制造混乱来蒙骗执政者，并借执政者之手来加害贤良；描绘他们鬼鬼祟祟、窃窃私语、难以见人、造谣污蔑的丑恶嘴脸，全靠卑贱猥琐的丑恶行径支撑着他们的行为；抨击他们善于溜须拍马、摇唇鼓舌、散布流言、拨弄是非，不惜用各种卑劣的手段达到不可告人的目的。诗人以织锦的文采比喻披着一层伪装、让人顺耳而不易洞察其实质的花言巧语，以南箕张口比喻谗人的摇唇鼓噪、搬弄是非，十分传神。方玉润评道："凡谮人者不外文致、簸扬两端。首二章已将小人伎俩从喻意一面写足。"（《诗经原始》卷11）。然后作者又喷涌出对谗人的诅咒："取彼谮人，投畀豺虎。豺虎不食，投畀有北。有北不受，投畀有昊！"表达出与之不共戴天的情感。

作者在抨击佞昏、针砭时弊的同时，总是直接或间接提出一些具体措施，希望以此来修补国家机器，缓和矛盾、息祸弭乱，使岌岌可危的王权得以复正。概括起来，他们提出的施政纲领主要是"敬德""保民"两项。他们认为"大邦维屏，大宗维翰。怀德维宁，宗子维城"（《板》），宗国的安宁只有靠道德的力量使众志成城，因而他们冀求君王"敬慎威仪，以近有德"（《民劳》），通过选贤任能以革新政治；他们呼吁众臣"凡百君子，各敬尔身"（《雨无正》），通过相互敬畏以共担王任；他们自己则坚持"不敢效我友自逸"，通过自我完善以率先垂范。面对谗谄贪暴之徒恃宠腾达，忠正耿介之士遭谗受祸，诗人却希望通过道德的自我完善来解决现实问题，这表现出作者在礼崩乐坏情况下的无可奈何，是历史的局限。但他们针对"民亦劳心"的社会现实，提出了"汔可小康""汔可小安"（《民劳》）的主张，客观上反映了人民的某些要求，应该加以肯定。

总之，这些诗歌对于黑暗现实的无情揭露和讽刺，对宗国前途命运的担忧，以及从中体现出来的作者极大的政治热情和责任心，在暴露黑暗、揭发邪恶、批判奸佞的斗争中显示出来的不屈意志和抗恶精神等，都具有重要的思想价值，并开创了我国文学的批判讽喻传统。

第三节 《诗经》的艺术精神

一 声韵和谐

《诗经》在最初可以合乐歌唱，诗、歌、舞结合在一起。只是随着“礼崩乐坏”局面的出现以及诗、歌、舞三位一体综合艺术的解体，乐谱逐渐亡佚，而歌词则独自流传下来。但乐谱的失传并没有带走《诗经》的音乐特质，它所表现出的或铿锵有力，或缠绵宛转，或声韵谐和的风格特征，都富有音乐的美感。

在用韵方面，《诗经》的突出特点是活泼、自由，重视自然的天性和情感的抒发。对此，明陈第说它是“动乎天机，不费雕刻”（《毛诗古音考》附《读诗拙言》）。《诗经》用韵活泼自然，主要表现在三个方面：第一，从用韵位置上看，《诗经》的韵脚最常见的是放在句尾，如《郑风·出其东门》；也有的以语气词收尾，韵脚放在助词之前，是句中韵。常用的语气词主要是“之”“矣”“也”“只”“兮”“猗”等，有时甚至连用；还有些作品兼而有之，部分用句尾韵，部分用句中韵，如《周南·关雎》。第二，从押韵频率上看，有的是句句押韵，如《出其东门》；有的是隔句押韵，如《周南·摽有梅》。第三，从所押韵部看，《诗经》用韵自然，有的是一韵到底，如《木瓜》第二章；有的中间换韵，如《关雎》第一章“鸠”“洲”“逑”，第二章“流”“求”，均为幽部，而“得”“服”“侧”，则换为职部，第三章“采”“友”又换为元部，“笔”为宵部，“乐”为药部。《诗经》这种灵活自由的用韵，既增加了诗歌活泼的情趣，也适于咏唱，使歌者的思想感情得以充分表现。值得注意的是，《诗经》自然和谐的用韵，虽不像后代诗词那样有较严格的限制，但也“已形成了诗歌的初步韵律，已具备着各种各样的韵律的规范”，并给后人以很大影响。

《诗经》还大量地使用了叠字、叠句、双声、叠韵，从而加强了语言的音乐性，增强了诗的韵律美。叠字，古称重言，《诗经》有三分之二的诗篇运用了这一艺术手段。汉语的词汇大部分为单音节，一个汉字就是一个词，各有其意义。而重叠使用，或摹写声音，或图绘形貌，或刻画心理，或描画神态，或状写动作，不仅意义鲜明，绘声绘色，使词义更加深婉，而且音韵和谐，使声调更加优美动人。字的重叠还可以更深切地表达出诗人的思想感情。如《小雅·采薇》最后一章的“昔我往矣，杨柳依依；今我来思，雨雪霏霏”四句，这里用“依依”写杨柳，既写出杨条柳丝轻柔的特点，又反映出它们互相依恋、迎风披拂的情态；用“霏霏”写雨雪，既写出雪花纷纷、漫天飞舞的形象，又反映了路途难辨、迷惑茫然的情态，而且在物态描写中写人情，物中有我，景中含情。这四句之所以成为千古传诵的名句，这是一个重要原因。叠句是两个相同的句子重叠运用。叠句往往是关键性的句子，作者为了突出所要抒发的感情，强调主旨，因而抓住能够有力表现主题的关键句子重叠使用。如《周南·汉广》，全诗三章，每章末尾都复唱：“汉之广矣，不可泳思。江之永矣，不可方思。”《豳风·东山》全诗四章，每章开头都复唱：“我徂东山，慆慆不归。我来自东，零雨其濛。”这样重复咏唱，突出了主题思想，强化了诗中情感的表达，增强了诗的艺术感染力。同时音节复沓，抑扬起伏，也增强了诗歌的节奏感，使诗歌自然地产生了音乐的韵律之美。双声是两个字的声母相同，叠韵是两个字的韵母相同，它们借助声韵上的关系，把思想感情和生活场景更充分地表现出来。写物的如“参差荇菜”(《关雎》)、“陟彼崔嵬”(《卷耳》)、“二之日栗烈”(《七月》)；抒情的如“辗转反侧”(《关雎》)、“搔首踟蹰”(《静女》)。双声叠韵在表达上有着特殊的效果，清代李重华在《贞一斋诗说》中说：“叠韵如两玉相扣，取其铿锵；双声如贯珠相联，取其宛转。”因而朗朗上口，悦耳动听，增强了诗的音乐性。又由于它写物抒情时形象逼真，因而加强了诗的表达效果。

《诗经》大多数是抒情诗，各篇结构单位为“章”，章是音乐上的名称，一章指乐调上的一个段落。《诗经》往往一篇分为若干章，而各章之间往往结构相同，只相应地更换几个字词反复吟咏，形成一种回还往复、重章叠唱的形式，如《陈风·月出》：

> 月出皎兮，佼人僚兮。舒窈纠兮，劳心悄兮。
> 月出皓兮，佼人懰兮。舒忧受兮，劳心慅兮。
> 月出照兮，佼人燎兮。舒夭绍兮，劳心惨兮。

这是一首描写月下怀念美人的情诗，全诗三章，一、二、四句各换一字，第三句换两字。诗中所换的字均为近义词，词义没有改变，而反复咏唱则使诗意层层加深，艺术形象愈加鲜明。诗中所换的字均为韵脚，用韵的变化，使诗具有不同的韵调，以此咏唱，增添了诗的旋律美。女子的美丽形象、抒情主人公的深切爱恋，便在这旋律与意境之中淋漓尽致地表现出来。这种回环性的章法结构在《诗经》中的运用是比较灵活的，除了像《苤苡》《殷其雷》《伐檀》《无衣》《蒹葭》等这样结构、句式均相同而只相应变换几个字词之外，还有其他类型。有的是部分重章，如《卷耳》第二章、第三章复唱，第一章、四章则否；《召南·采蘩》第一章、第二章复唱，等等。

远古诗歌大多是二拍子节奏，而《诗经》作为远古诗歌成熟的样式，也多数是二拍子节奏。如：

桃之/夭夭，灼灼/其华。之子/于归，宜其/室家。（《周南·桃夭》）

呦呦/鹿鸣，食野/之苹。我有/嘉宾，鼓瑟/吹笙。（《小雅·鹿鸣》）

尽管有时由于隶属两种范畴，其中个别之处难以达到语言意义单位与节奏的完全统一，如“宜其室家”“食野之苹”（如从语言意义单位划分则为“宜/其室家”“食/野之苹”），但我们更应注意到，当人们被诗歌的节奏旋律制约的时候，总是力求做到每一节奏中语义间层次与意义的明晰性，力求使诗的语言意义单位与节奏和谐统一起来。因此，作为二拍子节奏的四言诗《诗经》，绝大多数诗句都内在地分成两个相对独立的语义单位。每句诗由二节拍组成，每节拍在语义上相对完整，结合在一起形成一个完美的四言诗的体式。

二　善用赋比兴

“赋、比、兴”是前人对《诗经》艺术手法的总结，人们把它与风、雅、颂并称为“六诗”或“六义”。最早提出这一说法的是《周礼·春官·太师》，太师“教六诗：曰风、曰赋、曰比、曰兴、曰雅、曰颂”。《毛诗序》也曾说过：“诗有六义焉，一曰风，二曰赋，三曰比，四曰兴，五曰雅，六曰颂。”这六项各包含怎样的内容？彼此的关系怎样？这在古代争议颇多。现在一般认为风、雅、颂是《诗经》三百篇在音乐上的分类，它们都是因乐调而得名的；赋、比、兴是《诗经》三百篇所用的三种基本的表现方法。

对于赋、比、兴的含义，古代研究《诗经》和诗歌理论的学者曾经做过许多阐释，其中最简明而经常被人们引用的是宋代朱熹的解释，他在《诗集传》中说："赋者，敷陈其事而直言之者也。""比者，以彼物比此物也。""兴者，先言他物以引起所咏之词也。"简单说，赋就是铺陈，比是比喻，兴是起兴。赋是人们叙述问题时最基本的方法，比是人们形容事物时最常用的方法，兴则是民间歌谣普遍采用的形式。从甲骨卜辞、铜器铭文、《周易》、《尚书》有关篇章等可见，赋、比、兴的手法早已被先人使用，而《诗经》的贡献在于，它在诗人形象思维和创作过程中得以创造性地使用，从而使《诗经》不仅记录了西周初年到春秋中叶五百年的社会生活，而且具有了作为文学最重要的特点——形象性。

"赋"是《诗经》中最基本、最常用的表现方法。从各类诗用赋的情况看，雅、颂各篇多用赋法写成，国风中则多赋、比、兴三法结合。从用赋的形式看，有的全诗用赋，属赋体诗，如《周南·鸱枭》《小雅·四月》；有的部分用赋法，杂用比兴，如《邶风·燕燕》等每章章首起兴，下皆叙述，《小雅·斯干》则赋中有比。从赋的艺术作用看，它可以叙事，写景，也可以明理、达情。诗人常常通过正面的描写、记叙和议论，来直接铺写物态、阐明事理和抒发情感。

以赋的手法直接叙写事件、描绘景色，使得情节真实可信，景物鲜明可感。比如，《七月》一诗全用赋法，只是将农夫一年四季的生活、劳动如实地反映出来，却使我们读后不仅看到了他们衣、食、住、行的情况，而且可以受到情绪的感染。值得注意的是，《诗经》以赋的手法叙事写景也可以创造意境，增强作品的形象性和感染力。如《采薇》中的"昔我往矣，杨柳依依。今我来思，雨雪霏霏"四句，诗人由眼前所见忆起昔日所行，又由往昔的回忆写到归途中的情景。“昔我往矣”“今我来思”是叙事，“杨柳依依”“雨雪霏霏”是写景，而其间又蕴含着感情：昔日辞别亲人，义赴国难，杨柳枝条随风摆动衬托着士卒离家出征时恋恋不舍的哀伤之情，而春风拂面又暗示出同仇敌忾、士气高昂之情；今天远征归来却饥渴劳顿、步履蹒跚，大雪纷纷漫天飞舞既融汇着兵戎生活的艰辛，又暗寓着前路难料的渺茫之情。这几句，以事写情，景情相生，创造了情景交融，浑然一体的艺术境界。

以赋的手法议论事理、抒发感情，可以使道理显豁易懂，感情直率动人。说理性在贵族怨刺诗中比较突出，作者往往直接向执政者说明道理、发表议论、进行劝谏。如《大雅·民劳》，作者认为当时的政治十分混乱：百姓劳苦，德音远逝，奸邪当道，国无宁日，因此开篇即写道：“民亦劳止，汔可小康。惠此中国，以绥四方。无纵诡随，以谨无良。式遏寇虐，憯不畏明。柔远能迩，以定我王。”这里分析了现实：民劳、寇虐；揭露了黑暗：诡随横行；提出了措施：无纵诡随、式遏寇虐；并表示了希望：以定我王。这样条分缕析，用心良苦，易为人接受。以赋的手法抒情就是诗人对自己感情的直接宣泄。在《诗经》中，可以经常看到“行迈靡靡，中心摇摇”（《王风·黍离》）“怀哉怀哉，曷月予还归哉”（《王风·扬之水》）“未见君子，忧心钦钦”（《秦风·晨风》）“念我独兮，忧心京京”（《小雅·正月》）这类诗句，它们均直接描绘忧心，抒写愁情，而其中许多都是各章反复渲染，如《召南·草虫》，展现出主人公极为细腻复杂的心理活动与感情波澜。

比就是把不同事物属性中某一方面的相似点联系起来，使难言的情状变得鲜明具体，使抽象的事理变得形象生动。从《诗经》的创作实践看，比的运用比较普遍，而且已经发展成熟。《诗经》的比有两种情况：一种是纯用比体的诗，另一种是诗篇中运用的修辞手法。《诗经》纯用比体的诗不多，只有《魏风·硕鼠》《豳风·鸱枭》等几篇。《硕鼠》通篇描述不劳而食，令人憎恶的大老鼠，但十分明显，诗中的老鼠是作为“蚕食于民，不修其政，贪而畏人”的剥削者形象出现的，通过这个比喻，剥削阶级贪婪、残忍、寄生的本性都被揭示出来。《鸱枭》采用拟人化手法，作品假托一只小鸟诉说它遭到鸱鸮（猫头鹰）的欺凌迫害所带来的种种痛苦。实际上，诗中“攫鸟子而食者也”（朱熹语）的鸱鸮正是当时邪恶、残暴的统治者的象征。用作修辞手法的比，种类既繁，用法亦多，刘勰所谓“夫比之为义，取类不常：或喻于声，或方于貌，或拟于心，或譬于事”（《文心雕龙·比兴》）。

从比的基本形式看，《诗经》的比已是明喻、暗喻、借喻俱全，拟人、拟物都有。明喻如“有女如玉”（《召南·野有死麕》）、“颜如舜华”（《郑风·有女同车》）、“其从如水”（《齐风·敝笱》）、“中心如醉”（《王风·黍离》）等；暗喻如“祈父，予王之爪牙”（《小雅·祈父》）、“价人维藩，大师维垣，大邦维屏，大宗维翰”（《大雅·板》）等；借喻如“燕婉之求，蘧篨不鲜”（《邶风·新台》），以蘧篨（癞蛤蟆）代指卫宣公。拟人是把物人格化，如“隰有苌楚，猗傩其枝。夭之沃沃，乐子之无知”（《桧风·隰有苌楚》），诗人以苌楚相比拟，显示其旺盛的生命力。拟物是赋予人以物的形态或动作，如《曹风·蜉蝣》把奢靡腐化、醉生梦死的曹国贵族比拟为羽翼美丽而朝生暮死的蜉蝣，讽刺性很强。

《诗经》中的比，有的比较简单，用一种事物比喻另一种事物，如“有力如虎”（《邶风·简兮》）、“泣涕如雨”（《邶风·燕燕》），使被比的事理通过某种事物给人以直感的形象。有的较复杂，或者连用比喻，构成排比，形成博喻，如：“王旅啴啴，如飞如翰，如江如汉，如山之苞，如川之流。”（《大雅·常武》）这种用法往往把不同事物集合起来状写某一事理，从各个方面加以渲染，不仅增强了作品的形象性，而且使作品具有一种气势；或者运用反喻，如：“我心匪石，不可转也。我心匪席，不可卷也。”（《邶风·柏舟》）用否定的语气，凸显自己的坚定之心，“淇则有岸，隰则有泮”（《卫风·氓》），用淇水有岸、湿地有边，反喻由于男子的变心，自己未来的痛苦却没有尽头。这种用法从反面设喻，使情感的表达更加强烈。

《诗经》中比的取喻十分广泛，举凡日月星辰、风云雷雨、山川河流、花草树木、鸟兽虫鱼、乐器佩饰、古人今语、动作感受，等等，都成为喻体的材料来源，可以加以艺术地运用。而且有些比喻由于形象地揭示出某些事物相类、相合的特性，因而成为中国文学常用的比喻。如《周南·桃夭》首两句“桃之夭夭，灼灼其华”，桃树枝条随风摇曳以比女子的体态优美，桃花盛开的色彩艳丽以比女子的面容姣好，因而“面若桃花”的比喻被中国文学经久不衰地运用。《诗经》中以桃李、木瓜、喜鹊、雎鸠、锦葵等描写爱情，赞美美好事物，表达良好的愿望；以蒺藜、毒草、老鼠、苍蝇、鸱枭等揭露不良倾向，鞭挞丑恶事物，成为古代文学的一个重要传统。屈原作品中的“善鸟香草，以配忠贞；恶禽臭物，以比谗佞；灵修美人，以媲于君；宓妃佚女，以譬贤臣：虬龙鸾凤，以托君子；飘风云霓，以为小人”（王逸《离骚章句序》），可以说是直承《诗经》。

兴是赋、比、兴中最复杂的一个，也是争议最多的一个，《毛传》于赋、比均不言，独标兴，可见其一斑。矛盾的焦点主要集中在兴的意义与作用上。

何谓兴？《说文》云：“兴，起也……引为一切兴起之称。”可见兴字的本义是开头。作为一种表现手法，古代学者对它的认识经过了一个由浅入深、由纷杂到统一的过程。汉代学者多把兴理解为比喻，郑众说："比者比方于物也，兴者托事于物也。""比方于物"与"托事于物"很难从本质上截然分开，"比方于物"是用具体的物做比喻以表现抽象的事，"托事于物"也是把抽象的事理寄托到具体的物上加以表现，只是内容宽泛了一些。郑玄说："比见今之失，不敢斥言，取比类以言之；兴见今之美，嫌于媚谀，取善事以喻之。"（与上同见《周礼注疏》）也没有从本质上区别开来，只是在表现内容上一为刺失，一为颂美；而在笺《诗》时又不以"美"来要求"兴"，而是把兴明确地当作"喻"来使用。正如孔颖达所说："《笺》言兴者喻，言《传》所兴者欲以喻此事也。兴、喻名异而实同。"（《毛诗正义》）王逸以赋、比、兴注楚辞，不仅认为兴是譬喻，而且把比兴混为一谈。[①] 这种认识在后代还残存着，刘勰《文心雕龙·比兴》说："比则畜愤以斥言，兴则环譬以托讽。盖随时之义不一，故诗人之志有二也。观夫兴之托谕，婉而成章，称名也小，取类也大。"显然承郑玄之说。但刘勰的另一认识却对后人产生了极大影响，他说："故比者，附也；兴者，起也。附理者切类以指事，起情者依微以拟议。起情故兴体以立，附理故比例以生。"刘勰于此揭示出兴在表现上兴物起情的特点，得到了后代学者的广泛认同，从而成为后代关于兴的主要观点，前引朱熹之说便是这一解释的明确与发展。

在《诗经》中，兴具有如下特点：第一，兴是民歌的重要表现手法。在《诗经》中，兴主要表现在民歌或学习民歌的创作中，《毛传》16 篇注明用兴，其中《国风》70 篇，《小雅》40 篇，《大雅》4 篇，《颂》2 篇。[②] 第二，兴多在发端，所以也叫起兴。民歌往往重章

① 参考鲁洪生《汉儒对赋比兴的认识》，《汉中师院学报》1987 年第 2 期。

② 王应麟《困学纪闻》卷 3 引吴泳的统计。

叠唱，反复歌咏，因而在《诗经》中，兴的位置也往往在章首，极少在章中。[①] 第三，兴最初是诗人耳目所及的自然景物和身体力行的生活观象触动了诗人的心事及情感而发出的歌唱，因而是诗意的有机组成部分。如《秦风·晨风》兴句“鴥彼晨风，郁彼北林”，以晨风鸟飞入北林反衬思妇之情；《蒹葭》兴句“蒹葭苍苍，白露为霜”以秋景表现凄情。后来歌唱同主题的内容时，也常常取来（或取其成句，或用其句式）以作发端，这种兴句虽与本篇的具体描写没有关系，但把大致相近的兴句联系起来，仍可寻绎其与所表现的主题的同在联系。如《诗经》中有4篇作品的兴句涉及“东门”，另有1篇起句也涉及“东门”，周代存在东吉西凶的观念，受此支配，城市的东、西城门也有吉、凶之别，东方一带往往是人们的主要居住地，是城市的繁华区，人们经常在那里招待来宾，举行娱乐活动，男女之间的交往也主要在东门一带进行。[②] 因此，《诗经》中才有“出其东门，有女如云”的诗句，便出现了一些以“东门”起兴的婚恋诗。表面上看，所谓“东门之坤”“东门之栗”“东门之杨”之类与“岂不尔思”“昏以为期”之类没有直接关系，但在风俗习惯，思维特点，文化心理方面则可见其与所表现主题的互通。

正因如此，所以兴句所描述的形象或以显喻隐，或寄寓情思，或渲染气氛，或烘托人物，或描绘背景，对全诗具有重要的艺术作用。首先，起比喻衬托的作用。如《邶风·谷风》是抒发弃妇怨怅的诗，诗以“习习谷风，以阴以雨”起兴，大风咆哮，忽阴忽雨，隐喻着男子的凶狠粗暴和反复无常。《大雅·绵》是周族史诗，诗以“绵绵瓜瓞”起兴，谓周如绵延不绝之瓜瓞，始虽小而终将发展壮大，故钟惺

① 《卫风·氓》末章朱熹传：“赋而行也”，其兴句指“淇则有岸，隰则有泮”。
② 参阅李炳海《〈诗经〉中的空间方位词选析》，《中州学刊》1991年第3期。

云："只'绵绵瓜瓞'四字，比尽一篇旨意。"其次，起标示主题的作用。《诗经》时代的兴法还不像后代那样灵活多样，因而相同主题的诗常常取兴于同类物象，因此我们常常可以借助兴象了解作品的性质。对此，魏源《古诗微》曾说道："三百篇言娶妻者，皆以析薪取兴，盖古者嫁娶必以燎炬为烛，故《南山》之'析薪'、《车舝》之'析柞'、《绸缪》之'束薪'、《豳风》之'伐柯'，比与此（指《周南·汉广》）'错薪''刈楚'同兴。"再次，起烘托气氛、创造意境的作用。如《秦风·蒹葭》，诗三章，各章开头是"蒹葭苍苍，白露为霜""蒹葭萋萋，白露未晞""蒹葭采采，白露未已"，这些都是主人公追求意中人在河边所见的自然景象——一个萧索凄清、露白霜重的暮秋景象。它对一种肃杀的环境气氛进行尽情渲染，使全诗一开始就笼罩在一片凄清的氛围里；同时，它与主人公对意中人求而不得的凄婉情绪相一致，从而创造出情景交融的艺术境界，取得了很好的艺术效果。其他如《召南·草虫》《郑风·风雨》等诗中的兴句都具有这样的艺术作用。

三 长于抒情

《诗经》中的诗歌绝大部分是抒情诗。这里有对神灵的顶礼膜拜，也有对祖先的崇敬景仰；有对幸福的喜悦欢欣，也有对不幸的痛苦失望；有对奸佞的愤懑怨怒，也有对美政的真诚向往；有对生活的满怀热望，也有对前路的失望迷茫，等等。可以说，举凡人类情感的方方面面，在《诗经》中都有淋漓尽致的展现。这种种的情感，汇聚成一条既波涛汹涌又风平浪静的巨流，千百年来冲击着也滋润着亿万读者的心灵。从这个意义上说，《诗经》是抒情的艺术。

《诗经》抒情的方式是多种多样的，主要有以下四种。

一是真情表白，直抒胸臆。《诗经》的作品往往真实地反映现实生活，直率地表达思想感情。《毛诗序》所谓“在心为志，发言为诗”，孔颖达《毛诗正义》所谓“舒心志愤懑，而卒成于歌咏”，讲的都是真情实感的自然流露。无论是积极干预时政的怨刺诗，书写民间疾苦的战争诗，还是反映社会生活的婚恋诗、农事诗，或喜或悲，或爱或恨，或怨或怒，或忧或愤，大都直抒胸臆，绝不矫揉造作、忸怩作态。如《关雎》写对爱的追求：“窈窕淑女，君子好逑”；《采葛》写对恋人的思念：“一日不见，如三秋兮”；《君子于役》写对亲人的思念：“君子于役，如之何勿思”，等等。

二是以景引兴，借景抒情。耳目所及的自然景象或身体力行的生活现象触动了诗人的心事及情感，因此，发而为歌，诗人往往以所见之景兴起内心之情。这就是《诗经》中“兴”的手法。这些兴句具有多方面的艺术作用，寄寓情思便是一个重要方面。如《秦风·蒹葭》，诗的开篇写道：“蒹葭苍苍，白露为霜。”这是主人公渴望会见心上人在河边所见到的自然景色，这一景色构成了一个天高气爽、空旷宁静而又富有生气的艺术环境，烘托了主人公高洁诚挚、寂寞孤单而又满怀热望的内心世界。全诗三章，每章首两句均为状物写景，第二章的“未晞”，第三章的“未已”与第一章的“为霜”相次，既显示出时间的推移，同时又与主人公开始的欣喜、接着的烦恼、最后的懊丧所展示的复杂心态相关。

《诗经》是诗人情感的审美表现，因而诗中涉及的客观事物无不打上诗人主观情感的烙印。诗人触景生情，感物兴怀，创造了诗歌意象。如黄昏时节，夕阳西下，百鸟归林，羊牛入圈，这种景象无疑令孤身独处的少妇感到百无聊赖，最容易引起她们“如之何勿思”的情绪，因而《王风，君子于役》创造了黄昏意象：

> 君子于役，不知其期，曷至哉？鸡栖于埘，日之夕矣，羊牛下来。君子于役，如之何勿思！

农耕社会古老的生产方式决定了华夏民族“日出而作，日落而息”的生活方式和安居乐业、安土重迁的情感意趣，白天繁重的田间劳作之后，黄昏之后可以歇息寝食，亲人欢聚。可见，选取黄昏时节，创造黄昏意象，更能突出思妇孤寂落寞的情怀，因而清人许道光在读此诗后叹道：

> 鸡栖于桀下牛羊，饥渴萦怀对夕阳。已启唐人闺怨句，最难消遣是昏黄。(《雪门诗钞》)

这一意象虽然最初是源自农耕社会产生的一种朴素的感情，但由于它揭示了黄昏这一自然物象与人类某些情感的因果联系，因而架设起了黄昏物象与人类思想的情感桥梁，后代作家不但经常使用这一意象，而且扩大其范围，丰富其含义，使得黄昏落日在中国文学中已不是纯粹的自然现象，而是意蕴深远的文学图画。

三是嬉笑怒骂，皆成文章。诗人往往从人们的既成认识出发，巧妙设喻，抒发情感。如《鄘风·相鼠》，在人们的印象里，老鼠神情狡黠，动作鬼祟，身处暗穴，人所不齿，而且它偷盗成性，传播疾病，专门损人，一心利己。因此，提起老鼠，人们自然会把它与卑鄙龌龊、可憎可恶联系在一起。诗人抓住人们的这一心理，以老鼠作比，勾画出没有礼仪之人连老鼠都不如的丑恶嘴脸：“相鼠有皮，人而无仪”“相鼠有齿，人而无止”“相鼠有体，人而无礼”。作者不仅揭露出他们的没脸没皮、贪婪不止、不讲礼义，而且向他们发出了愤怒的斥责，以至诅咒：“人而无仪，不死何为！”“人而无止，不死何俟！”“人而无礼，胡不遄死！”

四是呼天抢地，以达情意。天，在我国的封建社会里，具有至高无上的权威，它是公正的象征。因此司马迁说：“夫天者，人之始也；父母者，人之本也。人穷则反本，故劳苦倦极，未尝不呼天也；疾痛惨怛，未尝不呼父母也。”（《史记·屈平贾生列传》）关汉卿在《窦娥冤》中也说：“有日月朝暮悬，有鬼神掌着生死权。天地也只合把清浊分辨，可怎生糊突了盗跖、颜渊？为善的受贫穷更命短，造恶的享富贵又寿延。天地也！做得个怕硬欺软，却原来也这般顺水推船。地也，你不分好歹何为地！天也，你错勘贤愚枉做天！”在《诗经》中，对“天”的发问与质询，已经饱含着诗人的激愤的情绪。如《王风·黍离》是一首表达对宗周悲悯之情的作品，全诗三章，每章最后都反复咏叹：“知我者，谓我心忧；不知我者，谓我何求。悠悠苍天，此何人哉？”把对周室颠覆的悲悯，对国家命运的忧虑，以及这种悲悯与忧虑的不被理解，都通过叩问苍天，淋漓尽致地抒发出来。《唐风·鸨羽》是一首行役诗，主人公长期征戍，久役不归，繁重的徭役压得他难以喘息，难养父母的悲哀又无可倾诉，于是责问苍天：“悠悠苍天，曷其有所？”“悠悠苍天，曷其有极？”“悠悠苍天，曷其有常？”这既是无可奈何的哀鸣，更是悲痛至极的呼号。

当时人们还有这样一种认识：认为王是天帝之子，故有“天子”之称。所以王就可以代表天，或者说王就是天。借天讽王的艺术手法正是这种社会意识的反映。不敢直接讽刺王，就怨天怨上帝。因此，借天讽王也就成了古诗中一种特殊的也是常用的艺术手法，而《诗经》的贵族怨刺诗则为之开了先河。如《节南山》的“昊天不佣，降此鞠讻。昊天不惠，降此大戾”，《雨无正》的“浩浩昊天，不骏其德”，《小旻》的“昊天疾威，敷于下土”，《板》的“上帝板板，下民卒瘅”，《桑柔》的“国步蔑资，天不我将”，《召旻》的“旻天疾威，天笃降丧”等都是这种手法的具体运用。

由于上述抒情方式的不同，《诗经》表现出不同的抒情风格。有的是隐约曲折，宛转含蓄。如《鄘风·墙有茨》中，诗人反复慨叹：“中冓之言，不可道也”“中冓之言，不可详也”“中冓之言，不可读也”，虽未明写宫闱丑事，但在这有些狡黠、神秘的反复咏说中，却把上层统治者腐化堕落、荒淫无耻以及对他们这些恶德败行的鄙视与憎恨之情都委婉地表达出来，让读者通过自己的想象加以理解。但《诗经》的抒情风格，更多地表现为纯真自然、直率激切。诗人心中有爱，便不加掩饰地宣称：“爰采唐矣，沬之乡矣。云谁之思，美孟姜矣”（《鄘风·桑中》）；心中有恨，便不共戴天地诅咒：“取彼谮人，投畀豺虎。豺虎不食，投畀有北。有北不受，投畀有昊”（《小雅·巷伯》）；心中有苦，便无限悲哀地诉说：“王事靡盬，不能艺稷黍。父母何怙？悠悠苍天，曷其有所”（《唐风·鸨羽》）；心中有愁，便无所顾忌地宣泄：“正月繁霜，我心忧伤。民之讹言，亦孔之将。念我独兮，忧心京京。哀我小心，癙忧以痒”（《小雅·正月》）。这些诗歌，都是剖沥心腹的直言倾诉，是淋漓酣畅的真情告白！千百年来，它们往往直接作用于人们的感情，冲击着人们的心灵，给人以情绪的感染，也给人以灵魂的震撼。

第四章 《左传》的赋诗引诗及其文化意义

在我们今天看来，《诗经》不过是一部可供阅读欣赏的古代文学作品。但在春秋时期，人们在典礼上、宴会上，在外交往来乃至日常生活中，将所处的情境与诗句联系起来，委婉地表达志意或美化辞令。这在古籍中多有记载，仅《左传》一书，以诗应对，或谈判政治，或称叙友谊者，就达150余处。赋诗言志，俨然成为春秋时代流行、新颖的社会风尚。

第一节 赋诗言志：一个特殊的文化景观

春秋是一个特殊的时代：一方面刀光剑影，兵刃相对，另一方面赋诗骋辞，含情脉脉；一方面礼崩乐坏，弑杀无忌，另一方面尊礼重信，风度翩翩；一方面攻城略地，机谋诈取，另一方面赴告策书，盟誓旦旦。对此，顾炎武在《日知录》中说：

春秋时，犹尊礼重信，而七国则绝不言礼与信矣。春秋时，犹宗周王，而七国则绝不言王矣；春秋时，犹严祭祀，重聘享，而七国则无其事矣；春秋时，犹论宗姓氏族，而七国则无一言及之矣；春秋时，犹宴会赋诗，而七国则无有矣。①

可以说，文与武相融，礼与非礼共存，是春秋时期历史文化的一个重要特点。

据统计，仅孔子所编《春秋》一书记载，在春秋时期242年间，列国进行的大小战争就有483次，朝聘盟会450次。西方有位学者曾经做过一个统计，证实人类自有历史以来，每年都有战争。而中国春秋时期的概率要高得多，平均每年都至少要发生两次战争！但这是问题的一个方面，另一方面，即使是处于白热化的矛盾之中，矛盾的解决有时候却通过表面看起来十分温柔敦厚的形式。

《左传·襄公二十六年》记载，卫国侵占戚国东部边邑，杀掉晋国戍卒300余人。于是晋与鲁、宋、曹等国在澶渊会盟，讨伐卫国，夺回被占领的戚国土地，并攻取卫国西部60个边邑。卫献公被迫到晋国会盟，却被盛怒中的晋人抓了起来。襄公二十六年（前547）秋七月，齐景公和郑简公相约到晋国为卫献公求情，晋平公设宴招待他们。

秋七月，齐侯、郑伯为卫侯故如晋，晋侯兼享之。晋侯赋《嘉乐》。国景子相齐侯，赋《蓼萧》。子展相郑伯，赋《缁衣》。叔向命晋侯拜二君曰："寡君敢拜齐君之安我先君之宗祧也，敢拜郑君之不贰也。"国子使晏平仲私于叔向，曰："晋君宣其明德于诸侯，恤其患而补其阙，正其违而治其烦，所以为盟主也。今为臣执君。若之何？"叔向告赵文子，文子以告晋侯。晋侯言卫

① 顾炎武：《日知录》卷十三"周末风俗"条。

> 侯之罪，使叔向告二君。国子赋《辔之柔矣》，子展赋《将仲子兮》，晋侯乃许归卫侯。叔向曰："郑七穆，罕氏其后亡者也，子展俭而壹。"

宴会上，晋平公赋了一首诗，名叫《嘉乐》。这首诗在今本《诗经》的《大雅》中，诗中说："嘉乐君子，显显令德，宜民宜人，受禄于天。"这是对齐国和郑国两国国君的赞美，也以此对他们的到来表示衷心欢迎。齐君的陪同官国景子答赋《蓼萧》，这首诗在今本《小雅》中，诗中说："既见君子，孔燕岂弟，宜兄宜弟，令德寿岂。"齐侯是为营救卫侯而来，他们称赞晋君的美德与兄弟般的情意，一是为了答谢晋君的欢迎与款待，二是借着这样一个融洽、欢乐的气氛，委婉地提出请求，希望晋侯能有君子风度，以兄弟之义看待各位诸侯，这里当然也包括卫侯。郑君的陪同者答赋《缁衣》，这首诗在今本《郑风》中，诗中有"适子之馆兮，还予授子之粲兮"之句，意思是说，我们这次来到贵国的朝廷，回去的时候希望能够得到君主美好的赐予。这也是一种委婉的请求。

宴会后，齐国的国景子让晏子私下对晋国的重臣叔向说："晋君宣其明德于诸侯，恤其患而补其阙，正其违而治其烦，所以为盟主也。今为臣执君。若之何?"晋国国君在诸侯中宣传明明德行，担心忧患而补正缺失，治理动乱，因此大家才尊他为盟主。现在为了臣子却抓了国君，怎么办呢？戚国是晋国的附属国，晋国因为卫国侵犯戚地，最后才造成卫君被抓的结果，所以晏子说晋国是因为臣子抓了国君。叔向将这些话告诉了赵文子，赵文子又报告了晋侯。晋侯举出了卫侯的罪过，派叔向告诉两位国君。于是国景子赋《辔之柔矣》，这首诗今本《诗经》不存，《逸周书·太子晋》引《诗》云："马之刚矣，辔之柔矣。马亦不刚，辔亦不柔。志气麃麃，取与不疑。"杨伯峻先生认为："当即此诗。"[①] 这里取其宽政以安诸侯之义，意思是晋侯能宽赦卫侯的罪过，才不失盟长的风采。子展又赋《将仲子》，这首诗在《郑风》，诗中有"仲可怀也，人之多言，亦可畏也"之句，义取众言可畏。意思是如果不放卫侯，恐怕要惹起众怒，影响晋侯的形象，动摇晋侯的威信。

这样，虽然经过几轮反复，但晋侯终于接受请求，释放了卫侯。一个国君被抓，两个国君求情，可以说矛盾已经到了白热化的程度，但这样一个矛盾的解决，竟是通过吟诵几首诗，在融融的气氛中，化险为夷，化干戈为玉帛！真是不可思议，但又确实存在！

《汉书·艺文志》上说："古者诸侯卿大夫交接邻国，以微言相感，当揖让之时，必称《诗》以谕其志，盖以别贤不肖而观盛衰焉。故孔子曰'不学《诗》，无以言'也。"称诗喻志，不仅可以臧否人物，还能够观国家兴亡。意义如此至大，所以春秋时期的诸侯卿大夫都是从小就开始学诗，无论是摄职从政的男子，还是待字闺阁的少女，也无论是中原各国，还是异族蛮夷，都必须烂熟于《诗》，做到随时称引。在当时，不能赋诗或听不懂别人赋诗含义的人是被人们所鄙视的。

《左传·襄公二十七年》记载，齐国庆封好田而嗜酒，贪得无厌，又不讲礼仪。这一年，他到鲁国访问，坐的车非常华美。孟孙对叔孙说："庆封的车，真是华美啊！"叔孙说："我听说其人之衣着、车马、佩饰不与其人相应，必得恶果，光有美车有什么用？"叔孙请庆封赴宴，他表现得很不恭敬，叔孙便赋《相鼠》一诗。《相鼠》在《鄘风》中，诗中有"人而无仪，不死何为""人而无耻，不死何俟"

① 杨伯峻：《春秋左传注》第三册，中华书局1981年版，第1117页。

"人而无礼，胡不遄死"之句，意思是人活在世上，应该懂得礼仪和羞耻，否则还不如死了，以此来讽刺庆封的不敬与臭美，但庆封却不知道是什么意思。《昭公十二年》还记载，宋国的华定到鲁国访问，为新继位的宋君通好。鲁臣设享招待他，为他赋《蓼萧》这首诗，这首诗在《小雅》中，就是用于宴会的。诗中有"既见君子，我心写兮。燕语笑兮，是以有誉处兮"之句，意思是看到对方到来，内心非常高兴，饮酒谈笑，欢乐而难忘，对华定的到来表示欢迎；诗中还有"既见君子，为龙为光"之句，意思是看到君子的到来，又能陪君子用餐，感到非常荣幸；诗中还有"宜兄宜弟，令德寿岂"之句，意思是彼此有如兄弟之谊，赞美对方德高寿长；诗的最后两句是"和鸾雍雍，万福攸同"，意思是祝愿未来万种福泽齐聚共享。鲁臣通过《诗》是又欢迎，又赞美，又谦逊，又祝愿，热烈有加，热闹异常，怎奈华定却一句都不懂，也不赋诗回答。于是昭子很气愤，并由此评价他说："必亡！宴语之不怀，宠光之不宣，令德之不知，同福之不受，将何以在！"说他将来必亡。因为诗中所说宴会的笑语不怀念，宠信和光耀不宣扬，美好的德行不知道，共同的福禄不接受，他怎么能够长于其位呢！

这就是春秋时期的赋诗言志！在诸侯争霸、战乱频发的春秋时代，赋诗言志为血腥的政治斗争蒙上了一层文质彬彬的温柔色彩，这的确是中国文化史上的一大景观！

对于赋诗言志，我们从不同角度可以做出不同的评价。从《诗经》研究史上，这无疑是"断章取义"，《左传·襄公二十八年》所谓"赋诗断章，余取所求焉"；从文学理论批评史上，从赋诗者对诗意的解释中，我们可以了解时人对于诗的认识；从军事史上，在刀光剑影的血腥厮杀中，表现出温柔敦厚的中国特色。而在这里，我们要说的是，在中国文学语言的发展中，赋诗言志是对思想的一种修饰，是对语言的一种美化。它使得思想的表达极为委婉，极为诗意；使得语言的风格极为婉致，极为典雅，刘知几在《史通》中说它“文典而美”“语博而奥”，就是这个意思。

可以说，春秋时期对修辞的重视得到社会的普遍共识，对语言的修饰遍及生活的方方面面。

国家存亡的危急时刻，得当的言辞可以使之转危为安。最典型的例证就是《左传·僖公三十年》记载的“烛之武退秦师”，在秦、晋两国联合围困郑国的危急时刻，烛之武凭借高妙的说辞，使得秦国不仅与郑盟，而且还派三员大将率兵帮助卫郑。春秋时期的形势是各大国都想称霸，而称霸必须壮大自己的力量，限制其他国家的发展，才能达到目的。烛之武正是抓住了各大国国君的这一心理，去说服秦穆公的。他说：

> 秦晋围郑，郑既知亡矣。若亡郑而有益于君，敢以烦执事。越国以鄙远，君知其难也，焉用亡郑以陪邻？邻之厚，君之薄也。若舍郑以为东道主，行李之往来，共其乏困，君亦无所害。且君尝为晋君赐矣，许君焦、瑕，朝济而夕设版焉，君之所知也。夫晋，何厌之有？既东封郑，又欲肆其西封，若不阙秦，将焉取之？阙秦以利晋，唯君图之。

烛之武首先用一句“郑既知亡矣”表明自己是以亡臣的身份说话的，国家既然要亡，还说什么，完全是为秦考虑，站在秦的立场说话，从而打消对方的顾虑。接着烛之武从秦与郑、秦与晋的关系上分析了秦的利弊。

第一，亡郑于秦无益而有害。首先，隔着别国去袭击远方的郑国，耗费了人力、物力、财力，为国家的发展增添了不少困难；而中间又有晋的土地相隔，要把郑国作为自己的边邑，困难可想而知。其次，亡郑的结果只能是“陪邻”，增加晋国的土地，使晋国壮大，而各国间力量的对比具有相对性，晋强便是秦弱。再次，存郑则对秦有一定好处，可以供秦使者往来之资，而且这样非但没有增加晋的力量，郑反而成为秦的与国。第二，晋曾有负于秦。晋骊姬之乱，公子夷吾逃奔于梁，依仗于秦，后又在秦穆公的帮助下，回国即位，是为晋惠公。晋惠公为报答秦君，曾许给秦国焦、瑕二地，但渡河回国后却食言，并构筑工事，防御秦国。第三，直接点明亡郑“阙秦以利晋”的恶果。郑是晋的东邻，秦是晋的西邻，晋有永不满足的扩张之心，向东灭郑后，必然向西侵秦。而从秦国来说，与晋联合攻打郑国，实际是损害了自己而帮助了晋国，晋国的愈加强大，势必对自己构成直接威胁。

这三个方面，第一点意在突出亡郑与存郑对秦国所具有的不同意义，使秦穆公客观地看待秦与晋、秦与郑的关系；第二点意在以历史事实突出晋对秦的背信弃义，使秦穆公从内心深处与晋隔膜、疏远；第三点意在突出晋无所满足的扩张之心，使秦穆公认识到郑亡之后本国所处的危险位置。在这里，烛之武虽然是以郑国的利益为出发点，以存郑为目的，但处处围绕着秦国这一中心，把秦国放在第一位。这正是烛之武说辞的高妙之处。

个人生死的紧要关头，美妙的辞令可以化险为夷。《左传·宣公十二年》记载，楚国攻打并战胜了郑国，晋国前来救援，晋军行至黄河边准备渡河时，听说郑国已败并与楚国结盟，于是形成两派。一派主张退兵回国，另一派主张继续前往争取郑国，最后主战派强行渡河。而楚国君主只是为了讨伐郑国的三心二意，无意与晋国结怨，于是经两次向晋求和，得到允许，并商定了结盟的日期。

> 楚子又使求成于晋，晋人许之，盟有日矣。楚许伯御乐伯，摄叔为右，以致晋师，许伯曰："吾闻致师者，御靡旌摩垒而还。"乐伯曰："吾闻致师者，左射以菆，代御执辔，御下两马，掉鞅而还。"摄叔曰："吾闻致师者，右入垒，折馘，执俘而还。"皆行其所闻而复。晋人逐之，左右角之。乐伯左射马而右射人，角不能进，矢一而已。麋兴于前，射麋丽龟。晋鲍癸当其后，使摄叔奉麋献焉，曰："以岁之非时，献禽之未至，敢膳诸从者。"鲍癸止之，曰："其左善射，其右有辞，君子也。"既免。

可见楚军内部也出现了强力主战派，其中乐伯和御者许伯、车右摄叔各以自己的方式完成了对晋军的挑战。但他们毕竟势单力薄，晋军夹击而来。乐伯是主攻手，打死了不少敌人，最后只剩下一支箭。这时一只麋鹿飞奔而过，乐伯搭弓射箭，一箭命中麋鹿。乐伯让摄叔把这只麋鹿献给紧追其后的晋军大将鲍癸，摄叔说："以岁之非时，献禽之未至，敢膳诸从者！"听了这话，鲍癸制止了要继续追赶的士兵说："其左善射，其右有辞，君子也！"以此三人才免于难。

那么，摄叔简短的几句话何以打动了鲍癸呢？第一，服输但不服软。来献礼物，而且说时令未到只能将就着如此，如果时令合适定会献上更多的礼品，这是服输；但是献上的礼物是车左一箭射中的，还流着麋鹿的热血，这是不服软。第二，示以友好，现在条件不允许先这样，将来更要好好表示。第三，讲究礼仪。中国是个礼仪之邦，这不仅在于古代有许多礼仪的规范，更在于人们的语言行为表现得彬彬有礼。不说献于对方，而说"膳诸从者"，让你的随从尝尝鲜，降低自己的身份，本身就是对对方的尊重。

在《左传》和《国语》中，这样精彩的辞令随处可见。在春秋时期，辞令可以包括行人外交辞令、大夫应对文辞、朝廷论辩之语、政府发布的文诰、军中训誓致师之语，等等。它们可用于政治、军事、外交等多个领域，见于战争、聘问、会盟等多种场合，遍及行人、大夫、君臣的各个层次，各国也出现了不少善于辞令的著名人物，如郑国的子产、晋国的叔向、鲁国的叔孙豹、齐国的管仲、吴国的季札等。

第二节　季札礼乐：两个重审的文艺话题

《左传·襄公二十九年》记载了吴公子季札对周乐的评论，但以往的研究只是在论述《诗经》成书时把季札论乐当作一条史料运用，近年这种现象虽有所改变，但仍没有揭示其在先秦儒家文艺思想发展上的重要价值。出现这种情况的主要原因是人们习惯上认为孔子创立了儒家学派，而没有看到儒家思想的发展进程。本书认为先秦儒家文艺思想经过西周到春秋中叶的发展，在春秋晚期已经发展成熟，而季札论乐便是其标志。

为了论述的方便，我们把全文引在这里：

> 吴公子札来聘。……请观于周乐。使工为之歌《周南》《召南》，曰："美哉！始基之矣，犹未也。然勤而不怨矣。"为之歌《邶》《鄘》《卫》，曰："美哉，渊乎！忧而不困者也。吾闻卫康叔、武公之德如是，是其《卫风》乎？"为之歌《王》，曰："美哉！思而不惧，其周之东乎？"为之歌《郑》，曰："美哉！其细已甚，民弗堪也，是其先亡乎！"为之歌《齐》，曰："美哉！泱

泱乎！大风也哉！表东海者，其大公乎！国未可量也。”为之歌《豳》，曰：“美哉！荡乎！乐而不淫，其周公之东乎？”为之歌《秦》，曰：“此之谓夏声。夫能夏则大，大之至也，其周之旧乎？”为之歌《魏》，曰：“美哉！沨沨乎！大而婉，险而易行，以德辅此，则明主也。”为之歌《唐》，曰：“思深哉！其有陶唐氏之遗民乎？不然，何忧之远也？非令德之后，谁能若是？”为之歌《陈》，曰：“国无主，其能久乎？”自《郐》以下无讥焉。

为之歌《小雅》，曰：“美哉！思而不贰，怨而不言，其周德之衰乎？犹有先王之遗民焉。”为之歌《大雅》，曰：“广哉！熙熙乎！曲而有直体，其文王之德乎？”

为之歌《颂》，曰：“至矣哉！直而不倨，曲而不屈，迩而不逼，远而不携，迁而不淫，复而不厌，哀而不愁，乐而不荒，用而不匮，广而不宣，施而不费，取而不贪，处而不底，行而不流，五声和，八风平，节有度，守有序，盛德之所同也。”

见舞《象箾》《南籥》者，曰：“美哉！犹有憾。”见舞《大武》者，曰：“美哉！周之盛也，其若此乎！”见舞《韶濩》者，曰：“圣人之弘也，而犹有惭德，圣人之难也。”见舞《大夏》者，曰：“美哉！勤而不德，非禹，其谁能修之！”见舞《韶箾》者，曰：“德至矣哉！大矣！如天之无不帱也，如地之无不载也，虽甚盛德，其蔑以加于此矣。观止矣！若有他乐，吾不敢请已！”（《左传·襄公二十九年》）

季札是吴王寿梦的小儿子，鲁襄公二十九年（前544），他到鲁国访问，请求观赏了盛大的周代乐舞表演，并发表了上述评论。这些评论，涉及儒家文艺思想的重要范畴，在儒家文艺思想的发展中具有重要意义。

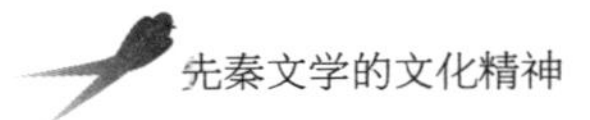

一　美与善

季札论乐大都以“美哉”的感叹起始，那么“美哉”赞美的是什么呢？一般认为，这里“所谓的‘美’，除个别地方涉及音乐之美外，绝大部分讲的都是乐所歌的功德”①。如此，这个“美”即是道德上的“善”，张文勋先生就明确地说：“季札说的‘美哉’，实际上也就是‘善哉’，也就是说美就是善。”② 我们认为，无论从先秦儒家对美的认识的发展上，还是从季札论乐本身来看，这个结论都是不确切的。

在先秦，美确实常常与善不分，指社会伦理道德的内容。如伍举说：“臣闻国君服宠以为美，安民以为乐，听德以为聪，致远以为明。”（《国语・楚语上》）韦昭注曰：“服宠，谓以贤受宠服，以是为美。”即以受天之禄、国泰民安、听用有德、招致远人为美；太史克说：“……此十六族也，世济其美，不陨其名。”（《左传・文公十八年》）这个“美”与下文的“凶”即恶相对，指的是“齐圣广渊，明允笃诚”“忠肃共（恭）懿”，“宣慈惠和”即道德的善；刘定公赞美大禹治水的功劳说：“美哉禹功！明德远矣。”（《左传・昭公元年》）也是以功德为美。同时，典籍中还记载了许多美德比并、唯德才堪称美的事实。《左传・襄公二十七年》：齐庆封来聘，其车美。孟孙谓叔孙曰：“庆季之车，不亦美乎？”叔孙曰：“豹闻之：‘服美不称，必以恶终。’美车何为？”叔孙与庆封食，不敬。为赋《相鼠》，亦不知也。

---

① 李泽厚、刘纲纪主编：《中国美学史》第一卷，中国社会科学出版社 1984 年版，第 110 页。

② 张文勋：《以政教为中心的先秦儒家文艺思想》，《文史哲》1985 年第 3 期。

但这只是问题的一个方面，另一方面，春秋以来，美与善已有渐分的趋势，特别是春秋中期以后，这种分工已经趋于明显：美，主要指形式上的因素，如服饰的得体、容貌的姣好、声音的悦耳等；善，主要是指内容的要素，即是否符合德的要求。我们试举两个例子来证明这个分工。《国语·晋语六》记载赵文子（武）行士冠礼后分别去拜见八卿的情景：

赵文子冠，见栾武子，武子曰："美哉！昔吾逮事庄主，华则荣矣，实之不知，请务实乎。"

见中行宣子，宣子曰："美哉！惜也，吾老矣！"

见范文子，文子曰："而今可以戒矣，夫贤者宠至而益戒，不足者为宠骄。故兴王赏谏臣，逸王罚之。吾闻古之王者，政德既成，又听于民，于是乎使工诵谏于朝，在列者献诗使勿兜，风听胪言于市，辨祆祥于谣，考百事于朝，问谤誉于路，有邪而正之，尽戒之术也。先王疾是骄也。"

见郤驹伯，驹伯曰："美哉！然而壮不若老者多矣。"

见韩献子，献子曰："戒之，此谓成人。成人在始与善，始与善，善进善，不善蔑由至矣；始与不善，不善进不善，善亦蔑由至矣。如草木之产也，各以其物。人之有冠，犹宫室之有墙屋也，粪除而已，又何加焉。"

见智武子，武子曰："吾子勉之，成，宣之后而老为大夫，非耻乎！成子之文，宣子之忠，其可忘乎！夫成子导前志以佐先君，导法而卒以政，可不谓文乎！夫宣子尽谏于襄、灵，以谏取恶，不惮死进，可不谓忠乎！吾子勉之，有宣子之忠，而纳之以成子之文，事君必济。"

见苦成叔子，叔子曰："抑年少而执官者众，吾安容子。"

> 见温季子，季子曰："谁之不如，可以求之。"
>
> 见张老而语之，张老曰："善矣，从栾伯之言，可以滋；范叔之教，可以大；韩子之戒，可以成。物备矣，志在子。若夫三郤，亡人之言也，何称述焉！智子之道善矣，是先主覆露子也。"

栾武子说："美哉！昔吾逮事庄主，华则荣矣，实之不知，请务实乎！"这里的美显然指的是"华荣"，从形式上的"色貌"着眼，赵武还没有从政，栾书无法从"德"赞美，因此告诫他要"务实"。这个告诫的话，在韩献子那里就说得比较具体了，他说："戒之，此谓成人。成人在始与善，始与善，善进善，不善蔑由至矣；始与不善，不善进不善，善亦蔑由至矣。"这里的"善"就是从道德着眼，指的是"实"即内容。因此，当赵文子把拜见八卿以及他们的评价告诉张孟后，他用的是"善矣"，因为他要评论的是栾伯、范叔、韩子、智子的话："见张老而语之，张老曰：'善矣，从栾伯之言，可以滋；范叔之教，可以大；韩子之戒，可以成。物备矣，志在子。若夫三郤，亡人之言也，何称述焉！智子之道善矣，是先主覆露子也。'"在这里，他对美与善、形式与内容的分别看得是比较清楚的。再如，《左传·襄公二十七年》记载赵孟要郑七大夫赋诗言志，因为赵孟要"观"的不是乐，而是"七子之志"，所以赵孟评论时用的是"善哉"，而不是"美哉"。

其次，我们考察一下季札论乐的具体情况。与赵孟不同，他要"观"的是"周乐"，按照惯例，他是应该先评论音乐的曲调如何，然后再评论乐章表现了怎样的内容。再从他评论的内容来看，如果说"美"在此仍指道德上的"善"，是"乐所歌的功德"，那么至少有两处说不通。其一，评论《郑》乐时，季凡说"美哉！其细已甚，民弗堪也。是其先亡乎！""细已甚"杜预注说是"讥"其政治上的"烦碎”。联系今本《诗经》的内容，《郑风》21篇诗中有16篇描写青年男女的婚姻恋爱生活，占了3/4的章次。在季札看来，这种“男女间琐碎之事”恰恰反映了郑国的“政教繁碎”，因此他访问郑国时，告诫子产：“子为政，慎之以礼。”（《左传·襄公二十九年》）我们可以说，“细已甚”就是超过了礼的限制，就是背离了“中和”的标准。这样，表现“其细已甚，民弗堪也”的郑乐，无论如何都没有什么“功德”可言，如果美就是善，这无论如何都不能算作“美”，而季札偏偏用了“美哉”的赞语！其二，季札观“舞《象箾》《南籥》”后，说：“美哉！犹有憾。”据孔疏，《象箾》《南籥》是武王时作以歌颂文王的舞曲，前者颂其武功，后者歌其文德。文王在位50年，在各方面都为周朝灭商大业奠定了深厚基础，但他毕竟还没有推翻商王朝的统治，“不及已致太平”，季札说的“犹有憾”即指这方面内容。这个理解如果不错，“犹有憾”就是“未尽善”的意思。在评论《周南》《召南》时，季札说：“美哉！始基之矣，犹未也。然勤而不怨矣。”杜预注“美哉”说：“美其声。”孔颖达疏“犹未也”说：“犹有商纣，未尽善也。”都是有道理的。

先秦儒家推崇一种“尽善尽美”的艺术，人们囿于传统、习惯上把这种标志着美的独立地位确立的理论归之于孔子。只要我们打破习惯的框子，稍事分析，就会看到季札对周乐的评论已经包含了先秦儒家要求的艺术“尽善尽美”的理论，就是说季札的时期已经认识到了美具有其独立的地位。以孔子37岁在齐“闻《韶》三月不知肉味”（《论语·述而》），而后做出“尽美矣，又尽善也”（《论语·八佾》）的评论算起，季札比孔子整整早了30年！

当然，毋庸讳言，季札也好，孔子也好，他们虽然认识到了美的独立地位，但更重视的是政治教化的内容，是美与善高度统一的境界。这就使他们对文艺的评论掺杂着许多政治的、道德的、伦理的因素，以周礼为准绳，以维护封建宗法制度为目的，这是他们历史的局限。

二　中与和

季札对周乐的整个评论，充满了中庸和睦的精神，表现出以中和为美的文艺观。这种融合“中”“和”的文艺批评标准标志着先秦儒家文艺思想的极大发展，并奠定了此后儒家评诗论乐的基调。

“中”与“和”在原始社会已经作为一种观念存在。但作为一种哲学范畴，则是在殷商时期出现的，此后它被广泛运用于社会各领域，成为商周时代十分重要的社会思想。在季札之前，“中”的思想已经被运用于对文艺作用的认识上，如《左传·襄公十四年》记载师旷的一段话：

> 天生民而立之君，使司牧之，勿使失性。有君而为之贰，使师保之，勿使过度。是故天子有公，诸侯有卿，卿置侧室，大夫有贰宗，士有朋友，庶人、工、商、皂、隶、牧、圉皆有亲昵，以相辅佐也。善则赏之，过则匡之，患则救之，失则革之。自王以下，各有父兄子弟以补察其政。史为书，瞽为诗，工诵箴谏，大夫规诲。士传言，庶人谤，商旅于市，百工献艺。

在这里，师旷便认为“瞽为诗”是讽谏君主、“勿使过度”的一种方式，要“善则赏之，过则匡之，患则救之，失则革之”，符合“中”的标准。而“和”的思想却占着主导地位，并形成了一个艺术的系统标准。《国语·郑语》中记载了一次郑桓公和史伯的著名对话，其中体现了时人的文艺观：

> 夫和实生物，同则不继。以他平他谓之和，故能丰长而物归之；若以同裨同，尽乃弃矣。故先王以土与金木水火杂，以成百物。是以和五味以调口，刚四支以卫体，和六律以聪耳，正七体以役心，平八索以成人，建九纪以立纯德，合一数以训百体。出千品，具万方，计亿事，材兆物，收经入，行亥极。故王者居九亥之田，收经入以食兆民，周训而能用之，和乐如一。夫如是，和之至也。于是乎先王聘后于异姓，求财于有方，择巨取谏工而讲以多物，务和同也。声一无听，物一无文，味一无果，物一不讲。

史伯认为“和”与“同”属于两个自然对立的范畴：“和实生物，同则不继。”由这种朴素的直觉认识出发，史伯认为音乐也具有这种属性：“同”即“一”，即单一，他认为“声一无听”，不能给人们带来精神的享受；“和”是协调，只有把不同的声调协调起来，才能奏出美妙的音乐，使人愉悦，给人智慧，所谓“和六律以聪耳”。“和”“同”之辨使“和”的美学价值更加明显而确定。

总之，“和”是指不同物质的相互协调及其产生的和谐的效果，史伯所谓“以他平他谓之和”，“中”是指某一物质的不能过度，朱熹所谓“不偏不倚，无过不及”（注《中庸》语）。既适中又和谐，“中”与“和”的融合，给先秦儒家文艺思想增加了更多的辩证因素。而在先秦儒家文艺思想发展史上，季札首次完成这个辩证过程。

评论周乐时，季札把“中”与“和”交融在一起，作为衡量思想和艺术的主要标准。首先，在周乐反映的思想内容上，季札赞赏的是一种直曲得体、施取有度、勤而不怨、怨而不言的品格。季札认为，作为上层统治者，“直”与“曲”是其性格的两个方面，“施”与“取”是其义务的一种表征。但这四个方面却不能过度，过“直”则“倨”，倨则“人莫不贱”；过“曲”则屈，屈则违义。因此，根据礼灵活掌握“直”与“曲”的时机与程度，是很重要的，所谓“人之能自曲直以赴礼者，谓之成人”（《左传·昭公二十五年》）。“施”过为“费”，费则不均；“取”过为“贪”，贪则致祸；而作为下层士子和民众，“勤”（劳也，既指民众的勤苦劳作，又指士子的勤于王事）则是其义不容辞的责任。但辛劳过度就会“怨”，怨则“乱心生”，产生对抗情绪。因此，“心无怨结”成为儒家“至安之世”的标准之一。君臣各守其职，上下雍容和睦，这是先秦儒家的理想境界。季札认为周乐的大部分作品正反映了这种精神。

其次，在表达的情感上，季札推重“乐而不淫”“哀而不愁”。欢乐本是一种美好情感，但欢乐过度，势必导致荒乱，轻则亡身，重则灭国。忧思也是一种正常情绪，而且是一种更深沉的情绪，所以季札非常赞赏那种“思深”“忧远”（评《唐》乐）的作品。但这种情绪也不能过度，否则就会产生困惧心理，而“困则祸不可御”，“惧”也会产生变乱，所谓“及惧而变”。因此，在季札看来，表现“乐而不淫”“思而不惧”感情的才是“至乐”，方臻妙境。

最后，在音乐上，季札激赏《颂》那种“五声和，八风平，节有度，守有序”的乐曲。“五声和”是指宫、商、角、徵、羽五声十分融洽；“八风平”是指“效八风之音”的金、石、土、革、丝、木、匏、竹八类乐器奏出的声乐配合默契，“节有度”指节拍合于尺度；“守有序”指八音各有顺序。总之，“五声和，八风平”得其和，“节有度，守有序”得其中，这是一个中庸和睦的境界。

通过以上分析，我们不难看到，“中”“和”已作为一个理想的准则运用于季札对周乐的整个评论。这种理论强调强弱适度、上下和谐、“平”“和”兼备、度序分明，即温柔敦厚，礼以节情。它对此后的文艺批评产生了极大的影响，这不仅表现在人们在评价作品时使用了许多中和性的词语，更重要的是认识到这种温柔敦厚、礼以节情的性质对人们所起的潜移默化的作用。伶州鸠论乐强调“声应相保”（即和）与“细大不逾”（即中），他说：“夫有和平之声，则有蕃殖之财。于是乎道之以中德，咏之以中音，德音不愆，以合神人，神是以宁，民是以听。若夫匮财用，罢民力，以逞淫心，听之不和，比之不度，无益于教，而离民怒神，非臣之所闻也。”即中和之乐具有宁神安民的作用。反之，“听之不和，比之不度”则“无益于教，而离民怒神”，最终必然导致人民的背叛（《国语·周语下》）。孔子论《关雎》“乐而不淫，哀而不伤”是这种思想的直承，左丘明论《春秋》“微而显，志而晦”（《左传·成公二十六年》）、“婉而辨”（《左传·昭公三十一年》）也是这种精神的体现。荀子把“乐之中和”同“礼之敬文”“诗书之博”“春秋之微”并誉为“天地之间”的一种至高无上的境界（《劝学》），他认为乐可以作为传播礼的一种工具，在社会生活中具有特殊的作用：“乐在宗庙之中，君臣上下同听之，则莫不和敬，闺门之内，父子兄弟同听之，则莫不和亲，乡里族长之中，长少同听之，则莫不和顺。故乐……足以率一道，足以治万变。”（《乐论》）是对中和理论的继承和发展。

从品人论事表现出一定的倾向性，到按照一定的审美理想来评诗论乐，先秦儒家文艺思想经历了一个复杂的发展过程，季札为这个过程树起了一座里程碑。如果说春秋中期以前对艺术美的认识还处在朦胧状态，那么季札则比较明确地肯定了艺术美的独立地位，并透露出儒家对“尽善尽美”艺术的追求，如果说此前“中”与“和”已分别被人们认识并运用于艺术的评价，那么季札则较早地将它们融合起来，并把它们作为评论周乐的主要标准。

第三节　赋诗引诗：三个衍生的文学意义

一　文学修辞

赋诗言志，是对思想的一种修饰，也是对语言的一种美化。

可以说，春秋时期对修辞的重视得到了社会的普遍共识，对语言的修饰遍及生活的方方面面。如前所述，在《左传》和《国语》中，精彩的辞令随处可见。这里再举一例。《左传·僖公二十七年、二十八年》记载的“晋楚城濮之战”是一场春秋时期的重要战役，正是凭借这次战役，晋文公继齐桓公之后一举成为春秋时期的第二个霸主。战争由楚国围困宋国开始，却被晋国抓住了战机，成为他们“报施救患，取威定霸”的决定性一仗。回报施恩，是对楚国而言；挽救患难，是对宋国而言；博取威望，奠定霸业，则是针对各诸侯国来说，而这也是晋国积极投入城濮之战的政治原则和真正目的。他们借机参战，终于“一战而霸”（《左传·僖二十七年》语）。一方面是楚军主帅子玉的刚愎自用，步步紧逼；另一方面是晋军的谨慎从事，精心谋划，最后终于形成了晋楚两大军事阵营的对垒。楚国派斗勃请战，晋国派栾枝应对：

> 子玉使斗勃请战，曰：“请与君之士戏，君冯轼而观之，得臣与寓目焉。”晋侯使栾枝对曰：“寡君闻命矣。楚君之惠，未之敢忘，是以在此。为大夫退，其敢当君乎？既不获命矣，敢烦大夫谓二三子，戒尔车乘，敬尔君事，诘朝将见。”

在大战前夕，子玉表现得异常倨傲轻慢。他使斗勃向晋挑战，竟说“请与君之士戏，君冯轼而观之”，他把关系到国家成败的这场战争视作儿戏！而栾枝对话在表面上谦恭有礼，实则是针锋相对，毫不示弱，每一句话都把责任推到对方身上。第一句“寡君闻命矣”，是说晋国听命于楚国，把晋国在这场战争中的地位说成被动的，如果真的打起来，晋国也是不得已而从命的；第二句是说晋国之所以如此，是因为未忘楚王当初对公子重耳的旧恩，所以退避三舍，以此为报，这实际是进一步补充了晋国不愿交战的原因；第三句说为报楚恩，可以在楚国大夫面前退却，当然更不敢与楚王敌对。栾枝的话，在态度上诚恳之至，似乎没有一点与楚交战的心理。但是，此后话锋一转，说既然晋国如此退让还得不到楚国的谅解，那么只好应战了。栾枝的话，语气委婉，用词恭谨。在彬彬有礼的背后，适时抓住战机，于是最后明确约定“诘朝相见”。这一段辞令写得非常精妙。明明是晋国采取一系列的策略激怒子玉，迫使他不得不与晋交战；可是，栾枝却把晋国说成根本不想与楚国交战，最后又不得不来应战。从而把发动战争的责任完全推到楚国方面。话语逻辑严密，用词滴水不漏。

辞令的重要作用，使得各国非常重视政令的制作。《论语·宪问》记载了郑国遇诸侯之事发布政命前的制作过程：

为命：裨谌草创之，世叔讨论之，行人子羽修饰之，东里子产润色之。

裨谌善谋，世叔善辩而断，子羽博知善言，因而分别负责“草创”“讨论”“修饰”，最后才由能言善辩而又多谋善任的郑相子产“修饰润色”，以“增修使华美也”。由此可见，郑国是充分发挥每个人的特长，从而使政命熠熠生辉，使政事立于不败之地。郑国是中原地区的一个小国，南方是楚，西方是晋，东方是宋，北方是卫，夹处于大国之中，一个时期内郑国与各国相安无事，这与郑相子产的执政，与政令制定过程中所表现出来的谨慎敬业的态度是大有关系的。而这里描述的政令制作过程中，“修饰”“润色”竟占了两个过程，可见修辞在当时社会政治生活中所具有的重要意义。

社会对修辞的重视，与当时的教育制度密切相关。一方面，社会的需求影响了教育内容的设置；另一方面，人才培养的内容也提升了社会生活的层次。孔子开创私学，并采取“有教无类”的原则，因而使得教育在更广泛的意义上走向了民众，影响了社会。《论语》记载：“子以四教：文、行、忠、信。”“文”既包括言语，也包括文学。“言语”既包含应对辞令①，也包含制定政命；“文学”主要指古代圣贤的著述。“行”既是行为方式，重在“礼”；也是学以致用，强调“用”。“忠”与“信”都是道德的教育。所以在《论语·先进》中，我们看到孔门弟子的特点是有所不同的：

> 德行：颜渊、闵子骞、冉伯牛、仲弓；言语：宰我、子贡；政事：冉有、季路；文学：子游、子夏。

这是后代所称的孔门“四科十哲”，“德行”即上面所谓“忠、信”，“言语”“文学”即上面所谓“文”，“政事”即上面所谓“行”。每个学生都有其自身的特点，而这些特点的形成，离不开教育的内容以及培养的方向。言语、文学的目的指向德行与政事，而德行、政事的能力养成在言语与文学。“文学”在这里虽然主要指古圣先贤的著述和对这些著述的学习与阐释，但在阐释的过程中也有“文

① 《论语·子路》中明言：“子曰：诵《诗》三百，授之以政，不达；使于四方，不能专对；虽多，亦奚以为？”

采”的要求，孔子作《易传·文言》便是树立了一个典范。

《国语·楚语上》有一则记载，谈到楚国教育的情形。楚庄王让士亹做太子傅，士亹请教申叔时如何实施教育，申叔时向他介绍说：

> 教之《春秋》，而为之耸善而抑恶焉，以戒劝其心；教之《世》，而为之昭明德而废幽昏焉，以休惧其动；教之《诗》，而为之导广显德，以耀明其志；教之《礼》，使知上下之则；教之乐，以疏其秽而镇其浮；教之《令》，使访物官；教之《语》，使明其德，而知先王之务用明德于民也；教之《故志》，使知废兴者而戒惧焉；教之《训典》，使知族类，行比义焉。

楚国被中原指为蛮夷之国，而其教育尚如此全面，并且其中涉及修辞的至少有春秋、诗、令、语、训典等，中原的教育便由此可以推知了。

正是在这样一个特殊的时代，孔子提出了“修辞立其诚”的理论：

> 子曰：“君子进德修业。忠信所以进德也，修辞立其诚，所以居业也。知至至之，可与言几也；知终终之，可与存义也。是故居上位而不骄，在下位而不忧，故‘乾乾’。因其时而‘惕’，虽危‘无咎’矣。”（《易传·文言》）

这是孔子针对《乾》卦九三爻辞所做的一段解释，也是“修辞”一词的最早出处。如何理解“修辞立其诚”？几千年来，见仁见智，说法不一。但多数学者认为，修指修饰，辞指言辞。

从语源学的角度看，“辞”发源于诉讼。《说文》：“辞，讼也，从𤔔，𤔔，犹理辜也。𤔔，理也。”理辜，即治罪。这在甲骨文中可以找到例证，在殷墟花园庄东地发现的甲骨卜辞中，“辞”正为诉讼之意。“辞”又从“司”，《周礼》注曰：“司，犹察也。”掌管、省察之意。都与诉讼有关。

“辞”的本义是诉讼。诉讼需要“以理服人”，道理需要辩论才更清楚；辩理要打动人，引起人们的注意，必须采取多种手段，所以需要讲究修辞的艺术。因而，辞由诉讼之词引申为讲究修饰的语言，又引申为凡是讲究修饰语言的形式都可称为“辞”。辞是经过文饰的言辞，修辞就是对语言的美化。

辞的语义演化过程还告诉我们，理论的说服力十分重要，而其力量首先来自道德的力量，来自人格的力量，从而逐渐形成了修辞的原则。“修辞以立诚”中的“诚”，讲的便是修辞的原则，意思是用立诚的原则去修辞。“诚”的基本词义是诚实、诚信、忠直，其本质是忠、信、敬等道德因素，这是由孔子的思想观念决定的。孔子十分重视诚信，认为诚信是一个人的立身之本：“人而无信，不知其可也。大车无輗，小车无軏，其何以行之哉?”（《论语·为政》）不讲诚信，就好像车子没有轮没有轴，将寸步难行。由修身到治国，他认为诚信是一个国家的立国之基：“道千乘之国，敬事而信，节用而爱人，使民以时”（《论语·学而》）。所以当子贡问起如何行政时，他说在“必不得已”的情况下，“兵”“食”均可去，唯“信”不可丢，因为“自古皆有死，民无信不立”（《论语·先进》）。

“信”的构字是“从人从言”，是个会意字，所以“信”最直接的表现便如子夏所说是“言而有信”（《论语·学而》）。因而孔子一方面非常重视言行一致：“言必信，行必果”（《论语·子路》），赞赏古代的贤者“言之不出，耻躬之不逮也”（《论语·里仁》），而且提出最好要行先于言：“君子欲讷于言，而敏于行”（《论语·里仁》）；

另一方面，孔子非常重视语言的作用，认为言之失当，就会“失言”或者“失人”（《论语·卫灵公》），有时“一言”几乎可以达到或“兴邦”或“丧邦”的结果（《论语·子路》）！所以他提出了“慎言”的要求：“君子食无求饱，居无求安，敏于事而慎于言。”（《论语·学而》）他认为“乱之所由生，则言语为之阶”（《易传·系辞上》），言语不当就会造成祸患，轻则失人，重则丧身，所以他主张“邦有道，危言危行；邦无道，危行言孙（逊）”（《宪论语·问》），无论何时何地，都要慎言慎行。

春秋战国是中国古代语言高度发展的时期，这个时期奠定的语言观念与语言形式，几乎影响了整个中国古代社会。出于外交、礼仪、日常交际等的需要，当时人们十分重视语言的表达，追求“言语之美，穆穆皇皇”（《礼记·少仪》）成为一种时代的风尚。正是在这样的时代文化中，孔子提出了“修辞立其诚”的命题。这个命题的提出，无论在中国古代语言学史上，还是在中国古代文学史上，都具有重要意义。“修辞”是语言的外在形式，“诚”则是内心的情感诉求，因而文与实、文与道、文与德、文与情、文与用等概念与联系便由此产生，并成为中国古代文艺理论的重要话题。

二 文艺观

顾颉刚先生在《诗经在春秋战国间的地位》中论到“周代人的用诗”，将它们分为四种：“一是典礼，二是讽谏，三是赋诗，四是言语”①，其中第四种便是我们常说的引诗。在引诗的过程中常常会间杂一些引者的解释，应该说这些解释大多是断章取义的，有许多是牵强

① 顾颉刚编著：《古史辨》第三册，上海古籍出版社 1982 年版，第 322 页。

附会的，不符合原诗的意义。但是其中反映出了一种倾向，从这里我们可以窥见时人对诗的一些认识。在这个意义上，可以说这是最早的关于诗的评论。

有的是历史人物叙述事件，发表议论，引诗为证。如《左传·僖公十九年》：

宋人围曹，讨不服也。子鱼言于宋公曰："文王闻崇德乱而伐之，军三旬而不降，退修教而复伐之，因垒而降。《诗》曰：'刑于寡妻，至于兄弟，以御于家邦。'今君德无乃犹有所阙，而以伐人，若之何？盍姑内省德乎？无阙而后动。"

子鱼这段话的核心是立德，举周文王伐崇之例强调的是"修教"，谏宋襄公围曹之基也是首先要"内省德"，做到无缺，然后才能有所行动。所引诗出自《诗经·大雅·思齐》，是一首歌颂周文王的诗，这几句诗赞美文王"内正人伦，以为化本""又以为法，迎治于天下之家国""其化自内而外，遍被天下"（孔颖达疏语）。引诗既符合诗意，又契合语境。

宣公十二年（前597），晋楚在邲（今河南郑州北）地交战，晋军落败，楚军大胜，《左传》记载：

丙辰，楚重至于邲，遂次于衡雍。潘党曰："君盍筑武军，而收晋尸以为京观。臣闻克敌必示子孙，以无忘武功。"楚子曰："非尔所知也。夫文，止戈为武。武王克商，作《颂》曰：'载戢干戈，载櫜弓矢。我求懿德，肆于时夏，允王保之。'又作《武》，其卒章曰'耆定尔功'。其三曰：'铺时绎思，我徂求定。'其六曰：'绥万邦，屡丰年。'夫武，禁暴、戢兵、保大、定功、安民、和众、丰财者也。故使子孙无忘其章。今我使二国暴骨，暴矣；观兵以威诸侯，兵不戢矣。暴而不戢，安能保大？犹有晋在，焉得定功？所违民欲犹多，民何安焉？无德而强争诸侯，何以和众？利人之几，而安人之乱，以为己荣，何以丰财？武有七德，我无一焉，何以示子孙？其为先君宫，告成事而已。武非吾功也。古者明王伐不敬，取其鲸鲵而封之，以为大戮，于是乎有京观，以惩淫慝。今罪无所，而民皆尽忠以死君命，又可以为京观乎？”祀于河，作先君宫，告成事而还。

在楚庄王看来，战争的目的不是张扬武力，而是消灭战争。这不仅可以从“武”字构形的分析中得到认识，而且从《诗经》中一些诗歌的创作上也得到了启示。“载戢干戈”四句诗见于《诗经·周颂·时迈》，按照毛传和孔疏的解释，本诗是周武王灭商之后，巡行安抚各方诸侯时，告祭山川神灵之作；“耆定尔功”见于《诗经·周颂·武》，该诗为歌颂武王伐纣胜利之乐歌；“铺时绎思，我徂求定”二句见于《诗经·周颂·赉》，该诗是武王伐纣之后，在庙中分封有功之臣时所用之乐；“绥万邦，屡丰年”见于《诗经·周颂·桓》该诗为武王伐纣之前“治兵祭神”之歌。这些诗歌虽然用意不同，但其共同点是强调用兵是为了安定天下，宣扬武德。

《左传·成公十六年》鄢陵之战前，申叔时评论楚军时说：

……民生厚而德正，用利而事节，时顺而物成。上下和睦，周旋不逆，求无不具，各知其极。故《诗》曰：“立我烝民，莫匪尔极。”是以神降之福，时无灾害，民生敦庞，和同以听。

所引诗出自《周颂·思文》，意思是“周祖先后稷，安置众民，无人不合其准则”。引者在此以诗证事，以事证诗，可以看出是朦胧地意识到诗是某一社会尤其是某一伦理道德的反映，同时又反过来指导着人们的行动。

《国语·周语下》记载：

> 晋羊舌肸聘于周，发币于大夫及单靖公。靖公享之，俭而敬，宾礼赠饯，视其上而从之；燕无私，送不过郊；语说《昊天有成命》。单之老送叔向，叔向告之曰："异哉！吾闻之曰：'一姓不再兴。'今周其兴乎！其有单子也……且其语说《昊天有成命》，颂之盛德也。其诗曰：'昊天有成命，二后受之，成王不敢康。夙夜基命宥密，于，缉熙！亶厥心肆其靖之。'是道成王之德也。成王能明文昭，能定武烈者也。夫道成命者而称昊天，翼其上也。二后受之，让于德也。成王不敢康，敬百姓也。夙夜，恭也；基，始也。命，信也。宥，宽也。密，宁也。缉，明也。熙，广也。亶，厚也。肆，固也。靖，和也。其始也，翼上德让，而敬百姓。其中也，恭俭信宽。帅归于宁，其终也，广厚其心，以固和之。始于德让，中于信宽，终于固和，故曰成。单子俭敬让咨，以应成德。单若不兴，子孙必蕃，后世不忘。"

《周颂·昊天有成命》是赞颂成王的祭祀诗，晋叔向评论单靖公时对诗义的解释基本符合原诗的精神，但他在此基础上又做了符合儒家道德观念的发挥："夙夜，恭也"，"命，信也"，"始于德让，中于信宽，终于固和，故曰成"，都是这种发挥的产物。《小雅·常棣》本是宴享兄弟时赞美兄弟情谊的诗，而在富辰的眼里却是召穆公"思周德之不类"的儆戒之作（《左传·僖公二十四年》）。在类似的说解中，我们注意到一个共同的特点，就是它们表现出十分明显的倾向性，把"诗"的意义与道德上的说教联系起来，使儒家文论一开始就把道德的标准放在第一位。

类似的情况同样反映在人们对乐的认识上。《左传·襄公十一年》记载，晋国率诸侯伐郑，郑国议和，与晋国签订盟约，并“以师悝、师触、师蠲，广车、軘车淳十五乘，甲兵备，凡兵车百乘，歌钟二肆，及其鎛磬，女乐二八”赠与晋国。晋悼公拿出乐队的一半奖励魏绛：

> 晋侯以乐之半赐魏绛曰：“子教寡人和诸戎狄，以正诸华。八年之中，九合诸侯，如乐之和，无所不谐。请与子乐之。”辞曰：“夫和戎狄，国之福也。八年之中，九合诸侯，诸侯无慝，君之灵也，二三子之劳也，臣何力之有焉？抑臣愿君安其乐而思其终也！《诗》曰：‘乐只君子，殿天子之邦。乐只君子，福禄攸同。便蕃左右，亦是帅从。’夫乐以安德，义以处之，礼以行之，信以守之，仁以厉之，而后可以殿邦国，同福禄，来远人，所谓乐也。《书》曰：‘居安思危。’思则有备，有备无患，敢以此规。”公曰：“子之教，敢不承命。抑微子，寡人无以待戎，不能济河。夫赏，国之典也，藏在盟府，不可废也，子其受之！”魏绛于是乎始有金石之乐，礼也。

上述史事，《国语·晋语七》也做了记载，其中明确说：“公赐魏绛女乐一八、歌钟一肆。”此前的鲁襄公四年（前569），魏绛曾提出五种利益劝说晋悼公“和诸戎狄”，并亲赴戎狄订立盟约，从而使得“戎狄事晋，四邻振动，诸侯威怀”，重兴霸业。所以晋悼公才有如是说，并予魏绛以赏赐。乐的作用是安定情绪，和谐万物，这是当时人们的普遍观念。因此，在晋悼公看来，他能够“九合诸侯”“和诸戎狄”正是实现了如同“乐”的作用，也只有“乐”才能享受这种境界；而在魏绛看来，“安德”既是“乐”的基础，也是“乐”的目的，其作用是达到“殿邦国，同福禄，来远人”的政治境界。对此，时人有着共同的认识。一方面，它直接表现着政治情势的安定或混乱，所谓“政平者其乐和也”（韦昭语），“哀神失时，殃咎必至”（《左传·庄公二十年》）；另一方面，它又反映着社会风俗与道德伦理的醇厚或沦丧，所谓“作乐以象其德”“见其乐知其德也”（韦昭语）。无论制乐还是听乐，都受着社会政治与伦理道德的影响。值得注意的是，与诗不同，人们对乐的认识，自春秋以来已逐渐建立起一个“和”的艺术标准，雍容和睦成为他们理想的艺术境界。

总的来看，这一阶段对诗、乐的评述还是零散的，是在品人论事的过程中流露出来的，只有将它们钩稽出来才能见其大概。但在这零散的评述中，却贯穿着共同的道德评价这一主线，艺术上的因素也有所注意，并且逐渐朝着系统化的方向发展。这样，随着人们认识的提高，系统艺术论的出现已经成为必然。

三　从赋诗言志到赋诗唱和

众人所赋之诗与诗的本义多不相合，而且对于原诗来说，大都是断章取义，只是由于诗中的某些章句与所处情况相类，便径自取来达意，用《左传》中的话来说就是“赋诗断章，余取所求焉”（《襄公二十八年》），这是“赋诗言志”的一大原则。但是，“赋诗”的目的是“言志”，表达志意。当时的人都这样想，这样做，也这样看。《左传·襄公二十七年》记载：

> 郑伯享赵孟于垂陇，子展、伯有、子西、子产、子大叔、二子石从。赵孟曰：“七子从君，以宠武也。请皆赋以卒君贶，武亦以观七子之志。”子展赋《草虫》，赵孟曰：“善哉！民之主

也。抑武也，不足以当之。”伯有赋《鹑之贲贲》，赵孟曰：“床笫之言不逾阈，况在野乎？非使人之所得闻也。”子西赋《黍苗》之四章，赵孟曰：“寡君在，武何能焉？”子产赋《隰桑》，赵孟曰：“武请受其卒章。”子大叔赋《野有蔓草》，赵孟曰：“吾子之惠也。”印段赋《蟋蟀》，赵孟曰：“善哉！保家之主也，吾有望矣！”公孙段赋《桑扈》，赵孟曰：“‘匪交匪敖’，福将焉往？若保是言也，欲辞福禄，得乎？”卒享。文子告叔向曰：“伯有将为戮矣！诗以言志，志诬其上，而公怨之，以为宾荣，其能久乎？幸而后亡。”叔向曰：“然。已侈！所谓不及五稔者，夫子之谓矣。”文子曰：“其余皆数世之主也。子展其后亡者也，在上不忘降。印氏其次也，乐而不荒。乐以安民，不淫以使之，后亡，不亦可乎？”

晋卿赵文子赴宋参加弭兵之会回国途经郑国时，郑伯设享礼招待他，郑国子展等七卿陪宴。赵文子既想了解郑伯之意，也想以观七人之志，于是请七人赋诗。子展赋《草虫》，诗在《诗经·召南》，第一章是“喓喓草虫，趯趯阜螽。未见君子，忧心忡忡。亦既见止，亦既觏止，我心则降”。既尊赵孟为“君子”，又表达了内心的兴奋之情，而且在深层意义上还有一种郑国有赖晋国保护之意，所以文子称他是“民之主”。伯有赋《鹑之贲贲》，即今《鄘风》之《鹑之奔奔》，据《毛诗序》，此诗为刺卫宣姜淫乱而作，所以赵武说是“床笫之言”。而伯有是一个自大之人，他赋此诗实取“人之无良，我以为君”二句，流露出的是不满国君之意，所以赵孟在饭后说他是“志诬其上”，这样必然会使“公怨之”，其结局只能是“将为戮矣”。子西所赋《黍苗》在《小雅》，其四章是“肃肃谢功，召伯营之。列列征师。召伯成之”，比赵孟于召伯，称赞赵孟的文治武功。子产赋

《小雅》之《隰桑》，杜预注曰："义取思见君子尽心以事之，曰：既见君子，其乐如何！"赵孟尊重子产的为人，也深知子产的为政能力，所以说"请受其卒章"，其诗卒章云："心乎爱矣，遐不谓矣。中心藏之，何日忘之？"客气地请子产多指教。子大叔赋《郑风》之《野有蔓草》，取其"邂逅相遇，适我愿兮"之意。印段所赋《唐风·蟋蟀》中有"无以大康，职思其居。好乐无荒，良士瞿瞿"之语，赵孟认为他能够戒惧不荒，所以称他"保家之主也"。公孙段赋《小雅》之《桑扈》，杜预注曰："义取君子有礼文，故能受天之祐。"

《左传》还有另外一种赋诗的形式——事赋诗。隐公元年记载，郑庄公讨伐贪得无厌的弟弟共叔段之后，将一直偏爱共叔段并拟为叛乱的共叔段做内应的母亲姜氏放逐幽禁在城颍，发誓与母亲"不及黄泉，无相见也！"之后后悔，终于在颍考叔的导演下，演了一出"隧而相见"的闹剧。庄公与母亲相继赋诗：

> 公入而赋："大隧之中，其乐也融融！"姜出而赋："大隧之外，其乐也泄泄！"

尽管在先秦，这样的赋诗还不多见，但这毕竟是表达情感的一种重要形式。《左传》中这两种即事而赋的形式，正是后来文人饮酒赋诗、互相唱和的滥觞，只不过后代赋诗大部分是自己作诗罢了。

第五章 《论语》与中华民族精神

春秋时期是中国文化史上的重要时期，也是中华民族精神史上的重要时期。这时期出现的儒家创始人孔子和道家创始人老子，不仅影响了中国古代文化的思想与精神，而且在某种意义上成为中华民族文化的象征和精神的领袖。因而研究孔子和老子在中国文化史上的贡献与地位，探讨他们在中华民族精神形成中的作用，具有十分重要的意义。

第一节 “无私以劳天下”的道德意识

中华文化是伦理型文化，重德尚义是其基本特点，这一特点在远古时代流传下来的神话里就有所反映。前论上古神话中的“群体意识与献身精神”，其间就表现出诸多道德意识的医素。《周易·系辞下》在谈到传说中“八卦”的创造时说：“古者包牺氏之王天下也，仰则观象于天，俯则观法于地，观鸟兽之文与地之宜，近取诸身，远取诸物，于是始作八卦，以通神明之德，以类万物之情。作结绳而为罔罟，以佃以渔，盖取诸《离》。包牺氏没，神农氏作，斫木为耜，揉木为耒，耒耨之利，以教天下，盖取诸《益》。日中为市，致天下之民，聚天下之货，交易而退，各得其所，盖取诸《噬嗑》。神农氏没，黄帝、尧、舜氏作，通其变，使民不倦，神而化之，使民宜之。”这些虽然多出于后代人的理解与推想，但其中内含的致天下之民、为天下谋利的精神，无疑是中华民族道德意识的核心。

殷商时期，神权至上的观念占统治地位，人们认为天神是天地间的最高主宰，所有自然现象的变化以及人类社会种种活动，都受着神意志的支配，君主作为神的代言人成为人间的最高主宰，具有至高无上的权力。但随着社会意识的发展和政治斗争的淡化，人的主体精神越来越多地显现，民众群体力量也越来越凸显。因此，在商代的文献中，“德”已经成为一种政治诉求。《尚书·商书·盘庚》篇是学界公认的商代文献，其中10处用到“德”字。文中盘庚告诫那些贵族要“汝克黜乃心，施实德于民”，去除内心的一切杂念，用美好的德行对待百姓；强调“无有远迩，用罪伐厥死，用德彰厥善”，不论远近，因罪遭罚必死，因德显明最善。周初的统治者更加认识到“天视自我民视，天听自我民听”“民之所欲，天必从之”（《尚书·泰誓》），提出“敬德保民”（《尚书·酒诰》）的思想。神的地位开始向人的方向倾斜，民的力量开始被重视。

到了春秋，主张“修身、齐家、治国、平天下”的孔子与儒家更加强化了这一意识，并将它体系化，使之成为一种重要的思想和精神。《礼记·孔子闲居》记载：

> 子夏曰：“三王之德，参于天地，敢问：何如斯可谓参于天地矣？”孔子曰：“奉三无私以劳天下。”子夏曰：“敢问何谓三无私？”孔子曰：“天无私覆，地无私载，日月无私照。奉斯三者以劳天下，此之谓三无私。其在《诗》，曰：‘帝命不违，至于汤

> 齐。汤降不迟，圣敬日齐。昭假迟迟，上帝是祗。帝命式于九围。’是汤之德也。天有四时，春秋冬夏，风雨霜露，无非教也。地载神气，神气风霆，风霆流形，庶物露生，无非教也。清明在躬，气志如神，嗜欲将至，有开必先。开降时雨，山川出云。其在《诗》曰：“嵩高唯岳，峻极于天。唯岳降神，生甫及申。唯申及甫，唯周之翰。四国于蕃，四方于宣。”此文武之德也。三代之王也，必先令闻，《诗》云：‘明明天子，令闻不已。’三代之德也。‘弛其文德，协此四国。’大王之德也。”子夏蹶然而起，负墙而立，曰：“弟子敢不承乎?”

这一段话，也许确有其事，也许出于推测，也许完全杜撰，但其中所体现的精神确与孔子一致。天覆地载，日月朗照，这是无私，也是大德；胸怀天下，开先垂范，这是有情，也是大道。“奉三无私以劳天下”，正是孔子和儒家道德意识的准确概括和形象描述。

在《论语》中，这种道德意识既表现在自我修养上，又表现在德政追求上。

《论语》注重身心的自我修养与道德的自我完善。孔门弟子学习的内容十分广泛，但首先是道德。孔门“四科十哲”中，居于首位的便是“德行”；而孔子说他十分忧虑的有四种情况，首先也是“德之不修”：“子曰：德之不修，学之不讲，闻义不能徒，不善不能改，是吾忧也。”（《述而》）孔子主张要向贤者看齐，他说“见贤思齐焉，见不贤内自省也”；他认为，人都有犯错误的时候，都说真理面前人人平等，其实错误面前也是人人平等，关键要能够知过善改，不第二次犯同样的错误，所以他说：“过而不改，是谓过矣。”（《卫灵公》他也把“不贰过”（《雍也》）作为对人评价的最高标准之一。《论语》开篇就讲：“学而时习之，不亦说乎?”把学习作为人生的一种乐趣来看待。孔子不仅经常用“好学”称赞自己和评价他人，而且把“好学”作为衡量是否“君子”的重要标准：“君子食无求饱，居无求安，敏于事而慎于言，就有道而正焉，可谓好学也已。”（《论语·学而》，下引《论语》只注篇名）并且对“好学”之人赞美有加，有一次鲁哀公问孔子：“弟子孰为好学？”孔子对曰：“有颜回者好学，不迁怒，不贰过，不幸短命死矣！今也则亡，未闻好学者也。”（《雍也》）通过学习，通过修养，不断完善自己，从而实现“安百姓”的政治理想：“子路问君子，子曰：‘修己以敬。’曰：‘如斯而已乎？’曰：‘修己以安人。’曰：‘如斯而已乎？’曰：‘修己以安百姓。修己以安百姓，尧舜其犹病诸！’”（《宪问》）

在孔子的理论体系中，仁、义、礼、智、信实际都首先是道德的因素。“信”是孔子十分重视的一个道德范畴，他认为信是一个人立身的根本，正如车子上没有“𫐐”和“軏”就无法套住牲口，车子就无法行走一样，没有了诚信，人便无法立足于社会：“人而无信，不知其可也。大车无𫐐，小车无軏，其何以行之哉？”（《为政》）因此当子贡请教如何治理政治时，孔子首先强调“信”的作用：“子贡问政，子曰：‘足食，足兵，民信之矣。’子贡曰：‘必不得已而去，于斯二者何先？’曰：‘去兵。’子贡曰：‘必不得已而去，于斯二者何先？’曰：‘去食。自古皆有死，民无信不立。’”（《颜渊》）《左传·僖公二十五年》记述了这样一件事情：

> 冬，晋侯围原，命三日之粮。原不降，命去之。谍出，曰：“原将降矣。”军吏曰：“请待之。”公曰：“信，国之宝也，民之所庇也，得原失信，何以庇之？所亡滋多。”退一舍而原降。

这便是“信”的力量。

“义”也是儒家一个重要的道德范畴，“见利思义”是儒家道德的基本要求，《宪问》中说：“见利思义，见危授命，久要不忘平生之言，亦可以谓成人矣。”见利思义讲的就是见到财利，要以“义”为标准来衡量取舍：合乎义则取，不合乎义则不取。可见，孔子不是不谈“利”，而是强调以义制利，或以道制欲。孔子曾说：“富与贵，是人之所欲也，不以其道得之，不处也；贫与贱，是人之所恶也，不以其道得之，则不去也。”（《里仁》）他要求，对利要有理性的约束，不苟取，不妄得，不受不义之财。

那么，如何提高自己的道德修养？孔子主张两种方法：一是自我反省，不断完善；二是重在践行。

孔子强调自省，通过自省来达到自我完善，因而在不被理解、不被重视的情况下，他认为应该首先检查自己是否已经理解别人和具有被重视的能力。所以《论语》开篇就讲：“学而时习之，不亦说乎？有朋自远方来，不亦乐乎？人不知而不愠，不亦君子乎？”（《学而》）为什么别人不了解自己，自己不能愤怒呢？一是由于自己的追求不一定被所有人理解。拿孔子来说，他一生追求的政治理想，他为实现理想不辞劳苦、四处奔波、颠沛流离，在礼崩乐坏、战乱频仍的当时，不仅不为各国国君所看重，给他以实现理想的机会，而且不为众人所理解，经常遭到冷嘲热讽：

齐景公待孔子，曰：“若季氏，则吾不能，以季、孟之间待之。”曰：“吾老矣，不能用也。”孔子行。（《微子》）

子路宿于石门，晨门曰：“奚自？”子路曰：“自孔氏。”曰：“是知其不可而为之者与？”（《宪问》）

长沮、桀溺耦而耕。孔子过之，使子路问津焉。长沮曰：“夫执舆者为谁？”子路曰：“为孔丘。”曰：“是鲁孔丘与？”曰：“是

> 也。”曰：“是知津矣。”问于桀溺，桀溺曰：“子为谁？”曰：“为仲由。”曰：“是鲁孔丘之徒与？”对曰：“然。”曰：“滔滔者天下皆是也，而谁以易之。且而与其从辟人之士也，岂若从辟世之士哉？”犹而不辍。子路行以告，夫子怃然曰：“鸟兽不可与同群，吾非斯人之徒与而谁与？天下有道，丘不与易也。”（《微子》）

天才的思想往往超出时代的范畴，而显异彩于异代！孔子深深懂得这一点。二是孔子主张多从自己的方面寻找原因，通过自我反省，不断完善提高。在不被理解、不被重视的情况下，他认为应该首先检查自己是否已经理解别人和具有被重视的能力：“不患人之不己知，患不知人也”（《学而》）、“不患人之不己知，患其不能也”（《宪问》）。他的学生也坚持自省，曾子就说过：“吾日三省吾身：为人谋而不忠乎？与朋友交而不信乎？传不习乎？”（《学而》）可以说，这已经成为孔门弟子的一种人生的习惯和准则。自省的另外一方面是“见贤思齐”，他说：“见贤思齐焉，见不贤内自省也。”这是一个问题的两个方面。

孔子十分强调践行。“文行忠信”，行是重要一点。行就是“用”，经世致用。要认识上得去，还要做得出来。所以他主张言行一致：“君子讷于言而敏于行”“君子耻其言而过其行”（《宪问》）。有一次，他的学生宰予白天睡觉被他发现，他愤怒地说：“朽木不可雕也，粪土之墙不可杇也！……始吾于人也，听其言而信其行；今吾于人也，听其言而观其行，于予与改是。”（《公冶长》）。

《论语》中，不仅强调个人修养的作用，强调“信”与“义”在交往中的重要性，而且要求用道德来治国理政，这样才能得到民众拥护而收到治理的效果：“为政以德，譬如北辰，居其所而众星拱之。”（《为政》）孔子的德政思想体系主要包括作为本体的“仁”、作为外在表现的“礼”和作为最高境界的“和”。

孔子说：“仁者人也。”（《礼记·中庸》）又说：“仁者爱人。”（《颜渊》）就是说“仁”是一种道德本性，也是一种社会本性，是加强道德修养和处理人的关系的统一。孔子认为，要缓和阶级矛盾，实现大统一，必须施行仁政。这主要包括以下几点。

第一，以身作则，取信于民。孔子认为在上层统治者与下层百姓的矛盾中，上层是矛盾的主要方面，上层的问题解决了，下层的问题就迎刃而解了。二者的关系，孔子曾形象地比喻为“风”与“草”：“君子之德风，小人之德草，草上之风必偃。”（《颜渊》）上层是一种风范、一种表率，具有率先垂范的作用，所谓“上好礼，则民莫敢不敬；上好义，则民莫敢不服；上好信，则民莫敢不用情”。但要做到这一点并不容易，孔子希望执政者能成为仁德之人，以此取信于民，并带动百姓。所以他说：“政者，正也。子帅以正，孰敢不正！”（《为政》）“其身正，不令而行；其身不正，虽令不从。”（《子路》）只有这样，才能既保证统治者的身位之尊，又可使百姓“近者悦，远者末”（《子路》）。

第二，庶富惠教，施恩于民。这里反映了孔子德政的具体措施——庶民、富民、教民。“庶”是指人口兴旺，这是基于当时人少地多，许多有识之士都认识到的一个问题（如越王勾践的奖励生息）。孔子认为要实现这一点，必须“使民以时”（《学而》）、“善民也惠”（《公冶长》）。前者可使百姓有充裕的时间休养生息，后者则可以以惠民政策招徕远人。“富”是指生活富足，这是德政的目的，因此鲁哀公问政时，他答道：“政之急者，莫大于使民富且寿也。”（《孔子家语·观周》）其采取的办法有三：一曰省力役，要做到对百姓“惠而不费”“国民之所利而利之”（《尧曰》），减少劳力浪费，使之最大限度地从事有利可得的生产劳动；二曰薄赋敛，他认识到横征暴敛给人民造成的危害“较虎害为烈”（《礼记·檀弓》），因而认为“薄赋敛则民富”（《说苑·理政》）；三曰慎刑罚，孔子主张实行德政，认为“宽则得众”（《阳货》），如果以“猛”做补充，“宽以济猛，猛以济宽”，宽猛相济，方为胜境（《左传·昭公二十年》）。“教”是指教化，孔子一生从事教育事业，非常重视教育的作用。孔子教育的一贯方针是“有教无类”。他希望通过教育，使百姓知仁义、知礼乐、讲忠信、守本分。

第三，举贤任能，行义于民。孔子认为，实行德政，关键在于贤人执政，因此，他的弟子仲弓做季氏家臣时问他如何为政，他便教育说：“先有司，赦小过，举贤才。”（《子路》）他去看望做武城宰的子游时也首先问：“汝得人焉尔乎?”（《雍也》）孔子认为推举任用的贤才不应取决于出身的尊卑贵贱，而应主要取决于他的德才兼备的程度，特别是道德修养的程度。因此，哀公问他如何才能赢得百姓的拥护，他说：“举直错诸枉，则民服；举枉错诸直，则民不服。”（《为政》）

既然德政思想的内容如此丰富和周密，那么一定会有与之相应的必要保证，这就是“礼”。“礼”是孔子德政思想的实现手段，克己复礼是达到“仁”的根本途径。“礼”是指经过“损益”的周礼，这是社会的等级制度，是社会各阶级的行为规范，是社会政治生活中“节事天地之神”“辨君臣上下长幼之位”“别男女父子兄弟之亲、婚姻疏数之交”的准则。它从两个角度规定了人们的关系，一是定亲疏，二是定尊卑。前者要求“亲亲”，强调家庭成员之间父慈子孝，兄友弟悌；后者要求“尊尊”，强调政治等级之间尊敬和服从名分地位高的人。家德是本位，再推及政德、公德，因此说“其为人孝弟，而好犯上者，鲜矣；不好犯上，而好作乱者，未之有也”（《学而》）。

孔子认为“礼”是立身、立业、立命的重要依据，他说：“不学礼，无以立”（《季氏》）、“不知礼，无以立”（《尧曰》）。从个人修养来说，不按礼办事则无以立身，无以立业；从统治方法来看，不按礼办事则无法进行统治。从统治对象来看，统治考单靠政令刑法去治理百姓，奴役百姓，只能使人害怕而不敢犯法，却不能使人有知耻之心而不去犯法；用礼去约束百姓、引导百姓、教化百姓，百姓有知耻之心，才能自觉地不犯法，所谓“道之以政，齐之以刑，民免而无耻；道之以德，齐之以礼，有耻且格”。这样，有了礼的约束，再加上孔子倡导的“内省自克”方法的补充，德政思想方可顺利实施，德政目标才能实现。

孔子德政思想的目的是调节统治阶级与被统治阶级以及统治阶级内部的关系，达到“和”，保持社会的统一与稳定。孔子的这一思想在与曾参的谈话中已透露，孔子说：“参乎！吾道一以贯之。”这里的“一”是什么？曾参说：“夫子之道，忠恕而已矣。”忠是要求臣、百姓对国君与天子尽力，忠心耿耿地为统治者服务，不要犯上作乱；恕是要求统治者对被统治者宽厚仁慈，不要过分剥削，可以防止老百姓铤而走险。这样上与下就可以和睦相处了。孔子说：“礼之用，和为贵。”各阶级合“礼”则“和”，越“礼”容易引起争端，甚至战争，就不“和”了。从人的社会本性和道德本性出发，通过有等差地爱人，达到有等级区别又和谐统一的富庶有礼的社会，这就是孔子孜孜以求并为之奋斗的德政思想。他不仅在理论上规划着这种蓝图，在言行上阐释着这个规划，而且在政治、教育生涯中实践着这种理想。因此，在夹谷之盟中，当齐国以强凌弱、企图以兵鼓噪劫持鲁定公时，他才据“礼”斗争，终于使鲁国保全了国格（《史记·孔子世家》）；当听说季康子将伐颛臾时，他才谴责季氏“邦分崩离析而不能守也，而谋动干戈于邦内”，批评学生不制止这场战争，提出自己“修文德”的政治主张（《季氏》）。其他如对管仲“如其仁，如其仁”的赞誉，对曾皙“吾与点也”的赞叹，对冉求“小子鸣鼓而攻之可也”的批判，都反映出孔子对德政理想的追求精神。

第二节　恭敬忠敏的仁人品格

“仁”是儒家思想的核心。它是一种道德本性，也是一种社会本性，是加强道德修养和处理人们关系的统一。

但是，要给“仁”下一个明确的定义是困难的。这不仅因为《论语》记载的孔子话中没有对“仁”进行明确的界定，不仅因为《论语》中的记载多是不同场景的话语片段，而且因为孔子赋予“仁”的内涵太丰富了，所以我们必须针对《论语》中“仁”的全部予以分类分析，庶可认识儒家仁学思想的初衷。

《论语》中记录的一些孔子描述“仁”的话语和对学生问“仁”的回答，可以帮助我们领会“仁”的含义，我们把它们择其要者引述在这里：

子曰：“巧言令色，鲜矣仁！”（《学而》）

子曰：“人之过也，各于其党。观过，斯知仁矣。”（《里仁》）

子曰：“知者乐水，仁者乐山；知者动，仁者静；知者乐，仁者寿。”（《雍也》）

子曰：“……夫仁者，己欲立而立人，己欲达而达人。能近取譬，可谓仁之方也已。”（《雍也》）

颜渊问仁，子曰：“克己复礼为仁。一日克己复礼，天下归

仁焉。为仁由己，而由人乎哉？”（《颜渊》）

仲弓问仁。子曰：“出门如见大宾，使民如承大祭。己所不欲，勿施于人。在邦无怨，在家无怨。”（《颜渊》）

樊迟问仁，子曰：“爱人。”（《颜渊》）

子曰：“刚、毅、木、讷，近仁。”（《子路》）

樊迟问仁，子曰：“居处恭，执事敬，与人忠。虽之夷狄，不可弃也。”（《子路》）

微子去之，箕子为之奴，比干谏而死。孔子曰：“殷有三仁焉。”（《微子》）

子张问仁于孔子，孔子曰：“能行五者于天下，为仁矣。”请问之。曰：“恭、宽、信、敏、惠。恭则不侮，宽则得众，信则人任焉，敏则有功，惠则足以使人。”（《阳货》）

在这里，“仁”本质上显示着慈爱，而且像山那样厚重；它不允许有些微的虚假，不允许第二次犯同样的错误；它不仅要求“克己”，更加重视“成人”；它有刚、毅、木、讷等种种形态，却内涵着恭、敬、忠、宽、信、敏、惠等诸多精神。于是我们看到，在《论语》的思想里，“仁”是一种信念、一种品质、一种人格。

“仁”作为一种理想、一种信念，它是让士人刚毅坚强、“死而后已”地追求的重任：“曾子曰：士不可以不弘毅，任重而道远。仁以为己任，不亦重乎？死而后已，不亦远乎？”（《泰伯》）它是让志士仁人不惧生死、赫然成就的英名：“子曰：志士仁人，无求生以害仁，有杀身以成仁。”（《卫灵公》）“仁”又是一种永恒的存在，远在天边，近在眼前。它让你去做一生的追求，而它又与你相伴左右，孔子说：“仁远乎哉？我欲仁，斯仁至矣。”（《述而》）只要你认真去做，仁离你并不遥远。只有仁德之人，才有资格去爱、去恨，具有了

“仁”的精神，才具备了正确的道德评价能力，所以他说：“唯仁者，能好人，能恶人。”（《里仁》）而只有仁德之人，才能在困难的境遇中保持一种乐观的态度，不仅安之若素，而且会不断奋进。孔子追求着“仁”的理想，因而说自己“饭疏食，饮水，曲肱而枕之，乐亦在其中矣。不义而富且贵，于我如浮云”（《述而》）。他的弟子颜回是他评价中的“仁人”，他赞扬颜回：“贤哉回也！一箪食，一瓢饮，在陋巷，人不堪其忧，回也不改其乐。贤哉回也！”（《雍也》）“仁”是一个过程，还是一种境界。在人生的漫漫旅程中，应该与“仁”始终相伴：“君子无须臾之间违仁，造次必于是，颠沛必于是。”（《里仁》）

“仁”作为一种品质，一个标准，仁爱，厚重，而充满智慧，值得依赖。喜欢山，是喜欢山的那种厚重和宽广，“仁”便具有这样的特点，因此才值得信赖，所以说要“志于道，据于德，依于仁，游于艺”（《述而》）。在孔子的人生中，“仁”是一种氛围，一种环境。生活在这样的环境中，体验在这样的氛围里，才叫明智，所以说“里仁为美”（《里仁》）。在爱的基础上，要善于甄别，善于选择，通过“亲仁”来塑造自己的人格：“弟子入则孝，出则悌，谨而信，泛爱众而亲仁，行有余力，则以学文。”（《学而》）同时，要宽宏大度，不仅要“己所不欲，勿施于人”，更要善于成就他人成就自己：“己欲立而立人，己欲达而达人。”它不允许掺杂半点虚伪，诚信是它的根本要求，所以说：“巧言令色，鲜矣仁！”（《学而》）在人生的漫漫旅程中，达到了“仁”的道德境界，就会具备多方面的品德。子张向他请教什么是“仁”，他说：“能行五者于天下，为仁矣。”这五个方面就是“恭、宽、信、敏、惠”，他解释说：“恭则不侮，宽则得众，信则人任焉，敏则有功，惠则足以使人。”（《阳货》）所以他号召，要提高自己的修养，要尊重他人，要关爱他人，始终怀揣追求“仁”的理

想，这样才能不断创造辉煌："苟志于仁矣，无恶也。"（《里仁》）

"仁"作为一种人格，一个原则，要讲诚信，举贤人，恪守忠诚，坚持气节。帝舜能够任用皋陶、成汤能够重用伊尹，所以才能远离佞人，实现仁政（《颜渊》）；伯夷、叔齐忠诚商朝，不食周粟，竟饿死于首阳山（《述而》）；不忍商纣王的暴政，微子愤而离开朝廷，箕子甘心降身为奴，比干屡谏剖心而死（《微子》）。都被孔子称为"仁"人。

值得注意的是，《论语》中"仁"的思想以人为中心，本质在于广博的关爱，是一种人文关怀，体现出"以人为本"的人文精神。在教学实践和社会实践中，"子不语怪、力、乱、神"（《述而》），他把更多的注意力投向了人间。因而，樊迟问他什么是知（智），他回答说："务民之义，敬鬼神而远之"，即要把为百姓服务作为第一要务，对鬼神要敬而远之，不能依赖鬼神来解决"人事"，这才叫"知"。他认为，虚妄的鬼神之事不必过多讨论，解决现实的"人事"才最为重要，所以当季路问他"事鬼神"之事时，他说："未能事人，焉能事鬼？"（《先进》）他把人事作为关注的首要问题，这无疑对人是一次思想的大解放。在人与人的关系上，孔子主张互相尊重、相互友爱。第一，孔子肯定个人的独立意志、人格气节，说："三军可夺帅也，匹夫不可夺志也。"（《子罕》）第二，他十分重视与别人的相亲、相爱、相重。他的学生樊迟问他如何为仁，他说："居处恭，执事敬，与人忠。虽之夷狄，不可弃也。"（《子路》）就是说，平日谦虚谨慎，工作严肃认真，待人忠心诚意，即使到夷狄之国，也不能抛开这种态度。这是一种多么博爱的思想啊！他还说过："弟子，入则孝，出则弟，谨而信，泛爱众，而亲仁。"（《学而》）由此可见，孔子的仁爱是具有由爱父母到爱兄弟，到爱朋友，到爱众人这样一个思维过程的，这符合伦理型儒家的哲学体系，也容易被众人所接受。第三，他要求人们在履行道德义务时，发扬利他精神，奉行“忠恕之道”：“己欲立而立人，己欲达而达人”（《雍也》）、“己所不欲，勿施于人”（《颜渊》）。

这种以人为本思想的形成，经历了一个漫长的过程。原始社会中，社会生产力水平的低下，大大限制了人们的认识，社会意识表现为对鬼神的崇拜，人们普遍认为，是神的意志支配着历史的发展。他们幻想在世界中存在种种超自然的巨大力量，可以指挥、控制一切，这就是“万物有灵”的观念。这种观念认为宇宙万物都像人类一样具有生命甚至灵魂，人们对这种超自然的神灵和魔力顶礼膜拜，于是，神便决定着自然和人事的一切。夏商时代，人们仍信奉神，神仍然是决定一切的力量。当商汤伐夏时，出师的理由便是奉行神的旨意，声称诛杀夏桀是天命安排：“王曰：格尔众庶，悉听朕言。匪台小子，敢行称乱。有夏多罪，天命殛之。……夏氏有罪，予畏上帝，不敢不正。”（《尚书·汤誓》）大量的甲骨卜辞也证明了殷人信奉鬼神。汤灭夏，尤其是周灭商的历史变革，使社会各阶层从切身感受对天命提出了怀疑。一方面，他们坚持“君命天授”（《诗经·大雅·文王》：“有周不显，帝命不时。文王陟降，在帝左右。”）；另一方面，周初便有人提出“天命靡常”（《诗·大雅·文王》）的思想。所以，西周时期提出了“德”的思想，要求加强人的德行修养，从而应和上天的旨意。

春秋时期，随着历史的进步和社会变革的广泛兴起，神的地位逐渐下降，人的地位逐步上升，一些进步的政治家已经理性地认识到人在社会变革中的重要意义，一种以尊重人的价值、重视人的作用、强调人的力量为主体的民本思潮蓬勃兴起，因而有人把民与神相提并论，称“民之所欲，天必从之”（《秦誓》）。《左传》中记载了不少这样的情况，如《昭公十八年》记载：

> 夏五月，火始昏见。丙子，风。梓慎曰：“是谓融风，火之始也。七日，其火作乎？”戊寅，风甚。壬午，大甚。宋、卫、陈、郑皆火。梓慎登大庭氏之库以望之，曰：“宋、卫、陈、郑也。”数日，皆来告火。裨灶曰：“不用吾言，郑又将火。”郑人请用之。子产不可。子大叔曰：“宝，以保民也。若有火，国几亡。可以救亡，子何爱焉？”子产曰：“天道远，人道迩，非所及也，何以知之？灶焉知天道？是亦多言矣，岂不或信？”遂不与，亦不复火。

面对火灾，裨灶主张用宝物祭祀神灵以祈求福佑，子大叔也认为宝物具有“保民”“救亡”的作用，而郑相子产则提出“天道远，人道迩”的观点，认为靠“天道”无法解决人事的问题。结果是郑国没有进行祭祀，而加强了人的管理，因而也没有再发生火灾。《桓公六年》记载随国大夫季梁说：“夫民，神之主也，是以圣王先成民而后致力于神。”《庄公三十二年》记载周大夫史嚚说：“国将兴，听于民；将亡，听于神。”这些记载都鲜明地表现出，在天与人的关系上，《左传》非常强调人的意义。

这是先秦理性主义的新觉醒。正是在这样的文化背景中，孔子提出了“仁”的思想。可以说，“仁”是孔子思想的核心，也是儒家哲学的核心，也是中国传统文化的一种精神。孔子将“仁人”推为人格理想，将“为仁”视为实现人生价值的进取方向，以“仁”为尺度进行道德评价、臧否人物，其学说被称为“仁学”，其思想影响下的中国一直被称为“仁义之邦”。

第三节 “文质彬彬”的君子风范

《论语·雍也》中说：“子曰：‘质胜文则野，文胜质则史。文质彬彬，然后君子。’”这是一段非常有名的话，人们从不同角度进行了多方面的阐发，特别是在中国古代文学批评史上具有重要影响，并形成了一个重要的理论范畴——文与质。但从根本的意义上说，“文质彬彬”谈的是君子风范。“质”强调的是内在的品格，“文”强调的是外在的修养。在《论语》中，“质”主要是指其所具有的仁、义、智、信、勇等方面的内在品格，“文”主要是指其礼仪等方面的外在修养。

《论语》中的“君子”具有多种品格特征：好学精进、乐观向上、过而能改、谦虚谨慎、言行合一、团结协作、胸襟开阔、任重道远、正道直行、礼乐情怀、忧患意识等，都是重要特点。概括来说，“文质彬彬”的君子风范，主要表现在以下七个方面。

一是学习品质。孔子开创了我国古代教育的新局面，他把引导弟子学习作为第一要务，《论语》开篇就讲：“学而时习之，不亦说乎！”他把“好学”作为评价学生的重要标准，告诫弟子：“好仁不好学，其蔽也愚；好知不好学，其蔽也荡；好信不好学，其蔽也贼；好直不好学，其蔽也绞；好勇不好学，其蔽也乱；好刚不好学，其蔽也狂。”（《阳货》）他把“好学”作为自己的美好品质，自信地说：“十室之邑，必有忠信如丘者焉，不如丘之好学也。”（《公冶长》）他还把“好学”作为君子的首要条件，声称“君子食无求饱，居无求安，敏于事而慎于言，就有道而正焉，可谓好学也已”（《学而》），要求“君子博学于文，约之以礼”（《雍也》）。《论语》具有丰富的学习思想，对学习目的、学习态度、学习方法等都有具体的论述。在学习目的上，重视经世致用、提高素养、追求真理；在学习态度上，强调诚实为学、随时学习、坚持不懈；在学习方法上，主张温故知新、勤学多问、学思并重、学行转化、择善而从、举一反三等。这些思想至今仍有重要意义。下面选录几则，让我们重温这熠熠生辉的思想：

子曰：“君子……学则不固。”（学而）

子曰：“君子不器。”（为政）

子曰：“朝闻道，夕死可矣。”（为政）

子曰：“当仁不让于师。”（卫灵公）

子曰：“学如不及，犹恐失之。”（泰伯）

子曰：“温故而知新，可以为师矣。”（为攻）

子贡问曰：“孔文子何以谓之文也？”子曰：“敏而好学，不耻下问，是以谓之文也。”（公冶长）

子曰：“不曰‘如之何，如之何’者，吾末如之何也已矣！”（卫灵公）

子夏曰：“日知其所亡，月无忘其所能，可谓好学也已矣。”（子张）

子曰：“学而不思则罔，思而不学则殆。”（为政）

子曰：“三人行，必有我师焉：择其善者而从之，其不善者而改之。”（述而）

子曰：“不愤不启，不悱不发，举一隅不以三隅反，则不复也。”（述而）

正是由于孔子对学习的强调，孔门对教育的重视，因此中国古代文化一直有重视学习的优良传统：《孟子》中有丰富的教育思想，《荀子》开篇就是《劝学》，扬雄《法言》第一篇也是《学行》；《吕氏春秋》中有《劝学》篇，《颜氏家训》中有《勉学》篇，《朱子语类》中有七卷专门论《学》！

二是向道精神。“道”是信念，是理想。孔子说过：“君子谋道不谋食……君子忧道不忧贫。”（《卫灵公》）可见对“道”的规划和忧虑是“君子”的突出品质；孔子曾憧憬地表白：“朝闻道，夕死可矣。”（《里仁》）可见他一生都充满着向道的精神和求道的热情；他的弟子子夏也说过：“百工居肆以成其事，君子学以致其道。”（《子张》）可见“道”是孔门一直的追求。“向道”就要有胸怀天下、安定天下的责任感：“君子之于天下也，无适也，无莫也，义之与比。”（《里仁》）一次子路问怎样才能成为君子，孔子回答他“修己以敬”，而且要“修己以安人”“修己以安百姓”（《宪问》）。要有开阔坦荡的胸襟：“君子坦荡荡，小人长戚戚。”（《述而》）“君子成人之美，不成人之恶。”（《颜渊》）要有任重道远的担当意识，正如曾子所说：“士不可以不弘毅，任重而道远。仁以为己任，不亦重乎？死而后已，不亦远乎？”（《泰伯》）“向道”要培养正直品行，蘧伯玉不同流合污，不苟且偷生，能够做到“邦有道则仕，邦无道则可卷而怀之”，所以孔子盛赞他“君子哉！”（《卫灵公》）子产为政兢兢业业，“其行己也恭，其事上也敬，其养民也惠，其使民也义”，所以孔子说他深谙“君子之道”（《公冶长》）。君子向往的是光明正大，因此对那些蝇营狗苟的卑鄙之人深恶痛绝：“子贡曰：‘君子亦有恶乎？’子曰：‘有恶：恶称人之恶者，恶居下流而讪上者，恶勇而无礼者，恶果敢而窒者。’”（《阳货》）“向道”还要身正行直，率先垂范，“临大节而不可夺”①，孔子曾形象地比喻说：“君子之德风，小人之德草，草上之风，必偃。”（《颜渊》）有了一身正气，邪恶就不敢觊觎，所以孔子一再强调：“其身正，不令则行；其身不正，虽令不从。”“苟正其身矣，于从政乎何有？不能正其身，如正人何？”（《子路》）

三是不屈意志。孔子自述自己一生的经历说：“吾十有五而志于学，三十而立，四十而不惑，五十而知天命，六十而耳顺，七十而随心所欲，不逾矩。”（《为政》）少年时立下志向，学习便成为他一生的追求。为了追求大道，他“学而不厌，诲人不倦”（《述而》），甚至“知其不可而为之”（《宪问》），最后终于成就了他“仰之弥高，钻之弥深”（《子罕》）的至圣人生。他看不上那些口中喊着“志于道”，却受不了粗食破衣的人，而对生活简陋的颜回大加赞赏：“一箪食，一瓢饮，在陋巷，人不堪其忧，回也不改其乐。贤哉回也！”（《雍也》）他自己也声称：“饭疏食，饮水，曲肱而枕之，乐在其中矣。不义而富且贵，于我如浮云。”（《述而》）其实，这正是君子之人的生存理念和意志体现，所以孔子说：“君子食无求饱，居无求安，敏于事而慎于言，就有道而正焉。”（《学而》）如果不能“以其道”，他们宁可不得到“富与贵”，宁可不弃去“贫与贱”，他们追求的是“无终食之间违仁，造次必于是，颠沛必于是”（《里仁》）。这是一种“虽处困极，而乐亦无不在焉”的境界，这种“孔颜乐处”的境界成为后代知识分子孜孜以求的人格理想。

四是求实品格。孔子一生有着高远的理想和追求，他向往并规划着“大道之行也”的“大同”社会，也带领学生周游列国推行自己的德政主张。他认为仁人志士必须实事求是，因而君子之人要言行统

① 《论语·泰伯》：“曾子曰：可以托六尺之孤，可以寄百里之命，临大节而不可夺也，君子人与？君子人也！”

一，要先行后言，不能言过其行。他说："古者言之不出，耻躬之不逮也。"（《里仁》）古人不多说话，就是因为怕做不到。又说："君子欲讷于言而敏于行。"（《里仁》）要言语谨慎，行为敏捷。所以当他的学生宰予经常夸夸其谈而又不愿实施、白天睡觉时，孔子一方面痛斥他"朽木不可雕也，粪土之墙不可圬也"，另一方面提出了要"听其言而观其行"的原则。人无完人，孰能无过？孔子理解别人的过错，并认为君子之人善于改过迁善，"过则勿惮改"是君子的重要条件①。认识到错误，并且积极地去改正错误，这样才能不断吸取教训，从而成就君子的品格，正如子贡所说："君子之过也，如日月之食焉：过也，人皆见之；更也，人皆仰之。"（《子张》）而"过而不改"，才是真正的过错（《卫灵公》）。为此，他特别赞赏颜回"不贰过"的精神，并为他的早死深感惋惜！②

五是谦逊作风。孔子认为"君子"与"小人"不同，应该胸怀坦荡、目标高远："君子怀德，小人怀土；君子怀刑，小人怀惠"（《里仁》）、"君子坦荡荡，小人长戚戚"（《述而》）。因此，君子从不因为别人不理解自己而不高兴："人不知而不愠"（《学而》），而是担心自己能力不及人所望："君子病无能焉，不病人之不己知也"（《卫灵公》），经常从自身方面思考增强其能力："君子求诸己，小人求诸人。"（《卫灵公》）他们从不骄傲自满："君子泰而不骄，小人骄而不泰"（《子路》），所以君子能够团结协作："君子周而不比，小人比而不周。"（《为政》）而不结党营私："君子矜而不争，群而不党。"（《卫灵公》）杨伯峻先生注说："'周'是以当时所谓道义来团结人，

---

① 《学而》："子曰：君子不重则不威，学则不固，主忠信，无友不如己者，过则勿惮改。"

② 《雍也》："哀公问：'弟子孰为好学？'孔子对曰：'有颜回者好学，不迁怒，不贰过。不幸短命死矣。今也则亡，未闻好学者也。'"

‘比’则是以暂时共同利害互相勾结。”① “周而不比”还有一个相近的说法，叫“和而不同”，孔子说：“君子和而不同，小人同而不和。”（《子路》）“和”是不同事物的相互融合，有不同的碰撞，有融合的升华，才能够创造新的境界，“同”则相反，正如《国语·郑语》记载史伯所说：“夫和实生物，同则不继。以他平他谓之和，故能丰长而物归之；若以同裨同，尽乃弃矣。”

六是礼乐修养。“礼”是社会各阶级的行为规范，是社会政治生活中“辨君臣上下长幼之位”“别男女父子兄弟之亲、婚姻疏数之交”的准则。它从定亲疏和定尊卑两个角度规定了人们的关系，前者要求“亲亲”，强调家庭成员之间父慈子孝、兄友弟悌，后者要求“尊尊”，强调政治等级之间尊敬和服从名分地位高的人。孔子认为“礼”是立身、立业、立命的重要根据，因而说：“不学礼，无以立”（《季氏》）。“乐”为“德之光华”，发于内心，感人至深，具有“移风易俗”“合和父子君臣，附亲万民”的作用。因而孔子非常喜欢音乐，在齐国听到舜时的乐章《韶》，竟然陶醉得“三月不知肉味”，而且深深感慨：“不图为乐之至于斯也!”（《述而》）他高度赞美《诗》，说“诗三百，一言以蔽之，曰思无邪”（《为政》），并为之整理乐曲：“吾自卫返鲁，然后乐正，雅颂各得其所。”（《子罕》）他非常重视乐教，认为修身从学《诗》开始，以礼立身，通过乐来成就中正平和之性：“兴于诗，立于礼，成于乐”（《泰伯》）。礼与乐是相辅相成的两个方面，正如《礼记·文王世子》中所说：“乐，所以修内也；礼，所以修外也。礼乐交错于中，发形于外，是故其成也怿，恭敬而温文。”这是“君子”之人修身的重要条件，也是家国之治的理

① 杨伯峻：《论语译注》，中华书局 1980 年版，第 18 页。

想境界，因此孔子在《侍坐》一章中赞美曾皙礼乐之治的理想。

七是忧患意识。忧患意识在周初已经形成了。《尚书·周书》记载了不少上一代统治者对下一代的告诫、训诰之词。如周初，武王去世后年幼的成王即位，周公为平叛大诰诸侯说："天降威，知我国有疵，民不康。"（《大诰》）周武王弟康叔（名封）前任卫君，周公忧虑康叔年轻，反复告诫他"用康保民"，"若德裕乃身"，"若有疾，唯民其毕弃咎；若保赤子，唯民其康乂"（《康诰》）。成王主持政事后，周公告诫他不要贪图安逸："呜呼！君子所其无逸。先知稼穑之艰难，乃逸，则知小人之依。""呜呼！继自今嗣王，则其无淫于视、于逸、于游、于田，以万民唯正之供！"（《无逸》）这些诰语绝不仅仅是少数人的心态，而且充满了对国、对民、对君的忧患之情。春秋是中国历史上"礼崩乐坏"的时期，也是思想交替、社会变革的转折时期。孔子生活在这个动荡的时代，他有"志于道"却忧虑着大"道"的消亡，他仰望着"大同"的理想却忧虑着难以建立起"为政以德"和"礼乐之治"的社会秩序；他强调自省："见贤思齐焉，见不贤而内自省也"（《里仁》），他强调自新："温故而知新，可以为师矣"（《为政》），他强调改过："过则勿惮改"（《学而》）；他向往着君子的人格却忧虑着"德之不修，学之不讲，闻义不能徙，不善不能改"（《述而》）；他虽然"学如不及，犹恐失之"（《泰伯》），发愤忘食，夜以继日，"不知老之将至"，但忘着滚滚流逝的河水，他还是发出了"逝者如斯夫，不舍昼夜"（《子罕》）的恨世感慨！

"君子"是孔子追求的理想人格，只有具备了这些方面的修养和素质，才能成为一个真正的君子，因此孔子说："君子义以为质，礼以行之，孙以出之，信以成之。君子哉！"（《卫灵公》）而培养君子之人的目的，便是实现政治理想："子路问君子，子曰：'修己以敬。'

曰：‘如斯而已乎？’曰：‘修己以安人。’曰：‘如斯而已乎？’曰：‘修己以安百姓。修己以安百姓，尧舜其犹病诸！’”（《宪问》）实现“安百姓”的目的，必须做到用道德来治理国政，这样才能得到民众的拥护而收到治理的效果。

第四节 经世致用的价值取向

孔子积极入世，表现出乐观向上的人生态度。孔子虽然幼年丧父，少年丧母，从小经受了各种困苦，但这些并没有使他自暴自弃、自甘沉沦，反而促使他形成了坚毅上进、乐观进取的人生态度。正是这种乐观向上的人生态度使他能够直面人生，迎接来自生活、社会的各种磨难。周游列国宣传自己的政治主张时，他带领学生们几经危难，历经艰辛，在陈国时粮食断绝，从者病困，外有追击，连一直追随他的子路都忍不住质问：“君子亦有穷乎？”而孔子却像是认真又像是玩笑地说：“君子固穷，小人穷斯滥矣。”（《卫灵公》）他“发愤忘食，乐以忘忧，不知老之将至”（《述而》），他周游列国，屡遭磨难，当时即被指为“知其不可而为”，胡适却从中发现了真谛：“知其不可而为之，亦不知老之将至。识得这个真孔丘，一部《论语》都可弃。”并认为这恰恰是孔子思想的精髓所在。

孔子实施的教育涉及广泛，但无论是教育内容，还是教育目的，都离不开现实与人生。

在教育内容上，《论语·述而》中说：“子以四教：文、行、忠、信。”其实这四个方面涵盖了语言、文学、历史、伦理、政治等许多经世学问。忠与信都是道德的教育；行既是行为方式（重在“礼”），也是学以致用的“用”，孔门十分重视“用”，孔子曾说：“诵诗三百，授之以政，不达；使于四方，不能专对。虽多，亦奚以为?”(《论语·子路》)。“文”既包括言语，也包括文学；“言语”既包含应对辞令（上文“使于四方，不能专对”），也包含制定政命，“文学”与我们现在的意义大不相同，主要指古代圣贤的著述。所以在《论语·先进》中，我们看到孔门弟子的特点是有所不同的：

德行：颜渊、闵子骞、冉伯牛、仲弓；言语：宰我、子贡；政事：冉有、季路；文学：子游、子夏。

“四科十哲”中，“德行”即上面所谓“忠、信”，“言语”“文学”即上面所谓“文”，“政事”即上面所谓“行”。每个学生都有其自身的特点，而这些特点的形成，离不开教育的内容以及培养的方向，其中可见“言语”和“文学”所占的比重是很大的，而言语、文学的目的指向德行与政事，而德行、政事的能力养成依靠言语与文学。

在教育目的上，孔子教育的指向确实是社会与生活。有一次樊迟问“智”，孔子回答他：“敬鬼神而远之，可谓知矣。”(《雍也》) 他抛开不着边际的“鬼神”之事，而倾心于社会生活，这才叫明智！他明确告诫弟子：“诵诗三百，授之以政，不达；使于四方，不能专对。虽多，亦奚以为?”在《论语》中，即使议论道德修养、学习方法等问题，也是培养学生将来从政的素质和才能。在《论语》中，子夏是个讲究思考、注重致用的人。《论语·学而》记载了他的一段话：

子夏曰：“贤贤易色；事父母，能竭其力，事君，能致其身；与朋友交，言而有信。虽曰未学，吾必谓之学矣。”

这里的“学”更注重其道德性与实用性，是一种致用的要求。在“学”中去抓住“用”的实质，在“用”中去贯彻“学”的要义。

《论语·子张》篇还记载了一则子游责怪子夏门人之事：

> 子游曰：“子夏之门人小子，当洒扫应对进退，则可矣，抑末也。本之则无，如之何？”子夏闻之，曰：“噫！言游过矣！君子之道，孰先传焉？孰后倦焉？譬诸草木，区以别矣。君子之道，焉可诬也？有始有卒者，其惟圣人乎！”

意思是说：子夏之门人，其事则止于洒扫，其言则止于应对，其容则止于进退。他认为教育应该渐进而不应该停止，责怪子夏的教育只是停止在一些洒扫、应对、进退等小事上，而没有抓住礼乐等根本的大事。而在子夏看来，这种认识是不对的，凡事正应该是从小事做起。子游对子夏门人的批评反而证明了子夏致用的思想，子夏的辩论申明了这一点。《列子》曰：“学视者先见舆薪，学听者先闻撞钟。”夫见舆薪，未足为善视，然非舆薪之见，不足以致其明；闻撞钟，未足为善听，然非撞钟之闻，不足以致其听。洒扫、应对、进退，未足为善学，然非洒扫、应对、进退，不足以致其本。此《学记》所谓“先其易者，后其节目”也。

在实施教育的过程中，孔子非常强调与现实相结合。《论语·先进》所载“侍坐”一章，就是孔子针对学生们“居则曰：不吾知也”的抱怨而提出“如或知尔，则何以哉”的问题，从而使学生们畅所欲言，可见，孔子是有针对性地实施教育。《论语》还记载了几次孔子与学生讨论《诗》的情形。

> 子贡曰：“贫而无谄，富而无骄。何如？”子曰：“可也。未若贫而乐，富而好礼者也。”子贡曰：“诗云：如切如磋，如琢如

> 磨。其斯之谓与?”子曰:“赐也,始可与言诗已矣。告诸往而知来者。”(《论语·学而》)
>
> 子夏问曰:“‘巧笑倩兮,美目盼兮,素以为绚兮。’何谓也?”子曰:“绘事后素。”曰:“礼后乎?”子曰:“起予者商也,始可与言诗已矣。”(《论语·八佾》)

子贡所问“贫而无谄,富而无骄”的问题,本来已经达到忘我的程度,差不多快要到“君子”了,所以子贡提问时也有些沾沾自喜。但孔子贫而乐道、富而好礼的回答更提升了一个境界,是人生更高的层次。子贡由此想到,贫而乐道才能彼此研习,富而好礼才能共同进步,所以才联想到了“如切如磋,如琢如磨”的诗句中蕴含的道理。“巧笑倩兮,美目盼兮”在今本《诗经·卫风·硕人》篇,这两句与其前“手如柔荑,肤如凝脂,领如蝤蛴,齿如瓠犀,螓首蛾眉”的诗句,本来是描写卫国宣姜美丽的容貌;“素以为绚兮”今本不存,王先谦认为是鲁诗的逸句①,这句意思是说像画一样炫目。孔子的回答,只就“素以为绚”一端,说先有白色底子然后才画上图画。而子夏恰恰因此想到了作为后天的、外在的“礼”,它正增添了一个人仁义之上的文采。陈祥道《论语全解》解释说:“子贡因礼以明诗,子夏因诗而悟礼,孔子皆曰始可与言。”子贡因礼以明诗,子夏因诗而悟礼,孔子都予以称赞,因为他们把《诗》的学习与现实人生结合在一起了。

《论语》记述了一些孔子与弟子之间的对话,有相当一部分就是直接谈论“学政”“干禄”之事;孔子与当政者讨论的问题,离不开“为政”“使民”等治政之道。如:

---

① 王先谦:《诗三家义集疏》。

子张学干禄。子曰："多闻阙疑，慎言其余，则寡尤；多见阙殆，慎行其余，则寡悔。言寡尤，行寡悔，禄在其中矣。"（为政）

子贡问政。子曰："足食，足兵，民信之矣。"子贡曰："必不得已而去，于斯三者何先？"曰："去兵。"子贡曰："必不得已而去，于斯二者何先？"曰："去食。自古皆有死，民无信不立。"（颜渊）

齐景公问政于孔子。孔子对曰："君君、臣臣、父父、子子。"（颜渊）

季康子问政于孔子。孔子对曰："政者，正也。子帅以正，孰敢不正？"

季康子患盗，问于孔子。孔子对曰："苟子之不欲，虽赏之不窃。"

仲弓为季氏宰，问政。子曰："先有司，赦小过，举贤才。"（子路）

叶公问政。子曰："近者说，远者来。"（子路）

子夏为莒父宰，问政。子曰："无欲速，无见小利。欲速则不达，见小利则大事不成。"（子路）

卫灵公问陈于孔子。孔子对曰："俎豆之事，则尝闻之矣；军旅之事，未之学也。"明日遂行。（卫灵公）

春秋时期，孔子开创了私家讲学之风，《史记·孔子世家》说他有"弟子三千"，这些弟子在社会的各个层面实践着孔子的理论主张，也在传播着孔子的精神。战国时期，孔子开创的儒家虽然分为八个学派，但在不同的学派中却共同阐释着孔子的精神。其中孟子一派发扬其仁义之说，倡导以人为本，推行王道仁政，荀子一派发扬其礼乐之说，重建礼治理论，强调致用之学，也是对孔子思想的发展。

汉代“罢黜百家，独尊儒术”，儒家思想占据主导地位，成为统治思想，对儒家经典的校勘、加工、整理、训解、讲说等，也成为一种显学。其后，儒家的命运虽也遭遇过波折，但总的说来还是多处于统治层面，特别是在唐宋和明清时期还出现了研究与传播的高峰。科举取士，《论语》成为必考科目。钱穆先生说它已然成为“中国识字人一部人人必读书”。人们在学习、传播《论语》的过程中，也在景仰着先哲的人格魅力，并自觉不自觉地用《论语》的精神去修身、理家、治天下，罗大经《鹤林玉露》记载宋朝开国宰相赵普“半部论语治天下”的故事，足见其影响之深远。

仅从《论语》语言的巨大影响上，我们也可以从一个侧面看到它的民族认同，以及在中华民族精神形成中的重要作用。由于思想的深刻性、语言的精练性、说理的逻辑性和表达的通俗性，《论语》中的许多话都成为成语，千百年来运用于中华民族的书面语和口语中，有的甚至作为格言警句一直激励和鞭策着人们。如“学而不思则罔，思而不学则殆”（《为政》）、“岁寒，然后知松柏之后凋也”（《子罕》）、“过犹不及”（《先进》）、“三人行，必有我师焉”（《述而》）、“人无远虑，必有近忧”（《卫灵公》），等等。据有的学者统计，《论语》中的语言成为成语的比例竟达到20%以上，在历史上是前无古人后无来者的。思想是通过语言来实现的，语言的认同，反映出思想的影响。

《论语》所蕴含的这些精神内容，就是这样随着《论语》的传播，随着“德侔天地，道贯古今”的孔子思想的深入人心，浸润在中华民族的灵魂深处，并成为中华民族精神的重要组成部分。

第六章 《孟子》的人文精神与文学表现

先秦儒家的两位圣人，如果说孔子是永驻杏坛坐而论道的长者，那么孟子就是动荡天地悲歌长啸的壮士；孔子永远态度温和、彬彬有礼，孟子却总是唇枪舌剑、不留余地；孔子之言辞，悠缓深长似钟鼓，孟子之论道，掷地有声如裂帛。孔子是儒师，让人如沐春风，形神皆醉；而孟子是儒侠，让人惊心动魄，热血沸腾。

孟子一生多次周旋在各国君主周围，却从不低眉顺目，低三下四，总是高昂着他有尊严的头，睥睨王者，傲视权贵，坚持着“民为贵，君为轻”的思想，始终为民众争取一席之地；他虽然只是一介书生，却高扬着“富贵不能淫，贫贱不能移，威武不能屈”的信念，表现出一个“大丈夫”的气概；他人生坎坷，差不多一生都在各国周游，却从不放弃对理想的追求，总是驰骋着他善辩的口，意气风发，雄辩滔滔，全身充满“至大至刚”的凛然正气！

这就是孟子的人格与思想，这些人格与思想都是通过《孟子》一书呈现出来的，而这些思想也使得《孟子》一书表现出与其他诸子散文有所不同的艺术风格。

第一节　人文精神与文艺思想

“人文”一词最早见于《周易·贲卦·彖传》：“刚柔交错，天文也；文明以止，人文也；观乎天文以察时变，观乎人文以化成天下。”这里的“天文”指的是天的文采，如日月星辰、阴阳变化等；“人文”指的是人的文采，如文章、礼仪等。自然的变化通过天象呈现出来，人的文明程度，也借助文章、礼仪等显现无遗。干宝所谓“四时之变，具乎日月；圣人之化，成乎文章”。因而《易传》强调了教化的作用，但最终是为了实现人的价值。可以说，这是儒家思想中所共同具有的认识，而这一认识在不同的思想家那里表现出不同的特点，从而使其文学呈现出不同的风貌。

孟子后于孔子一百余年，他受业于孔子之孙子思（孔伋）的门人，而子思受业于孔子的弟子曾参，故其学术渊源与孔子一脉相承，是孔子学说的继承者。他自己也声称“乃所愿，则学孔子也”（《孟子·公孙丑上》，本章下引《孟子》一书直接标篇名），俨然以孔子传人自居。从其思想看，他确是孔子之后儒家学派的一位大师，故后人并称为“孔孟”，又称他为“亚圣”。政治思想的核心是“仁政”。

孟子哲学思想的中心是“性善”论。对于人性，孔子肯定了人性的存在，认为人的本性相近：“性相近也”（《论语·阳货》），“人之生也直”（《论语·雍也》），这种相近的本性一方面具有一定的倾向性：“天生德于予”（《论语·述而》），另一方面由于后天的学习可以改变：“习相远也”（《论语·阳货》）。但他并未论及人性善与恶的社会属性。孟子则具体地阐释了人性的内涵，把孔子的“性相近”推进了一步。

孟子认为人的本性为善，正如水之趋下，是一种自然的本质：“人性之善也，犹水之就下也。人无有不善，水无有不下。”（《告子上》）也正如人的口对于味的感觉、目对于色的辨识、耳对于声的反映、鼻对于气的感受、四肢对于安逸的追求，“仁”“义”“礼”“知（智）”“圣”也是先天赋予人类的与生俱来的本能：“口之于味也，目之于色也，耳之于声也，鼻之于臭也，四肢之于安佚也，性也。有命焉，君子不谓性也。仁之于父子也，义之于君臣也，礼之于宾主也，知之于贤者也，圣人之于天道也，命也。有性焉，君子不谓命也。”（《告子下》）而且“仁义礼智”深深地根植于人的内心：“恻隐之心，人皆有之；羞恶之心，人皆有之；恭敬之心，人皆有之；是非之心，人皆有之。恻隐之心，仁也；羞恶之心，义也；恭敬之心，礼也；是非之心，智也。仁义礼智，非由外铄我也，我固有之也，弗思耳矣。”（《告子上》）持有这样的品质，再加上不断的内省反思，就会走向“圣”。[①]

主张“性善”，使得孟子十分尊重人性。一方面，他对人平等相看，不仅自己没有“异于人”，即使尧、舜也“与人同耳”[②]，而且人人“皆可以为尧、舜”（《告子下》）；因此他面对各色人等，才会坦然应对，即使“说大人”也是“则藐之，勿视其巍巍然”（《尽心下》）。另一方面，他强调个性意识，张扬个性的精神和气节，从而提升了个人的主体地位。《孟子》中表现的“富贵不能淫，贫贱不能移，威武不能屈”（《滕文公下》）的大丈夫之气、“仰不愧于天，俯不怍

① 详论见本章第四节。

② 《孟子·离娄下》：“储子曰：‘王使人瞯夫子，果有以异于人乎？’孟子曰：‘何以异于人哉？尧、舜与人同耳。’”

于人”（《尽心上》）的豪迈胸襟、“如欲平治天下，当今之世，舍我其谁也?”（《公孙丑下》）的自觉使命感，等等，都彰显了人的主体精神，突出了人的个性意识。

孟子的民本思想亦是其人文思想的集中表现。他曾坦言：“土地、政事、人民”乃君王之三宝。朝代频繁更替、君主时常变换、土地交相占有，唯有百姓未能更易，此亘古不变之大理。因而孟子常常以此为出发点，成为百姓的代言人。为政选贤时，他告知君王多听民意：“左右皆曰贤，未可也；诸大夫皆曰贤，未可也；国人皆曰贤，然后察之；见贤焉，然后用之。”（《梁惠王下》）对外征战时，他亦告诫君王要考虑到百姓的利益：“取之而燕民悦，则取之。……取之而燕民不悦，则勿取。”（《梁惠王下》）在孟子看来，正义之战乃是解救民众脱离苦难的有效形式，倘使虐民如初，则不如不取也。孟子心系民众，思之甚微。他希望国君“与民同乐”。有一次他去拜见梁惠王，梁惠王正站在刚刚修建好的池塘边，一边惬意地欣赏着盘旋的鸿雁、吃草的麋鹿，一边高兴地对孟子说：“道德高尚的人也喜欢享受这种快乐吗?”孟子说：“只有具备了高尚品德，才有资格享受这种快乐；没有德行的人，即使有这些东西也快乐不起来。”因为道德高尚的人懂得“与民偕乐”！齐宣王在别墅雪宫召见孟子时也有此问，孟子回答他：“乐民之乐者，民亦乐其乐；忧民之忧者，民亦忧其忧。乐以天下，忧以天下，然而不王者，未之有也。”（《梁惠王下》）他希冀君王要“乐民之乐”“与民同乐”，这样，百姓才会为之分忧；孟子还多次劝说君王给予百姓更多的优惠政策，如“制民之产”“使民以时”“易其田畴，薄其赋税”等等，使他们“仰足以事父母，俯足以畜妻子，乐岁终身饱，凶年免于死亡”；改善了人民的生活，才会得到人民的拥护和爱戴。最为可贵的是孟子提出民贵君轻的思想：“民为贵，社稷次之，君为轻。”（《尽心下》）他认为天亦有意，但天意视“民意”而定，“尧荐舜于天，而天受之；暴之与民，而民受之……天不言，以行与事示之而已矣。”（《万章上》）行与事之主体乃是人，舜的美德展露无遗，让人民去检验，故而天之选择在人。

孟子在道德观中，坚持主张人性本善；在价值观上，格外突出主体精神；在政治论上，特别强调民本意识。这些方面构成孟子思想的人文精神。孟子思想的人文精神直接影响了他的行事和对问题的看法，包括对文艺问题的看法。

孟子在讨论人的修养、处事等问题时，提出了一些值得注意的观点。这些观点有些虽然不是直接谈论文艺问题，却涉及文学艺术的一些原则问题。而在谈论这些问题时，孟子更多地选择了人性论的角度，体现了以人为主体的特点。

一　知人论世

《孟子·万章下》记载：

> 孟子谓万章曰：一乡之善士，斯友一乡之善士；一国之善士，斯友一国之善士；天下之善士，斯友天下之善士。以友天下之善士为未足，又尚论古之人。颂其诗，读其书，不知其人，可乎？是以论其世也，是尚友也。

这句话本来是就士的修养来说的，说善士应该同善士做朋友，互相切磋砥砺，但不限于一乡、一国和天下所有的善士，还要同古代的善士做朋友。那么怎样与古人为友呢？只能通过诵古人的诗、读古人的书，以获得帮助，吸取教益；而要正确地掌握诗、书的精神实质，还必然论其世，知其人，也就是了解古人生活的时代和他的思想生平。在这里，“论其世”的目的是“知其人”，“颂其诗，读其书”的目的也是“知其人”，其中“人”是主体。

孟子在这里虽然不是专门论述文艺问题，却在客观上提出了文学研究的一条重要原则：分析作品必须联系作者的生平思想及其所处的环境和时代背景加以考察。文学是社会生活经过作家头脑反映的结果。古代文学自然反映着古代作家的思想和生活，因此我们研究文学，必须了解作家和他生活的时代。即使是同一时代的作家，由于不同的生活经历、思想倾向与艺术道路，他们的作品也有其不同的思想、艺术特点。再进一步说，一个作家一生的创作也随着他思想、艺术的发展而变化，因而同一作家不同时期的作品也必然存在差异。因此，分析一篇古代诗文，必须具体了解作者创作的风格特点，了解这一作品的创作时期，了解这一时代的社会生活和作者创作本篇作品时的生活遭遇、思想状况和艺术进展等，这就是知人论世。

二　知言养气

《孟子·公孙丑上》记载的一段孟子和公孙丑的对话，提出了这一思想：

> （公孙丑曰）“敢问夫子恶乎长？”
>
> （孟子）曰：“我知言，我善养吾浩然之气。”
>
> “敢问何谓浩然之气？”
>
> 曰：“难言也。其为气也，至大至刚，以直养而无害，则塞于天地之间。其为气也，配义与道；无是，馁矣。是集义所生者，非义袭而取之也。行有不慊于心，则馁矣。我故曰：‘告子未尝知义’，以其外之也。必有事焉而勿正，心勿忘，勿助长也。

无若宋人然：宋人有悯其苗之不长而揠之者，芒芒然归，谓其人曰：'今日病矣！予助苗长矣！'其子趋而往视之，苗则槁矣。天下之不助苗长者寡矣。以为无益而舍之者，不耘苗者也。助之长者，揠苗者也。非徒无益，而又害之。"

"何谓知言？"

曰："诐辞知其所蔽，淫辞知其所陷，邪辞知其所离，遁辞知其所穷。生于其心，害于其政；发于其政，害于其事。圣人复起，必从吾言矣。"

"知言"是指对言论的辨析能力，"养气"是指提高内在的精神修养。辨析言论需要依赖于内在的修养，有高度的精神修养才会有高超的辨析能力，因此后人都把"知言养气"看作一个有机的整体。

关于"知言"，孟子解释说："诐辞知其所蔽，淫辞知其所陷，邪辞知其所离，遁辞知其所穷。"意思是偏颇的言论我知道它片面性之所在，过分的言论我知道它沉溺之所在，邪僻的言论我知道它背离正道之所在，逃避的言论我知道它理屈之所在。①"诐辞""淫辞""邪辞""遁辞"都是错误的言论，那么如何判断它们的"所蔽""所陷""所离""所穷"呢？如果没有高度的辨识能力是不可能的。那么如何提高自己的辨识能力呢？这就必须提高自己的品格修养。

关于"养气"，孟子曾说："夫志，气之帅也；气，体之充也。夫志至焉，气次焉。故曰：持其志，无暴其气。""气"本来是物质性的，是一种自然凝结之物，常态之下它存在于人们体内，运动时会产生一种推动身体活动的力量。他说：思想意志是意气感情的主帅，感情是充满体内的力量。思想意志到了哪里，意气感情也就会在哪里表

① 参见杨伯峻《孟子译注》上册，中华书局1960年版，第66页。

现出来。所以说，要坚定自己的思想意志，而不要滥用自己的意气感情。[①] 孟子同时赋予了“气”以人格化的内涵，注重对“气”的养成，提出了“养气说”：“我善养吾浩然之气”，而且这“浩然之气”是“至大至刚”的。

那么什么是“浩然之气”？为什么它“至大至刚”呢？孟子曾解释过“大”，认为“充实而有光辉之谓大”（《孟子·尽心下》），可以理解为“伟大”“雄浑”，学识的渊博、心胸的豁达、德行的高尚等儒家所认为的美德都包括其中。“刚”则与人的意志、性格有关，但它不仅是一种外在的东西，而且也与人内在的操守、道德的修养有关。达到这样一个境界，一是要“配义与道”，就是儒家讲的以“仁义”为中心的伦理道德；二是要“集义所生”，什么事情都要以“义”为标准，还要虚怀若谷，持之以恒。由此可见，孟子的“浩然之气”内涵丰富，非同寻常。它是指一个人对仁义道德经久不懈的自我修养，久而久之，这种修养升华出一种至大至刚、充塞于天地之间的力量，它贯注于个体生命之中，形成一种正气凛然的精神和气质。有了这种“浩然之气”，就会刚正不阿，无私无畏。他不仅把“气”作为人的一种精神状态来看待，而且把蓄养“浩然之气”当作毕生追求的理想目标。

当然，理解孟子的这段话，我们不能仅仅看作对错误言论的辨识，而应该以此对待一切“言”的辨识。文学是语言的艺术，我们鉴赏文学作品也应该建立这样一种原则。它要求我们，在进行文学批评与文学鉴赏时，首先要重视主体的道德修养，通过“内充”，达到“充实”之美的境界。只有具备了丰富的阅历，积累了渊博的学识，

---

① 参见杨伯峻《孟子译注》上册，中华书局1960年版，第65页。

修养了高尚的品德，成就了完善的人格，才能对批评与鉴赏对象进行高层次的艺术把握和准确的艺术判断。否则，学养不足，品行不端，就难以开展正确的文学批评和文学鉴赏。

三 以意逆志

“以意逆志”是孟子提出的重要的文学接受思想。《孟子·万章上》中记载了一段孟子与弟子咸丘蒙讨论君臣、父子的对话，其中提出了这一思想。为了理清前后的联系，我们把这一段全部引在这里：

咸丘蒙问曰：“语云：盛德之士，君不得而臣，父不得而子。舜南面而立，尧帅诸侯北面而朝之，瞽瞍亦北面而朝之。舜见瞽瞍，其容有蹙。孔子曰：‘于斯时也，天下殆哉，岌岌乎！’不识此语诚然乎哉？”

孟子曰：“否！此非君子之言，齐东野人之语也。尧老而舜摄也，《尧典》曰：‘二十有八载，放勋乃徂落，百姓如丧考妣。三年，四海遏密八音。’孔子曰：‘天无二日，民无二王。’舜既为天子矣，又帅天下诸侯以为尧三年丧，是二天子矣。”

咸丘蒙曰：“舜之不臣尧，则吾既得闻命矣。《诗》云，‘普天之下，莫非王土。率土之滨，莫非王臣。’而舜既为天子矣，敢问瞽瞍之非臣，如何？”曰：“是诗也，非是之谓也。劳于王事而不得养父母也。曰：‘此莫非王事，我独贤劳也。’故说诗者不以文害辞，不以辞害志。以意逆志，是为得之。如以辞而已矣，《云汉》之诗曰：‘周余黎民，靡有孑遗。’信斯言也，是周无遗民也。孝子之至，莫大乎尊亲。尊亲之至，莫大乎以天下养。为天子父，尊之至也。以天下养，养之至也。《诗》曰：‘永言孝思，孝思唯则。’此之谓也。《书》曰：‘祗载见瞽瞍，夔夔斋栗，瞽瞍亦允若。’是为父不得而子也。”

咸丘蒙认为，舜做了天子，尧带领诸侯去朝拜他，他的父亲瞽瞍也去朝拜他，这不是以君为臣、以父为臣了吗？对此，孟子解释说，那只是齐东野语类的传说，不足信；事实是，舜代理政事28年尧才去世，舜又带领群臣百官守丧3年，哪里有“尧带领诸侯朝拜舜”的事呢？

但咸丘蒙对舜之于瞽瞍是否“以父为臣”仍不理解，因此举出《诗经》中的话，认为既然整个天下都是天子的土地与臣民，那么在这片土地上生活的父亲瞽瞍怎能说不是舜的臣民呢？孟子首先批评咸丘蒙对引诗的理解是错误的，认为这两句诗出处的《诗经·小雅·北山》是表达作者“劳于王事而不得养父母”的哀伤，诗中有“王事靡盬，忧我父母”“大夫不均，我从事独贤”的诗句便可证明。接着，孟子教育弟子说，解说诗的时候，不能拘泥于文字而误解修辞，也不能因为修辞而误解作者本意；应该通观全篇，观其内容旨意去考察作者的思想情感，这样才能对全诗有正确的理解。然后举例说，如果从修辞的意义上看，《诗经·大雅·云汉》一诗中的“周余黎民，靡有孑遗”就不能简单地理解为“周无遗民”，而应该看到是作者为了突出“旱既太甚”进行的夸张写照。最后孟子回到正题，谈如何认识“以父为臣”。他认为，孝子最重要的是尊重父母，尊重父母最高的是以天下奉养他们；做天子之父是尊重之中至高无上的，以天下奉养是奉养之中至高无上的。《尚书》上说，舜恭敬小心地侍奉父亲瞽瞍，态度谨慎敬畏，瞽瞍受到儿子孝心的感化也变得和顺了。舜虽然做了天子，但是摒弃了对父母的怨恨[①]，并以天下奉养父母，这是一种“大孝”。[②] 因此说，舜并没有把父亲当作臣子，君君臣臣，父父子子，这是两个层面的问题，不能混为一谈。

这一段对话讨论的是君臣、父子的关系，但其中孟子对如何理解“诗”的观点却可以给我们理解文学诸多启示。

启示之一，说诗要通观全篇。孟子认为，咸丘蒙引诗为据时，没有考虑《诗经・小雅・北山》的主题是表达“劳于王事而不得养父母”的忧伤和“大夫不均，我从事独贤”的悲愤，而是断章取义地理解诗意，仅拿出“普天之下，莫非王土。率土之滨，莫非王臣”四句来说明舜必然以父为臣，这是错误的。必须顾及全篇，体会作品的主旨，才能够明确各诗句承载的内容，从而合理地加以运用，否则就会出现偏颇。说诗者应把握诗的全部含义，而不是断章取义，这是鉴赏诗歌的重要原则，也是分析其他作品的重要原则。

启示之二，解诗要以意逆志。孟子说：“说诗者不以文害辞，不以辞害志。以意逆志，是为得之。”这里的“文”是指文字，它是语言的基本单位，是文学的重要载体；“辞”从下文的联系中，可以看出应指修辞，它是对语言的修饰，是文学之称为文学的重要标志；“志”指的是作者的思想、志意，它是文学的灵魂；“意”则指整篇作品中表现出的基本内容，它是文学的基本内涵。这里的“意”和“志”虽有联系，但又有所不同。“意”是作品的基本内容，要从作品的全篇加以理解；“志”是诗的主题，是作者通过全篇描写表达的

① 史书记载，舜的父母、弟弟都曾想害舜，叫舜去修房屋，却从下面纵火想烧死他；叫他去通井，却在上面填土想闷死他。所幸舜都逃脱了险境。但舜始终很孝顺，恭敬地侍奉父母，爱护弟弟，因而感化了父亲。

② 《孟子・离娄上》：“舜尽事亲之道而瞽瞍厎豫，瞽瞍厎豫而天下化，瞽瞍厎豫而天下之为父子者定，此之谓大孝。”

思想感情。咸丘蒙把“普天之下，莫非王土；率土之滨，莫非王臣”只从文字上做了断章取义式的解释，不符合诗的基本内涵，孟子认为《诗经·北山》中“大夫不均，我从事独贤”是作品揭示的基本现实，是“意”；而“劳于王事而不得养父母”才是作品表达的主题，是“志”。透过作品的主要内容，结合自己的经历与认识，揭示作者写作的初衷与作品的主题，是欣赏作品的正确方法。南宋学者王应麟说：“以意逆志，一言而说尽诗之要，学诗必自孟子始。”（《困学纪闻》卷三）

启示之三，读诗要懂得修辞。修辞，是文学表现的重要手法，是文学语言的重要标志，目的是突出事物的本质。《诗经·大雅·云汉》是一首周宣王遭旱祈雨的诗，诗中以宣王的口吻描述了当时遭遇的“太甚”的旱情。诗第三章云：“旱既大甚，则不可推。兢兢业业，如霆如雷。周余黎民，靡有孑遗。昊天上帝，则不我遗。胡不相畏？先祖于摧。”意思是旱灾无可消除，已经无以复加，整天像防霹雳与雷电一样恐怕旱灾不断加剧；周地的百姓，饥馑丧亡，无所剩余，先祖为什么不担心子孙殆尽无法祭祀！诗中充满了对灾难的恐惧、对百姓的担忧、对神灵的敬畏和对祖先的求助。毫无疑问，“周余黎民，靡有孑遗”使用了夸张的修辞手法，目的是突出旱灾给人们带来毁灭性打击的严重程度，非常传神，具有强烈的艺术效果。刘勰《文心雕龙·夸饰》所谓“辞虽已甚，其义无害也”。同样，《小雅·北山》中的“普天之下，莫非王土；率土之滨，莫非王臣”也是虚夸，一种夸张的手法，并不是实指，不是以实言之。懂得了文学的修辞手法，才能更好地理解作品、欣赏文学。

第二节 文化人格与文学风格

谈到《孟子》的艺术风格，我们不禁会想到古今学者的许多评论。汉代学者赵岐说它："闳远微妙，缊奥难见。"明代学者郝敬在《读孟子》中说："七篇之言，近而远，浅而深，疏畅条达而详允精密。"清末学者章学诚在《文史通义·诗教上》中也说："至孟子，而其文然后闳肆焉。"[①] 现代学者对《孟子》的散文艺术则做出更为细致的精彩分析，袁行霈先生主编的《中国文学史》所谈的"长于论辩""长于譬喻""气势浩然"三个方面[②]，可以说代表了目前学界的基本看法。但在这里，我们要论证的是《孟子》文学风格形成的文化原因。

我们始终认为，作者的思想不仅决定着作品的内容，同时也支配着作品的表现方式。可以说，这是先秦诸子言说方式的一个共同特点，于《孟子》亦为如此。

一 人文精神与人格塑造

如前所述，孟子的思想中表现出强烈的人文精神。在政治论上，他强调民本意识；在道德观中，他主张人性善；在价值观上，他突出个性意识，强调个体的主观能动性，张扬个性精神和气节。这种人文精神不仅使孟子在文艺思想上更多地选择了人性论的角度，并体现为以人为主体的特点，主张"知人论世"，强调"知言养气"，重视

① （清）章学诚：《文史通义》。
② 袁行霈主编：《中国文学史》第一册，高等教育出版社2008年版，第126—128页。

“以意逆志”。从文学表现上来说，孟子的人文精神使《孟子》一书立足现实，立论高远，感情充沛，创造出锐气无当的主体形象，散发出光芒耀眼的人格魅力。

时代的动荡激发起孟子心底的浩然之气，现实的混乱赋予他“正天下”“息邪说”的伟大使命。因此，《孟子》一书所论无不关乎民生，关乎国家，关乎天下，而且往往立论高远，意气风发，赋予远见卓识。如与梁惠王探讨如何使民“加多”，强调必须“使民养生丧死无憾”（《梁惠王上》）；与齐宣王论说“保民而王”，提出“制民之产”等问题；论鱼与熊掌不可兼得，主张“舍生而取义”（《告子上》）；论述“天时不如地利，地利不如人和”（《公孙丑下》）；等等。无论对论辩说，还是发表议论，均高瞻远瞩，慧眼独具。他是站在人性论的哲学高度，认识仁、义、礼、智这些儒家提倡的道德观念；他是从宇宙论的角度，谈论国家与国家的关系、君主与民众的关系，以及人与人的关系；他是以“乐以天下，忧以天下”的眼光与胸怀，去揭露民众的遭遇、批判政治的黑暗、高唱“王道”的赞歌！

孟子一生游历各国，多与诸侯王打交道，在国君面前表现出坚守中正的胸襟和不畏权势的气节。他正视君王，敢言直谏，从不卑躬屈膝、唯唯诺诺：“说大人，则藐之，勿视其巍巍然。”（《尽心下》）他揭露黑暗现状，并把批评的矛头直指国君：“狗彘食人食而不知检，途有饿莩而不知发；人死则曰：‘非我也，岁也。’”使国君退让三分“愿安承教”（《梁惠王上》）！他还当面质问国君：“四境之内不治，则如之何?”令君王无言以对，只能“顾左右而言他”（《梁惠王下》）。甚至直言不贤者易位：“君有大过则谏；反覆之而不听，则易位。”连国君都“勃然变乎色”（《万章下》）！

孟子人生坎坷，差不多一生都在各国周游，却从不放弃对理想的追求，总是驰骋着他善辩的口，意气风发，雄辩滔滔，全身充满“至大至刚”的凛然正气。他虽然只是一介书生，却高扬着“富贵不能淫，贫贱不能移，威武不能屈”的信念，表现出一个“大丈夫”的气概；孔子曰：“君命召，不俟驾行矣。”（《论语·乡党》）孟子却自命为“不召之臣”。在孟子看来，一则要看君王的本质：“不仁者可与言哉？……不仁而可与言，则何亡国败家之有？”（《孟子·离娄上》）二则要看君王的态度：“古之贤王好善而忘势；古之贤士何独不然？……故王公不致敬尽礼，则不得亟见之。……而况得而臣之乎？”（《孟子·尽心上》）孟子多以“天民”自居，把“事人君为悦者”视为阿谀奉承之辈，对此嗤之以鼻；以“安社稷为悦君者”斥之为鼠目之辈，不以为然，不与奸邪之臣同流合污，表现了他特立独行的高贵品格，也树立起以“守道为志”的人格风范！

孟子文章充满热情激荡的情怀。这情怀中，有他对理想的执着，对正义的坚守，对生民的体恤，对仁义之政、清明之世的求索和向往。由此生发出他沛然天地的豪情、纵横江海的义气。有了如此稳定而强大的思想内核，他斑斓恣肆、一泻千里的论辩艺术也才有所附丽。孟子的这些人格精神为中国古代知识分子树立了人格典范，产生了深远影响。

二 养气之说与浩然气势

气势浩然是《孟子》散文的另一个重要风格特征。这种风格，源于孟子人格修养的力量。如前所述，基于内在的人文精神，孟子提出了“气”的学说，认为“气”支撑着体魄，而志意决定着“气”；因此，要用“义与道”的志意培养“至大至刚”的“浩然之气”，使个体精神与天地精神相往来，才能做到无坚不摧，永恒持久。有了这种

“浩然之气”，就会在精神上首先压倒对方，能够做到藐视政治权势，鄙夷物质贪欲，气概非凡。写起文章来，自然就情感激越，词锋犀利，气势磅礴。精神上的“浩然之气”，正是《孟子》散文浩然气势的根本原因和集中体现！

与孔子相比，孟子的思想激烈得多、性格刚烈得多。在对待君的态度上，他绝不像孔子那么恭顺，自称为“不召之臣”，而总是傲然不逊，“说大人则藐之，勿视其巍巍然”。他具有高远的胸襟与高度的自信，他曾说：“夫天未欲平治天下，如欲平治天下，当今之世，舍我其谁也！”正因为他有着如此的思想、胸襟和自信，有着如此刚正的性情，所以其文章常常表现为一种居高临下的姿态、步步紧逼的章法和不容置辩的效果。比如《孟子》第一篇记载，孟子去见梁惠王，梁惠王问道：“叟！不远千里而来，亦将有以利吾国乎？”儒家是主张重义轻利的，针对梁惠王的“利益”之问，孟子辩道：

> 王何必曰利？亦有仁义而已矣。王曰：“何以利吾国？”大夫曰：“何以利吾家？”士庶人曰：“何以利吾身？”上下交征利，而国危矣。万乘之国，弑其君者，必千乘之家；千乘之国，弑其君者，必百乘之家。万取千焉，千取百焉，不为不多矣。苟为后义而先利，不夺不餍。未有仁而遗其亲者也，未有义而后其君者也。王亦曰仁义而已矣，何必曰利？（《梁惠王上》）

孟子张口便用“仁义”否定了梁惠王的“利”，与冠冕堂皇的“仁义”比起来，“利”显得那样低俗狭隘，因而孟子从义理和气势上首先便高了一筹。接着，孟子不给梁惠王一丝喘息之机，“何以利吾国？”“何以利吾家？”“何以利吾身？”连续三个排比式的句子，像是孟子对梁惠王的提问，又像是现实中大臣向君王的质问，其结果自然是上下争利，国运危急，话语中带着锐气，不给对方任何反驳的余地。之后，孟子进一步说，不光国运危急，而且君王的性命难保！话语中甚至带着杀气，再加上反思历史不时发生的这类事件，对方简直无法反驳了！然后从两方面收拢，一是先利必然走向争斗，二是先仁义才会发展到兴旺，最后重复强调点题。文章不长，却波澜壮阔，因此近代学者高步瀛先生评价本章时说："逆势转接，奇纵笔力，遒劲文法。""雄快骏厉，如层山峻岭，排叠而下。"

再比如《滕文公上》中记载的一次孟子与农家学者陈相的辩论：

> 孟子曰："许子必种粟而后食乎？"曰："然。"
>
> "许子必织布然后衣乎？"曰："否，许子衣褐。"
>
> "许子冠乎？"曰："冠。"
>
> 曰："奚冠？"曰："冠素。"
>
> 曰："自织之与？"曰："否，以粟易之。"
>
> 曰："许子奚为不自织？"曰："害于耕。"
>
> 曰："许子以釜甑爨，以铁耕乎？"曰："然。"
>
> "自力之与？"曰："否，以粟易之。"
>
> "以粟易械器者，不为厉陶冶；陶冶亦以其械器易粟者，岂为厉农夫哉？且许子何不为陶冶，舍（啥）皆取诸其宫中而用之？何为纷纷然与百工交易？何许子之不惮烦？"曰："百工之事，固不可耕且为也。"

孟子的提问，全是生活中常识性的问题，因而就巧妙地规定了对方的必然回答。他步步引导，层层追问，令对方不得不说出"百工之事固不可耕且为"的结论，自己否定了自己。简单的道理与简短的应答组合在一起，便形成了一种排山倒海的气势，我们仿佛置身其间，感受到了情势的不断紧迫和对方渐渐的无力招架。因此接下来，孟子便以气势磅礴的长篇大论，从尧、舜、禹、后稷治国的历史，陈相兄弟的为学态度和农家思想的不合时用三个方面纵横铺排，淋漓尽致地批驳了农家思想的错误以及陈相兄弟弃儒学农的糊涂举措。

孟子的文章词锋犀利，一针见血。如他说齐宣王不愿意施行王道仁政，拿“挟太山以超北海”和“为长者折枝”作比，说明“不能”和“不为”的不同，表示不是不能做，而是不去做；说梁惠王不行仁政却嘲笑邻国，就是“五十步笑百步”；说当时的社会“庖有肥肉，厩有肥马，民有饥色，野有饿莩”，实际上就是“率兽而食人”（均见《梁惠王上》）。

孟子的文章还常常运用排比反问，强化主体。坚持不懈的道德修养与强烈的社会使命感，在孟子胸中形成了一种“至大至刚”的“浩然之气”，当论及社会、谈及民生、阐发学说时，这种“浩然之气”便喷涌而出，在文中形成了一系列排比句式：

> 富贵不能淫，贫贱不能移，威武不能屈，此之谓大丈夫也。（《滕文公下》）
>
> 故天将降大任于是人也，必先苦其心志，劳其筋骨，饿其体肤，空伐其身，行拂乱其所为，所以动心忍性，增益其所不能。（《告子下》）
>
> 天下之士悦之，人之所欲也，而不足以解忧；好色，人之所欲，妻帝之二女，而不足以解忧；富，人之所欲，富有天下，而不足以解忧；贵，人之所欲，贵为天子，而不足以解忧。（《万章上》）

《孟子》中这些大量使用的排比句式、反诘句式等，若江河决堤，如万箭齐发，使文气磅礴，文势壮盛。

三 时代文化与雄辩色彩

《孟子》散文充满论辩色彩，古今无异词，正如宋代理学家程颢所说："孟子尽雄辩。"其实，在孟子的时代，"好辩"已经使他名闻天下了！《孟子·滕文公下》记载，孟子的弟子公都子曾向他问道："外人皆称夫子好辩，敢问何也?"对此，孟子并不否认，而且认为正是社会的原因导致了他必须明辨是非。他说：

> 予岂好辩哉？予不得已也。天下之生久矣，一治一乱。当尧之时，水逆行，氾滥于中国，蛇龙居之，民无所定。下者为巢，上者为营窟。《书》曰："洚水警余。"洚水者，洪水也。使禹治之。禹掘地而注之海，驱蛇龙而放之菹。水由地中行，江、淮、河、汉是也。险阻既远，鸟兽之害人者消，然后人得平土而居之。
>
> 尧、舜既没，圣人之道衰，暴君代作。坏宫室以为汙池，民无所安息；弃田以为园囿，使民不得衣食。邪说暴行又作，园囿、汙池、沛泽多而禽兽至。及纣之身，天下又大乱。周公相武王诛纣，伐奄三年讨其君，驱飞廉于海隅而戮之，灭国者五十，驱虎、豹、犀、象而远之，天下大悦。《书》曰："丕显哉，文王谟！丕承哉，武王烈！佑启我后人，咸以正无缺。"世衰道微，邪说暴行有作，臣弑其君者有之，子弑其父者有之。孔子惧，作《春秋》。《春秋》，天子之事也。是故孔子曰："知我者其唯《春秋》乎！罪我者其唯《春秋》乎！"

> 圣王不作，诸侯放恣，处士横议，杨朱、墨翟之言盈天下。天下之言不归杨，则归墨。杨氏为我，是无君也；墨氏兼爱，是无父也。无父无君，是禽兽也。公明仪曰：“庖有肥肉，厩有肥马；民有饥色，野有饿莩，此率兽而食人也。”杨、墨之道不息，孔子之道不著，是邪说诬民，充塞仁义也。仁义充塞，则率兽食人，人将相食。吾为此惧，闲先圣之道，距杨墨，放淫辞，邪说者不得作。作于其心，害于其事；作于其事，害于其政。圣人复起，不易吾言矣。
>
> 昔者禹抑洪水而天下平，周公兼夷狄，驱猛兽而百姓宁，孔子成《春秋》而乱臣贼子惧。《诗》云：“戎狄是膺，荆舒是惩，则莫我敢承。”无父无君，是周公所膺也。我亦欲正人心，息邪说，距诐行，放淫辞，以承三圣者，岂好辩哉？予不得已也。能言距杨墨者，圣人之徒也。

孟子在此正面回答了学生的问题，表明自己“好辩”，但又申说“好辩”是“予不得已也”。为什么这样说呢？有三个原因。第一，时代使然。“一治一乱”是孟子对历史发展规律的认识和总结，每当乱世，便需要圣贤力挽狂澜，或整治山河如禹，或建立典章如周公，或声讨奸佞如孔子，乱象方可得以治理，邪说才能归于方正。第二，辨明是非。在孟子看来，社会动乱首先在于人心混乱，正邪不分，是非不明，所谓“作于其心，害于其事；作于其事，害于其政”。因此，治乱首先要治心。“诸侯放恣，处士横议”的结果必然是“仁义充塞，则率兽食人，人将相食”；而止息杨、墨之言，弘扬孔子之道，则可以重建君臣之义，重修仁义之途。第三，承继三圣。如前所述，孟子具有强烈的社会责任感，面对“邪说诬民，充塞仁义”“无父无君”“人将相食”的现实，他认识到“正人心，息邪说，距詖行，放淫辞，承三圣”的重要意义，因而勇于“承三圣”之遗业，不仅以积极的态度参加到这样一场世纪的大辩论之中，并且成为这个时代最伟大的辩手之一。

春秋战国确实是中国社会急剧变革的时代，也是一个思想自由的时代，是一个论辩的时代。新兴的封建制度的出现，进一步促进了社会生产力的发展。随着农业的进步，手工业、商业也蓬勃发展起来，出现了城市的繁荣。由于社会生产分工日益细密，社会上需要有专门从事精神生产的人。正是这两方面的原因，促成了“士”阶层的出现，并且迅速壮大。他们由于阶级、阶层、政治倾向以及思维模式等的不同，形成了更多的派别。他们分别隶属于不同的国家、集团、阶级、阶层，对社会、自然、人性等很多问题提出了各自的看法。他们有的周游列国，到处游说，有的开门授徒，著书立说，十分活跃，影响很大。他们一方面竭力宣传自己的思想，另一方面又竭力贬斥对方的主张，于是一个思想文化领域内蓬蓬勃勃的思想解放运动——“百家争鸣”的局面，就此形成。孔子曾经说过：“名不正，则言不顺；言不顺，则事不成。”正名，自然需要辨析，可见孔子的时代，无疑已经充满了论辩。孟子面对动荡的政治，淆乱的思想，不安的人心，邪恶的行为，可以说，论辩是历史与社会赋予孟子神圣的使命。

正是由于这样的原因，《孟子》散文才具有强烈的雄辩色彩。《孟子》书中多对话，这些对话无疑都是讨论与辩说。《孟子》中也有不少独白的篇章，长者几百字，少者十几字，它们也往往具有鲜明的针对性，充满论辩的色彩。长一点的如：

孟子曰：“尊贤使能，俊杰在位，则天下之士皆悦，而愿立于其朝矣；市，廛而不征，法而不廛，则天下之商皆悦，而愿藏于其市矣；关，讥而不征，则天下之旅皆悦，而愿出于其路矣；耕者，助而不税，则天下之农皆悦，而愿耕于其野矣；廛，无夫

> 里之布，则天下之民皆悦，而愿为之氓矣。信能行此五者，则邻国之民，仰之若父母矣。率其子弟，攻其父母，自有生民以来，未有能济者也。如此，则无敌于天下。无敌于天下者，天吏也。然而不王者，未之有也。”（《公孙丑上》）

读这一段，很容易让我们想到《梁惠王上》中“寡人之于国也”和“齐桓晋文之事”中那些分别与梁惠王和齐宣王论辩王道政治的内容。朝、市、关、耕、廛五个方面，铺列开来，排比起来，便有挥洒的气势；仰之若父母，无敌于天下，称王于天下，句式上虽散犹整，内容上层层递进，更增强了文章的气势。

> 孟子曰：“桀纣之失天下也，失其民也。失其民者，失其心也。得天下有道，得其民，斯得天下矣；得其民有道，得其心，斯得民矣；得其心有道，所欲与之聚之，所恶勿施尔也。民之归仁也，犹水之就下、兽之走圹也。故为渊驱鱼者，獭也；为丛驱爵者，鹯也；为汤武驱民者，桀与纣也。今天下之君有好仁者，则诸侯皆为之驱矣。虽欲无王，不可得已！今之欲王者，犹七年之病求三年之艾也。苟为不畜，终身不得。苟不志于仁，终身忧辱，以陷于死亡。诗云：‘其何能淑，载胥及溺。’此之谓也。”（《离娄上》）

《梁惠王上》记载，齐宣王曾问孟子，文王方圆七十里的园囿是不是太大了，孟子辩之道，民众尚以为小，因为他以民为重，与民同之，所以民以为小，而宣王的园囿虽只方圆40里，却像一个民众的陷阱，所以民以为大。《梁惠王下》也记载了一段孟子与齐宣王的对话：“齐宣王问曰：‘汤放桀，武王伐纣，有诸?’孟子对曰：‘于传有之。’曰：‘臣弑其君，可乎?’曰：‘贼仁者谓之“贼”，贼义者谓之“残”，残贼之人谓之“一夫”。闻诛一夫纣矣，未闻弑君也。’”上面引述的《离娄上》中的这段话，既像面对众人的一次演讲，又像这两个语境中延续的对话，“桀纣之失天下”的针对性，“得天下有道”“为渊驱鱼者”两处排比句的使用，“虽欲无王，不可得已”的警醒，“苟不志于仁，终身忧辱，以陷于死亡”的反面推想，都使气势仿佛倒海，独白如同论战！

较短的如：

> 孟子曰：“五谷者，种之美者也。苟为不熟，不如荑稗。夫仁亦在乎熟之而已矣”（《告子上》）
>
> 孟子曰：“人不可以无耻，无耻之耻，无耻矣。”（《尽心上》）

前者“苟为不熟，不如荑稗”的警示，后者“无耻之耻，无耻矣”的辩证，都显示出语言的力量和语意的气势。

在这些独白中，每一次独白都有一个论题，他不是在自说自话，而似乎是在申辩，也好像是在论辩，他在与一个时代辩论，在与各种邪说辩论，在与世道人心辩论。

也正因为有道义的底蕴和正直的信念，孟子的散文艺术才能如此动人。他常不动声色地把人带入预设好的逻辑圈套里，让对方“自食其果”；他常用类比、比喻的方法形象地阐述观点，让人叹为观止又哑口无言；他常先做出谦卑、宽容的姿态，然后循循诱导，让另一方最后也只能在真理当前，拜服下来。然而，他的一言一词，他的推接往来，给人的是智慧的思维，而非巧诈的心机，是可爱的顽固，而非无用的愤激，是淋漓如注、轻盈欲飞的艺术享受，而无冷眼冷面、刻板繁复的说教之感。正因为如此，《孟子》散文才在中国古代文学史上赢得了高度的评价，产生了深远的影响。

第三节 《孟子》对先秦论说散文的推进

从文学上来说，《孟子》是语录体散文。

什么是语录体呢？“百科名片”中这样说：“中国文体。常用于门人弟子记录导师的言行，有时也用于佛门的传教记录。因其偏重于只言片语的记录，不重文采，不讲篇章结构，不讲篇与篇之间甚至段与段之间时间及内容上的必然联系，故称之为语录体。”

《论语》是第一部语录体，《论语》大部分是格言警句式的，是独白体的，所以这个定义对《论语》来说是适合的。而《孟子》则是分析论述式的，有独白，但对话体占了很大的分量，在论述中，它注重文采，讲究篇章结构，讲究章法。所以说这个定义对《孟子》散文来说就不太合适了，其实这正是《孟子》在散文发展史上的进步。文学史上经常说，《孟子》散文反映出从语录体到专题论文的过渡，就是这个意思。

这个进步主要表现在以下两个方面。

一　论说方式的演进

《孟子》散文中也有如同《论语》中那样简短的语录，比如：

> 孟子曰：君仁，莫不仁；君义，莫不义。
>
> 孟子曰：人有不为也，而后可以有为。
>
> 孟子曰：博学而详说之，将以反说约也。
>
> 孟子曰：可以取，可以不取，取伤廉；可以与，可以不与，

与伤惠；可以死，可以不死，死伤勇。(均见《离娄下》)

但《孟子》中许多都是长篇大论的，这在与《论语》的比较中看得更清楚。

比如，二人都谈到了人的本性。孔子说："性相近也，习相远也。"(《论语·阳货》)既肯定了人是一个类的社会存在，有着相近的本性，又指出了人性的差异是由后天的习染、习俗、习惯等因素的不同而造成的。这个观点反映了人类自我意识的发展，是对人类认识史的伟大贡献。但孔子没有对"性相近，习相远"的命题展开论证，《论语》的记载中也没有进一步探讨人性的本质问题。

而在孟子这里，不仅提出了"性善论"的人性本质论题，而且对此进行了多方面的论说。

有一次，当时的一个思想家告子对孟子说："性犹湍水也，决诸东方则东流，决诸西方则西流。人性之无分于善不善也，犹水之无分于东西也。"意思是人的本性就像湍急的流水，在外力的作用之下，引向东方就向东流，引向西方就向西流。所以说人的本性不能区分为善与不善，就好像水的流向不能区分为向东与向西一样。孟子反驳他说："水信无分于东西，无分于上下乎？人性之善也，犹水之就下也。人无有不善，水无有不下。今夫水，搏而跃之，可使过颡；激而行之，可使在山。是岂水之性哉？其势则然也。人之可使为不善，其性亦犹是也。"意思是说水的流向不分东西，不是水的本性。那么什么是水的本性呢？水分高低，水的本性是从高往低流。而人的本性善，就向水向低处流一样。这是谈人的本性趋向于善，所以人的本性为善。

那么这个善良的本性具体表现在哪里呢？在孟子看来，这个本性表现在人的仁、义、礼、智等道德意识上。他曾多次论道：

> 无恻隐之心，非人也；无羞恶之心，非人也；无辞让之心，非人也；无是非之心，非人也。恻隐之心，仁之端也；羞恶之心，义之端也；辞让之心，礼之端也；是非之心，智之端也。人之有是四端也，犹其有四体也。（《公孙丑上》）
>
> 恻隐之心，人皆有之；羞恶之心，人皆有之；恭敬之心，人皆有之；是非之心，人皆有之。恻隐之心，仁也；羞恶之心，义也；恭敬之心，礼也；是非之心，智也。仁义礼智，非由外铄我也，我固有之也，弗思耳矣。（《告子上》）

什么是“人之有是四端也，犹其有四体也”呢？“四端”是指“恻隐之心”“羞恶之心”“辞让之心”“是非之心”这四个方面，也就是指仁、义、礼、智这四个方面。他说，人类有仁义礼智就像有手足四肢一样，是先天固有的，是与生俱来的，所谓“仁义礼智，非由外铄我也，我固有之也”。这些都谈到了“性本善”的内涵。

但是“人皆有之”的善性，最初只是一种道德的萌芽，如果不坚守，“善”也会走向“恶”。那么，通过什么方式才能坚守“善”、扩充“善”，最终使之发展成为完美的道德呢？孟子提出了两个方法，一个是要有从善如流的主观愿望，他说：

> 舜之居深山之中，与木石居，与鹿豕游，其所以异于深山之野人者几希；及其闻一善言，见一善行，若决江河，沛然莫之能御也。（《尽心上》）

他认为帝舜之所以成为道德的典范，就是因为无论何时何地，他都有从善如流的愿望。第二是采取“反求诸己”的修养方法：

> 爱人不亲，反其仁；治人不治，反其智；礼人不答，反其敬。行有不得者皆反求诸己，其身正而天下归之。(《离娄上》)

意思是爱别人，别人却不亲近自己，就要反省自己的仁爱是不是不够；管理别人却没有做好，就要反省自己的智慧是不是不够；礼待别人却没有得到相应的回答，就要反省自己的恭敬是不是不够。所有行为如果没有达到相应的效果，都要反省自己，自身端正了才能使天下归心。

上述可见，《孟子》对人的本性的阐释，既有“性本善”的明确态度，又揭示了“性本善”的道德含义，还提出了修善以臻完美的方式。尽管这些论述来自不同的段落，是不同时地的论述，但每一个方面的论述，从现在我们所说的议论文的三要素来说，都有论点、论据、论证。从人性论的发展史上来说，这是思想的进步，是一种理论思维的进步；而从论说文的发展来说，这则是论证方式的进步，是文体的进步，也是文学史的进步。

再比如，谈到政治理想，孔子的理想是“德政”，其核心内容是“仁”，实现手段是“礼”，战略目标是“和”。但谈到这些内容，《论语》中都是只言片语，比如“仁者爱人”(《颜渊》)，比如“礼之用，和为贵”(《学而》)。说到德政，一段非常有名的话是：“为政以德，譬如北辰，居其所而众星拱之。”(《论语·为政》)但对此都没有充分地展开。在第五章中，我们谈孔子的德政思想，也是将《论语》中的许多片段组接在一起，方可见其基本内容。

《孟子》就不同了，其对“王道”政治的论述是非常具体的。《孟子·梁惠王上》记载了一次非常有名的谈话，这次谈话发生在孟子与齐宣王之间，许多文章选本都选录了这篇谈话，并给它起了个题目叫《齐桓晋文之事》。

公元前341年，齐威王用孙膑、田忌、田婴在马陵大败魏军，俘虏了魏太子申，魏将庞涓自杀，为齐国在东方树立霸权创造了条件。以后魏、韩和其他小国的国君都曾朝见齐威王，一时间齐威大震。齐宣王是齐威王的儿子，继位以后，意欲推进齐威王的事业，扩置稷下学宫，招徕天下文学游士，其中有名的思想家有道家的田骈、慎到、环渊，阴阳五行学家邹衍，政治家淳于髡等76人，他们被封为上大夫。齐国赐其住宅和车马，任其自由讲学和著述。这是稷下学宫鼎盛的时期。此时的齐国，国富民强。宣王想学齐桓、晋文称霸之事，所以才向孟子请教，而孟子却趁机宣扬了自己的政治主张。

文章一开始写宣王提出问题，希望孟子给他讲一讲齐桓公和晋文公在春秋时期称霸的事。这是宣王谋为霸主思想的反映，他是主张“霸道”的。而孟子则主张推行“仁政”，即主张“王道”、反对诸侯武力兼并。因此两者本来南辕北辙、格格不入。但孟子没有直接反驳宣王，而是采取避而不谈的办法，巧妙地借口“臣未之闻也”，轻轻一笔撇开，实际上是否定了宣王提出的论题。然后用商榷的语气提出“无以，则王乎?”把话题委婉地转移到“王道”上来。其实在宣王看来，只要利于称霸，什么话题都可以谈论，所以宣王提出“德何如，则可以王矣”的问题。孟子正是抓住宣王这样的心理活动，利用这一机会，明确提出了“保民而王”的论旨，打开了缺口，展开了论说。

但是，齐宣王不知道自己是否可以“保民”，便向孟子提出了疑问：“若寡人者，可以保民乎哉?”孟子先以肯定的口气回答了他的问题，然后又举了发生在齐宣王身上的事件予以证明。他说：

> 臣闻之胡龁曰，王坐于堂上，有牵牛而过堂下者，王见之，曰：“牛何之?”对曰：“将以衅钟。”王曰：“舍之！吾不忍其觳

觫，若无罪而就死地。”对曰：“然则废衅钟与？”曰：“何可废也？以羊易之！”不识有诸？

宣王“以羊易牛”的故事说明他有“保民”的思想基础，因为“以羊易牛”就说明他有“不忍之心”，具有这种“不忍之心”就“足以王矣”。所以这种“不忍之心”使得“保民而王”有了可能性。这样，孟子就以宣王自身的行为证明了施行王道并不是什么高不可攀的事，从而打消了宣王的疑问，帮他初步树立了施行王道的信心。

但是，齐宣王的这种“不忍之心”还只是用到禽兽身上，没有用到百姓身上，而只有用于百姓，才能真正实现“保民而王”。因此，“推恩及民”十分必要。

那么，怎样“推恩及民”，最后达到“保民而王”呢？孟子提出了两方面措施：一是制民之产，规定百姓的产业；二是实施礼义教化，使民至善。他说：

是故明君制民之产，必使仰足以事父母，俯足以畜妻子，乐岁终身饱，凶年免于死亡；然后驱而之善，故民之从之也轻。

五亩之宅，树之以桑，五十者可以衣帛矣。鸡豚狗彘之畜，无失其时，七十者可以食肉矣。百亩之田，勿夺其时，八口之家可以无饥矣。谨庠序之教，申之以孝悌之义，颁白者不负戴于道路矣。老者衣帛食肉，黎民不饥不寒，然而不王者，未之有也。

全文就是这样紧扣论题，分别从有基础、有可能、有必要、有办法四个部分，步步深入地论证求霸有害、施仁无敌。全文层层推进，谨严有致，是一篇完整的论说文。而他阐述的王道思想也是十分全面而具体的，这就是以反对霸道、施行仁政为前提，以“保民而王”为总纲，以“不忍之心”“推恩及民”为基础，以“制民之产”“礼义教化”为措施的王道思想。

由上述两个例子，我们可以看到，《孟子》与《论语》相比，在以下方面都有了长足的进步：一是文字由简约而雄肆；二是论证由简单而更为详备；三是文风由雍容和舒而为铺张扬厉。这三个方面是《孟子》散文在论说方式上对先秦论说散文所做出的贡献。

二 章法结构的讲究

《论语》中，长篇的少，因而缺少对章法结构的设计与安排。即使长篇者，我们也可以分析其文章的结构，但这个结构仍然处于自然状态，没有编者安排的成分。《先进》篇记载的“子路、曾皙、冉有、公西华侍坐”一章，是《论语》中的代表性长篇，我们分析其结构时可以理清其“问志—述志—评志”的结构关系，但这个结构还是一种自然状态。

而《孟子》就不同了，多为长篇的形式使变化章法成为可能，论辩的时代使论者设计论辩成为必需，因而《孟子》散文的章法多姿多彩，富于变化。

有的气势磅礴，雄辞激越，如长江大河，直泄而下。如在《公孙丑下》的“天时不如地利”一章：

> 孟子曰：“天时不如地利，地利不如人和。三里之城，七里之郭，环而攻之而不胜。夫环而攻之，必有得天时者矣；然而不胜者，是天时不如地利也。城非不高也，池非不深也，兵革非不坚利也，米粟非不多也；委而去之，是地利不如人和也。故曰：域民不以封疆之界，固国不以山溪之险，威天下不以兵革之利。得道者多助，失道者寡助。寡助之至，亲戚畔之；多助之至，天

下顺之。以天下之所顺，攻亲戚之所畔，故君子有不战，战必胜矣。”

这一章形式是独白的，语言却是论辩性的。文章通过对天时、地利、人和三个条件的比较，说明战争胜败的关键在于民心向背，指出为政者实行仁政，才能获得民心。文章开门见山地提出了“天时不如地利，地利不如人和”的鲜明观点，接着以攻城为例，分别论述了天时而不得地利、得地利而不得人和，都不能取得战争的胜利，最后总结说“得道者多助，失道者寡助”，只有顺从民心，才能战无不胜。全文脉络分明，清晰流畅，天时、地利、人和之间，一层高于一层，表现出层递的关系，给人以连珠缀玉的美感。

有的曲折深入，跌宕生姿。如在《梁惠王上》“寡人之于国也”一章中，梁惠王向孟子阐述他尽心于国，而民不加多的困惑时，孟子抓住他“好战”的心理，直接坦荡地说“王好战，请以战喻”。投其所好，层层善诱，这样彼此的思想距离就大大缩短。假如孟子一开始就对梁惠王的“好战”进行批评抨击，彼此产生抵触心理，就会适得其反，增加解决问题的难度，失去说服力。孟子善于寻找彼此之间的共同语言，这是他将论辩进行下去的一块“敲门砖”。而接下来他以一个浅显简单的比喻：“填然鼓之，兵刃既接，弃甲曳兵而走。或百步而后止，或五十步而后止。以五十步笑百步，则何如?”来使对方更加趋向于自己的主张，无须多言、显而易见的一个比喻就能使愚蠢自负的梁惠王折服：“不可，直不百步耳，是亦走也。”在这个基础上，孟子再展开攻势，侃侃而谈：

王如知此，则无望民之多于邻国也。不违农时，谷不可胜食也；数罟不入洿池，鱼鳖不可胜食也；斧斤以时入山林，材木不可胜用也。谷与鱼鳖不可胜食，材木不可胜用，是使民养生丧死无憾也。养生丧死无憾，王道之始也。五亩之宅，树之以桑，五十者可以衣帛矣。鸡豚狗彘之畜，无失其时，七十者可以食肉矣。百亩之田，勿夺其时，数口之家可以无饥矣。谨庠序之教，申之以孝悌之义，颁白者不负戴于道路矣。七十者衣帛食肉，黎民不饥不寒，然而不王者，未之有也。狗彘食人食而不知检，途有饿莩而不知发；人死则曰："非我也，岁也。"是何异于刺人而杀之，曰："非我也，兵也。"王无罪岁，斯天下之民至焉。

这里既投其所好，欲擒故纵，深入浅出，又以排山倒海的气势压向对方，以巩固其观点，从而使全篇的整体结构空间参差俯仰、错落有致，圆满地结束了这场辩论。整篇文章充满了智慧的光芒，在结构上迂回曲折，有曲径通幽的神秘色彩，层与层之间关联缜密，结构紧凑，彼此照应。

有的文章则侃侃而谈，娓娓道来。如《孟子·尽心上》：

孟子曰：君子有三乐，而王天下不与存焉。父母俱存，兄弟无故，一乐也；仰不愧于天，俯不怍于人，二乐也；得天下英才而教育之，三乐也。君子有三乐，而王天下不与存焉。

就像一个饱经沧桑而又颇为自得的老人，讲述着自己所向往的人生乐趣，一件一件，历历在心。

《孟子》中还有不少章法承接，值得深入研究。但仅上举三种亦可见出《孟子》散文在论说方面的进步。

清代文学批评家刘熙载在《艺概·文概》中说："孟子之文，百变而不离其宗，然此亦诸子所同。其度越诸子处，乃在析义至精，不惟用法至密也。”[1]“析义至精”“用法至密”，确实把握住了《孟子》散文的特点。而正是从这两方面的意义上，我们说《孟子》散文推进了先秦论说散文的发展，在中国古代散文发展史上具有重要意义。

孟子的人格精神为中国古代知识分子树立了人格典范，产生了深远影响。历代文学家对《孟子》之文也极为推崇，赞之不绝。韩愈《读荀》中说：“始吾读孟轲书，然后知孔子之道尊，圣人之道易行。”又说：“孟氏，醇乎醇者；荀与杨，大醇而小疵。”宋代文学家苏辙说：“今观其文章，宽厚宏博，充乎天地之间。”（《上枢密韩太尉书》）王安石《孟子》诗说：“沉魄浮魂不可招，遗编一读想风标。何妨举世嫌迂阔，故有斯人慰寂寥。”有赞叹，便有揣摩，有模仿，便会得精髓，得章法，有些甚至会得神韵。韩愈散文的立论高远，柳宗元散文的雄辩恣肆，苏轼散文的浑融醇厚，无不受到孟子的影响。储新《唐宋八大家类选》说韩愈“议论本《孟子》”[2]，刘熙载《艺概·文概》说：“韩文出于《孟子》”“东坡文亦孟子，亦贾长沙”，都揭示了这种影响。

---

① 刘熙载：《艺概·文概》，《刘熙载文集》，江苏古籍出版社2001年版，第59页。

② 朱一清主编：《古文观止集评》引（第三卷），安徽文艺出版社1997年版，第195页。

第七章 《庄子》“言”“意”之形态与境界

庄子是中国文化史上一位伟大的人物。作为一位哲学家，他继承了老子开创的道家学派，并把道家思想发扬光大，对中国古代哲学与思想产生了重要影响。作为一位文学家，他以其超尘脱俗的思想、诡谲奇特的形象和汪洋恣肆的文风使其散文成就高居于先秦诸子散文之首。正如台湾著名学者吴怡所说，庄子既有“嬉笑怒骂的一面”，更有“含蕴深刻的另一面”①，因而探讨《庄子》“言”蕴之“意”，“言”外之“意”，便是我们研究《庄子》的一项重要工作。

第一节 《庄子》中的“庄子”

《史记》中的庄子传记，在《老子韩非列传》中，附于老子传后，记载的也比较短，只有236个字：

> 庄子者，蒙人也，名周。周尝为蒙漆园吏，与梁惠王、齐宣

---

① 吴怡：《逍遥的庄子》，广西师范大学出版社2006年版，第6页。

王同时。其学无所不窥，然其要本归于老子之言。故其著书十余万言，大抵率寓言也。作《渔父》《盗跖》《胠箧》，以诋訾孔子之徒，以明老子之术。《畏累虚》《亢桑子》之属，皆空语无事实。然善属书离辞，指事类情，用剽剥儒、墨，虽当世宿学不能自解免也；其言洸洋自恣以适己，故自王公大人不能器之。

楚威王闻庄周贤，使使厚币迎之，许以为相。庄周笑谓楚使者曰：“千金，重利；卿相，尊位也。子独不见郊祭之牺牛乎？养食之数岁，衣以文绣，以入大庙。当是之时，虽欲为孤豚，岂可得乎？子亟去，无污我。我宁游戏污渎之中自快，无为有国者所羁，终身不仕，以快吾志焉。”

这里只是告诉我们庄子这样的一些人生履历：第一，姓名时代，生活在战国中期，曾做过宋国蒙地（今河南商丘东北）漆园吏的小官；第二，学识渊博，思想属于道家，其志不同凡俗，楚王聘以相而不赴；第三，善于辩论，其表达上具有“洸洋自恣”的特点。这些记述非常笼统，非常概括，其实既不全面，也不形象。

但翻开《庄子》一书，我们却看到，庄子的形象跃然纸上。他是贫困的，又是富有的，生活的贫困与思想的富有构成了他复杂的人生；他是闲散的，又是愤激的，状态的闲散与态度的愤激构成了他矛盾的人生；他是现实的，又是艺术的，思考的现实与境界的艺术构成了他多彩的人生。

一 贫困与富有

《庄子》中记载他居住在“穷闾厄巷”，以织鞋糊口谋生，生活非常困难。《庄子·外物》篇中记述的那个“鲋鱼之肆”的故事，起因正是庄子的“家贫”：

> 庄周家贫，故往贷粟于监河侯。监河侯曰：“诺。我将得邑金，将贷子三百金，可乎？”庄周忿然作色曰：“周昨来，有中道而呼者，周顾视车辙中，有鲋鱼焉。周问之曰：‘鲋鱼来，子何为者耶？’对曰：‘我，东海之波臣也。君岂有斗升之水而活我哉！’周曰：‘诺，我且南游吴越之王，激西江之水而迎子，可乎？’鲋鱼忿然作色曰：‘吾失我常与，我无所处。吾得斗升之水然活耳。君乃言此，曾不如早索我于枯鱼之肆。’”

困难到要借粮度日，甚至人家都不愿意借给他，从中可以见出庄子生活困窘的情景。《山木》中还记载了一个故事，说他穿着粗布衣裳，而且打着补丁，穿着一只破鞋子，而且连鞋带都没有，是用麻绳捆在脚上！由此可见，庄子的处境十分艰难。

他的物质生活是贫困的，他的精神世界却是无限的富有！他的处境是艰难的，他的豪气却是无比的高远。上述《山木》中，庄子那样的装束去做什么？那是去见魏王，去见魏国的国君！但他毫无愧色，反而与魏王在朝堂上侃侃而辩：

> 庄子衣大布而补之，正絜系履而过魏王。魏王曰：“何先生之惫邪？”庄子曰：“贫也，非惫也。士有道德不能行，惫也；衣弊履穿，贫也，非惫也，此所谓非遭时也。王独不见夫腾猿乎？其得楠梓豫章也，揽蔓其枝而王长其间，虽羿、蓬蒙不能眄睨也。及其得柘棘枳枸之间也，危行侧视，振动悼栗，此筋骨非有加急而不柔也，处势不便，未足以逞其能也。今处昏上乱相之间而欲无惫，奚可得邪？此比干之见剖心征也夫！”

魏王问他：“看起来你怎么那么疲惫啊？”庄子说：“我这是贫困，而不是疲惫。为什么这么说呢？一个人满腹道德文章却无所用，这叫疲惫；而衣服破旧鞋子有洞，这是贫困，不是疲惫，这是生不逢时造成的。现在我处于一个昏君乱臣的社会，想不疲惫，怎么能够做得到呢！”不仅不自惭形秽，反而由此批判了魏王的统治。可见，庄子是怎样的豪气冲天！

《庄子》的《逍遥游》开篇还讲了一个故事，说北海之中有一条巨大的鱼，叫作“鲲”，说这种鱼的脊背无法测量它有几千里的长度。这就够奇特的了！而鲲鱼又突然转化为一只巨大无比的鸟，叫作“鹏”。这只鹏鸟的脊背当然也是有几千里，它的翅膀像是遮天蔽日的云彩！这只鹏鸟要借着六月的海上之风，飞上九万里的高度，然后飞向南海！这个寓言问世以后，“展翅九万里”的大鹏形象早已成为许多作家笔下的理想化身，李白就曾多次咏叹大鹏，比如《上李邕》诗：“大鹏一日同风起，扶摇直上九万里。假令风歇时下来，犹能簸却沧溟水”，他还专门写过一篇《大鹏赋》。但这其背“不知其几千里也，其翼若垂天之云”的鲲鹏，在庄子的内心世界里，却只是他的理想的逍遥境界的一个陪衬！他的心该有多大，他的内心该是个怎样丰富的世界！

庄子也曾经做过漆园吏，《庄子》中还曾经以“胶漆”（《骈拇》）、“漆可用，故割之”（《人间世》）等做过比喻，但他一生大部分时间似乎都处于闲散的状态，隐居于“穷闾厄巷”，与论敌做些有关或无关、无是也无非的论辩，或者钓钓鱼，或者幻想着腰中系上一个大葫芦泛游江海。当时有一个思想家叫惠施，是先秦名家的代表人物，和庄子既是朋友，又是论敌。《庄子》一书记载了他们之间的许多辩论。有一次，两人行走在濠水河边，看到水中的儵鱼，于是进行了一场历史上著名的“濠梁之辩”：

> 庄子与惠子游于濠梁之上。庄子曰：“儵鱼出游从容，是鱼之乐也。”惠子曰：“子非鱼，安知鱼之乐？”庄子曰：“子非我，安知我不知鱼之乐？”惠子曰：“我非子，固不知子矣；子固非鱼也，子之不知鱼之乐，全矣！”庄子曰：“请循其本。子曰‘汝安知鱼乐’云者，既已知吾知之而问我。我知之濠上也。”（《庄子·秋水》）

他们的辩论究竟谁是谁非，谁输谁赢，历来智者见智，仁者见仁。名家是研究逻辑的，从逻辑上说，似乎惠施占了上风，因为人和鱼是不同类的，人怎么知道鱼的心理呢？但是，庄子巧妙地转移话题，并且偷换概念，由惠施问“人无法知道鱼”的原意，转移到“从哪里知道”的话题，可见庄子在辩论中也不在下风。而且从审美体验上说，庄子也是有道理的，任何动物的动作、表情，痛苦或快乐，人是可以凭观察体验知道的。这是一个诡辩论的经典辩例，曾经受到古今中外读者的极大赞赏。

还有一个故事，更为直接地表达了庄子生活的闲散状态和自由境界。庄子在濮水上逍逍遥遥地钓鱼，楚王派了两个大臣去请庄子，想把楚国的相位授给他。待二人说明来意后，庄子不为所动：

> 庄子钓于濮水。楚王使大夫二人往先焉，曰：“愿以境内累矣！”庄子持竿不顾，曰：“吾闻楚有神龟，死已三千岁矣。王巾笥而藏之庙堂之上。此龟者，宁其死为留骨而贵乎？宁其生而曳尾于涂中乎？”二大夫曰：“宁生而曳尾涂中。”庄子曰：“往矣！吾将曳尾于涂中。”（《庄子·外物》）

由此可见，闲散的庄子意在顺乎自然，尽自然的天性，不受物累，追求逍遥的境界。

但是，闲适的庄子并不是忘怀现实，而是超脱现实。实际上，他仍然心系天下，每每涉及现实，涉及现实政治，涉及政治思想，他都表现得义愤填膺，极为愤慨。《则阳》中揭露卫灵公的腐朽，说他整天饮酒享乐，不理国政；整天射鸟打猎，不应诸侯；整天赌博淫乱，不见贤人。《说剑》篇记载，赵文王不理政事，反而以杀人为乐，不到三年，国家就衰败下去。太子担心又不敢去说，只好招募能者。庄子拒绝赏赐，毅然前往，愤怒指责赵文王居“天子之位”而不做天子之事！在《胠箧》篇中，他把一切“有国者”比喻为最无耻的大盗，把“王权”比喻成大盗们掠夺的赃品，愤怒地宣告：“窃钩者诛，窃国者为诸侯，诸侯之门而仁义存焉！”

二 无用与大用

“无”是老子哲学的重要概念，它是“有”之始，所谓“天下万物生于有，有生于无”（第四十章）；它是“用”之母，所谓“三十辐共一毂，当其无，有车之用。埏埴以为器，当其无，有器之用。凿户牖以为室，当其无，有室之用。有之以为利，无之以为用。”（第十一章）；它是“为”之源，所谓“道常无为而无不为”（第三十七章）。

庄子继承并发扬了老子的这一理论，也主张“以无为首”，倡导“彷徨乎尘垢之外，逍遥乎无为之业”（《大宗师》）。但在《庄子》中，“无”已不像《老子》那么抽象和空灵，而是更加具体，更加形象，以“无”为中心组成了一系列概念——除了《老子》中已有的“无为”之外，还有“无用”“无穷”“无已”“无极”“无何有”“无我”“无形”“无适”“无知”“无谓”“无涯”“无如”“无方”“无道”“无名”“无有”“无常”“无言”“无迹”“无累”“无能”等等。其中，对于“无”与“用”的思考，显示了庄子哲学的拓展。

庄子不仅像老子一样主张因无而“用”，所谓“睹有者，昔之君子；睹无者，天地之友”（《在宥》），而且特别强调无用之用。《外物》篇中记载了一则庄子与惠子的对话：

> 惠子谓庄子曰：“子言无用。”庄子曰：“知无用而始可与言用矣。夫天地非不广且大也，人之所用容足耳。然则厕足而垫之致黄泉，人尚有用乎?”惠子曰：“无用。”庄子曰：“然则无用之为用也亦明矣。”

什么是惠子所说的“无用”之言？大概正如《逍遥游》中肩吾所称“大而无当，往而不反”的接舆之言。具体来说，诸如“藐姑射之山，有神人居焉，肌肤若冰雪，淖约若处子。不食五谷，吸风饮露，乘云气，御飞龙，而游乎四海之外。其神凝，使物不疵疠而年谷熟”这样的话。这些话，听起来既广阔无边，“犹河汉而无极”，又似天语，“不近人情焉”，普通人感觉是无用的。但在庄子看来，“有用”与“无用”不是决然分开而是相互关联的，他所追求的正是心悟自然、天地人齐一的境界，心有所悟、“旁礴万物以为一”才是真正的“用”！惠子得到魏王赏赐的“大瓠之种”，种植成功，收获了足有五石重（足以装进五石重粮食）的大“瓠”，却感到它一无用处：“以盛水浆，其坚不能自举也，剖之以为瓢，则瓠落无所容。”既不能盛水，又不能存放，以世俗之见，自然无用之极。但庄子却认为“所用”不同，其创造的价值不同，展现的境界也不同，所以庄子劝他用这“五石之瓠”“以为大樽而浮乎江湖”！

不仅如此，在这样一种境界之中，无用方为大用！

> 惠子谓庄子曰：“吾有大树，人谓之樗。其大本拥肿而不中绳墨，其小枝卷曲而不中规矩。立之涂，匠者不顾。今子之言，大而无用，众所同去也。”庄子曰：“子独不见狸狌乎？卑身而伏，以候敖者；东西跳梁，不辟高下；中于机辟，死于罔罟。今夫斄牛，其大若垂天之云，此能为大矣，而不能执鼠。今子有大树，患其无用，何不树之于无何有之乡，广莫之野，彷徨乎无为其侧，逍遥乎寝卧其下。不夭斤斧，物无害者，无所可用，安所困苦哉！”（《逍遥游》）

这个“用”，不是世俗所谓的使用价值，而是承载精神、安放心灵的大道。郭沫若先生说：“‘无用者’，无用于世；‘大用者’有用于已，全身、保身、养亲、尽年就是大用了。”庄子倡导的，正是这种“大用”。大樗于世“无所可用”，于己却无所困苦，恰可颐养天年；不仅如此，它正可以自由自在地生长在“无何有之乡，广莫之野”，供那些逍遥之人“无为其侧”“寝卧其下”，达到“逍遥游”的境界。这是庄子毕生所追求的境界，也是贯穿他整个思想的境界。庄子所追求的最高的境界，是逍遥于天地之间，放浪于形骸之外的一种最舒适的境界，最奇妙的境界。无用于世，便可逍遥自在，身心具足安乐，驰骋于思维之旷野，逍遥于静默之尘外，这便是身心的大用，是生命的大用。庄子所追求的“无用之用”，追根究底就是在人世间保持自己的自然本性。所以在《人间世》中，庄子历数了人世间的种种纷争纠结之后，总结道：“山木自寇也，膏火自煎也。桂可食，故伐之；漆可用，故割之。人皆知有用之用，而莫知无用之用也。”山木、膏火、桂树、漆树，都因可用而致祸，在这个社会中，无所可用才是真正的避祸之道，是大用。

《山木》中还讲述了一个故事：

> 庄子行于山中，见大木，枝叶盛茂，伐木者止其旁而不取也。问其故，曰："无所可用。"庄子曰："此木以不材得终其天年。"夫子出于山，舍于故人之家。故人喜，命竖子杀雁而烹之。竖子请曰："其一能鸣，其一不能鸣，请奚杀？"主人曰："杀不能鸣者。"
>
> 明日，弟子问于庄子曰："昨日山中之木，以不材得终其天年；今主人之雁，以不材死；先生将何处？"庄子笑曰："周将处乎材与不材之间。材与不材之间，似之而非也，故未免乎累。若夫乘道德而浮游则不然。无誉无訾，一龙一蛇，与时俱化，而无肯专为；一上一下，以和为量，浮游乎万物之祖；物物而不物于物，则胡可得而累邪！此神农、黄帝之法则也。若夫万物之情，人伦之传，则不然。合则离，成则毁；廉则挫，尊则议，有为则亏，贤则谋，不肖则欺，胡可得而心乎哉！悲夫！弟子志之，其唯道德之乡乎！"（《山木》）

在这里，大木以无用而见存，雁以无用而见杀，我们自然也会像那个弟子一样，产生一个疑问：用与无用，我们究竟应该取何种态度？庄子首先表明，自己将"处于材与不材之间"，这个位置，这种尺度，随时而变，可全身保命。但在庄子看来，这种处境却是"似之而非"，仍然不能免于物累，材与不材，用与不用，亦须费一番周折。于是，庄子提出了"乘道德而浮游"的境界，颐养性情，应时而化，浮游天地，超然物外，于世无为，于人无用，却时时有为，处处有用，无为以至有为，无用以趋有用，最后达到自由无碍的境界。

三 荒唐之言与天地精神

《庄子·天下》篇评价了“百家之学”，对邹鲁之士、搢绅先生之学，墨翟、禽滑厘之言，宋钘、慎到、惠施、公孙龙之论，都做了评述，而唯一称赞的是道家。其称颂“古之博大真人”关尹、老聃是“道术”之所归：“芴漠无形，变化无常，死与生与，天地并与，神明往与！芒乎何之，忽乎何适，万物毕罗，莫足以归，古之道术有在于是者。”论及庄子则说：

> 庄周闻其风而悦之，以谬悠之说，荒唐之言，无端崖之辞，时恣纵而不傥，不以觭见之也。以天下为沈浊，不可与庄语，以卮言为曼衍，以重言为真，以寓言为广。独与天地精神往来，而不敖倪于万物，不谴是非，以与世俗处。其书虽瑰玮而连犿无伤也。其辞虽参差而諔诡可观。彼其充实不可以已，上与造物者游，而下与外死生、无终始者为友。其于本也，弘大而辟，深闳而肆，其于宗也，可谓稠适而上遂矣。虽然，其应于化而解于物也，其理不竭，其来不蜕，芒乎昧乎，未之尽者。

可以说，庄子后学真正把握住了庄子一生的精髓，用“荒唐之言”与“天地精神”揭示了庄子人生“言”与“意”的内涵。

在《庄子》中，鸟可以说话，树可以说话，骷髅也可以说话，但这些话无不承载着庄子的思想。蝉与学鸠可以相互谈笑风生地嘲笑鲲鹏的高远，欣喜于自己上下翻飞的生活；栎社树可以向匠石坦陈作为“散木”的安然和高寿的秘诀，陈说无用之大用的人生哲学；骷髅可以批评庄子的“生人之累”，和庄子颇为兴奋地描述死后无君无臣无四时的“至乐”。

在《庄子》中，人体现着各种可能，也实现着各种不可能，但这可能与不可能都体现着庄子的精神。“至人”身处燃烧的大泽而不觉得热、身处冰封的江河而不觉得冷、潜入深水而不会窒息，归精神于“无始”而甘心永居于“无何有之乡”，因为他们“游逍遥之虚，食于苟简之田，立于不贷之圃”“用心若镜，不将不迎，应而不藏，故能胜物而不伤”①；“真人”也是“登高不慄，入水不濡，入火不热”，他们用脚后跟喘气：“真人之息以踵，众人之息以喉”（《大宗师》），他们充满天地，“经乎大山而无介，入乎渊泉而不濡，处卑细而不惫”，他们坚守“纯素”之道，而且“守而勿失，与神为一；一之精通，合于天伦”（《刻意》）；支离疏的长相是“脸部隐藏在肚脐下，肩膀高过于头顶，颈后的发髻朝天，五脏的血管朝上，两条大腿和胸旁肋骨相并”②，但是他却恰以此能够免遭征戌，常受赏赐，从而“足以养其身，终其天年”（《人间世》）。

在《庄子》中，鱼可以变成鸟，人可以变成神，角色可以互换，整个世界充满各种变化，而这些变化往往具有庄子的深意。鲲是小鱼，《尔雅·释鱼》：“鲲，鱼子。”郭璞注曰：“凡鱼之子总名鲲。”这极小的鱼在庄子那里却变成极大：“鲲之大，不知其几千里也。”而它又可以瞬间转化，变成巨大的鹏鸟：“化而为鸟，其名为鹏。鹏之

---

① 《齐物论》：“王倪曰：‘至人神矣！大泽焚而不能热，河汉冱而不能寒，疾雷破山、飘风振海而不能惊。若然者，乘云气，骑日月，而游乎四海之外。死生无变于己，而况利害之端乎！’”《达生》：“子列子问关尹曰：至人潜行不窒，蹈火不热，行乎万物之上而不慄。请问何以至于此?”《列御寇》：“小夫之知，不离苞苴竿牍，敝精神乎蹇浅，而欲兼济道物，太一形虚。若是者，迷惑于宇宙，形累不知太初。彼至人者，归精神乎无始而甘冥乎无何有之乡。水流乎无形，发泄乎太清。”《天运》：“古之至人，假道于仁，托宿于义，以游逍遥之虚，食于苟简之田，立于不贷之圃。逍遥，无为也；苟简，易养也；不贷，无出也。”《应帝王》：“无为名尸，无为谋府；无为事任，无为知主。体尽无穷，而游无朕；尽其所受乎天，而无见得，亦虚而已。至人之用心若镜，不将不迎，应而不藏，故能胜物而不伤。”

② 陈鼓应：《庄子今注今译》，中华书局1983年版，第139页。

背，不知其几千里也；怒而飞，其翼若垂天之云。”然虽大如鲲鹏，却仍有所待，“去以六月息者也”（《逍遥游》）。列子可以乘风飞翔十五天，而后安然返回，虽然不必依靠行走，也不去追求福禄，却仍“有所待”；儒家关注的是现实，追求的是“学而优则仕”，孔子满口宣传如何自然、怎样求道，与弟子讨论心斋与坐忘，盗贼则用偷盗的行动诠释着仁义礼智信的儒家教义。①

《庄子》中的庄子，既是现实中其人的真实写照，又是经诗意的笔墨点染、幻化了的文学形象。他超迈洒脱而又愤激尖锐，自由天放而又系怀现实。他终其一生都在追求精神的清洁与高贵，人生的逍遥与本我，他用他的智慧思考，带着这个尚还天真懵懂的民族，向着一个叫作“哲学”的地方，走了至今无人企及的一步，同时，他也用他惊采绝艳的才华和酣醉人心的笔墨，演绎出了先秦时代一场华丽而绝望的美！

第二节 《庄子》的言意之辨

“言意之辨”是汤用彤先生指称魏晋时期的那场学术论争时提出来的，但实际上在先秦时期这场论辩已经不仅拉开了序幕，而且轰轰烈烈地开展起来了。

什么是“意”？“意”就是志意、思想、情感、心志。从这个意义上去探求，我们可以把先秦人们对言与意的认识追溯到《尚书》与《诗经》。《尚书·舜典》就有“诗言志，歌永言，声依永，律和声”的话，这话不一定是舜所说，但起码到西周时期人们已经意识到诗以

① 详参本章第三节。

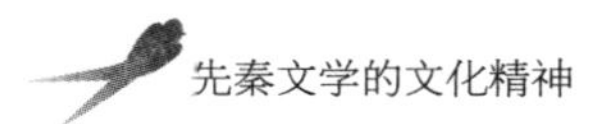

言志、言以达意的作用。从《诗经》中可见，诗人是把诗歌作为一种工具，来表达内心的忧伤、怨愤、思念、哀痛、谏诫、赞美等感情。①

当然，《尚书》记述的人物也好，《诗经》的歌唱者也罢，他们对言与意的认识还是单一的，是感性的，还没有上升到艺术的境界与哲学的高度。首先从哲学的角度谈论言意话题的是老子。《老子》第一章开篇就说："道可道，非常道；名可名，非常名。无名，天地之始；有名，万物之母。"在老子哲学中，"道"是无以名状的：

> 道之为物，惟恍惟惚。惚兮恍兮，其中有象。恍兮惚兮，其中有物。(《老子》第21章)
>
> 有物混成，先天地生。寂兮寥兮，独立不改，周行而不殆，可以为天下母。吾不知其名，字之曰道，强为之名曰大。(《老子》第25章)

什么是"恍惚"呢？老子说："无物之象，是谓恍惚。迎之不见其首，随之不见其后。"(《老子》第14章）什么是"混成"呢？老子说："视之不见，名曰夷；听之不闻，名曰希；博之不得，名曰微。此三子者不可致诘，故混而为一。"(《老子》第14章）这种无法形容、不能触摸、未被认知、无首无尾的就是"道"，而"言"或"名"则是对已知事物的指称。"道"的这种不确定性，使"言"无以尽言的局限性凸显出来。在老子的哲学中，"道"还是朴素自然的：

> 人法地，地法天，天法道，道法自然。(《老子》第25章)
>
> 道常无为而无不为。(《老子》第37章)

---

① 参阅本书第三章第一节"三 《诗经》创作意识的自觉"。

“道法自然”的直接结果是倡导“无为”，而在语言观上的表现便是主张“不言之教”（第43章），推崇“大辩若讷”（第45章），坚信“信言不美，美言不信”（第81章）。自然才是最美的，比起自然之“道”，任何言说都显得那样的苍白无力。一部《道德经》始于“道可道，非常道”，终于“信言不美，美言不信”，其间不知包含了多少语言哲学的深意！作者在这里虽然没有直接以“言”与“意”指称它们，但在这诗意的表述中，“言”与“意”的问题已经充满了浓郁的哲学韵味。

此后，与之同时而稍后的孔子、墨子，以及后来的战国诸子都在他们的论著中，或显或隐地涉及“言”与“意”的关系问题。其中“言以足志”与“言不尽意”是一对重要的命题。孔子曾引用古代典籍中的一句话说：“《志》有之：‘言以足志，文以足言’。”（《左传·襄公二十五年》）这是从功能角度看待言与意的关系，孟子受其影响也讲“言语必信”（《孟子·尽心上》）。孔子在《易传·系辞》中又提出“言不尽意”，但在《易传》中，孔子并没有对此详加阐述，而又以“观象以尽意”转换到一个新的命题。但这种状态，《老子》如前所述，做过“道”无法说得清道得明的写照；《孟子》对“浩然之气”，也发过“难言”的感叹①。《庄子》更是详加描述，从而使先秦时期的“言不尽意”之论形成了一个系统的理论。

首先，庄子坚持并多方面阐释了老子“道不可言”的观点。老子提出的“道可道，非常道”，突出了“道”不可名状的高妙与神秘，也道出了“言”难以明道的感慨与无奈。《庄子》一书则多方面阐述

① 《孟子·公孙丑上》：“难言也！其为气也，至大至刚，以直养而无害，则塞于天地之间。其为气，配义与道；无是，馁也。是集义所生者，非义袭而取之也。行有不慊于心，则馁矣。”

了这一论题。《齐物论》说："夫大道不称，大辩不言……道昭而不道，言辩而不及。"是说"道"自然存在，昭明若揭，不必称说。郭象《庄子注》称："付之自然，无所称谓。"《大宗师》中说："夫道，有情有信，无为无形；可传而不可受，可得而不可见。"因为"有情有信"所以"可传""可得"，因为"无为无形"所以"不可受""不可见"，就是说"道"可以意会而不可以言说。在《知北游》中，庄子借助老子的话说：

> 夫道，窅然难言哉！将为汝言其崖略。
>
> 夫昭昭生于冥冥，有伦生于无形，精神生于道，形本生于精。而万物以形相生，故九窍者胎生，八窍者卵生。其来无迹，其往无崖，无门无房，四达之皇皇也。邀于此者，四肢彊，思虑恂达，耳目聪明。其用心不劳，其应物无方。天不得不高，地不得不广，日月不得不行，万物不得不昌，此其道与！
>
> 且夫博之不必知，辩之不必慧，圣人以断之矣。若夫益之而不加益，损之而不加损者，圣人之所保也。渊渊乎其若海，魏魏乎其终则复始也，运量万物而不匮。则君子之道，彼其外与！万物皆往资焉而不匮，此其道与！

窅然，深奥之貌。崖，指边际。意思是"道"深奥难说，"只言其边际粗略而已"（林希逸《庄子口义》卷七）。昭昭指可见者，冥冥指不可见者，有伦指万物，无形指造化自然。这深远幽渺的"道"，是精神的本原，是万物的始点，所谓"精神生于道，形本生于精，而万物以形相生"，也是万物的终极："万物皆往资焉而不匮"；其昭昭冥冥，无迹无崖，"渊渊乎其若海，魏魏乎其终则复始也"。只能粗状其"崖略"，不能确指其究竟。在庄子看来，道存于蝼蚁，在于稊稗，寄于瓦壁，甚至渗于屎溺，是“无所不在”的，但又“澹而静”“漠而清”“往焉而不知其所至，去而来而不知其所止”“视之无形，听之无声”：

东郭子问于庄子曰：“所谓道，恶乎在?”庄子曰：“无所不在。”东郭子曰：“期而后可。”庄子曰：“在蝼蚁。”曰：“何其下邪?”曰：“在稊稗。”曰：“何其愈下邪?”曰：“在瓦甓。”曰：“何其愈甚邪?”曰：“在屎溺。”东郭子不应。庄子曰：“夫子之问也，固不及质。正获之问于监市履狶也，每下愈况。汝唯莫必，无乎逃物。至道若是，大言亦然。周徧咸三者，异名同实，其指一也。尝相与游乎无何有之宫，同合而论，无所终穷乎！尝相与无为乎！澹而静乎！漠而清乎！调而闲乎！寥已吾志，无往焉而不知其所至。去而来而不知其所止，吾已往来焉而不知其所终；彷徨乎冯闳，大知入焉而不知其所穷。物物者与物无际，而物有际者，所谓物际者也；不际之际，际之不际者也。谓盈虚衰杀，彼为盈虚非盈虚，彼为衰杀非衰杀，彼为本末非本末，彼为积散非积散也。”

总之，自然而不必说，深奥而难说，只可意会不可言说，难以论列不法尽说，否则便不是“道”了：“道不可闻，闻而非也；道不可见，见而非也；道不可言，言而非也!”（均见《知北游》）这里延伸了老子的学说，使“道不可言”的论题更加具体，更加富有说服力。

其次，他宣称“意不可言传”，把“道不可言”的论说又推进了一步。道是意，是精神，也是实，是物质。因而“道”与“意”有交叉，但不能等同，“意”是由“道”作用于心而产生。庄子认为，语言最重要的是能够传达思想，但思想又不是完全用语言能够传达的："世之所贵道者，书也。书不过语，语有贵也。语之所贵者，意也。意有所随，意之所随者，不可以言传也，而世因贵言传书。"（《庄子·天道》）意思是，世间所看重的是记载下来的，但是记载下来的内容只是语言表达的一部分；语言表达是为了传达心之所想，但思想会随时发生，语言无法把这些随时发生的思想全部表达出来。这是合理的，辩证的。又说："视而可见者，形与色也；听而可闻者，名与声也"，而这些"形色名声"，却"不足以得彼之情"。意思是说，那些内在的情意在以"形色名声"表现出来的时候，已经遭到了消解，不再是原有的样子。在《秋水》篇中，作者还以另外一种方式，表达了同样的意思："夫精粗者，期于有形者也；无形者，数之所不能分也；不可围者，数之所不能穷也。可以言论者，物之粗也；可以意致者，物之精也；言之所不能论，意之所不能察致者，不期精粗焉。"《庄子·天道》篇中，创造了一个非常著名的寓言：

> 桓公读书于堂上，轮扁斫轮于堂下，释椎凿而上，问桓公曰："敢问，公之所读者何言邪？"公曰："圣人之言也。"曰："圣人在乎？"公曰："已死矣。"曰："然则君之所读者，古人之糟粕已夫！"桓公曰："寡人读书，轮人安得议乎！有说则可，无说则死！"轮扁曰："臣也以臣之事观之。斫轮，徐则甘而不固，疾则苦而不入。不徐不疾，得之于手而应之于心，口不能言，有数存焉于其间。臣不能以喻臣之子，臣之子亦不能受之于臣。是以行年七十而老斫轮。古之人与其不可传也死矣，然而君之所读者，古人之糟粕已夫！"

技艺层面的失传是可能的，思想的精华却通过典籍的流通、精神的继承，一代一代传播下去。但轮扁之语却给我们一种启示，技艺之术除了"手"传之外，重要的是"心"受，多年的劳动经验与专心琢磨，才使他"得之于手而应之于心"，后代如果传承下去，必须用"心"去"悟"；思想的传播，精神的传承，又何尝不是如此！语言文字是死的，却蕴含着鲜活的生命，它能使思想长存、精神永生！这或许也是庄子这则寓言的"言外之意"。

再次，他倡导"不言之辩"，把《老子》中的有关思想向前推进了一步。由"无为"的思想所决定，老子政治上主张"处无为之事，行不言之教"（《老子》第 2 章），人生中强调"知者不言，言者不知"（《老子》第 56 章），语言上高倡"大巧若拙，大辩若讷"（第 45 章），《庄子》则更进一步，明确提出了"不言之辩"。庄子认为论辩都是起于所知片面而不见大道，于是各执一端，争辩不已："辩也者，有不见也。"所以他说："大道不称，大辩不言。"因为大道虽明明如日月却不可言说，争辩即有是非而无法尽意，此即所谓"道昭而不道，言辩而不及"（《齐物论》）。那么，"不言之辩"应该是怎样的情形？在《徐无鬼》中，他为我们提供了可资研究的范例：

> 仲尼之楚，楚王觞之。孙叔敖执爵而立。市南宜僚受酒而祭，曰："古之人乎！于此言已。"曰："丘也闻不言之言矣，未之尝言，于此乎言之。市南宜僚弄丸而两家之难解，孙叔敖甘寝秉羽而郢人投兵。丘愿有喙三尺。"彼之谓不道之道，此之谓不言之辩。

在迎接孔子的宴会上，市南宜僚按古礼沥酒祭毕，请孔子发表意见，这叫"乞言宪道"，但孔子发表了一段"不言之言"。宜僚是楚国的勇士，善弄丸（玩球），时白公胜作乱，欲杀掉令尹子西。子綦向白公推荐宜僚，但宜僚不予理睬，即使来人剑指其胸，仍弄丸如故。白公对他无可奈何，他也避免了卷入两家灾难的危险。孙叔敖是楚国令尹，其安寝恬卧，养性于庙堂之上，却能决胜于千里之外，因而敌国不敢犯，楚国也偃兵息武。这两个人的表现无疑是逍遥无为的，体现了道家理想的无为之道，所以庄子称他们是“不道之道”。而孔子的演讲也竟然是除了盛赞宜僚与孙叔敖的逍遥无为外，只说自己是尊崇“不言之言”，也无话可说！这显然体现了道家“至言去言”（《知北游》）的理想，因而庄子激赏之为“不言之辩”。孙叔敖死时，孔子还没有出生，把孙叔敖、宜僚和孔子放在一起对话，显然与历史不符。但这是一则寓言，也是一场表演；是一种思想，也是一门艺术。

最后，庄子还提出了“得意忘言”说：

> 筌者所以在鱼，得鱼而忘筌；蹄者所以在兔，得兔而忘蹄；言者所以在意，得意而忘言。吾安得夫忘言之人而与之言哉！（《庄子·外物》）

使用“筌”“蹄”的工具是为了捕捉到鱼和兔，达到捕捉鱼和兔的目的之后，谁还会顾及用了什么工具呢！在庄子看来，言与意的关系也是如此，“言”的目的是表达“意”，为达意而不必在意用言，而只有忘言才是“言”的最高境界。由此可见，在庄子思想中，“意”是主体，是本质；“言”是客体，是形式。既不能主客混淆，也不能本末倒置。“言”是作者表意的手段和工具，也是读者寻意的基础和条件。“得意”不能须臾离开“言”，但又不能完全拘泥于“言”。所以要“得意”就必须既依据“言”，又实现对“言”的超越。庄子更重视这种超越。

那么，如何完成这种超越？庄子提出要懂得“坐忘”，要学会“心斋”。

颜回曰：“回益矣。”仲尼曰：“何谓也？”曰：“回忘仁义矣。”曰：“可矣，犹未也。”它日复见，曰：“回益矣。”“何谓也？”曰：“回忘礼乐矣。”曰：“可矣，犹未也。”它日复见，曰：“回益矣。”曰：“何谓也？”曰：“回坐忘矣！”仲尼蹴然曰：“何谓坐忘？”颜回曰：“堕枝体，黜聪明，离形去知，同于大通，此谓坐忘。”仲尼曰：“同则无好也，化则无常也，而果其贤乎！”（《庄子·大宗师》）

回曰：“敢问心斋？”仲尼曰：“若一志，无听之以耳而听之以心，无听之以心而听之以气。听止于耳，心止于符。气也者，虚而待物者也。唯道集虚。虚者，心斋也。”（《庄子·人间世》）

坐忘，就是全部忘记，忘记了肢体，忘记了耳目，忘记了记忆，精神离开了形体，思想放弃了智慧，无所谓美丑善恶，一切归于自然。郭象说：“夫坐忘者，奚所不忘哉？既忘其迹，又忘其所以迹者，内不觉其一身，外不识有天地，然后旷然与变化为体，而无不通也。”（《庄子注》）可以说，“忘”是庄子创造的一种境界，对于这种境界，《庄子》一书多有称赞和向往。他称赞“古之真人”“至人”，其中一个重要的方面是“悗乎忘其言也”（《大宗师》）“忘其肝胆，遗其耳目”（《达生》）；他认为与其“相呴以湿，相濡以沫”地等死，不如“相忘于江湖”地自由；与其“誉尧而非桀”地选择，不如“两忘而化其道”地自然（《大宗师》）。“忘水”是成就“善游者”的根本，“忘吾有四枝形体”是成就利“器”的根本（《达生》），“爵禄不入于心”是成就百里奚得秦穆公重任的根本（《田子方》），穷时“忘其贫”、达时“忘爵禄”是成就“圣人”的根本（《则阳》）。这就是“忘”的境界，这种境界的最高层次是“物我两忘”：

昔者庄周梦为蝴蝶，栩栩然蝴蝶也，自喻适志与！不知周也。俄然觉，则蘧蘧然周也。不知周之梦为蝴蝶与？蝴蝶之梦为周与？（《庄子·齐物论》）

这种“忘”摒弃了现实，投入于虚幻；排除了外物，凝神于悟道；忘记了语言，沉醉于意蕴。真正实现了“忘乎物，忘乎天”的“忘己”境界（《天地》）。

心斋，指的是放空心思，摒除杂念，虚心静气，集道为一。如何做到“心斋”？除了上述借孔子之口的解释之外，《庄子》中还有两段可为之注释：

云将曰：“吾遇天难，愿闻一言。”鸿蒙曰：“意！心养。汝徒处无为，而物自化。堕尔形体，吐尔聪明，伦与物忘；大同乎涬溟，解心释神，莫然无魂。万物云云，各复其根，各复其根而不知；浑浑沌沌，终身不离；若彼知之，乃是离之。无问其名，无窥其情，物固自生。”（《在宥》）

梓庆削木为鐻，鐻成，见者惊犹鬼神。鲁侯见而问焉，曰：“子何术以为焉？”对曰：“臣工人，何术之有！虽然，有一焉。臣将为鐻，未尝敢以耗气也，必齐以静心。齐三日，而不敢怀庆赏爵禄；齐五日，不敢怀非誉巧拙；齐七日，辄然忘吾有四肢形体也。当是时也，无公朝，其巧专而外骨消；然后入山林，观天性；形躯至矣，然后成见鐻，然后加手焉；不然则已。则以天合天，器之所以疑神者，其是与！”（《达生》）

《在宥》篇称之为“心养”，具体来说，就是要“堕尔形体，吐尔聪明，伦与物忘；大同乎涬溟，解心释神，莫然无魂”；《达生》说要集气“静心”，从忘却“庆赏爵禄”，到忘却“非誉巧拙”，再到忘却“四肢形体”，最后达到“以天合天”。由此可见，“心斋”与“坐忘”名异而实同。

在《庄子》中，“得意忘言”有两种含义。一是前引《外物》篇所言，意思是得到了意却忘记了意是由言而来。其实，没有人会在吃鱼和兔的时候，提出用什么工具捕的鱼、用什么方法猎获了兔这样不大相干的问题，但作者用这个简单的比喻意在突出“得意忘言”的境界，描述在悟道的过程中，得道之后沉湎其中的审美体验。在这里，要找到“忘言之人”而“与之言”，似乎也是个矛盾，既然“忘言”又何与之言？但就是在这种似乎矛盾的言说中，把“忘言”境界的高妙以及作者对“忘言”境界的追求，都惟妙惟肖地表现出来了。二是见于《知北游》篇的一段话：

> 知北游于玄水之上，登隐弅之丘，而适遭无为谓焉。知谓无为谓曰：“予欲有问乎若，何思何虑则知道？何处何服则安道？何从何道则得道？”三问而无为谓不答也。非不答，不知答也。知不得问，反于白水之南，登狐阕之上，而睹狂屈焉。知以之言也问乎狂屈，狂屈曰：“唉！予知之，将语若。”中欲言而忘其所欲言。

这里谈到的中心话题是，想说却忘记了说什么和怎样说。针对“知”提出的“思考什么怎么思考才能够了解道、敢在什么地方如何服从于它才能够安放道、从什么途径通过什么方法才能够得到道”这些问题，“无为谓”不是不想回答，是不知道怎样回答；而针对“知”提出的同样问题，狂屈嘴上说“我明白这些道理”，心中也想说清楚这些问题，但是“中欲言而忘其所言”，忘记了如何说清。这是讲天道难以用语言来回答，一方面是由于天道高妙，言说不了；另一方面也由于语言局限，无法言说。

这两层含义对后代产生了深远影响，而这种影响却是用了第一层含义的语词和第二层含义的意蕴。萧统曾称赞湘东王说："观汝诸文，殊与意会。"① 强调"意会"；刘熙载说："杜诗只有有无二字足以评之。有者，但见性情气骨也；无者，不见语言文字也。"② 强调突破语言文字的限制，而去品味其"性情气骨"。这是文艺理论对"意会"的重视。陶渊明诗曰："山气日夕佳，飞鸟相与还。此中有真意，欲辨已忘言。"（《饮酒》其五）那自由飞翔的精灵在黄昏迷蒙、山气缭绕中，结伴还归，诗人早已迷醉于这自然而然的景象中，达到了物我两忘的境界。柳永词曰："执手相看泪眼，竟无语凝噎。"（《雨霖铃》）情人离别，分外缠绵，惜别之意情浓，思念之语良多，但这一刹那却如鲠在喉，一句话都说不出来，反而更加衬托了思情的深切！这是文学创作上体现出来的"得意忘言"的境界。

第三节 "三言"的意义与境界

"三言"指的是寓言、重言和卮言。庄子文章向来号称难读，千百年来治庄学者无不感叹庄子文章的光怪陆离、倏来倏往，令人不可捉摸。要理解庄子哲学的主旨、《庄子》文学的艺术手法以及庄子文章的结构与线索，必须弄清"三言"。

---

① 萧统：《答湘东王求文集及诗苑英华书》，见张溥辑《汉魏六朝百三名家集》第三册，上海古籍出版社 1994 年版，第 484 页。

② 刘熙载：《艺概·诗概》，见《刘熙载文集》，江苏古籍出版社 2001 年版，第 101 页。

一 “三言”辨义

关于“三言”，《庄子》的《寓言》篇和《天下》篇中做了最早的阐释。《寓言》篇说：

> 寓言十九，重言十七，卮言日出，和以天倪。
>
> 寓言十九，藉外论之。亲父不为其子媒。亲父誉之，不若非其父者也；非吾之罪也，人之罪也。与己同则应，不与己同则反；同于己为是之，异于己为非之。
>
> 重言十七，所以已言也，是为耆艾。年先矣，而无经纬本末以期年耆者，是非先也。人而无以先人，无人道也；人而无人道，是之谓陈人。
>
> 卮言日出，和以天倪，因以曼衍，所以穷年。……非卮言日出，和以天倪，孰得其久！万物皆种也，以不同形相禅，始卒若环，莫得其伦，是谓天均。天均者天倪也。

意思大致是说，寓言占了十分之九，重言占十分之七，卮言合于自然，层出不穷。寓言是借助故事而论述问题的；重言是为了征引长者的话，以此来证明其正确性，从而中止人们争辩的；卮言像日出一样自然而然，而又层出不穷，散漫流衍，而又可以穷尽天年。

《天下》篇说：

> 庄周……以谬悠之说，荒唐之言，无端崖之辞，时恣纵而不傥，不以觭见之也。以天下为沈浊，不可与庄语，以卮言为曼衍，以重言为真，以寓言为广。

意思是说，庄子以悠远的论说，广大的言论，没有限制的言辞，常放任而不拘执，不持一端之见。认为天下沉浊，不能讲严正的话，所以用卮言来推演，用重言来证明，用寓言来广为言说。

这是《庄子》一书中有关“三言”的基本论点。

从这几则文献资料，我们可以大致知道“三言”的含义、特点，以及它们在《庄子》一书中的地位。

所谓“寓言”，就是“藉外论之”的寄托寓意之言，就是借具体的、生动的故事来寄寓自己思想观点的一类文字。这类文字占全书的十分之九，是庄书最主要的文体和表达形式。寓者，寄也；寓言者，寄寓之言也。为什么要用“寓言”呢？作者说得很清楚：就像父亲不能给儿子做媒一样，父亲称赞儿子，有自卖自夸之嫌，不如让别人来称赞。同理，作者要宣传其思想观点，也不宜由自己直说，自己直说不如借外人外物之说来寄寓其言更易于为世人所接受。《庄子·养生主》中有一则寓言：

> 庖丁为文惠君解牛，手之所触，肩之所倚，足之所履，膝之所踦，砉然响然，奏刀騞然，莫不中音，合于桑林之舞，乃中经首之会。
>
> 文惠君曰：“嘻，善哉！技盖至此乎？”庖丁释刀对曰：“臣之所好者道也，进乎技矣。始臣之解牛之时，所见无非全牛者；三年之后，未尝见全牛也；方今之时，臣以神遇而不以目视，官知止而神欲行。依乎天理，批大郤，导大窾，因其固然。技经肯綮之未尝，而况大軱乎！良庖岁更刀，割也；族庖月更刀，折也；今臣之刀十九年矣，所解数千牛矣，而刀刃若新发于硎。彼节者有间而刀刃者无厚，以无厚入有间，恢恢乎其于游刃必有余地矣。是以十九年而刀刃若新发于硎。虽然，每至于族，吾见其难为，怵然为戒，视为止，行为迟，动刀甚微，謋然已解，如土

委地。提刀而立，为之四顾，为之踌躇满志，善刀而藏之。"文惠君曰："善哉！吾闻庖丁之言，得养生焉。"

作者在这里讲了一个"庖丁解牛"的故事，过程共分为三个阶段。即：开始，他搞不清牛体的结构，找不到可以进刀的空隙，因此所看到的不过是一头全牛，这属于学习宰牛技术的初级阶段；三年后，积累了经验，对牛的全身已完全了解，因此呈现在眼前的只是许多可以任意拆卸的牛的零件，这属于技巧娴熟的高级阶段；方今之时，他游刃恢恢而宽大有余，但并没有依托于各感觉器官的任何帮助。在庄子看来，这已超出"技"的范畴而进入了"道"的境界。《养生主》篇即提出"缘督以为经"的中心论点。督者，中虚也。王夫之《庄子解》曰："身前之中脉曰任，身后之中脉曰督。督者居静，而不倚于左右，有脉之位而无形质者也。缘督者，以清微纤妙之气循虚而行，止于所不可行，而行自顺以适得其中。"林云铭《庄子因》也说："缘督以为经，喻凡事皆有自然之理解。"庖丁说："臣之所好者道也，进乎技矣。"道是第一位的，技是第二位的。在庄子那里，道是最高的哲学范畴，就其本源而言，道即自然—宇宙本身；就其形态而言，道是不假修饰的自然而然。庄子要谈的正是"顺乎自然"之理，却寄寓在故事之中。

关于重言，学者们的解释观点不一，读音也不相同。一种意见认为应该读为"重（zhòng）言"，指的是那些有名望、受尊重的老者之言。郭象认为，重言为"世之所重"之言，成玄英疏云："重言，长老乡闾尊重者也，老人之言。"[①] 另一种意见认为应该读为"重（chóng）言"，即重复的、反复说明的话。王夫之认为是"重述古人

---

① 郭庆藩：《庄子集释》，《诸子集成》第三册，中华书局1962年版，第407页。

之言”[①]，郭庆藩之父郭嵩焘也说：“《广韵》：重，复也。庄生之文，注焉而不穷，引焉而不竭者是也。”[②]《庄子》中明确说“是为耆艾”，耆艾指老年人，六十曰耆，五十曰艾，[③] 我国向来有尊重老人的习俗，那么“重言”应该理解为借重长者之言。当然，庄子不仅借重年长者，也借重先贤时哲。借重他们的话要达到什么目的呢？庄子说是为了“已言”，“已”指停止，已言就是制止争辩，就是以此加强自己说话的可信度和力度，让别人无话可说。

《庄子》所借重者，一为古书所记之言，如《逍遥游》之《齐谐》等；有上古传说中的人物之言，如尧、舜、禹、黄帝等；有历史人物之言，如老子、孔子等；有同时人物之言，如惠子、列子等；有虚构人物之言，如海若、知等；有乡野村民之言，如《刻意》：“野语有之曰：‘众人重利，廉士重名，贤士尚志，圣人贵精。’”《秋水》：“于是焉河伯始旋其面目，望洋向若而叹曰：野语有之曰‘闻道百，以为莫己若’者，我之谓也。”但须注意的是，《庄子》中的引用多为杜撰，不为史载。如《德充符》篇有鲁哀公问于仲尼一事。篇中仲尼为鲁哀公宣讲“才全而德不形”之理，认为死生、存亡、穷达、贫富、毁誉，贤与不肖等都是事物的变化，天命的流行，人类应该听任大化的自然流转。历史上的孔子是儒家的创始人，“未知生，焉知死”是他对生死所持的观点，这与《德充符》篇仲尼为鲁哀公所宣讲的观点是冲突的。“才全而德不形”是道家的思想，庄子在这里只是借孔子之口来道出己言，并不是重复孔子曾经讲过的话。

关于卮言（巵言），也是众说纷纭，莫衷一是。郭象注曰：“夫卮

---

① 王夫之：《庄子解》，中华书局1964年版，第246页。

② 郭庆藩：《庄子集释》，《诸子集成》第三册，中华书局1962年版，第407页。

③ 《汉书·武帝纪》：“然则于乡里先耆艾，奉高年，古之道也。”颜师古注：“六十曰耆，五十曰艾。”

满则倾，空则仰，非持故也。况之于言，因物随变，唯彼之从，故曰日出。日出谓日新也，日新则尽其自然之分，自然之分尽则和也。”认为是“因物随变”的自然之言。成玄英疏曰：“夫卮满则倾，卮空则仰，空满任物，倾仰随人。无心之言，即卮言。”认为是不含主观成见的无心之言。宋希逸《庄子口义》说：“卮，酒卮也，人皆可饮，饮之而有味，故曰卮言。”认为是有一定意味的箴言。褚伯秀《南华真经义海纂微》引疑独注说：“卮言，犹老子云善言，无瑕谪也。卮，满则倾，空则仰，喻言之善者，因时而适变，日出而不穷，乃能和之以自然之分。”认为卮言即善言。焦竑《庄子翼》曰：“卮言，不一之言也。”认为是以自然为本的放纵不一之言。司马彪则认为是支离破碎之言（成玄英引）。说法众多，不一而足。

“卮”的本义是指酒器，《说文》及古代各家的注释并同；“日出”是说像太阳每天出来一样自然；和者，合也；“天倪”，一般多解释为“自然之分”，即自然的分际。“卮言”当是随时自然流衍而出的作者的引申议论之言。《庄子·寓言》篇中在“卮言日出，和以天倪”之后还说：

> 因以曼衍，所以穷年。不言则齐，齐与言不齐，言与齐不齐也，故曰无言。言无言。终身言，未尝言；终身不言，未尝不言。

可见，卮言是层出不穷、日出日新的，是散漫流衍、不拘常规的，是合于自然之分，可以穷尽天年的。卮言说了又好像没有说，如果终生说的都是“卮言”，又好像终生没有说话；终生没有说话，可是大化运行，事理显明，大自然已替你说了，也不能说是未作言论。由这段话可知，散漫流衍，不拘常规只是“卮言”的表面特征。此外，“卮言”既不托于“外”，也不托于“耆艾”，乃是庄子自己直接发出的议论。所以，“卮言”就是庄子自己直接发出的不含主观成见的体道之言。《逍遥游》篇“至人无己，神人无功，圣人无名”就是庄子直接发出的不含主观成见的议论，是本篇的卮言，这一句话超越了儒家“正名”的思想，也摒弃了名家烦琐的“名实”之辩，显然并不倾仰随人。名、功及自身都是束缚人的精神自由的枷锁，“至人无己，神人无功，圣人无名”体现了庄子摒弃枷锁，追求精神自由的主张，句意完整，不再是支离破碎之言。

简单地说，寓言是指寄寓着作者思想的故事语言，重言是指用以证明古者观点或名人之言，卮言则是指作者随意流露的点睛之笔。

二 “三言”关系辨析

三者之间的关系，就思想内容而言，“卮言”往往是庄子散文画龙点睛式的意旨所在，无疑是最重要的言论。也就是说，就意旨而言，似乎应以“卮言”为主。如《逍遥游》中的“此小大之辨也”“若夫乘天地之正，而御六气之辨，以游无穷者，彼且恶乎待哉！故曰：至人无己，神人无功，圣人无名”，这样的“卮言”，其重要性不言而喻。《天下》篇评述庄子学术，大概正是从这方面着眼，而以“卮言”为首，“重言”“寓言”次之。

就文章体例而言，则无疑应以“寓言”为代表。也就是说，就文体而言，则当以“寓言”为主。因为“寓言”在全书中比重最大，占十分之九，而且包含着“重言”，连带着“卮言”。正如闻一多先生所说：“一部《庄子》，几乎全是寓言。”前已说明，“卮言”一般都依托附丽于“寓言”，有些看似单独的议论文字，如《养生主》首段，《齐物论》《大宗师》中的大段议论，其实也都依附于其前后的“寓言”，是其导言或申论。作为“寓言”的自然延伸形式，它往往与之融为一体，不可分离。重言在全书中占十分之七，自然有与寓言相重合的地方，是其寓言的一种形式。

举例来说，如《逍遥游》，开头"北冥有鱼"和"蜩与学鸠"两段显然为寓言，紧接着"小知不及大知"一段则为卮言；"汤之问棘"一段是为引证的重言，随后的"此小大之辩也"一句又是卮言；"故夫知效一官"一段基本上是推衍开来用以和上文相类比且包含着寓言或重言的卮言，而"若夫乘天地之正"一段则纯属卮言；后面的"尧让天下于许由""肩吾问于连叔""惠子问庄子"数段文字又属于喻中生喻、言外立言的重言和寓言，寓言中包含着寓言。

又如《齐物论》，开篇的"南郭子綦"一大段显属寓言，接下来"大知闲闲"等若干段则属卮言，是《庄子》中最长的卮言之一，其中个别段落又夹杂着如"朝三暮四"等寓言；"故昔者尧问于舜""啮缺问乎王倪""瞿鹊子问乎长梧子"三段属于寓言和重言，其后的"即使我与若辩矣"一段又是卮言；最后的"罔两问景""庄周梦蝶"是为寓言，又连带着"此之谓物化"的卮言。

再如《养生主》，是以"吾生也有涯"一段议论性的卮言开篇，接下来"庖丁解牛""公文轩见右师""泽雉""秦失吊老聃"四段皆属寓言，其中有的又属重言，末段的"薪尽火传"既是寓言，又是卮言。其他各篇情形各异，可依此类推。

很显然，"寓言"是《庄子》最重要和最有代表性的文体。表述庄文体例的《寓言》篇以"寓言"为首且以之名篇，已足以说明这一点。

三 《庄子》的寓言

"寓言"是比喻的高级形态，后来发展成为一种专门的文体。这种文体的分化和独立，是由唐代的柳宗元完成的，但这一名称的提出却是庄子。《庄子》全书有寓言220多个，有的整篇就是一个寓言，有的一篇则用十几个寓言，短的二三十字，长的上千字。寓言中的故事千姿百态，形象光怪陆离，含蕴丰富多彩，构成了《庄子》特有的浪漫体系，既栩栩如生，又似是而非。

《庄子》寓言对题材进行了异形处理。庄子的“道”具有普遍性，是无所不在的，因而为了阐释道，有的取材于历史人物，有的取材于现实生活，有的取材于虚幻境界，有的取材于动物植物，有的取材于天文地理，题材十分广泛。但其中塑造的形象都经过了作者的改造，成为体现“道”的形象，如尧、孔子及其弟子、惠子、许由、楚狂接舆、子祀、子黎等，均为如此。

在历史上，孔子师徒的形象是积极进取的，他们始终以极大的热情关注着现实的社会问题和人生课题，创立了以“仁”为核心、以经世致用为特征的治政纲领，而且百折不挠地宣扬自己的政治主张，力求匡正天下，济世安民。但在《庄子》中，他们大多都经过了艺术变形，孔子是论道者、启道者、体道者的形象，颜回、子路等人或亦步亦趋，或心灵僵死，或问道悟道，或者成为讽刺批判的对象，全然没有了儒家的味道与尊严。《德充符》中记载了三段有关孔子的事，一是常季与孔子的对话，二是鲁国的兀者叔山无趾与孔子的对话及对孔子的评论，三是鲁哀公与孔子的对话。王骀是个腿瘸的“兀者”，为行“不言之教”的“无形而心成者”，无疑是行道者，体现着庄子的理想人格，但在与常季的对话中，孔子却称之为“圣人”，要以之为师，并且要带领鲁国、号召天下和他一起追随王骀；在评价王骀时，孔子秉持着道家齐物论的观念，提出了“自其异者视之，肝胆楚越也；自其同者视之，万物皆一也”的论断。对于犯罪遭到处罚的叔山无趾，孔子不仅感到自己思想境界的丑陋，而且被叔山无趾和老聃大加嘲笑。而在与鲁哀公的对话中，孔子俨然成为一个忘却了形体、追逐着自由，齐一了生死得失、不顾及毁誉贤愚的人物。在《大宗师》中，子贡向孔子询问“临尸而歌”的孟子反、子琴张的所依之“方”，颜回对“坐忘”的积极体验与经验介绍；《天地》篇中，子贡面对“神生不定”愤然指责的羞惭；《知北游》中，冉求对生死、天地等问题的懵懂与渴求。所有这些，无论弟子的问题，还是师者的回答，都具有这样的特点。

与《孟子》中的寓言取材现实不同，《庄子》寓言多为虚构。鸟兽虫鱼可以说话，人也可以飞天，《逍遥游》中，鲲鹏遽然变化，展翅高飞，蜩与学鸠颇不理解，笑之曰：“我决起而飞，抢榆枋，时则不至而控于地而已矣，奚以之九万里而南为?”列子则可以“御风而行”；《外物》篇中，鲋鱼不仅可以和庄子对话，而且鲜明可见其“忿然作色”！有的植物也体现作者的思想：

> 南伯子綦游乎商之丘，见大木焉，有异，结驷千乘，隐，将芘其所藾。子綦曰：“此何木也哉！此必有异材夫！”仰而视其细枝，则拳曲而不可以为栋梁；俯而视其大根，则轴解而不可以为棺椁；舐其叶，则口烂而为伤；嗅之，则使人狂酲，三日而不已。子綦曰：“此果不材之木也，以至于此其大也。嗟乎，神人以此不材。”(《人间世》)

庄子还突破了前人寓言已有的题材形象范围，用上天入地的想象来代替对现实生活的如实描写，将笔触伸向神的世界、无生命的世界，创造出千奇百怪的形象，拓展了寓言的表现领域，扩大了寓言的表现力。以庄子的《齐物论》为例，文中把无形的、无生命的世界，写成有形的、有生命的甚至是人的形象：

罔两问景曰："曩子行，今子止；曩子坐，今子起；何其无特操与？"景曰："吾有待而然者邪？吾所待又有待而然者邪？吾待蛇蚹蜩翼邪？恶识所以然！恶识所以不然！"

罔两与景，不过是两种自然现象而已，庄子却从影与形的关系中领悟到各不相同的现象，在本质上都是"道"的体现。作者把这个思想借助景与罔两的对话表现出来，显得独特、新鲜，这是前人寓言中所不曾有的。庄子就是这样将取材于日常生活体验的寓言，进行创造性的想象，使之成了惊心动魄之文。

即便是取材于现实的寓言，作者往往也做了荒诞化的加工，如《列御寇》中的"舔痔得车"：

宋人有曹商者，为宋王使秦。其往也，得车数乘；王悦之，益车百乘，反于宋。见庄子，曰："夫处穷闾厄巷，困窘织屦，槁项黄馘者，商之所短也；一悟万乘之主而从车百乘者，商之所长也。"庄子曰："秦王有病召医，破痈溃痤者，得车一乘，舔痔者，得车五乘。所治愈下，得车愈多。子岂治其痔邪？何得车之多也？子行矣！"

这则寓言毫不留情地嘲讽了社会上靠阿谀逢迎而获得高官厚禄，奴颜媚骨讨好权贵以换取恩赏的无耻之徒，对他们卑劣的作为表现出极度的厌恶和蔑视。他善于以超现实的手法反映社会现实，寓深刻的思想于神奇莫测的寓言之中。《则阳》篇中作者针对当时诸侯混战的黑暗、动荡的社会现实，愤然嘲讽"触蛮之战"的荒谬：

有国于蜗之左角者，曰触氏，有国于蜗之右角者，曰蛮氏，时相与争地而战，伏尸数万，逐北旬有五日而后反。

战争频繁，尸横遍野的惨状，在庄子笔下是以这样独特的构思表现出来的。在他看来，对于无限的宇宙而言，人类社会不过是沧海一粟。庄子将这种认识化为蜗牛之角的比喻，蜗牛已经够渺小，其角更是微乎其微，然而，就是在这样小的“地盘”上，诸侯国却为了相互吞并而残杀，造成“伏尸数万”的惨景，而且为了区区之地，竟能“逐北旬有五日而后反”。这正是当时诸侯国为“争地而战”的社会现实的真实反映。

《庄子》寓言具有形象的怪诞性。庄子一方面崇尚自然，必然要对建立在自我中心基础之上的传统思维方式进行批判；另一方面认为“以天下为沈浊，不可与庄语”，天下沉沦混浊，不能讲严肃认真的话。于是便舍弃庄重严肃的写实手法，创造了大量怪诞的寓言，以幻想的怪诞形象表现其哲学思想。因此，这些怪诞的形象，具有三个特点，一是违背世俗人情，二是随顺自然之道，三是体现万物齐一。

有的体现为形貌的怪诞。《庄子》中有许多形体残缺、外貌丑陋，而内在精神世界却充实完满的畸人形象。如《德充符》中的王骀，断了足还能行不言之教，弟子与孔子相仿佛，连孔子都想拜他为师；卫人哀骀它，面貌丑陋，可男人与他相处便舍不得离开，女人见了他便生出“与为人妻，宁为夫子妾”的念头。庄子用夸张的手法，突出残缺之人不可抗拒的吸引力，引导人们去体悟“德有所长，而形有所忘”的哲理。“德”是指对宇宙人生做本原性、整体性体认的精神修养。这些奇形怪状的人物身上，却洋溢着巨大充实的精神力量。怪诞中包含崇高。《知北游》：“中国有人焉，非阴非阳，处于天地之间。”

有的表现为行为的荒诞。《大宗师》中的子舆，受疾病的折磨，腰弯背驼，五脏高出头部，脸颊隐在肚脐之下，却能“心闲而无事”，蹒跚地走到井边照着自己的影子说：“伟哉！夫造物者将以予为此拘拘也!”当子来“喘喘然将死”时,朋友子犁却向他提出造化将“以汝为鼠肝乎?以汝为虫臂乎”这类荒诞不经的问题。庄子正是要通过荒诞人物的言行,阐述以死生为一体的严肃的哲学命题:人应当顺应自然,安时而处顺。《大宗师》中子桑户死,朋友孟子反、子琴张“或编曲,或鼓琴”“临尸而哭”;《至乐》中庄子妻死,“庄子则方箕居鼓盆而歌”。这些人物的行为都不合于世俗礼仪,庄子描写这些形象是为了表达对生死独特而透彻的理解,是要打破世俗对生死问题的神秘感。在庄子看来,生与死,不过是气的聚散,犹如四季的运行。庄子意在告诉人们,要以坦然通达的态度去看待生死。

庄子是爱奇之人,在寓言中常常虚构曲折离奇的情节,如《应帝王》中“郑有神巫”这则寓言。列子跟壶子学道,又心有旁骛,醉心于“知人之死生存亡”的季咸巫道,壶子想点醒他,请季咸为自己相面,第一天,壶子“示之以地文”,巫咸预测壶子将死;第二天,“示之以天壤”,季咸预见壶子有了生机;第三天,“示之以太冲莫胜”,季咸不能预测;第四天,“示之以未始出吾宗”,季咸惊悸而逃。由此,列子终悟神巫道浅,壶子道深,从此潜心学道,一以是终。故事有头有尾,情节间环环相扣而又跌宕起伏、大起大落,四起四落中悬念迭出,扑朔迷离,相对写实的部分与壶子变化的虚幻画面交织在一起,跳跃生辉,如同阳光下碧波荡漾的湖面,隽永的意味与绚烂的形式,那般热烈而闪烁地扑入眼中。

《庄子》寓言具有指向的多义性。《庄子》的寓言多具有指向的不确定性和模糊的混沌性,读之不像概念规定那样确定和明晰,其隐喻性甚至使人有堕五里雾中之感。这主要由于“道”的提出,源自不同于概念思维的另一种思维,即“象思维”。无论是老子亦韵亦散的诗体表达,还是庄子诗意盎然的寓言寄意,都是悟性的“象思维”之产物。这种诗意表达也是老庄引导读者进入悟性的"象思维"来体"道"，而非做概念思维的逻辑推理。《庄子·应帝王》中有一则倏忽凿混沌的寓言：

> 南海之帝为倏，北海之帝为忽，中央之帝为浑沌。倏与忽时相与遇于浑沌之地，浑沌待之甚善。倏与忽谋报浑沌之德，曰："人皆有七窍，以视听食息，此独无有，尝试凿之。"日凿一窍，七日而浑沌死。

对其寓意，郭象认为此段喻意"为者败之"，即不能有为，有为即失败。简文帝说："'倏''忽'取神速为名，浑沌以合和为貌。神速譬有为，合和譬无为。"意思是无为方可致和合。陈深说："三者称帝，谓帝王之道，以纯朴未散自然之为贵也。"意思是帝王之术以顺乎自然为贵。① 郭庆藩说："夫运四肢以滞境，凿七窍以染尘，乖浑沌之至淳，顺有无之取舍。是以不终天年，中途夭折。勗哉，学者幸勉之焉！"② 则是告诫学者要一尘不染，至真至淳。对此，李炳海先生说，这则寓言其实"不是赋予一种内涵，而是同时暗示出多种意义"。他说："这则寓言一方面暗示，无心而纯任自然是生命的理想状态，最为珍贵。只要有自觉意识，便要妄加穿凿，以人力干预自然，最后毁灭天性。混沌是无心的，作为客人的倏忽二帝却有意报答，结果反倒使混沌丧生。语言还有另一方面的暗示意义：倏忽七窍俱全，因此才有自觉意识。混沌没有感官，因此浑然无心。一旦把这些器官强加于它的形体，混沌的生命也就终止了。这就暗示人们，感官的欠缺并不是人生的局限，感官的存在却往往是不幸的根源，人不应该有感官

① 陈鼓应：《庄子今注今译》引，中华书局1983年版，第229页。

② 郭庆藩：《庄子集释》，《诸子集成》第三册，中华书局1954年版，第139页。

方面的追求，而是要彻底超脱它。”① 这又揭示了这篇寓言的另外两层含义。

一则寓言，郭象认为其喻意不能有为，有为即失败；简文帝称之无为方可致和合；在陈深看来则是帝王之术以顺乎自然为贵；郭庆藩则认为是告诫学者要一尘不染，至真至淳。而李炳海先生则认为它“不是赋予一种内涵，而是同时暗示出多种意义”。是否定有为？是歌颂自然？是传授帝术？是遂顺有无？还是超脱感官？也可能都是，也可能都不是。迷离恍惚的寓言承载着庄子的思想，也扩大了庄子的思想。这种艺术境界，也许正是《庄子》的艺术魅力之所在！

---

① 李炳海：《道家与道家文学》，东北师范大学出版社 1992 年版，第 248 页。

第八章 《韩非子》的法治精神与文章风格

“法”字最早见于金文，在传世文献中，《尚书》中已多见“法”字，并出现了“法度”一词的使用：“盘庚敩于民，由乃在位以常旧服，正法度。”（《尚书·盘庚上》）从齐国的管仲到郑国的子产，从魏国的李悝到楚国的吴起，再到秦国的商鞅，变法成为春秋战国时期一种重要的社会思潮。从《管子》到《申子》，从《商君书》到《韩非子》，法家思想不仅得以不断地阐释而逐渐系统强化，而且其法治思想逐渐凝聚成一种精神，成为中华民族精神的一个重要内容。韩非子无疑是先秦法家思想的杰出代表人物，其法治精神不仅体现在《韩非子》表现的思想内容上，而且成为《韩非子》文章风格形成的内在动力。

第一节 先秦法家思想的发展

法家思想萌发于春秋时期，齐国的管仲、郑国的子产在国家治理中已经非常重视法治，可以说是法家的先驱者。战国时期，各国变法图强风起云涌，魏国的李悝变法、楚国的吴起变法，特别是秦国的商鞅变法，使得法家的思想体系逐渐形成，商鞅是法家法治思想体系的奠基者。之后又有申不害、慎到的发展，到战国后期的韩非子更集其大成，把先秦法家的法治思想推向成熟。

《韩非子》中曾将法家的思想体系分作“法”“术”“势”三方面，“法”者用以治民，其用之精者为商鞅；“术”者用以治吏，其用之精者为申不害；“势”者，运用其有利形势以治国御敌，其用之精者为慎到。下面略做介绍。

一　商鞅“法”的思想

商鞅（约前395—前338），卫国人。他是卫国国君的后裔，公孙氏，故称卫鞅，又称公孙鞅；后封于商，后人称为商鞅。在商鞅出生很早以前卫国就已经成为魏国的附属，他从小就喜欢“刑名之学”，并且在魏相公孙痤府上已经表现出将相之才。由于不得魏惠王重用，他后来便携李悝的《法经》到秦国，投奔了正在“下令国中求贤”“欲收复秦之失地”的秦孝公，并以“霸道”“以强国之术”博得了秦孝公的重用，于周显王十三年（前356）和十九年（前350）先后两次实行变法，“废井田，开阡陌，实行郡县制，奖励耕织和战斗，实行连坐之法”。

在商鞅看来，任法是根本，制法要严苛，执法要一致。他认为，法令是治理国家的根本：“法令者，民之命也，为治之本也。”治理国家而不依法行事，就会东西相悖、南辕北辙：“为治而去法令，犹欲无饥而去食也，欲无寒而去衣也，欲东而西行也，其不几亦明矣。”（《商君书·定分》）所以靠民众的自我修养，靠圣人的礼乐教化，靠贤臣的以身作则，都不足以解决问题，而只有“法任”才能“国治”（《商君书·慎法》），“制度时，则国俗可化，而民从制。治法明，则官无邪。”(《商君书·壹言》)不仅如此，商鞅还认为，法令的制定要从严，刑法的制定要从重，因为“刑重而必得，则民不敢试”(《商君书·赏刑》)，“刑重者，民不敢犯，故无刑也。而民莫敢为非，是一国皆善也”(《商君书·画策》)。从严从重，人们便不敢以身试法，不敢为非作歹，这样才会人心向善，社会安定。既然是法令，全社会都要遵守，上下要求一致，商鞅所谓“壹刑”：“刑无等级，自卿相将军以至大夫庶人，有不从王令、犯国禁、乱上制者，罪死不赦。”虽曾建功于前，但后来不幸失败，不能减刑；以前做过善事，后来犯了错误，不能降低处理；知法、执法者犯法，“罪死不赦，刑及三族”(《商君书·赏刑》)。商鞅变法废除了秦国奴隶制的土地与世袭制度，确定了封建等级制度，促进了封建经济的发展，加强了军队的战斗力，确定了中央集权的统治方式，秦国很快国富兵强，为统一中国奠定了重要基础。但新法的推行触及了贵族的利益，执法的齐一也冲击了公卿的特权，所以秦孝公去世以后，商鞅便遭到必然的打击，身被车裂，家被灭族。

二 申不害“术”的思想

申不害亦称申子(约前385—前337)，原是郑国京邑(今河南荥阳东南)人，曾为郑国小吏。韩哀侯二年(前375)，韩国灭掉郑国，申不害成为韩人，并做了韩国的低级官员。申不害少年学黄老，他的学术思想受到了道家的影响，《史记》说他“本于黄老而主刑名”，擅长黄老刑名之术，主张将法家的法治与道家的“君人南面之术”结合起来。韩昭侯四年(前354)，魏国出兵伐韩，危难之中，申不害提出“示弱”的办法：“故降心以相从，屈己以求存也。”韩昭侯执圭朝见魏王，表示敬畏，魏惠王下令撤兵，并与韩国约为友邦。韩昭侯五年（前353），魏国出兵攻赵，直逼首都邯郸。赵成侯派人向齐国和韩国求援，韩昭侯一时犹豫不决，最后申不害提议的联齐伐魏被采纳，齐国出兵并采用孙膑之法，“围魏救赵”取得完胜。公元前351年，韩昭侯力排众议，任用申不害为相，在韩国实行变法。《史记》称他辅佐韩王“内修政教，外应诸侯，十五年。终申子之身，国治兵强，无侵韩者”。

申不害除了与其他法家人物一样讲法治外，主要强调君主的统治之“术”。他认为君主委任官吏，要考察他们是否名副其实，工作是否称职，言行是否一致，对君主是否忠诚，再根据了解到的情况进行提拔和清除。《韩非子·定法》所谓“术者，因任而授官、循名而责实、操杀生之柄、课群臣之能者也，此人主之所执也”。就是说，首先要以此任用、监督和考核臣下，根据官吏的职务要求，看一个人有没有能力担任，然后才能授官，而不是根据出身血统，也不是根据与君主个人关系的远近授官；授官后还要监督和考核是否真正胜任所担负的任务、工作业绩如何、是否忠于职守严于法令，等等。其次，要以此驾驭臣下、防范百官，强调君主在国家政权中要具有独裁的地位，要善于控制臣下、及时发现臣下的毛病和阴谋，要把生杀大权牢牢掌握在自己手中，要求臣下绝对服从君主，绝不能大权旁落。再次，术是君主的专有物，它隐藏在君主心中，用于对付大臣，控制臣下。申不害重“术”的思想为历代封建帝王加强君主集权提供了理论和经验，也为一些人搞阴谋诡计开了先河。

三　慎到“势”的思想

慎到（约前395—前315），赵国人。齐宣王时他曾长期在稷下学宫讲学，有不少学生，在当时享有盛名。后来他到了楚国，仕楚顷襄王。慎到早年学习黄老道术，继承道家崇尚自然的传统，把天地造化作为世界运行的完美楷模，认为应该“因循”天道，即按规律办事，才会长久：“天道因则大，化则细。”慎到认为天地伟大，但同时相信人们能能够处理好与自然的关系。他主张“尚法”和“贵势”，从道家分化出来，成为前期法家的代表人物。

慎到重视“法”的作用，认为它是决断是非、轻重、赏罚、治乱等最为重要的依据和最为客观的标准，因此要“寄治乱于法术，托是非于赏罚，属轻重于权衡”，任何人不得违法而擅行：“智者不得越法而肆谋，辩者不得越法而肆议；士不得背法而有名，臣不得背法而有功。”在“法”面前，“骨肉可刑，亲戚可灭”，法令则不得有任何让步。同时，慎到明确提出了“势”的思想。也许他是从生活的常识获得了启迪：“行海者，坐而至越，有舟也；行陆者，立而至秦，有车也。秦、越，远途也；安坐而至者，械也。”（《慎子·逸文》）行而致远，关键是要有所凭借，所凭借者愈善自己就愈便捷，取得成功的可能性越大。也许是一种特殊的情景给了他明确的警示：“河之下龙门，其流驶如竹箭，驷马追，弗能及。”也许是历史与现实给了他深刻的触动：“贤而屈于不肖者，权轻也；不肖而服于贤者，位尊也。故尧为匹夫，不能使其邻家；至南面而王，则令行禁止。”总之，他认识到“势”的重要性：“贤不足以服不肖，而势位足以屈贤矣！”（《慎子·威德》）因此他说：“民一于君，事断于法，是国之大道也。”“民一于君”，即强调权势的重要，因而要集中权力。

将上述“法”“术”“势”结合起来、融为一体，从而创造出一个完整法治理论体系的是韩非子。

四　韩非子集先秦法家大成的思想

韩非子（前280？—前233），出身韩国贵族。曾与李斯同在荀子门下求学，《史记·老子韩非列传》说他“为人口吃，不能道说，而善著书”。当时韩国逐渐削弱，韩非曾多次上书谏韩王，提出修明法制、富国强兵、任人唯贤等主张，但均未被采纳。于是他感愤于韩王的昏庸腐败，退而著书十余万言。其书传到秦国，秦王见到《孤愤》《五蠹》之文，感慨道：“嗟乎，寡人得见此人与之游，死不恨矣！”李斯说：“此韩非之所著也。”于是秦发兵攻韩以求韩非，韩非被迫入秦。李斯自知不如韩非，担心韩非得到重用，便与姚贾向秦王进谗，使之被囚禁入狱，最后竟迫使其自杀。

韩非子是先秦法家的集大成者，他批判地吸收了商鞅的“法”、申不害的“术”和慎到的“势”，建立了一套兼融法为本、法术势的法治思想体系。他的思想，集中反映在《韩非子》55篇中。

韩非子反对仁义，崇尚功利，主张用严刑峻法来奖励耕战，统一思想。他认为商鞅的“法”，申不害的“术”和慎到的“势”都不是尽善尽美的。商鞅的法只讲“法”不讲“术”，如果只是行法，而不精通“术”，虽然国富兵强，“然而无术以知奸，则以其富强也资人臣而已矣”，故“战胜则大臣尊，益地则私封立，主无术以知奸也”（《定法》）。他提到，商鞅在秦孝公时的变法就是因为只用“法”而不用“术”，让奸人得逞，大权旁落，君主得不到利益，不能达到帝王之治。而申不害治理韩国却只知术不用法，“不擅其法，不一其宪令，则奸多”，致使韩国不能称霸的原因就在于“虽用术于上，法不勤饰于官”。他说：“君无术则弊于上，臣无法则乱于下，此不可一无，皆帝王之具也。”（《定法》）因为没有法，所以臣下无所适从，社会运行也没有规范，所以国家还是不能强大。完整的法治，则是“法”“术”“势”三者相结合的。君主只有用“法”来规范行为，用“术”来匡治百官，利用天子的权势和地位来号令天下，三者相辅相成，才能使法在全国范围内得以推行，巩固君王的地位。

韩非子为“法”下定义时说：“法者，编著之图籍，设之于官府，而布之于百姓者也。”（《难三》）可见，“法”是国家明确规定的法律条文，是官府用作依据的统治工具，还是百姓遵照执行的行为规范。他认为立法必须考虑法令的适时性、稳定性和公开性。在韩非子看来，“无难之法，无害之功，天下无有也”，毫无缺憾的法令、毫无伤害的功勋，是天下难以建立的，因此立法既要考虑它的利弊得失，又要考虑其在最大限度上的相对合理：“法所以制事，事所以名功也。法有立而有难，权其难而事成则立之；事成而有害，权其害而功多则为之。”（《八说》）还要考虑因时治易：“法与时转则治，治与世宜则有功”，“时移而治不易者乱，能治众而禁不变者削。故圣人之治民也，法与时移而禁与能变”。只要利大于弊，适合事宜，其法就可以立。而法令一旦制定，就必须具有一定的稳定性，否则朝令夕改就会使人无所适从，所以韩非子强调：“罚莫如重而必，使民畏之；法莫如一而固，使民知之。”（《五蠹》）法的传播和执行，不只靠执法者，还要依靠大众。所以法令既要公开给百姓，所谓“布之于百姓”，让每个社会成员都能够清晰明了；同时，又要求法令自身准确表述不能含糊其辞，显而易见不能故作高深：“明主立可为之赏，设可避之罚。”“明主之表易见，故约立；其教易知，故言用；其法易为，故令行。”（《用人》）韩非子特别重视法令的实施与执行，主张“以法为教”“法不阿贵”、厚赏重罚。他认为，应该以法制实施教育，使人人懂法、人人行法：“明主之国，无书简之文，以法为教；无先王之语，以吏为师。”（《五蠹》）君主虽然不受法律制裁，但是要依照法律来督责臣下：“明主使其群臣不游意于法之外，不为惠于法之内，动无非法。”全社会共同守法，无论贵贱一视同仁：“法不阿贵，绳不挠曲。法之所加，智者弗能辞，勇者弗敢争。刑过不辟（避）大臣，赏善不遗匹夫。”（《有度》）与商鞅的“刑九赏一”不同，韩非子主张“厚赏重罚”。他认为，赏是为了鼓励，罚是为了禁止，厚赏、重罚才能起到实效：“凡赏罚之必者，劝禁也。赏厚则所欲之得也疾，罚重则所恶之禁也急。”

“术”是指驾驭群臣的方法。《韩非子·难三》说：“术者，藏之于胸中，以偶众端，而潜御群臣者也。”《定法》篇也说：“术者，因任而授官，循名而责实，操杀生之柄，课群臣之能者也，此人主之所执也。”用人时，要听其所言，查其所行，视其所成：“为人臣者陈而言，君以其言授之事，专以其事责其功。功当其事，事当其言，则赏；功不当其事，事不当其言，则罚。”（《二柄》）考核时，主要察其事功，更要辨其忠奸。在韩非子看来，臣下在时时考虑着追求利益的最大化，不及时掌握与处理，就会发生作科犯奸的事情，《韩非子》中概括了不少奸臣奸术，如《主道》的“八壅”、《八奸》的“八术”、《备内》的“奸臣”、《三守》的“三劫”、《饰邪》的“败法之人”、《说疑》的“五奸”、《八经》的“乱之所生六”“五患”等等，因此君主必须懂得并使用察奸、防奸、止奸、灭奸的治奸之术。当然，“术”最大的特点在于它的隐蔽性，所谓“法莫如显，而术不欲见”，术的这种隐蔽性使得它让君主深藏不露，驾驭群臣，使群臣安分守己，恪尽职守。

只有“法”和“术”，没有“势”也是行不通的。韩非举例证明：“桀为天子，能治天下，非贤也，势重也；尧为匹夫，不能正三家，非不肖也，位卑也。千钧得船则浮，锱铢失船则沉，非千钧轻而锱铢重也，有势之与无势也。”（《功名》）足以见势对于治国的重要性。韩非教导君主要以权势制服天下，保证法的实施，强调君王的威德不能分享，权势不能外借，要时刻防止臣重擅主，处处保持人主的独尊地位。

第二节 法家文化的精神内涵

一 “以法治国”的法治精神

法家以“法”为称，就是因为其代表人物都主张以法治国。《管子·明法解》说：“治国使众，莫如法。”《商君书·修权》说：“法者，国之权衡也。”《韩非子·有度》说：“以法治国，举措而已。”

儒家主张以人治国，施行仁政，强调个人的贤能和智慧，即所谓的“其人存则其政举，其人亡则其政息”（《礼记·中庸》）。孔子有云：“政者，正也，子率以正，孰敢不正?”（《论语·颜渊》）强调君主的表率作用，君主正，则子民不敢不正。孟子说：“君仁，莫不仁；君义，莫不义；君正，莫不正，一正君而国定矣。”（《孟子·离娄上》）荀子也说：“有良法而乱者，有之矣；有君子而乱者，自古及今，未尝闻也。”（《荀子·王制》）都是强调用君主的德行来感化世人，上行下效，以达到治理国家的目的。

而法家则认为，治理国家必须通过强制性的法律手段。他们强烈地批判儒家这种“德治”“人治”的治国方式，认为“德治”只适合遥远的古朴时代：“古之民朴以厚，今之民巧以伪。故效于古者先德而治，效于今者前刑而治。”（《商君书·开塞》）韩非子更认为儒家的仁、义、礼、智、信是国家的祸乱之源：“言先王之仁义，无益于治”“人主之患，在于信人，信人则制于人”“夫礼者，忠信之薄也，而乱之首也。”（《韩非子·解老》）在法家的认识中，儒家倡导的仁义礼信会影响执法者的理性评判，个人智慧会使法的天平出现偏颇，这就妨害了君主坚定地施行法治。“夫治法之至明者，任数不任人。”（《韩非子·制分》）韩非认为，以法治国最高境界是任用法度而不用人的智慧。治理国家要严格按照法律办事，不能因情理和个人智慧违背法律。韩非特别指出，以法治理国家就不能使用道德，不能用道德影响法律的执行。

韩非重法，他认为“法”是一种客观的、不受外在力量左右的奖惩标尺。“法”即是“道”，是一种客观规律。道是独一无二，凌驾于万事万物之上的。“道者，万物之始，是非之纪也，是以明君守始以知万物之源，治纪以知善败之端。”（《有道》）所以君主掌握刑名之术，手执赏罚权柄，便可以以规律治理国家，并且保持至高无上的地位。

有了客观的法律，还应当严格地执行，做到赏罚分明。在《问辩》中韩非说：“言无二贵，法不两适，故言行不轨与法者必禁。”在韩非的思想体系中，法是不可辩驳的，是处理政事的唯一准绳，所以一切的言行都应该符合法律。言行符合了法律，就应当给予奖励；不符合法律，便应当禁止。他的这种对待事实严苛的态度，反映在论说当中就是逻辑谨严，判断是非时说一不二，令行禁止。

韩非提倡在执法时，应当“法不阿贵，绳不挠曲折。法之所加，智者弗能辞。勇者弗敢争。刑不避大臣，赏善不遗匹夫”（《有度》），表明他认为在法律面前应该是一视同仁的，上到智者大臣，下到平民百姓，都应当受到法律的规范。当然这里的平等是君主除外的，可见韩非已经有了平等的法治意识，法律不为权贵所改变。赏罚分明就应当做到有功必赏，有过必罚，《饰邪》篇说："当为之方明《立辟》、从宪令之时，有功者必赏，有罪者必诛，强匡天下，威行四邻；及法慢，妄予，则国日削矣。"只有这样，才能维护法律的权威，尊重法律的客观性。韩非公平公正的执法态度，毫不避讳地直言是非，只为了维护他心中"法"的尊严，这种思想态度让他的论说犀利峭拔，气势充沛，咄咄逼人。

法治讲究严明，甚至严苛。《南面》论述君主南面之术，强调"明法"，他说："人主使人臣，虽有智能，不得背法而专制；虽有贤行，不得逾功而先劳；虽有忠信，不得释法而不禁。"因而对于法的执行，他强调"人主者，明能知治，严必行之"。在《饰邪》中，他强调"彼法明，则忠臣劝；罚必，则邪臣止"，所以必须"令必行，禁必止"。在《内储说上·说二》中，他曾举史例以证明不能以严治政的后果：

> 子产相郑，病将死，谓游吉曰："我死后，子必用郑，必以严莅人。夫火形严，故人鲜灼；水形懦，故人多溺。子必严子之形，无令溺子之懦。"子产死。游吉不忍行严刑，郑少年相率为盗，处于萑泽，将遂以为郑祸。游吉率车骑与战，一日一夜，仅能克之。游吉喟然叹曰："吾蚤行夫子之教，必不悔至于此矣。"

子产从严治理，因而政清民和；游吉不忍严刑，因而祸患不断。由此，他引述商鞅的话要求"以刑去刑"："行刑重其轻者，轻者不至，重者不来，是谓以刑去刑。"（《内储说上·说二》）在法度的执行上，他不仅强调从严，而且认为应该从重。如《六反》中强调："明主之治国也，众其守而重其罪，使民以法禁而不以廉止。"并举例说："母厚爱处，子多败，推爱也；父薄爱教笞，子多善，用严也。"主张"欲治甚者，其赏必厚矣；其恶乱甚者，其罚必重矣"，"以重止者，未必以轻止也；以轻止者，必以重止矣"。因为个体的重罚目的就是引起整体的重视，所谓"重一奸之罪而止境内之邪，此所以为治也"。

二 "法与时移"的变革意识

春秋战国是社会大动荡的时期，是历史大变革的时期，也是思想大解放的时期。对此，儒家主张"克己复礼"，重建西周初年那种太平盛世；道家主张"自然""无为"，重返"鸡犬之声相闻，民至老死不相往来"的远古时代；墨家主张"兼相爱，交相利"，构建"欲福禄而恶祸祟"的美好家园。法家则认为，必须与传统彻底决裂，通过变法方式，根据现实需求，大胆变革，建立一种全新的制度，表现出鲜明的变革意识。

当然，推行改革，必然会遭遇与传统的冲突，《商君书·更法》篇就反映了变法派与守旧派的冲突情况。

当时，秦孝公重用商鞅，试图进行变法，但又担心受到大臣的阻挠和百姓的非议，于是召集商鞅、甘龙、杜挚三人共同商讨。商鞅首先用"君亟定变法之虑，殆无顾天下之议之也"打消秦孝公的顾虑，接着说"有高人之行者，固见负于世；有独知之虑者，必见骜于民"，意思是曲高和寡，一些独到的高人之见有时恰恰不被俗人理解，用以坚定秦孝公变法的信心；然后表明自己的观点："法者所以爱民也，礼者所以便事也。是以圣人苟可以强国，不法其故；苟可以利民，不循其礼。"只要有利于国强民富，就不必考虑其是否为古之所有、礼之所限。

但甘龙却不同意，他首先举古语说："圣人不易民而教，知者不变法而治。"认为"因民而教者，不劳而功成；据法而治者，吏习而民安”，因循百姓习惯的传统方式可以坐享其成，依据已有的传统定法治理可以得到更多的认可与拥护。接着提出自己的担心“今若变法”，“恐天下之议君”。针对甘龙的“居安”心理和世俗之见，商鞅首先批评道：“常人安于故习，学者溺于所闻”，只能守成，不能突破；继而举历史上“三代不同礼而王，五霸不同法而霸”为例，认为其为现实提供了可资借鉴的成功范例；最后嘱告秦孝公“君无疑矣！”

杜挚也反对变法，他也是举古语为据，说：“臣闻之‘利不百，不变法；功不十，不易器’；臣闻‘法古无过，循礼无邪’。”认为效法古法起码不会犯错，遵循古礼起码不会走偏。针对杜挚的食古不化和胆怯心理，商鞅首先严词强调：“前世不同教，何古之法？帝王不相复，何礼之循？”时代不同，礼法各殊，哪里有共同遵守的不变之法！接着，商鞅分析了伏羲、神农、黄帝、尧、舜、文、武各时代“当时而立法，因事而制礼”的事实，总结了他们“礼法以时而定，制令各顺其宜”的经验，得出了“治世不一道，便国不必法古”的结论。然后，商鞅又以夏、商、周三代的兴亡，指出不仅夏商“不易礼而亡”、周代“不循古而兴”，而且不进行变法将会产生更为严重的后果。最后，再一次坚定地告诫秦孝公“君无疑矣！”

经过这场辩论，秦孝公不再疑虑，最终实现了变法图强。

在《商君书》中，商鞅多次谈到“不法古”“与时移”的思想，如《开塞》说：“圣人不法古……法古则后于时。周不法商，夏不法虞，三代异势，而皆可以王。”《壹言》说：“上法古而得其塞，下修令而不时移，而不明世俗之变，不察治民之情，故多赏以致刑。”《六法》说：“先王当时而立法，度务而制事。法宜其时则治，事适其务故有功。然则，法有时而治，事有当而功。今时移而法不变，务易而事从古，是法与时诡，而事与务易也。”慎到也说：“守法而不变，则衰。”（《慎子·逸文》）《韩非子·五蠹》开头就说：“圣人不期修古，不法常可”，然后以“守株待兔”的寓言批判那些“欲以先王之政，治当世之民”的复古守旧之人。在《心度》篇中，韩非子更明确说：“法与时转则治，治与世宜则有功。……时移而治不易者乱，能治众而禁不变者削。故圣人之治民也，法与时移而禁与能变。”政策的制定必须紧随社会的变化，法度的确立必须符合时代的情况，否则就会导致世乱国削。

法家学派在历史上的名声并不好听，司马迁的父亲司马谈在《论六家要旨》中就说它“严而少恩”，班固《汉书·艺文志》说它“无教化，去仁爱，专任刑法而欲以致治，至于残害至亲，伤恩薄厚”。但它所设计和缔造的君主专制主义中央集权政体，却从秦代一直沿用到清代。汉代以后，历代封建王朝一面标榜儒学，一面又暗中推行法家的治国之术，“明倡儒经，暗行法术”，表现出“外儒内法”的特点。[①] 而法家所倡导的以法治国、勇于变革、不畏强暴的精神，已经凝聚为中华民族精神的一个重要组成部分。

第三节 《韩非子》的文章风格

一 语言准确，甚至严苛

法家强调法治，法治需要严明，需要准确。因而法家要求语言必须毫不含糊地表达法律之意，不能留下艺术般的想象空间和因人而异

① 参阅邵汉明主编《中国文化精神》第五章，商务印书馆2002年版。

的主观意会。对此，《管子》《慎子》都有相应的看法，而《商君书·定分》中更有着非常明确的阐述：

> 夫微妙意志之言，上知之所难也。夫不待法令绳墨，而无不正者，千万之一也，故圣人以千万治天下。故夫知者而后能知之，不可以为法，民不尽知。贤者而后知之，不可以为法，民不尽贤。故圣人为法，必使之明白易知、名正，愚知遍能知之；为置法官，置主法之吏，以为天下师，令万民无陷于险危。故圣人立天下而无刑死者，非不刑杀也，行法令，明白易知，为置法官吏为之师，以道之知，万民皆知所避就，避祸就福，而皆以自治也。

在商鞅看来，法律条文代表着执政者的要求，是绳墨万民、治理天下的准则；同时，它面对着全体人民，是万民行事的依据。所以，只有少数“知者”和“贤者”懂得不足为法，而应该让智者、愚者、贤者、不肖者都能有所领会，并认同接受，“以为天下师”，才能够“令万民无陷于险危”。因此，这就要求法律条文不仅不能产生疑义，而且要明白易晓。

作为先秦法家的集大成者，韩非子继承了这种认识。他说：

> 法者，编著之图籍，设之于官府，而布之于百姓者也；术者，藏之于胸中，以偶众端，而潜御群臣者也。故法莫如显，而术不欲见。是以明主言法，则境内卑贱莫不闻知也，不独满于堂；用术，则亲爱近习莫之得闻也，不得满室。(《韩非子·难三》)

法令需要颁布执行，无论尊卑贵贱都要知晓，因而其原则为显明，既要明确无疑，又要明白易晓。明确无疑，就不能含混不清、犹疑模糊，所以他说："恍惚，无法之言也"，"言论忠信法术，不可以恍惚"。他认为"恍惚之言"和"恬淡之学"一样，都是"天下之惑术也"。(《韩非子·忠孝》)

韩非子特别强调要出言适当。在韩非子的思想中，他把刑与德即赏与罚看作君主行政的重要手段，称之为"二柄"，而判定一个人赏罚的重要依据便是用言是否恰当、所言是否得当、言与事是否相合："为人臣者陈而言，君以其言授之事，专以其事责其功。功当其事，事当其言，则赏；功不当其事，事不当其言，则罚。"(《韩非子·二柄》) 他主张言之得"当"。在《说难》中，他认为说难之"难"就在于难"当"："凡说之难，非吾知之有以说之之难也，又非吾辩之能明吾意之难也，又非吾敢横失而能尽之难也。凡说之难：在知所说之心，可以吾说当之。"而只有"当"之，才能言明己意，达到说的目的。做到这一点，又必须揣摩对方的心理。他甚至主张"言而不当"则当死："群臣陈其言，君以其言授其事，事以责其功。功当其事，事当其言则赏；功不当其事，事不当其言则诛。明君之道，臣不得陈言而不当。"(《韩非子·主道》) 而究其根本，还是为了立法、执法当严明，所谓"人主将欲禁奸，则审合刑名者，言与事也"(《韩非子·二柄》)。在《五蠹》篇中，他说："今主之言也，说其辩而不求其当焉；其用于行也，美其声而不责其功。是以天下之众，其谈言者务为辩而不周于用。"这又从反面说明"言"应求其"当""行"，应求其"用"而已。由此可见，韩非子的语言观主张以"用"为本，所谓"夫言行者，以功用为之的彀者也"(《韩非子·问辩》)。他认为类似宋人为燕王在棘刺之端刻为母猴那样的言说、"白马非马也"那样的争辩、"迂深闳大"那样的阔论，都是"不以功用为的""不以仪的为关"造成的，是没有"度"的结果："无度而应之，则辩士繁说；设度而持之，虽知者犹畏失也，不敢妄言。今人主听说，不应之以度而说其辩；不度以功，誉其行而不入关。”（《韩非子·外储说左上》）这里的“功用”也好，“仪的”也好，“度”也好，都是指法治，有利于法治则大力提倡，不利于法治则坚决反对，运用法术则天下大治，不用法术则一事无成：“释法术而任心治，尧不能正一国；去规矩而妄意度，奚仲不能成一轮；废尺寸而差短长，王尔不能半中。”（《韩非子·用人》）韩非子的政治思想、文艺思想，以至文学表现，均以此为核心而展开。

二 语气果决，逻辑缜密

法治讲究严明，因而韩非子反对文饰。他认为修饰、文饰是一种恶习，常常是为投对方所好而进行的矫情之举，他称这种话叫“饰言”，称这种事叫“饰行”。在《二柄》中，韩非子论述道，为“重利”所驱，“群臣饰行以要君欲”，所以在历史上出现了“越王好勇，而民多轻死；楚灵王好细腰，而国中多饿人；齐桓公妒而好内，故竖刁自宫以治内；桓公好味，易牙蒸其子首而进之”的情况，其实正如他所说“人臣之情非必能爱其君也，为重利之故也”。在这里，“饰”成为一种伪装，一种矫饰，这样就不能表达真意，甚至是有意识地隐藏了真意。在韩非子看来，美好之意不需要“饰言”，美善之质不必要文饰。他说：

> 礼为情貌者也，文为质饰者也。夫君子取情而去貌，好质而恶饰。夫恃貌而论情者，其情恶也；须饰而论质者，其质衰也。何以论之？和氏之璧，隋侯之珠，不饰以银黄，其质至美，物不足以饰之。夫物之待饰而后行者，其质不美也。（《韩非子·解老》）

不仅如此，文饰还会喧宾夺主，颠倒主次。在《外储说左上》中，他讲了两个生动的故事：

> 楚王谓田鸠曰："墨子者，显学也。其身体则可，其言多而不辩，何也？"曰："昔秦伯嫁其女于晋公子，令晋为之饰装，从文衣之媵七十人。至晋，晋人爱其妾而贱公女。此可谓善嫁妾，而未可谓善嫁女也。楚人有卖其珠于郑者，为木兰之柜，薰以桂椒，缀以珠玉，饰以玫瑰，辑以羽翠。郑人买其椟而还其珠。此可谓善卖椟矣，未可谓善鬻珠也。今世之谈也，皆道辩说文辞之言，人主览其文而忘有用。墨子之说，传先王之道，论圣人之言，以宣告人。若辩其辞，则恐人怀其文忘其直，以文害用也。此与楚人鬻珠、秦伯嫁女同类，故其言多不辩。"

秦伯嫁女于晋公子，因新娘由晋国装扮，晋国则为随嫁的媵妾装扮了华衣丽服，结果到了晋国，晋公子却爱上了花枝招展的媵妾，而轻贱了素面美质的公女。楚国有个去郑国卖珠的人，为了衬托这颗珠的珍贵，他做了个"木兰之柜"，而且"薰以桂椒，缀以珠玉，饰以玫瑰，辑以翡翠"，结果是郑人买走了装"珠"的盒子，却放弃了这颗宝珠！在这里，"饰"是一种形式，一种装饰，而这种形式、这种装饰往往容易掩盖真意，甚至会取代真意。

韩非子反对"饰言""虚言"，既不要儒家的微言大义，也反对道家的恍惚之言。所以，他在议论问题时，语言简洁，语气果决，语义明确。强调"法"的意义，他说："国无常强，无常弱。奉法者强则国强，奉法者弱则国弱。"（《韩非子·有度》）谈到"术"的作用，他说："有术之主，信赏以尽能，必罚以禁邪。"（《韩非子·外储说左下》）论及"势"的重要，他说："夫势者，便治而利乱者也"，

“贤者用之则天下治，不肖者用之则天下乱”（《韩非子·难势》）。短短的几句话，既讲清了“法”是国家强弱的根本、“术”是统治赏罚的工具、“势”是治政善恶的条件，又突出了依“法”、执“术”、用“势”对治理天下的意义。

在行文中，韩非子使用了大量的限定副词“必”和否定副词“未”“勿”“毋”等，一方面极为肯定，必须如此，另一方面彻底否定，完全没有，语气十分果决。《韩非子》现存55篇，只有4篇没有用到“必”这个词，而其中第一篇《初见秦》已被公认为非韩非子作。据初步统计，《韩非子》中有540处用到“必”字，除2处用“必然”（如《显学》：“其于治人又必然矣”）、10处用为动词（如《内储说上》：“是以刑罚不必，则禁令不行”）之外，其余528次均为此用法。[①] 如《爱臣》：“爱臣太亲，必危其身；人臣太贵，必易主位；主妾无等，必危嫡子；兄弟不服，必危社稷。”为了表达必须制止的行为，有时运用否定式祈使句，形成“不使”“不令”等句式，如：

> 明君之于内也，娱其色而不行其谒，不使私请；其于左右也，使其身必责其言，不使益辞；其于父兄大臣也，听其言也必使以罚任于后，不令妄举。其于观乐玩好，必令之有所出，不使擅进，不使擅退，群臣虞其意；其于德施也，纵禁财，发坟仓，利于民者必出于君，不使人臣私其德；其于说议也，称誉者所善，毁疵者所恶，必实其能，察其过，不使群臣相为语；其于勇力之士也，军旅之功无逾赏，邑斗之勇无赦罪，不使群臣行私财。（《八奸》）

① 参周钟灵、施孝适、许惟贤主编《韩非子索引》，中华书局1982年版，第13—16页。

有时为了加强语气的表达，把两个极端的用语结合起来，形成一种固定的“必……不（不能，毋）……”的句式，如：“智术之士，必远见而明察，不明察不能烛私；能法之士，必强毅而劲直，不劲直不能矫奸。”（《韩非子·孤愤》）这种词语和句式的使用，使得《韩非子》充满居高临下的气势和不容置疑的意味。

论证谨严，逻辑严密，是《韩非子》散文的特点，也是其法令严明的突出表现。《韩非子》论证方式多样，有时进行逐层推论，有时采取反复论证，有时运用正反论证，使得其说理严谨。如《诡使》，作者开头首先提出“圣人之所以为治道者三：一曰利，二曰威，三曰名”，然后逐层论证三者对“治道”的意义：“夫利者所以得民也，威者所以行令也，名者上下之所同道也。非此三者，虽有不急矣。”接着作者指出当前政治的弊端及其产生原因，并提出进一步讨论的问题：“今利非无有也而民不化，上威非不存也而下不听从，官非无法也而治不当名。三者非不存也，而世一治一乱者何也？夫上之所贵与其所以为治相反也。”对此，作者反复论证君主所贵与治政原则的背离、臣下所欲与社稷所立的背离，从而突出了论证的主题。而其中有如“上所治者刑罚也，今有私行义者尊；社稷之所以立者安静也，而譟险谗谀者任；四封之内所以听从者信与德也，而陂知倾覆者使；令之所以行、威之所以立者恭俭听上，而岩居非世者显；仓廪之所以实者耕农之本务也，而綦组锦绣刻画为末作者富”之类的句子，一正一反，两相对比，恰与论题达到一种契合。在行文中，《韩非子》经常使用“故”“是故”“是以”这样的词语。据统计，全书使用表示“所以”意义的“故”有 815 次、“是故” 31 次、“是以” 133 次，作者以此不断地总结与推断，言之凿凿，增强了推论的严谨性和理论的可信度。

尽量罗列可能之种种，堵塞各种可能之漏洞，也是其论证的一个方面。如《难言》开头就罗列了“难言”的种种原因：

> 臣非非难言也，所以难言者：言顺比滑泽，洋洋纚纚然，则见以为华而不实；敦祗恭厚，鲠固慎完，则见以为拙而不伦；多言繁称，连类比物，则见以为虚而无用；总微说约，径省而不饰，则见以为刿而不辩；激急亲近，探知人情，则见以为僭而不让；宏大广博，妙远不测，则见以为夸而无用；家计小谈，以具数言，则见以为陋；言而近世，辞不悖逆，则见以为贪生而谀上；言而远俗，诡躁人间，则见以为诞；捷敏辩给，繁于文采，则见以为史；殊释文学，以质性言，则见以为鄙；时称诗书，道法往古，则见以为诵。此臣非之所以难言而重患也。

《亡征》从文章开始就用了大部分篇幅，一口气列举了47种促使国家走向灭亡的征兆，诸如主轻臣重、简法务谋、崇学尚辩、信巫好祭、偏听偏信、卖官鬻爵、优柔寡断、贪得无厌、倚大欺小、朝令夕改、边将权重、女子用国，等等，最后才提出，只有“服术行法”才能成“风雨”之势，摧枯拉朽，使呈现“亡征”之国由“可亡”变为“必亡”，从而达到兼并天下的目的。所以，清代学者包世臣在《艺舟双楫·文谱》中评价《韩非子》散文说：“韩非之《说难》《孤愤》《五蠹》《显学》篇，无不繁以助澜，复以邕趣。复如鼓风之浪，繁如卷风之云。浪厚而荡，万石比一叶之轻；云深而酿，零雨有千里之远。”

三　条理明晰，详赡周备

法治讲究齐一。《商君书·赏刑》说：“汤、武既破桀、纣，海内无害，天下大定，筑五库，藏五兵，偃武事，行文教，倒载干戈，搢笏，作为乐，以申其德。当此时也，赏禄不行，而民整齐。”在法家看来，赏与刑的目的都是使“民整齐”，韩非子更直接提出，要“设法度以齐民”（《八经》）。在《显学》中，他强调：“夫圣人之治国，不恃人之为吾善也，而用其不得为非也。恃人之为吾善也，境内不什数；用人不得为非，一国可使齐。为治者用众而舍寡，故不务德而务法。”只有“务法”，才能够达到“一国可使齐”的治政成效；只有“立法术，设度数”，才能够实现“治天下”“齐民萌”（《问田》）的政治目的。不仅如此，讲究齐一，还要求在法令面前人人平等，赏罚同度，这样才能树立法的威信，树立君主的威信，所谓“废置无度则权渎，赏罚下共则威分”，要“一行其法”（《八经》）。在《外储说右上》中，他讲到楚太子犯禁也要依法“斩其辀戮其御”，便是有力的证明。①

韩非对语言有着充分的自信，从来没有像老子那样声称“道”的不可名状：“道可道，非常道；名可名，非常名”（《老子》第1章），也没有像孟子那样感于言说对象（公孙丑问：敢问何谓浩然之气）的难以描述：“难言也！其为气也，至大至刚，以直养而无害，则塞于天地之间”（《孟子·公孙丑上》），他说自己“臣非非难言也”，在《难言》一篇中，他曾描述了自己了解与掌握的12种语言风格。他还创造了一种文体——“难”体，即以批驳、辩难为主的文章。在《难一》《难二》《难三》《难四》这四篇文章中，韩非针对历史上一些事件和历史人物的言论提出了质疑和非难，提出与前人不同的观点，这

① 《外储说右上》：“荆庄王有茅门之法曰：‘群臣大夫诸公子入朝，马蹄践霤者，廷理斩其辀戮其御。’于是太子入朝，马蹄践霤，廷理斩其辀，戮其御。太子怒，入为王泣曰：‘为我诛戮廷理。’王曰：‘法者，所以敬宗庙，尊社稷。故能立法从令尊敬社稷者，社稷之臣也，焉可诛也？夫犯法废令不尊敬社稷者，是臣乘君而下尚校也。臣乘君，则主失威；下尚校，则上位危。威失位危，社稷不守，吾将何以遗子孙？’于是太子乃还走，避舍露宿三日，北面再拜请死罪。”

些本身就是辩难文章。从这个意义上说，韩非是善辩的。但他却不遗余力地反对论辩，反对辩言。在《五蠹》篇中，他将学者、言谈者、带剑者、患御者、商工之民这五种人列为国家污治的五种蠹虫，而“盛容服而饰辩说”的学者和纵横天下的“言谈者”便名列前二位！他认为这些人扰乱了国家的秩序，败坏了国家的风俗，是乱之征。在《显学》篇中，他还举例说明放纵任辩给国家带来的损害：“魏任孟卯之辩，而有华下之患；赵任马服之辩，而有长平之祸。此二者，任辩之失也。”他认为不同观点的论辩，是思想的不一致造成的：“上不明则辩生焉”，为了维护己说，必然强词夺理，便容易带来思想的混乱，造成“言无定术，行无常议”的局面。这与讲究齐一的法的精神是背道而驰的。他主张言意为一，方法一定，说者一言，听者一律，因而反对“辩言”。

为了使所谈论的问题不生歧义，所阐述的理论不被误解，韩非子经常使用“谓之”“之谓”“是谓”之类的句式，对有关概念进行定义，对有关理论加以界定，对有关行为进行描述，使之更加明确，这是他立论的基础，也是统一思想的要求。如《南面》：“人主藏是言，不更听群臣；群臣畏是言，不敢议事。二势者用，则忠臣不听而誉臣独任。如是者谓之壅于言。”《难三》：“为君不能禁下而自禁者，谓之劫；不能饰下而自饰者，谓之乱；不节下而自节者，谓之贫。”《八奸》：“何谓流行？曰：人主者固壅其言谈，希于听论议，易移以辩说。为人臣者求诸侯之辩士，养国中之能说者，使之以语其私，为巧文之言，流行之辞，示之以利势，惧之以患害，施属虚辞以坏其主，此之谓流行。”《八经》：“赏贤罚暴，举善之至者也；赏暴罚贤，举恶之至者也；是谓赏同罚异。”

韩非具有极强的概括力，他能够从纷繁的事理中抽绎出其典型与精髓，然后条分缕析地展示出来，而且经常用数字的形式次第言之。如《观行》："天下有信数三：一曰智有所不能立，二曰力有所不能举，三曰强有所不能胜。"《安危》："安术：一曰，赏罚随是非；二曰，祸福随善恶；三曰，死生随法度；四曰，有贤不肖而无爱恶；五曰，有愚智而无非誉；六曰，有尺寸而无意度；七曰，有信而无诈。"《功名》："明君之所以立功成名者四：一曰天时，二曰人心，三曰技能，四曰势位。"在论述中随文概括与排列，更是不胜枚举。《韩非子》的篇题也喜欢使用数字，这在先秦诸子中也是独具一格。在现存的55篇中，有《二柄》《八奸》《十过》《三守》《内储说上七术》《内储说下六微》《六反》《八说》《八经》《五蠹》10篇均以数字直接名篇，对所论说的问题分门别类，清晰排列，使读者一目了然。《二柄》论述的就是君主控制臣下的两种手段"刑"（刑罚）与"德"（赏赐），《八奸》论述的是奸臣八种进谗谋利篡权害国的阴谋方法，《十过》列举了君主治国易犯的10类过错。作者或先总后分，先列举种种再逐一论证，如《二柄》《十过》《三守》《内储说上七术》《内储说下六微》《六反》；或一一道来，边列举边论证，如《八奸》《八说》《八经》《五蠹》。在论证时，或引征史事，或分析现实，一条条铺排开来，既条理明晰，又详赡周备。

当然，在《韩非子》中更多的是不用数字为题，不以数字排列，作者或运用相同或相近句式的排比，或通过语意的承接与分述，将问题论述得清楚严密，富含逻辑，而又具体细致，生动形象。如《守道》，作者开篇就讲：

> 圣王之立法也，其赏足以劝善，其威足以胜暴，其备足以必完法。法治世之臣，功多者位尊，力极者赏厚，情尽者名立。善之生如春，恶之死如秋。故民劝极力而乐尽情，此之谓上下相

> 得。上下相得，故能使用力者自极于权衡，而务至于任鄙；战士出死，而愿为贲、育；守道者皆怀金石之心，以死子胥之节。用力者为任鄙，战如贲、育，中为金石，则君人者高枕而守己完矣。

三个“足以”把“立法”之事说得多么肯定与豪气，突出了它的作用；接着以三个承接此意的排比句，表明了它的结果；由此总结为“上下相得”，并由此推断，得出结论“君人者高枕而守己完矣”。但这只是一种概括的推论，那么，为什么立法？立法有什么好处？不立法有什么坏处？如何立法？下文便沿着这样的理路，结合历史，展开论述。

法治讲究接受，只有让民众知晓，才能够达到以法治国的目的。这就要求立法一方面要简明易行，所谓“明主之表易见，故约立；其教易知，故言用；其法易为，故令行”（《用人》）；一方面阐释尽量详细具体，所谓“书约而弟子辩，法省而民讼简。是以圣人之书必著论，明主之法必详事”（《八说》）；另一方面，还要通俗易晓，所谓“至安之世，法如朝露，纯朴不散；心无结怨，口无烦言”（《大体》）。可见，要达到明白晓畅，仅用简约流畅的语言和严谨明晰的推论是不够的，在《韩非子》中，寓言是一个重要而且有效的手段。《韩非子》是先秦诸子中使用寓言最多的，《文心雕龙·诸子》说：“韩非著博喻之富。”

据公木先生统计，《韩非子》全书有340则寓言[①]。从内容上说，有的是历史故事，如“和氏之璧”“夔一足”等；有的是现实传说，

① 公木：《先秦寓言概论》，齐鲁书社1989年版，第129页。陈蒲清《中国古代寓言史》统计为323篇（湖南教育出版社1983年版，第59页）。

如“郑人买履”；从形式上说，大都短小精悍，有的是一则寓言明一个事理，有的是几个寓言共示一意，甚至还出现了“寓言群”的形式，如《说林》《内储说》《外储说》。但不管取材于何种内容，采用何种形式，《韩非子》寓言有一个鲜明特点，这就是其意义有明确的指向性。他寓言中的言与意、事与理均构成一对一的直接联系，题旨单纯明确，而且作者常常在寓言前后点名题意。如：

> 杨子过于宋东之逆旅。有妾二人，其恶者贵，美者贱。杨子问其故。逆旅之父答曰：“美者自美，吾不知其美也；恶者自恶，吾不知其恶也。”杨子谓弟子曰：“行贤而去自贤之心，焉往而不美？”（《说林上》）

为此，在文章的结构上，韩非子还创造了一种特殊的样式，《内储说上》《内储说下》《外储说左上》《外储说左下》《外储说右上》《外储说右下》都使用了前为“经”后为“说”的结构方式，“经”为理论纲要，是题旨，“说”为解说这些理论的寓言故事。“经”以“说”为依据，“说”与“经”相融合，使所论之理既明晰，又确凿，既理性，又形象。

《韩非子》一书多言“帝王之术”，而其“术”则依“势”重“法”。正如李炳海先生说：“重法理念不但制约《韩非子》的思想倾向，而且内化为文本的形态和结构，这是它最鲜明的个性特征。”[①] 法令需要严谨，法治需要严明，所以韩非子反对修饰，行文往往语言简洁，语气果断，推论严谨，逻辑严密，表现出冷峻的风格；法家立法的目的在于整齐民心，执法则要求赏罚同度，所以韩非反对论辩，其

① 李炳海：《先秦诸子著作的文体种类、属性及文本形态和特色》，北京师范大学文学院，《励耘学刊》2012 年第 1 辑。

行文时往往语义明确，条理明晰，表现出峭拔的风格；以法治政，必须首先让民众知晓其内容，因而韩非子主张“其教易知”，在论述问题时多用形象化的手段，用指向明确的寓言说理，还创造了一种前为“经”后为“说”的结构方式，表现出富赡的风格。他使用的表现手法和《韩非子》呈现出来的文章风格，是与其法治精神相一致的。

第九章 《三礼》文学研究述论

《三礼》是《周礼》《仪礼》《礼记》三部典籍的合称，记载了周代的官制体系、士人的日常礼仪和礼制变迁的历史，由于“礼”具有“上事天，下事地，尊先祖而隆君师”（《荀子·礼论》）的特殊作用和“包罗万象”[①] 的重要意义，因此举凡哲学、宗教、文艺、典制、职官、兵刑、财赋、祭祀、婚丧、聘迎、宫室、服饰，等等，无所不包，尽囊而括之，对于认识周代文化，具有很高的认识价值。

《三礼》中记载了大量时人对文艺的看法，特别是《礼记·乐记》更是周代文艺思想的精髓；在周代，诗与礼有着天然的联系，《诗》是言志抒情的艺术，因“礼”而得以广泛传播，“礼”是行为优雅的艺术，因《诗》而充满浪漫与诗意；而《三礼》本身，从文章风格上加以研究，也有许多独到的地方。因而《三礼》文学研究，始终是《三礼》研究的一个重要课题，只不过是有的问题早已得到人们的认识并得以进一步阐发，如《荀子·乐论》《吕氏春秋·乐记》对文艺的认识源于对《礼记·乐记》的吸收和发扬，有的问题则正在引起人们的注意而开始探索，如《三礼》自身的文学价值。但不论从

---

① 朱自清：《经典常谈》“三礼第五”，生活·读书·新知三联书店 1980 年版，第 37 页。

哪一方面来说，对《三礼》文学研究的整理与总结，都会推动其研究的进一步开展。

第一节 《三礼》的文学价值

对《三礼》的文学研究，早已开始。汉代开始的《三礼》注释中，就偶有及之者。在《文心雕龙》中，刘勰已多有这方面的探讨。如《宗经》篇说：“《礼》以立体，据事制范，章条纤曲，执而后显，采掇片言，莫非宝也。”从其结构和语言，论其特点和价值；又说：“铭诔箴祝，则《礼》总其端。”宏观论述《三礼》对于“铭诔箴祝”类文体的影响；《谐隐》篇讲：“蚕蟹鄙谚，狸首淫哇，苟可箴戒，载于礼典，故知谐辞讔言，亦无弃矣。”《章表》篇说：“《礼》有《表记》，谓德见于仪。”又具体谈到了礼典中的民谚俗语和《表记》里的德仪等要求对谐隐类和章表类文体的影响；《书记》篇说：“刺者，达也。诗人讽刺，周礼三刺，事叙相达，若针之通结矣。”谈到其讽刺的特点及其艺术作用。北齐颜之推《颜氏家训·文章》中也说：“祭祀哀诔，生于《礼》者也。”即其认为“祭祀哀诔”类文体来源于《三礼》。后代的文论及自宋代开始的评点之学中也有以文论“礼”之语。近人开展的文学史研究，也注意到《三礼》的价值。如王国维《宋元戏曲史》中，论及“周公制礼”对乐与舞的影响。钱基博在《现代中国文学史》中谈到，《礼》虽未暇“协音成韵”，但正如刘勰所说“礼之为体，据事制范，章条纤曲”，因而其一些篇章“宫商大和，翻回取均，声

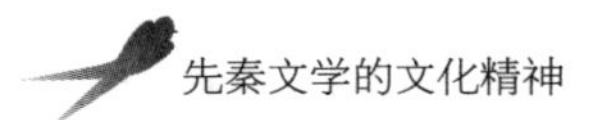

不失序，音以律文”。[①] 钱基博在江苏省立第三师范学校（今无锡高等师范学校）任教时，曾经为本科一年级编纂讲义《礼记约纂》[②]，认为《礼记》的写作好在三个方面，一曰选字造句之妙，二曰关键筋节之法，三曰谋篇命意之要。

但也许是对于《三礼》成书的时间没有形成完全统一的意见，也许是《三礼》的行文在先秦的著作中不像其他典籍那样具有鲜明的特点，也许是《三礼》的文学意义还没有引起人们足够的重视，总之关于《三礼》自身的文学特征，学界专门研讨的并不多。杨伯峻先生在谈到先秦文学的范畴时，曾说：“《左传·襄公二十五年》引孔子的话‘言之无文，行而不远’，若由此推理，流传久远的作品，虽然未必尽是文学作品，但不少是有文学价值的。”又说：“‘三礼’由于是记载古礼的书籍，一般说来，文学价值不高，但也不能一概而论，比如，《礼记》之中就有一些很好的叙事短文，只是常常被人们所忽略……先秦叙事短文，以《檀弓》为上乘，正如长篇叙事文以《左传》为高一样。”但惜未详论。[③] 谭家健先生的《〈礼记·檀弓〉的俭葬思想和艺术》是较早关于《三礼》文学研究的专论，文中着重分析了《檀弓》的艺术价值，认为本篇在注重刻画人物、讲究遣词造句、追求含蓄委婉等方面，表现出极高的艺术成就。[④]

在众多的中国文学史著作和高校教材中，只有为数不多的著作论及于此。郭预衡《中国散文史》着重分析了《檀弓》《礼运》等文章的特点。褚斌杰、谭家健先生主编的《先秦文学史》对《三礼》给

---

① 傅道彬点校本，中国人民大学出版社 2004 年版，第 4 页。钱著写于 1918—1931 年，出版于 1932 年，初名《现代中国文学史长编》。

② 钱基博：《礼记约纂》，中华书局 1918 年版。

③ 杨伯峻：《我看先秦文学和〈礼记·檀弓〉》，《文史知识》1986 年第 6 期。

④ 《文学评论丛刊》第 30 辑，1988 年。后收入笔者《先秦散文艺术新探》，首都师范大学出版社 1995 年版；《先秦散文艺术新探》（增订本），齐鲁书社 2007 年版。

予了特别的关注。该书在第四编“诸子散文”中设专章讨论了《周易》《礼记》《孝经》的文学价值。在《礼记》一节中，作者着重谈了《檀弓》篇的故事性和语言艺术，并介绍了“在后世发生过重大影响的文章”《礼运》《中庸》《大学》《学记》《乐记》。[①] 可以说，在文学史著作中设专章介绍这几部著作，无疑是一个突破，著中对《檀弓》一篇的分析比较细致。但作为一部文学史著作，显然还有一些值得进一步探讨的问题。一是体例中仅列《礼记》，对《周礼》和《仪礼》虽在节末做了介绍，也肯定了《周礼》中《考工记》“文字明晰，颇为后世文章家所称道”、《仪礼》中有些祝词“或韵或散，斐然可观”的成就，但惜未展开论述，如果以《三礼》为题，或更全面些；二是著中说“《礼记》大多是议论文和说明文”，但文中恰恰没有从这一文体特征上论说《礼记》；三是对《礼运》等五篇能够体现《礼记》文章特色的文字，只是点到了《礼运》篇的“雍容大雅，气势充沛”、《中庸》篇的“从语录体过渡到专论体”、《大学》篇的“语言流畅，结构比较严谨”、《学记》篇的“分析精辟，文字简括”、《乐记》篇的儒家美学思想，缺乏展开的分析。其后，谭家健先生出版《中国古代散文史稿》[②]，第二章“史官文化与先秦历史散文”中的第五节为“《公羊传》《谷梁传》《礼记》《晏子春秋》”，其中举“大道之行也”一段作为议论文的代表，谈到了其在思想文化史和文学史上的价值。曹道衡、刘跃进先生所著《先秦两汉文学史料学》在上编第一章设专节介绍《三礼》和历代关于《三礼》的研究，著中对《周礼》文章的典雅和简洁、《礼记》的故事性和说理性等问题，做了分析和论述；对《三礼》的文学史料意义，做了较为详细的阐

① 褚斌杰、谭家健主编：《先秦文学史》，人民文学出版社 1998 年版。

② 谭家健：《中国古代散文史稿》，重庆出版社 2006 年版。

述。但由于著作性质与体例的限制，该书对《三礼》的文学价值也并未予以展开论述。[①]

近年，特别是21世纪之后，《礼记》的文学价值渐渐引起了人们的注意，陆续有专文从不同角度加以探讨。陈义烈《〈礼记〉的文学价值》谈到了《礼记》重视构思和修辞艺术，但惜之过简，未成系统。[②] 吕书宝《论〈礼记〉中的形象思维》认为《礼记》经常通过形象思维借助说明性、描写性乃至文学性语言来阐发礼义，这种形象思维主要表现在：交相辉映的自然风光与民俗画卷、扑朔迷离的四维空间、诗化的语言与信息化的概念、娓娓道来的逸事趣闻、文质彬彬的君子形象。[③] 杨雅丽在《〈礼记〉语言的艺术成就》中认为《礼记》大量使用凝练而意蕴深刻的语句，使语言呈现出深邃隽永的审美特征；使用比喻、排比、顶针等多种修辞方法，增强了语言的艺术魅力；长短句、整散句交叉使用，使句式具有参差错落之美。作者在《〈礼记〉修辞艺术探微》中又专门论述了上述修辞方法及其艺术作用。[④] 卢静《试论〈礼记〉的文章风格》则从句式的灵活多变、设为问答的表现体式及铺排敷陈的手法、修辞手法的综合运用和简朴古朴、蕴藉含蓄的语言四个方面论述了《礼记》的文章风格。[⑤] 这几篇文章涉及的《礼记》文学的某些特征，研究的问题也稍见系统，只是有的论述尚嫌表层化。

值得注意的是，近年的“三礼”文学研究出现了新的气象。如贾奋然在《六朝文体与儒家礼教文化》中探讨了《三礼》对中国古代

---

① 曹道衡、刘跃进：《先秦两汉文学史料学》，中华书局2005年版。

② 陈义烈：《〈礼记〉的文学价值》，《九江师专学报》1999年第4期。

③ 《齐鲁学刊》2003年第3期。

④ 分别见《陕西教育学院学报》2003年第2期；《渭南师范学院学报》2004年第3期。

⑤ 《社会科学家》2005年第6期。

文学文体的影响，认为古代许多文类萌生、发展于礼制、礼教的需要中，并表现特定形式的礼仪内容，如颂、赞、祝、盟、封禅等吉礼，诔、碑、哀、吊、墓志、祭文等凶礼，诏、策、敕与人君之礼，章、表、奏、启与人臣之礼，誓词、檄文与军礼，诗与礼制等等，都有“紧密的关联性”。[①] 这一研究重在文体的探源，却为“三礼”文学研究带来多方面的启示。沈立岩的专著《先秦语言活动之形态观念及其文学意义》[②]，第四章专门论述“礼乐与礼辞”。作者使用了“礼辞模式”一词，指称那种“为礼仪活动所专用，而在措辞、语气、结构和风格等方面均表现出相对的稳定性和一致性的语言形式”，认为冠礼中的祝辞、醴辞、醮辞和字辞多为诗语，发挥着申说礼义、升华心灵的重要作用；婚礼中的礼辞是“申明礼义的符号、厘定关系的标志和沟通人际的媒介”；交接之礼（包括乡饮酒礼、乡射礼、大射礼、燕礼、公食大夫礼、聘礼、觐礼等）中的语言体现了多位立体的社会维度，反映了言语者相当透彻的思考认识；避讳和制谥，从一个侧面反映了周人对语言的态度，即要遵循礼的规定；尚“文”重“美”，是礼辞的风格特征。在对这些观点的论述中，作者把《三礼》的礼辞放在周代的文化背景中，以文本考析为本，借助现代历史学和文化人类学的方法，使得研究不仅深入，而且颇具方法论的意义。

为《三礼》文学研究带来开拓意义的是王秀臣的研究，他的博士论文《三礼用诗考论》是为标志。[③] 在论文中，作者虽然声称“主要以礼乐为背景研究《诗》”，但通过一系列与“礼”相关的文学问题以及与“诗”相关的“礼”的问题的研究，揭示了诸多文学现象及

① 《孔子研究》2003 年第 5 期。

② 沈立岩：《先秦语言活动之形态观念及其文学意义》，人民出版社 2005 年版。

③ 王秀臣：《三礼用诗考论》，博士学位论文，哈尔滨师范大学，2005 年。

其发展规律的理论来源，展示了特殊历史文化背景下中国文学的原始面貌和发展规律，显示出《三礼》的文学文献价值和文学史意义。在作者笔下，“礼的制度不再是一些古奥繁富的抽象规定，而是充满诗学精神和生命风蕴的文化景观”（傅道彬《序》语）。在他看来，周秦时期“礼”是那样的浪漫和富有诗意：“礼”以诗、乐、舞这种诗性表达的独特方式表现出来，仪式乐舞是一种独特的语言符号，是“礼”的诗性表达；礼通过“诗”把人和神、天和地、社会和自然联系起来，一开始就具有诗性品格；而从礼的存在方式看，礼是典礼的艺术，是优雅、模范的行动体系，是诗意的存在。① 作者认为，周代形成的礼乐文明具有重要的诗学意义，周代礼乐文化从“乐”的雅化开始起步，到雅乐的世俗化结束，礼乐文化就是“雅”文化，《诗》、“雅乐”和“礼乐制度”三者之间构成同源同构的关系，“三礼”雅乐体系是这种关系发展到稳定、成熟阶段的历史描述。② 在《“三礼”的文学价值及其文学史意义》中，他更集中、明确、充分地提出以下新见：（1）礼典制度的实行，使诗成为歌诗奏乐的范本，礼典意义很大程度上是由诗、乐、舞的配合得以实现，礼典活动是在一种文学情境中完成的，礼典制度的完备标志着诗与乐的繁荣；（2）“礼”几乎参与了先秦时期所有文学实践活动，使中国文学从一开始就脱离了本该具有的浪漫气质而富于理性精神，这一理性精神在《诗》中一方面表现为其编集主要用于施政，另一方面表现为《诗》作为礼的重要载体，在一个特殊时期担负起了政治、伦理、道德、邦交等的特殊使

① 王秀臣：《论用诗与用〈诗〉的礼典意义》，《南京师大学报》2006 年第 6 期。

② 分别见《夏、商文化与雅乐制度的滥觞》，《东北师范大学学报》2007 年第 2 期；《周代礼制的嬗变与雅乐内涵的变化》，《社会科学辑刊》2005 年第 4 期；《“三礼”雅乐的艺术构成》，《沈阳师范大学学报》2005 年第 4 期；《周代雅乐的时空意义考察》，《齐鲁学刊》2006 年第 6 期。

命。(3)“三礼”文献从各个角度体现了礼不同层面的象征内涵，而其象征内涵不仅指向政治，指向人格，指向社会关系的和谐，同时也指向艺术，指向文学。“三礼”中虽然很少有直接的文学评论和对艺术创作的直接要求，但对诗、乐、舞的“礼仪”规范，实质上也是对“诗”和文学的规范。礼的象征意义和诗、乐、舞的审美意义在庄严肃穆的礼典仪式中走向契合，成为中国早期文艺思想的理论渊源。(4)作者对“三礼”文本的文学性做了分析，认为《周礼》表现着理想化政治模式中的文学诉求，《仪礼》是仪式生活中的文学实践，《礼记》则在礼义阐释中体现着诸多的文学精神。[①] 论文已于2007年5月由中国社会科学出版社纳入“中国社会科学博士论文文库”出版，此论文的出版推动了“三礼”文学研究的进一步开展与多方面研讨。

刘松来曾经把《礼记》文本分为四类：通论礼意或学术类文章；专门解释《仪礼》的篇章；记载孔子师生言行以及时人杂事的篇章；记载古代制度礼节而带有考证性质的篇章。黄瑶妮的《〈礼记〉文本分类与政论散文研究》在遵从乃师分类的基础上[②]，把其认为可以作为散文研究的《檀弓》《曾子问》《礼运》《学记》《乐记》《经解》《哀公问》《仲尼燕居》《孔子闲居》《坊记》《中庸》《表记》《缁衣》《儒行》《大学》15篇分为两类：叙事类散文和论说类散文，后者又可分为政论论文、哲理性论文、学术论文三类，并论析了其政论散文的论辩艺术。卢静《试论〈礼记〉的散文成就》认为，《礼记》散文篇章的谋篇布局层折曲妙、行文句法繁简有当、话语特色鲜明，

① 《文学评论》2006年第6期。

② 黄瑶妮：《〈礼记〉文本分类与政论散文研究》，硕士学位论文，江西师范大学，2008年。

共同形成了《礼记》典雅凝练的文学风格，呈现出经典派文学的艺术底蕴。[①] 邓声国《先秦礼学文献的文学研究视阈考察—— 以“三礼”为代表》认为“《周礼》文章典雅而简洁、《礼记》具有极强的叙事性”，“三礼”各篇具有不同的文体特征，考察这些问题或可为其书各篇作者、成书年代等一系列相关问题的最终解决提供参考性依据。作者还从文章叙事学的角度考察《三礼》，认为《仪礼》的叙事性最强，大量篇章“显现出以纪事性为主的散文化特性”；同时，其叙事话语呈现出散体式的单一性，隐含着中国先秦时期人们独特的叙事观念、叙事技巧、创作思维以及美学诉求等。本文对有关问题的研究提出了一些思路，但观点的承袭较多。[②] 另外，王公山认为《礼记》保存了大量的人物形象与故事素材，为后世文学再创造提供了历史真实的依据；保存了很多上古文学思想、文体范式，为后世文学创作与研究提供了厚实的理论依据与丰富的实践经验；该书所援引的《诗》《书》、古歌谣等资料，为后世文学文献的整理提供了史料真实的依据。因而《礼记》有其独特性，具有较高的文学文献价值。[③]

赵逵夫主编的《先秦文学编年史》被纳入“国家社科基金成果文库”，2010 年由商务印书馆出版。该书将《三礼》均作为文学文本，列入编年。如前 1037 年，“周公制礼作乐，作《周礼》《誓命》《大武》”；前 627 年，“《仪礼·聘礼》当于此年前后编成”；前 453 年，“《礼记·曾子问》《大学》《坊记》《中庸》《表记》《缁衣》《乐记》当成于战国初”。[④]2004 年，陈戍国《礼记校注》曾提出“礼文学”

① 《天中学刊》2009 年第 6 期。

② 《江西社会科学》2012 年第 1 期。

③ 《论〈礼记〉的文学文献价值》，《文化学刊》2014 年第 2 期。

④ 分别见该书上册第 217 页、中册第 605 页、下册第 875 页。

的概念，但未做申说。[1] 2012 年，湖南大学出版社出版了陈戍国、陈冠梅的《中国礼文学史》（先秦秦汉卷），首次对“礼文学”进行了理论的阐说与历史的描绘。作者说：

> 什么是礼文学？两个要素：一，必须是文学，不是哲学、经济学等区别于文学的其他社会科学，更不是自然科学；二，必须与礼有关，必须反映礼典礼义或礼俗，而且篇幅相对而言较大。就具体作品而言，用比较大的篇幅说明礼制、阐述礼义、描绘礼典或礼容而富生动性、形象性的各体文章，或用情节、形象反映礼制或礼俗的文学作品，才是我们称呼的礼文学。[2]

按照这样的界定，作者对其称为“四礼”的《仪礼》（又称“礼经”）、《周官》（又称“周礼”）、戴德戴胜叔侄所辑二《礼记》（分别称“大戴礼”“小戴礼”）中的礼文学进行了研究与论述。认为《仪礼》记录了 14 个典礼，实际上可以视为 14 篇礼文学作品；《周礼》中只有极少数记叙较为生动，“勉强可以当作礼文学作品”，绝大多数“不属于礼文学”；大戴《礼记》39 篇中，属于礼文学的是《哀公问于孔子》《礼三本》《虞戴德》《诸侯迁庙》《投壶》《曾大子孝》6 篇；小戴《礼记》49 篇中，礼文学作品只有 10 篇，即《文王世子》《礼运》《祭义》《祭统》《哀公问》《仲尼燕居》《奔丧》《问丧》《三年问》《投壶》，以及《檀弓》中某些意思完整而可以独立的章节。[3] 尽管陈先生提出“礼文学”不一定为所有人所认同，其“二要素”的界定也不一定为所有人接受，如篇幅的大小就不能作为是否为

---

① 陈戍国：《礼记校注》，岳麓书社 2004 年版。

② 陈戍国、陈冠梅：《中国礼文学史》（先秦秦汉卷），湖南大学出版社 2012 年版，第 21—22 页。

③ 同上书，第 133—148 页。

文学的标准，等等，但这一问题的提出，无疑是对《三礼》文学现象的极大重视，必将极大地推动《三礼》文学研究的进一步深入。

近年的研究，不少文章专门探讨了《三礼》对后代文学的影响。有的进行综合研究，有的侧重专题研究。杨晓霭、范爱荣《礼乐与文学的交相辉映——以〈礼记·乐记〉为视点的考察》① 认为，《礼记·乐记》论“乐”，始终“乐”与“礼”对举，“礼义”与“乐情”互解双显，展示了“礼行乐奏”“乐备礼隆”的不可分割性。其中阐述的“礼乐”之“文”“礼乐”之“情”“礼乐”之“德”与“诗性”交相辉映，相互涵摄。反映在中国古代文学中，鲜明地呈现出“礼乐”特色，其主要表现：一是抒情特质，抒情的诗、词、曲、赋是中国古代文学的主要形式，而其他文学体裁均表现出重抒情、重情韵的创作意图；二是文学关怀，自始至终关怀现实与人生；三是教化功能，作家的创作主旨在于宣扬政治理想，为社会服务。吴戬、曹虹《〈仪礼〉与清代士人的文学审美建构》② 所关注的问题是：《仪礼》中的古礼复原践履怎样为文学创作提供了新的表现素材？《仪礼》庄敬征实之矩范如何影响文章书写避虚就实？礼政作为文章选本的一个类别如何产生出特别的意义？作者认为在类似“以学为文”的追求中，体现着清代士人对文学审美建构的成就。经过研究，作者指出，乾嘉以后《仪礼》逐渐进入文学场域，为诗、骈文、辞赋提供了丰富的表现题材，仪节器物的描绘、礼学历程的梳理、礼学思想的表达成为这一时期文学表达的重要方面，并在背景铺垫、场面描写、人物刻画、主题深化方面起到了特殊的审美效果；礼图倡和开启了文人酬唱的新维度，体现了文学与学术的叠加融合，也丰富了学者的审美生

① 《西北师大学报》2016 年第 3 期。

② 《江海学刊》2015 年第 5 期。

活；晚清时期，《仪礼》在曾国藩等人手里实现了文学选本化，并引导了崇实文风的继续推进。这项研究让人耳目一新，既分析了《仪礼》审美地位在清代逐步确立的过程，也为学术与文学的深刻关联提供了一个重要范本。具体研究者，如鲁洪生《汉赋源于〈周礼〉“六诗”之赋考》、王焕然《试论汉赋与礼乐》、陶广学《论〈礼记〉对三曹诗文创作的积极影响》、梁宁《元杂剧与礼仪》、赵伯陶《〈聊斋志异〉与“三礼”》、曾凡安《礼乐文化与晚清宫廷演剧的变化》等等①，都从不同角度探讨了《三礼》与后代文学样式的密切关联。

在近年的研究中，徐宝锋的博士论文《伦理世界的诗性敞开——〈礼记〉诗学问题论析》值得关注。就有关问题，他陆续发表了一系列研究成果。在《〈礼记〉伦理认知的诗学品格》一文中②，他认为儒家的人生价值与审美价值在《礼记》中形成了一种紧密相期的关系，其“言说主体的多层次、多侧面的价值系统的每种价值项都可相应地转化为一种文学价值范畴，人生价值中的元话语可以直接对应出具体的诗学价值取向”，从而形成了它的诗学品格，亦即“作为诗学价值基础的元话语、作为诗学思维框架的体验式思维格局以及作为诗学内涵的对于‘他者’的体认”。作者认为，《礼记》的诗学品格主要来自其立足深刻的现实体验和现世关怀，而指向“大同”“天下为公”的乌托邦构想；来自儒家对于天道价值的体悟和向往；来自其“称情而立文”的身份和情感焦虑；来自其“从容中道”的诗性逍遥的人生态度，其对于“合内外之道”的“中庸”境界的坚持和努力；而儒家的这种诗性品格对于中国诗学的发展产生了十分深远的影响。

---

① 分别见《文学遗产》2009年第6期、《孔子研究》2009年第3期、《阜阳师范学院学报》2016年第2期、广西师范学大学2016年硕士学位论文、《求是学刊》2015年第5期、《文学遗产》2009年第3期。

② 《文学评论》2011年第4期。

在《礼记儒家的身份与情感焦虑》中[①]，他认为在伦理关系谱系中，儒家的身份一直比较模糊，现实理想的角色是“君子”，想象的角色是“圣人”，实际操作中儒家却不得不进行一种和现实政治与伦理境域密切联系的“角色选择”，成为“中间人”角色。这种选择使儒家陷入了身份的焦虑，同时承受着内心的情感焦虑。而儒家所强调的“直而温柔”“简而敦厚”的“温柔敦厚”文艺标准，是对于情感的压抑和束缚，是对于真实内心的强烈感情在“文约”“辞微”要求下的一种极力克制，实际上正是这种焦虑的结果。在《“他者”的缺席与在场——简论〈礼记〉的诗性伦理逻辑》中[②]，《礼记》展现出的是儒家相互依赖的关联性宇宙论与世界观。“在场的他者”和“缺席的他者”分别是《礼记》两个重要的伦理逻辑节点。以精神领域的永恒在场为前提，缺席的“他者”形象影响着君子的入世行为。经由对于他人在场的合法性确认，在场的“他者”撑开了儒家生命化了的空间直觉。在《〈礼记〉内外挈矩的话语逻辑》一文中[③]，他认为《礼记》呈现了儒家主体德性认知和社会价值的有机结合，展现了儒家在乌托邦和现实选择中所承担的多维文化功能。一方面，儒家必须面对宗法伦理政治背景下“仁”的效用化事实，承受依礼而成的外源性的挈矩力量；另一方面，经由求放心实现自觉心的内源性自返一直是儒家对于主体自由的追求路径。内外挈矩的双重力量促成了《礼记》独特的诗性话语逻辑：客观化秩序与主观理性的矛盾撑开了诗性的张力空间，构建理想的社会架构，塑造向往的圣人形象，谋求最高的主体自由，承受痛苦的道德理性。作者“以一种宏观的诗性视角敞开《礼

---

① 《黑龙江社会科学》2010 年第 2 期。
② 《湖北民族学院学报》2010 年第 2 期。
③ 《河北学刊》2011 年第 1 期。

记》所包蕴的儒家早期伦理世界，而非断章取义，纠缠于单一的伦理或者诗学观念”[1]，从儒家文化的伦理型特征探讨《礼记》体现的诗学品格，不仅揭示了《礼记》诗学品格的诸种特征，而且挖掘了其形成的文化背景，描述了其产生影响的文化轨迹。

另外，赵辉基于宗教、政治的仪式言说联想到限定场所的言说，联想到限定场所言说主体的限定身份和限定言说对象，提出了“限定时空言说”，即“具有特定的言说场所、言说时间和特定的言说主体身份与言说对象的一种言说”[2]。在《先秦文学发生研究》一书中，赵辉对先秦时期原生态的文学现象的发生及其本质进行了深入的分析和精辟的阐述。作者认为，先秦文学是礼乐政治形态的言说，礼乐制度将宗教、政治与文学艺术结为一体，先秦的文学隐含于神坛和政坛的言说之中，先秦的诗、赋、史、论都是礼乐规范下“限定时空”的言说，是神坛、政坛言说的产物，遵循的是礼乐政治形态言说“庄敬而辞顺”的伦理原则。礼乐政治的价值取向、思维方式、言说方式规定了先秦文学形态和文体特征，形成了诗、赋、史、论的言说惯例。在论述中，尽管有的结论显得绝对，如认为《庄子》的寓言与重言是“六诗”言说方式的糅合[3]，但这一研究，从一个特殊的视角对先秦文学的性质、体式、言说方法和审美特征的发生，做了全新的探索，无论是理论的创造还是方法的运用，对先秦文学乃至中国文学的研究都具有重要的意义。

---

① 徐宝锋：《〈礼记〉诗学问题研究的现状和不足》，《沧州师范专科学校学报》2010年第1期。

② 赵辉：《先秦文学发生研究》，人民出版社2012年版，第299页。

③ 同上书，第283页。

第二节 《三礼》的文艺思想

“三礼”包含的文艺思想，是“三礼”文学研究的一个重要问题，历来颇受研究者注意。特别是《礼记》中被称为“周代文艺思想集大成之作”的《乐记》一篇，更是学界关注的焦点。孙星群在《〈乐记〉研究百年回顾》中，从《乐记》的价值、研究现状、问题论争、其他问题四个方面进行评说；龙珲在《二十世纪〈乐记〉研究综述》中，从《乐记》的作者与成书年代、《乐记》思想体系的哲学基础、《乐记》中的音乐美学思想三方面对20世纪的《乐记》研究做了综合评述。二文从不同角度基本展示了20世纪《乐记》研究的情况，但文章对《乐记》的文学理论意义没有予以充分的关注。① 实际上，不仅是《乐记》，周代的礼与文艺思想都有着多方面的联系。对此，学术界进行了深入探讨，并取得了许多成绩。

关于《乐记》，两千余年来，各种校注、笺疏、考证，各种史籍，以及笔记、资料中论及的文字不计其数。但就现代文艺理论研究《乐记》，则是20世纪的事。郭沫若1943年出版的《公孙尼子与其音乐理论》是开先河之作，著作对《乐记》的作者、成书年代、认识论评定、学科定位、史籍整理、内容剖析与评价、《乐记》与《易传》《别录》《乐书》的比较、儒墨道的比较，等等，都提出了自己的见解，20世纪的研究许多都是围绕他的观点展开的。在20世纪80年代以前，运用马克思主义文艺理论研究《乐记》的代表，应该首推杨公

---

① 分别见《中国音乐》2000年第4期、《黄钟（武汉音乐学院学报）》2006年第2期。

骥先生。在50年代出版的《中国文学》（第一分册）中①，杨先生提出《乐记》是公元前5世纪后期的战国学者公孙尼子所作，他认为《乐记》对艺术的发生和性质做了“朴素的唯物论的命题”，《乐记》提出“音”的发生是起于人的思想感情，思想感情的发生和波动是“物”的反应，这就“正确地说明了内容与形式、‘外物’与‘内心’的主从关系”，而音乐对人还具有反作用，即其具有感染人的作用，因而公孙尼子的论点具有辩证的因素。杨先生还认为，公孙尼子受时代的局限，不能完全摆脱唯心论的影响，因而其理论存在相互抵触的矛盾现象。

20世纪80年代以后，《乐记》的研究进入广泛而深入的时期。在其美学思想的总体评价上，李泽厚、刘纲纪主编的《中国美学史》（第一卷）是较早产生影响力的佳作②。在书中，作者设专章论述“《乐记》的美学思想”，探讨了《乐记》同荀子学派的关系、《乐记》对艺术本质的认识、对艺术社会功能的认识、对艺术欣赏创作中对象与主体的关系的认识，以及《乐记》在美学史上的地位。同时，学术界对《乐记》的一些具体问题也开展了深入的探讨。

其后，代有新作。特别是进入21世纪以后，《乐记》的文艺思想研究成为“三礼”研究的一个新的热点，也出现了一批具有新意的新成果。聂振斌《“大乐与天地同和”——〈乐记〉的艺术哲学思想》认为，《乐记》不仅受到荀子性恶论的影响，也吸取了孟子性善论的营养，因而其对艺术根源的论述才更全面、更具有普遍的理论意义，该文还探讨了《乐记》对乐的表现形式与审美特征、乐的礼乐功能与

---

① 吉林人民出版社1957年版。

② 中国社会科学出版社1984年版。

礼乐关系、天人合一的艺术境界等方面的理论。[①] 罗婷以《乐记》为中心，分析了先秦乐论思想，认为其中所提出的美学主张是我国文艺理论的思想源头，并构成了我国古典诗学的基本特征，即以感物为本的“物感说”、侧重言志的“表现论”、崇尚“中和”的审美思想和强调教化的“文道论”。[②] 张雪敏《〈乐记〉之“气”论》认为《乐记》是我国最早以“气”论文艺的美学专著，“气”在《乐记》中既指自然之气，即天地阴阳之气，又指人的气质个性，作者以“气”来论述音乐的审美特征、音乐与气质情感的关系、音乐的社会作用等，《乐记》之“气”论直接启迪和影响了其后中国的“文气说”，并形成了中国文艺的“重气之旨”。[③] 王琴在《从篇目组合看〈乐记〉美学理论体系的建构》一文中还对《乐记》的篇目组合进行了考证，认为其中的义理分析与技艺总结双重组合的总体构架，体现出诗、乐、舞艺术分类理论认识的觉醒，以及乐的本质、功能分析与审美分析的完整衔接。[④] 此外，江宇冰探讨了《乐记》强调君子知乐的创作基础、心物感应的创作契机、移风易俗的创作目的的诗歌创作理论，杨隽探讨了孔子“兴观群怨”思想对《乐记》的影响，张恩普探讨了《礼记》关于文学起源、文学功能、文学批评标准的文学批评思想。[⑤]

在《乐记》中，“中和”是其文艺思想的集中概括，因而不少学者撰文探讨这一思想。张文勋《〈乐记〉论“中和之美”》认为“中和之美”是《乐记》美学思想的核心问题，中和之美的提出与儒家对

---

① 《江苏社会科学》2002 年第 5 期。

② 《“乐”与中国古典诗学》，《中国韵文学刊》2001 年第 1 期。

③ 《天中学刊》2003 年第 1 期。

④ 《五邑大学学报》2005 年第 4 期。

⑤ 分别见江宇冰《〈乐记〉的诗歌创作理论》，《学术交流》2002 年第 9 期；杨隽《〈礼记·乐记〉与孔子的“兴观群怨”》，《北方论丛》2005 年第 6 期；张恩普《〈乐记〉的文学批评思想》，《古籍整理研究学刊》2006 年第 1 期。

自然界的认识和“天地之和”的观念、与儒家“中庸之道”的伦理思想和“天下大同”的社会理想密切相关，“中和之美”主要表现在要求艺术的思想感情、音响声调、风格形态、节奏旋律的和谐，“中和之美”的目的是强调礼乐治国、以乐治心，具有明显的政治作用[①]。逯雪梅《论〈礼记·乐记〉的“中和”文艺思想》、轩小杨《论〈乐记〉“和”的思想与表征》[②] 均对此问题发表了意见。李成以“和合”为中心，也对《乐记》的美学思想进行了系列研究[③]。此外，雷庆翼还探讨了儒家中和观对中国古代文学的影响，即其影响了中国古代文学的创作思想，屈原的辞兼有“《国风》好色而不淫，《小雅》怨诽而不乱”、汉大赋的“劝百而讽一”、古代悲剧的大团圆结局等，都遵循“发乎情，止乎礼义”的“中和”原则；也影响了中国古代文学的创艺术风格，刚柔相济、奇正相依、浓淡相宜，等等，都表现出一种中和之美。[④]

除了中和之美，近年的《礼记》美学研究提出一些新的问题，涉及一些新的领域，呈扩展态势。褚俊海、郭爱涛《〈礼记〉的生态美学思想探析》认为，“礼法自然”是《礼记》生态美学立论的基础，“人法于礼”“天人合一”是《礼记》生态美学的表现，“乐”是“礼”作为生态美学思想的典型表现。[⑤] 朱国芳《〈礼记〉的审美文化意涵研究》用“礼乐生活”指称古代中国人审美化的生活样式，“礼乐生活”既是古代中国人的存在方式、行为规范、价值来源，也是他们的生活世界，《礼记》便是对“礼乐生活”的呈现。作者致力于以

---

① 《文艺理论丛刊》第22辑。

② 分别见《北方论丛》2003年第6期、《沈阳师范大学学报》2006年第2期。

③ 分别见《论〈乐记〉中“和合”文艺思想》（《艺术百家》2004年第3期）；《〈乐记〉“和合”美学思想的表现形式》（《学术交流》2004年第6期）。

④ 《儒家中和观对中国古代文学的影响》，《衡阳师范学院学报》2002年第5期。

⑤ 《船山学刊》2010年第1期。

“礼乐生活”为中心的整体性研究，在人与自然、人与社会、人与自身的联系中，在冠礼、丧礼、祭礼、射礼、乡饮酒礼的仪式中，把握古代中国儒家礼乐生活的审美文化结构和审美文化精神，阐释礼乐生活的审美化特征，从而把握古代中国人的生存世界与存在方式，揭示古代中国人的“审美化生活”。①

有些问题虽然不属于新的领域，但进一步厘清仍然是学术所必需。如赵东栓通过对《乐记》与《易传》的比较，认为《乐记》不仅直接袭取或化用了《易传》中的文字章句及其哲学理论中的概念、范畴和命题，而且继承了它的思维方式，从而构建起中国古代独特的宇宙自然、社会人事与艺术相互沟通关联、和谐统一的文艺理论体系。② 杨合林《〈礼记·乐记〉与〈史记·乐书〉对读记》通过两个文本编次和异文的比较，认为《史记》版《乐记》比《礼记》版要更接近原著的本来面貌，因而具有更大的文献价值。③ 黄意明《〈荀子·乐论〉与〈礼记·乐记〉思想比较》分析了荀子《乐论》与《乐记》的尚情特色与情感教育观，比较了《乐记》思想对于《乐论》思想的发展。④ 再如对《乐记》中的乐教思想的探讨，由于传统文化的复兴而引起近年研究的格外重视。张雪敏《〈礼记·乐记〉的乐教思想》认为，《礼记》乐教思想的理论基础是“物感”论，亦即物—心—乐三者之间一种相互触动、相互感发、相互作用的关系；其教化意义主要表现在乐通伦理、乐与政通两个方面；而对于乐教的具体实施，《乐记》强调以“德音”教化民众，并注重因材施教、循序

① 山东大学博士学位论文，2013 年。

② 赵东栓：《先秦两汉文学与文化研究》，吉林人民出版社 2002 年版，第 182—207 页。

③ 《文学遗产》2011 年第 1 期。

④ 《戏剧艺术（上海戏剧学院学报）》2008 年第 1 期。

渐进。[①] 杨雅楠《〈礼记·乐记〉乐教功能及当代启示》认为其具有审美功能、政治功能和道德功能等，而在当代乐的政治功能及道德功能正逐步淡化，因而应该重新树立当代乐文化的主流价值观，将之与社会主义核心价值观相结合，继而发挥乐文化的功能。[②]

《别录》载刘向所校《乐记》共23篇，现存11篇，合为1篇，即《礼记》中的《乐记》，而其他12篇亡佚。王祎认为其亡佚的原因有三：一是《乐记》自身的原因，前11篇重在阐释乐义，强调德音与溺音的利弊、舞以象功以及歌与性情之关系等乐教的内容，为乐之精义，后12篇侧重乐舞的使用器物与表演技巧，为乐之名物度数，这种本质区别可能造成了两部分的分离；二是秦汉古籍编纂通例的原因，秦汉古籍在传承过程中逐渐简化删减，弟子、门人、子孙结合自己的理解有所附益、缀辑或简化、删除；三是历史与政治环境的变化是其客观原因。他通过钩稽辨析，认为今存《乐记》文字的文献有：《礼记·乐记》《史记·乐书》《说苑·修文》《白虎通》《风俗通义》《周礼·乐师》《吕氏春秋》等。[③] 一般认为，"六经"中的《乐经》已亡于秦始皇的焚书坑儒，但谢炳军认为《乐经》仍有章可循。在《〈乐经〉散而未亡》中，他认为《乐经》只是消融于先秦的其他典籍之中，但其文本信息尚可以钩沉。其中"《乐记》保存着《乐经·大武》的舞容、舞仪、舞具、乐章标识等重要信息；三礼、《左传》《国语》等先秦古籍留存着《大武》的诗歌文本，以及《乐经》中的《九夏》与《大夏》内容及乐舞礼乐意义的信息；《诗》文本是《乐》

---

① 《南都学坛》2010年第5期。

② 杨雅楠：《〈礼记·乐记〉乐教功能及当代启示》，硕士学位论文，辽宁大学，2013年。

③ 王祎：《〈礼记·乐记〉产生佚文的原因及佚文钩稽》，《古籍整理研究学刊》2010年第6期。

文本‘乐语’的精华部分”。[①] 于超《〈礼记·乐记〉中的乐教思想研究》认为，以音乐达到教育，关键在于敦和之乐与礼相济，情理交融，涵养人之相亲相敬；敦和之乐以仁为本，将乐的本质与人的仁者之心自然贯通；敦和之乐立于礼、依于仁，则势必达于“诚”，收内尽其性、外与物谐之功。[②]

毫无疑问，《乐记》代表了《三礼》文艺思想的最高成就，是《三礼》文艺思想的集中体现。但是，礼乐文化毕竟是一个庞大的思想文化体系，在某种意义上说，《三礼》也是一个思想整体。因此，论述周代的文艺思想，不能仅仅依靠《乐记》，《三礼》中还有许多相关资料。全面依据《三礼》以及周代文献，开展周代文艺思想研究，较早并取得较大成就、至今仍具有代表意义的是李炳海先生的研究。李先生 1982—1985 年写作的博士论文《周代文艺思想的辩证结构》是这一领域研究的开拓之作，论著的主体部分先后以单篇论文的形式发表，1993 年东北师范大学出版社以《周代文艺思想概观》之题予以出版。论著分上、下两编，李先生用了一编的篇幅来论述“周代的礼与文艺思想”（上编，下编是“周代的阴阳学说与文艺思想”）。作者认为，礼是周代占统治地位的上层建筑和意识形态，周代的文艺思想是以理论的形式把礼的精神具体化，论著从《诗经》《周易》本经及传、《三礼》《春秋》《尚书》等记述周代传统思想的著作中抽绎出文与质、性与情、礼与乐、中与和、隐与显、忠与信六组既彼此对举又相互联系的范畴，论证了它们的辩证统一。李炳海先生在文中阐述的学术观点，基于对周代思想文化和典籍文献的甄别与分析，注重与古希腊文艺理论和德国古典哲学的联系与比较，强调对中国后代文艺思

① 《中国音乐学》2015 年第 3 期。

② 《教育学报》2016 年第 3 期。

想的启示与影响，因而令人信服，在学界产生了极大影响。

20 世纪 90 年代末和 21 世纪初，在《三礼》文艺思想的研究上，取得令人瞩目成绩的是傅道彬先生的研究，其中他对于“兴观群怨”说的重新解读，成就尤为突出。“兴观群怨”是孔子提出的诗学概念：“诗可以兴，可以观，可以群，可以怨。迩之事父，远之事君；多识于鸟兽草木之名。”（《论语·阳货》）一般说来，兴是指诗歌能够启发人们修身齐家治天下的道理，观是指诗歌可以观察社会政治的盛衰、善恶、得失，群是指诗歌可以沟通情感达到和谐，怨是指诗歌可以表达不满情绪使政治改善。但如何理解“兴观群怨”的文化背景和深层内涵，却是见仁见智，意见不一。傅道彬先生认为，“兴观群怨”是一个有机联系的理论体系，“观”是形式的，也是基础的，只有通过“可以观”的艺术观赏形式，才能实现“可以兴”“可以群”“可以怨”的社会政治目的。在《“诗可以观”——春秋时代的观诗风尚及诗学意义》中，傅先生认为，“诗可以观”首先是一种现象，然后才是一种理论，风行于春秋时代列国的观诗风尚孕育了“诗可以观”这一理论观念的产生；《三礼》所记所论说明观诗风尚是礼乐文化中的春秋士人的精神追求；“诗可以观”的理论命题，既包含考察赋诗者的思想与情感意义，也包含对诗的艺术观赏意义；春秋时代是“诗的应用”时代，《诗》的应用代替了诗的创作，这正是《楚辞》之前三百年诗歌创作萧条与沉默的重要原因，而“诗可以观”正是用诗时代的文学背景下形成的理论观念。在《“兴”的艺术起源与“诗可以兴”的思想路径》中他认为，“兴”源于以祭坛为中心的原始艺术活动，是一种古老的诗歌类型，具有原型的历史意义；从艺术的诗之“兴”到思想的“诗可以兴”，表现出中国文化思、诗的特点；孔子提出的“诗可以兴”是礼乐背景下的一种用诗方式，是“感发志意”

和“引譬连类”的思想拓展方式，代表着中国哲学的思想延伸路线；古典诗学是建立在“兴于诗”的理论基础上的，从文学发生的感兴出发到艺术表现的兴象，再到其思想反映的兴寄和审美欣赏的兴味，都反映着兴的诗学理论对中国文学的巨大影响。在《乡人、乡乐与“诗可以群”的理论意义》中他认为，乡里是周代社会的基础政治构成单位，乡人是具有一定政治和文化地位的贵族阶层，乡乐是周代乡党间诗乐活动的典型样式；乡党间的礼乐活动，反映着周代贵族把世俗生活雅化、诗化、艺术化的精神追求；诗乐在乡党礼典中处于核心地位；“诗可以群”运用着诗乐为主体的艺术方式，体现“仁”的思想原则，表现“礼”的基本内容，达到“和”的理想境界。因此，礼乐制度使歌诗成为周代的一种风尚，从乡里到宫廷，从中原到荆蛮，诗乐和谐着人们之间的政治关系，陶冶着人们的精神，成为周代的独特景观，由此具有风化意义的乡乐也走出了单纯的文学世界，走向广阔的社会生活，担当起“温柔敦厚”的“诗教”的文化使命，具有了“诗可以群”的理论意义。在《“诗可以怨”吗?》中，他认为在周代礼乐文化背景下产生的诗学观念，与现代西方“愤怒出诗人”的诗学理念有着重要区别：“怨”是儒家否定和限制的一种情感，“勿怨”才是儒家倡导的君子人格；以孔子为代表的思想家把“诗”看成礼乐文化的一种表现方式，因此“诗可以怨”强调的是怨愤情感的有限度表达，应当在“勤而不怨”“怨而不言”“怨而不怒”的中和之美的规范里，这一理论本质上是通过诗的艺术表现，使怨怒情感得以宣泄，得以抑制，而不是放任，更不是强化。① 2010 年，傅先生出版

① 分别见《文学评论》2004 年第 5 期；《学习与探索》2006 年第 5 期；《中国社会科学》2006 年第 2 期；《文艺研究》2007 年第 11 期。

《诗可以观——礼乐文化与周代诗学精神》[①]，全面论述了礼乐文化与周代诗学精神。傅先生的这些论断，建立在春秋文化的大背景上，揭示了其理论意义和文学影响，因而在《三礼》的文学思想、孔子文艺观、先秦文论，以及中国文学批评史的研究上，都具有重要的开创意义，并必将产生深远的影响。

此外，这方面研究比较突出的，还有夏静《礼乐文化与中国文论早期形态研究》、王秀臣《礼仪与兴象：〈礼记〉元文学理论形态研究》等。夏静《礼乐文化与中国文论早期形态研究》通过对礼乐文化的知识谱系及精神品格与中国古代文论的关联进行历史文化考察[②]，探讨中国文论自孕育期以来所蕴含的文化基因及源流统绪的精神方向。作者认为，"象"作为"礼乐之思维构型"，具有元范畴的意义，其"象喻"思维具有审美特质，是中国传统艺术发端的根本运思之法，对于中国古代文学的发生特征具有重要影响，广义的人文起源于象，象喻思维形成了"以象比德"的政教思维和比兴、言志等文学思维；"文"作为"礼乐之文化基因"，与三代礼乐文化同生共长，其"尚文"的思维模式开启了中国古代文学及文论的知识维度、逻辑空间、精神气质与价值取向，影响了古人对于文学性质、特征、规律及其功能等根本问题的认识；"和"作为"礼乐之精神品格"，其"尚和"思维对于中国古代文学、美学有着长久的滋养与浸润，在审美上以中和为理想，在文与质、情与理、道与艺、形与神等一系列对举的范畴中以中和为最高境界，使古代文学思想从内容到形式都呈现出浓郁的中和色彩。王秀臣《礼仪与兴象：〈礼记〉元文学理论形态研究》立足《礼记》文本，与其他先秦典籍互证，全面审视了《礼记》

① 傅道彬：《诗可以观——礼乐文化与周代诗学精神》，中华书局2010年版。

② 夏静：《礼乐文化与中国文论早期形态研究》，中华书局2007年版。

的文学思想及其文学表现。[①] 作者认为，礼是威仪，是律度，是典章，也是纹饰；礼用于经世，用于立身，也用于为文；礼是物质的，也是精神的。作者以礼乐文化为研究背景，通过分析重要的礼学范畴或典型的礼仪行为，揭示上古礼仪规范的原始内涵，从《礼记》政治、伦理、道德、宗教阐释中疏通“礼”与“文”的血缘脉络，抽象出其文学倾向和理论主张，揭示上古礼仪文明对早期中国文学思想的影响，还原“仪礼时代”礼乐文化背景中形成的中国启蒙文学思想的元文学理论形态，从而揭示礼学、经学和文学思想的内在联系。

第三节 《三礼》与《诗》

周礼是《诗经》时代的客观存在，其时的政治即所谓礼治，其要义在于维护周朝的社会秩序，维护周王和各国诸侯的统治。因而《诗经》必然反映着周礼，《礼记·孔子闲居》所谓：“志之所至，诗亦至焉；诗之所至，礼亦至焉；礼之所至，乐亦至焉。”《诗》成为礼教的重要载体，以诗辅礼，诗便具有了教化功能；而周人论礼常常以诗为证，也说明《诗》中的许多作品与周礼相关。[②] 因此，以《诗》证《礼》、以《礼》解《诗》，成为《诗经》学史上一个重要的方法，也成为《三礼》文学研究的一个重要方面。

这种解诗方法在先秦时期士大夫赋诗言志时已经开始了，但作为一种研究方法则开始于汉代。鲁诗学者以诗印证周代礼乐、典章制

---

① 王秀臣:《礼仪与兴象:〈礼记〉元文学理论形态研究》，社会科学文献出版社 2014 年版。

② 参阅赵敏俐《诗与先秦贵族的文化修养》，《诗经研究丛刊》第一辑，学苑出版社 2001 年版。

度，将诗作为《礼》的说明，首开其例；毛传郑笺也多有以礼说诗之处[①]。宋代的王应麟在《困学纪闻》中说："诗、礼相为表里"，王安石在《诗义钩沉》中也明确说："乃如某之学，则唯《诗》《礼》足以相解，以其礼同故也。"邱汉生先生辑校该书所作的序言中评价说："《诗》和《礼》同样产生于西周春秋时期，它们所反映的社会生活是相同的，书里的名物制度是相同的，故'《诗》《礼》足以相解'的论点，是符合历史实际的，抓住了解《诗》的一个关键。"[②]

在相当长的时期里，这方面的研究多在具体篇章中阐释。把《诗经》放在广阔的周代礼乐文化背景上加以考察，是20世纪80年代以后的事情。许志刚先生的博士论文《论大雅小雅的艺术形象》（作于1983年至1986年），首先将《诗经》大雅小雅的艺术形象与周代的礼结合起来研究。他认为，环绕着它们并制约它们行为的礼，已经成为这些艺术形象性格的基本内涵，只有认真研究周礼，并进而研究礼的现实依据，才有可能较为客观地认识艺术形象中所凝聚的历史性内涵，以及作品中所体现的艺术创作规律。经过研究，许先生认为：在礼的制约和周代贵族性格的交互作用下，产生了周代独特的"人格美"理想，即率先执礼；礼对情虽有所约束，但感情在礼的规范内得到了较为充分的抒发。[③] 该论文曾以《诗经胜境及其文化品格》之名1993年由台湾文津出版社出版，后经作者修改，收入作者《诗经论略》一书中[④]，列为上编，题为"《诗经》与周代的礼乐文化"。

① 参阅叶勇《毛传郑笺以〈礼〉释诗初探》，《诗经研究丛刊》第一辑，学苑出版社2001年版。

② 《诗义钩沉》，中华书局1982年版。

③ 《礼对周代贵族情感的制约作用》，《孔子研究》1987年第4期；《周代的礼与周代贵族的性格》，《孔子研究》1989年第1期。

④ 辽宁大学出版社2000年版；后经增补、修订，纳入"辽海学术文库"，以《〈诗经〉艺术论》之名于2006年由辽海出版社出版。

20 世纪 90 年代以后，《诗经》研究学界越来越倾向于把《诗经》作品的创作、结集、应用、传播与周代礼乐制度的发生、发展、演变等问题结合起来进行讨论，使研究不断深入。这些研究主要围绕以下三个问题来进行。

一是《诗经》的结集与礼的关系问题。姚小鸥先生认为《诗经》（“诗”的结集）的自然史与周礼相始终，诗的创作与规范应用是礼的具体实践，《诗》的形成即礼的成熟，所以随着周礼的走向崩溃，《诗》的发展也就停止了。他的有关研究开始于 20 世纪 80 年代后期，最早的成果是发表于《东北师大学报》1989 年第 2 期的《论〈王风·大车〉》，该文用周代礼制确定了诗中男主人公的社会身份，从而对诗的主题意义、情感表达等都做了独到的论证。他写成于 1993 年的博士论文《诗经三颂与先秦礼乐文化的演变》通过《诗经》的自然史探讨了周礼的渊源与历史，通过对《诗经》文本的阐释解释了周礼的性质、内容与演变，并着重研究了《诗经》的三《颂》与殷商、西周、春秋三代礼乐文化的关系。作者认为，《商颂》原是祭祖的颂歌，在商朝灭亡后保存在宋国，又有所续作，它是商代礼乐制度的产物，并在周代之初制定周礼时发生过很大影响；《周颂·大武》是创作最早的周初祭歌，承继了殷代文化的某些特点，又汲取了周边民族的文化成分，并充满了杀伐之气，继《大武》之后创作的《三象》则颂赞了先王之德并表示继承先王遗志的决心，从《大武》到《三象》反映了周礼的伦理核心“德”不是一个静止的概念，而是有一个从“武”到“文”的历史演变过程；《鲁颂》是春秋时期鲁国人所创作的颂歌，记录了鲁僖公为复兴已经衰落的西周礼乐制度而进行的努力。姚小鸥的研究具有重大的理论意义，他证明了先秦礼乐制度演变的一般规律，也找出了儒家思想与西周礼乐文化精神联结的中间环节。在增补修订后，该论文以《诗经三颂与先秦礼乐文化》之名于2000年由北京广播学院出版社出版。黄震云认为《诗经》风、雅、颂的篇目差异反映着西周礼乐的形制，西周礼乐以雅诗为主体，颂诗为郊庙之乐，风诗为天子适时赏赐给诸侯的礼乐；西周礼乐以十为体制，因此大小雅和周颂都是十篇为一个单元，但在适用过程中又会及时调整；礼崩乐坏之后，孔子删诗正乐是乐舞，诗书缺主要是雅诗缺，但部分篇目名称仍然存在，后人称为笙诗，笙诗就是存目的雅诗。①

二是对《诗经》的礼学分析，这方面的研究涉及风、雅、颂的各个类型，也涉及祭祀、战争、婚恋、宴饮、颂赞等多种主题。战学成的博士论文《五礼制度与〈诗经〉时代社会生活》探讨了吉礼、凶礼、宾礼、军礼、嘉礼“五礼”与《诗经》的关系，对“嘉礼与《诗经》婚俗诗”“乡饮酒礼与诗经宴饮诗”“宾礼与春秋时代的赋诗风气”“祭礼与《诗经》祭祀诗”“籍田之礼与《诗经》农事诗”“军礼与《诗经》战争诗”“丧礼与《诗经》悼亡诗”展开了较为全面的论述。林素英认为《诗经》二南表达了“思无邪”、人伦亲亲、夫妇之情、父子之亲、君臣之义的礼教思想。② 张然《解诗与解礼——关于〈诗经·摽有梅〉的阐释》通过对郑玄、欧阳修、朱熹、戴震、闻一多等对《摽有梅》的阐释，认为戴震以“杀礼”释之最为符合诗的本义。③ 于茀认为《诗经·卷耳》是对陟神之礼的描写，诗中描写的卷耳、山、酒、马都是陟神的工具和手段。④ 董雪静《诗经“东门恋歌”与周代礼俗》认为《诗经》中以“东门”为题的5

① 黄震云：《〈诗经〉风雅颂篇目差异与西周礼乐形制》，《江海学刊》2009年第6期。
② 《论二〈南〉诗的礼教思想》，《中国文化研究》2006年第2期。
③ 《齐鲁学刊》2007年第1期。
④ 《〈诗经·卷耳〉与上古陟神礼》，《北方论丛》2002年第1期。

首恋歌生动再现了当时青年男女恋爱交往的情形和“东门”聚会的社会风尚，这一现象的出现既与周民族作为古老农业民族而产生的朝日典礼有关，另外也是周代春季“会男女”之礼与民间习俗相渗透的结果。[①] 江林《〈诗经·木瓜〉与周代礼俗》认为《木瓜》中的投李报玉实际上是周代贽见礼的起源和早期形式。[②] 从东汉班固开始，历代学者多以“尚武”为《诗经·秦风》的特征，刘丽认为这是不全面的，作者从车舆、马政、燕礼、田狩、朝觐、聘问、丧葬、饮食等方面加以考察，认为《秦风》在崇尚武功之外也多方面地接受了周代礼乐文化的影响。[③] 丁进认为周礼中的婚姻之礼有正礼和变礼之分，在尊重民俗基础上制定婚礼规范，是为“正礼”；为特殊的情况制定变通办法，是为“变礼”。《诗经》中的婚恋诗歌与此相应，风采各异，传统“淫奔诗”的说法是对“变礼”的误解。[④] 刘冬颖、殷锐《“燕礼”的还原与〈诗经〉中的宴饮诗》通过对“三礼”中“燕礼”的考察，联系《诗经》中的宴饮诗，认为《诗经》中的宴饮诗浸润并凸显了礼乐文明精神。[⑤] 张艳萍进一步认为《诗经》的“燕饮诗”动态地反映了燕礼的仪式，表达了燕礼的目的，再现的燕礼的基本面貌，不仅与《仪礼》内容大部分相合，而且补充了《仪礼》的不足。[⑥] 徐兴苗、王福利认为《诗经·小雅》反映了西周至春秋时期“礼崩乐坏”的情景。[⑦] 马银琴《西周初年祭礼颂歌考述》认为在周

① 《淮阴师范学院学报》2005 年第 5 期。

② 《中国典籍与文化》2004 年第 1 期。

③ 《〈诗经·秦风〉与周代礼乐文化》，《江淮论坛》2007 年第 1 期。

④ 《周礼规范下的〈诗经〉婚恋诗歌创作》，《江淮论坛》2005 年第 5 期。

⑤ 《哈尔滨工业大学学报》2003 年第 1 期。

⑥ 《〈诗经〉燕饮诗与周代燕礼的还原》，《洛阳师范学院学报》2006 年第 1 期。

⑦ 《从〈诗经·小雅〉看西周至春秋时期礼乐文化的衰落》，《徐州师范大学学报》2006 年第 2 期。

人的祭祀仪式中，《颂》与《雅》往往配合使用，分别承担着不同的仪式功能，“颂”为敬神之歌、献祭之歌，对象为神；“雅”为述功之歌、垂戒之歌，对象为与祭之人。[①] 韩高年认为《诗经》中的颂体诗是祭祀仪式的产物，而广义的“颂”则是各类仪式活动中的“仪式叙述”，因而颂诗的重点在其礼仪之用而不在歌辞。[②]“无算乐”是正式宴饮礼仪之后，伴随主客开怀畅饮，按其所好，不拘正规礼乐次序而演奏歌唱的诗乐，汪祚民根据《仪礼》记载的无算乐所歌多《诗经》中的国风篇章，分析了《诗经》作品的娱情功能，认为这是风诗作品在春秋时代被大量采集入乐和郑卫之诗乐流行的重要原因。[③] 周凤英则通过对《诗经》饮食器具的阐释来解读先秦礼制。[④] 关于《诗经》中的爱情诗与礼的关系，有两种意见相反。袁定坤认为《诗经》婚恋悲剧固然不能忽视周礼的影响，但影响十分有限，不能用后世“吃人”的礼教去看待《诗经》时代的周礼，因而不能把《诗经》婚恋悲剧简单地归之于礼教，而应从社会局面、婚姻形式以及男权文化的集体无意识等方面去探讨。[⑤] 侯爱华、袁义方《周礼与〈诗经〉中的爱情诗》则相反，他们认为《诗经》中的爱情诗均与周礼相关：“礼不下庶人”，所以民间自由恋爱普遍，爱情诗也较多；周礼强调“婚姻以时”，所以其中有一些写婚姻“即时”与“失时”的诗；风诗中的爱情悲剧，大都是受“父母之命”“媒妁之言”的阻挠；弃妇

---

① 《中国文学研究》2002 年第 1 期。

② 《先秦仪式展演对诗艺的孕育——对“颂”诗文化内涵的历史考察及启示》，《西北师大学报》2004 年第 5 期。

③ 《从〈仪礼〉“无算乐”看〈诗经〉的娱情功能》，《陕西师范大学继续教育学报》2003 年第 3 期。

④ 《礼的见证——从〈诗经〉的饮食器具管窥周代的礼》，《开封大学学报》2005 年第 4 期。

⑤ 《周礼与〈诗经〉婚恋悲剧——〈诗经〉婚恋悲剧探源》，《武汉大学学报》1999 年第 1 期。

诗，则是当时男尊女卑的集中反映。① 项阳《〈诗经〉与两周礼乐之关系》具体分析了《诗经》与周代礼制仪式用乐的关系，让人看到《诗经》内容所对应的既有吉礼又有嘉、宾之礼，《诗经》“风”“雅”类中一些作品被纳入“乡乐”与“房中之乐”，在“乡饮酒”“乡射礼”“燕礼”中为用，将礼制仪式类型与之对应的礼乐类型相比较，从而探究了礼乐核心与礼乐整体之关系，展现了礼乐制度的多类型性、多风格性和丰富性。②

三是以礼用为核心的《诗经》传播研究。黄金明认为春秋时的赋诗、言语引诗展现了诗、乐、舞、礼由分而合的演变过程，这一演变过程呈现出中国早期诗歌的礼用本质，而孔子的诗学观与此相一致，较为全面地阐发了以礼为核心的《诗》的功能。③ 刘丽文《春秋时期赋诗言志的礼学渊源及形成的机制原理》认为，赋诗言志与宴飨礼仪有着密切关系，赋诗言志是对宴飨礼仪中固有乐歌形式的模仿和意义的转换，即《诗经》中的诗在燕飨之礼中本来是固定的、程式化的，其发挥作用的原理是被“礼”化的诗的乐章之义，但春秋时期礼崩乐坏，礼仪多被僭越，乐章之义又失落了，于是宴飨礼仪中的诗便经历了一个从取乐章之义到取词章之义到“点歌”即赋诗言志、断章取义的演变。④ 李树军《周代礼仪用乐与〈诗经〉的传播》认为《诗经》在周代最重要的传播方式就是作为礼仪的乐歌和舞蹈，礼仪正乐的节次一为升歌、笙入、间歌，二为升歌、下管、舞，每一环节皆以《诗经》中的篇章为演奏对象，《诗经》中的许多诗篇也通过仪式传播开

① 《武汉理工大学学报》2005 年第 3 期。

② 《中国文化》2013 年春之卷。

③ 《春秋赋诗、言语引诗与孔子的〈诗〉论》，《漳州师范学院学报》2000 年第 4 期。

④ 《文学遗产》2004 年第 1 期。

来。[①] 王国伟认为孔子在研究《诗经》时，将诗与礼紧密相连，在孔子看来，诗是“礼”的展示，而“礼”则是诗的规范，孔子对《诗》礼用功能的重视，目的在于恢复传统的礼乐之制。[②]

王秀臣的《三礼用诗研究》则从“雅乐”内涵的变化论证了礼与诗、乐之关系，对“礼典制度”与《诗》的关系进行了系统的考证。作者认为，春秋时期，宴飨礼仪在内容和形式上都有所变化，用于典礼的诗乐原本具有的宗法、等级意义渐渐消失，这种变化使得诗与乐在宴飨礼仪中的角色关系发生转换，乐的等级教化意义逐渐淡化直至消失，而诗本身的意义逐渐澄明，春秋时代赋诗言志的风气正源于此；礼乐关系是诗礼关系的历史形态，“诗”几乎同所有与“礼”相关的问题相联系，礼的变化也带来了诗的变化. 所有与“诗”相关的问题也几乎都受“礼”的影响；文学作品的《诗》承载着政治、伦理和道德意义的礼，具有巨大的社会影响和全能的品性，《诗》的礼典意义正是《诗》传播和接受机制形成的内在动力，《诗》因礼典而结集，也因礼典而传播和接受。[③]

综上所述，《三礼》文学研究经历了漫长的发展道路，而在最近30余年里取得了突出的成绩。但总结以往成绩的同时，我们还应清醒地认识到这一重要课题中还有许多值得进一步思考的问题。《三礼》自身的文学价值已经越来越多地引起学界的重视，并进行了卓有成效

---

① 《乐山师范学院学报》2004年第11期。

② 《兴复盛世的别样尝试——论孔子诗学研究的礼用特色》，《乐山师范学院学报》2007年第1期。

③ 分别见《燕飨礼仪与春秋时代的赋诗风气》，《福建师范大学学报》2005年第3期；《“仪礼时代”与〈仪礼〉中的诗乐情况分析》，《中国韵文学刊》2005年第1期；《从“诗乐”到“乐诗”：礼与乐、诗关系的角色演变》，《江西师范大学学报》2006年第1期；《礼藏于乐：礼乐文化的形态原型》，《湖南大学学报》2006年第1期；《周代礼典制度与传〈诗〉系统的演变》，《湖南师范大学学报》2006年第4期；《论用诗与用〈诗〉的礼典意义》，《南京师大学报》2006年第6期。

的研究，但在文学观念、文学理论、文学实践、文学制度与体裁中，还有许多问题需要具体研究。《三礼》蕴含的文艺思想得以进一步开掘，特别是将它放在广阔的文化背景中加以探讨，推动了研究的深入。但将《三礼》的文艺思想作为一个体系放在春秋文化的背景中，以及把春秋时期的文艺思想放在礼乐文化的体系中加以研究，还有许多未尽的工作。应该说，近30余年来，对诗与礼关系的研究，范围更加广泛，眼界更加开阔，结论更加切实。但人们的目光还是较多地落在《诗经》与礼的关系上，作为同步的文化现象，这种研究固然无可厚非，但范围还可以再广泛一些，眼界还可以再开阔一些，把《三礼》放在中国文学发展的背景中，全面地评价《三礼》的文学史价值，无疑是一项非常有意义的工作。

第十章　《楚辞》的艺术辩证法

由于特殊的地理位置、历史发展和社会情况，楚文化在千百年的发展中形成了与北方中原有所不同的文化特质。一方面，巫风文化诱生了大量的原始宗教艺术，巫歌、巫舞盛行，使楚文化充满浓烈狂热的情趣和自由奔放的想象；另一方面，“汉阳诸姬，楚实尽之”，民族的多元化决定了其文化的多元性，中原的礼乐文化，中原文化的理性精神，都使得楚文化表现出深沉的现实精神。这是一种文化的融合，也是一种艺术的辩证，在这种文化氛围中产生的楚辞艺术便充满辩证的精神。

第一节　浪漫与理知

一　楚辞的巫风浸染

楚国是一个原始巫风弥漫的世界，人们的精神无拘无束地沉浸于宗教幻想中。这种浓烈的原始宗教气氛，不仅为大量瑰丽神话的滋生提供了良田沃土，而且为各地神话的广泛传播提供了充足的条件和大量的场所。巫风与神话的融合，使楚人沉浸在超现实的神奇境界的无限联想与向往之中。被鲁迅先生称为“巫书”的《山海经》记载了大量的怪禽异兽和神话传说，反映了早期楚人的浪漫想象。而从王逸关于屈原仰见楚之先王庙及公卿祠堂图画，观天地山川神灵及古圣贤怪物行事而作《天问》的记载，我们可以了解到，即使到了战国时代，南方楚地仍笼罩着这种奇异神怪的想象的氛围。重鬼信神，巫风盛行，使得楚地没有中原地区那种严格的礼法束缚，而更多地洋溢着虚幻、神秘的气氛，从而使其文化具有更多的热烈、奔放、神奇、瑰丽的浪漫激情。

此外，“楚有江汉川泽山林之饶，江南地广”（《汉书·地理志》）的环境也直接触发了楚人的天才想象。正如王夫之《楚辞通释》所论：

> 楚，泽国也；其南沅、湘之交，抑山国也，迭波旷宇，以荡遥情，而迫之以崟嵚戌削之幽菀，故推宕无涯，而天采矗发，江山光怪之气，莫能掩抑。①

刘师培在《南北文学不同论》中将南、北对比，也曾做过这样的分析：

> 大抵北方之地，土厚水深，民生其间，多尚实际；南方之地，水势浩洋，民生其间，多尚虚无。民尚实际，故所著之文不外记事、析理二端；民尚虚无，故所作之文或为言志、抒情之体。②

---

① 王夫之：《楚辞通释·序例》，上海人民出版社 1975 年版，第 4 页。

② 刘师培：《南北文学不同论》，《刘师培中古文学论集》，中国社会科学出版社 1997 年版，第 261 页。

这种高山大泽、云烟变幻的自然环境，培养了楚人丰富的想象力，为楚文化的产生与发展提供了一个理想的天地，并使楚文化富于飘逸、奇谲、幽渺、恣肆的浪漫气息。

这种情况在出土的楚文物中得到了极为形象的体现。1978 年湖北随县擂鼓墩曾侯乙墓出土的内棺上的纹饰形象地展示了楚人的民族文化与审美情趣。此棺周围布满鬼怪纹饰，描绘了龙、凤、神兽等许多形象，或错落而置，或和平直处，或争斗不止，神态各异，色彩绚丽，异彩纷呈，仿佛这里便是一个纷纭繁复的世界！而在这具棺身的前后左右都描绘了供墓主灵魂出入的窗纹，更是幻想奇特，韵味十足！① 值得注意的是，楚文物中，无论礼器，还是日常用器；无论铜鼎彝器，还是丝绸刺绣或木雕漆器，都充满丰富的想象、奇异的夸张，表现出多姿多彩的艺术风貌。如河南淅川下寺楚令尹墓出土的一件春秋升鼎，器身周围攀附六个浮雕夔龙装饰，腿部饰兽形扉祷；另一件铜鬲，腿部饰蟠虺纹，周围也攀附着六个浮雕夔龙。如此严肃的庙堂祭器，居然攀龙附兽！② 再如楚故都江陵望山二号楚墓出土的战国中期铜尊，其上嵌银龙 60 条，凤 24 只，凤与龙之间施以云纹。③ 龙游，凤翔，云漫，想象奇特丰富，浪漫情趣浓重。这种浪漫色彩在楚文化中是一以贯之的，它反映了楚民族浪漫的民族气质与审美情趣。

楚族神话和楚文物表现出的浪漫精神启发了楚辞作家那奇伟瑰丽的想象力，决定了楚辞的文学倾向。一方面，它成为楚辞作家必不可少的创作素材；另一方面，它也孕育了楚辞的表现方法。《九歌》中

① 参见湖北省博物馆《随县曾侯乙墓》，文物出版社 1981 年版。
② 《河南省淅川下寺春秋楚墓》，《文物》1980 年第 10 期。
③ 参见刘彬徽《海淀区陵楚墓出土龙凤纹铜尊》，《江汉论坛》1980 年第 6 期。

有许多清新优美的神话故事；《招魂》是神仙鬼怪充斥其间；《天问》中一句问话就是一段神话故事和历史传说，170 多个问题构成了一部神话的结集。即使像《离骚》那样政治性极强的诗篇，诗人也从神话传说汲取丰富的形象，通过自己自由奔放的想象，把它们组织在一起，构成了层出不穷的生动情节和壮丽画面：诗篇自我形象驱使着日神羲和、月神望舒、风神飞廉、雷神丰隆等天神，在县圃、崦嵫、咸池、天津、不周山等神境中驰骋飞翔、热烈追求。诗人之所以有如此气魄的夸张和想象，是由于他生活在一块神话色彩颇浓郁的可以驰骋想象的天地，在这里，诗人奔放的情感和奇谲的幻想得到了淋漓尽致的表现。

二　楚辞的理性精神

楚国的巫风文化诱生了大量的原始宗教艺术，无论是巫画，还是巫歌、巫舞，都具有神奇怪异的场面，充满浓烈狂热的情趣和自由奔放的想象；巫文化传统也使神话在楚国避免了历史化的厄运，而保持了较原始的状态和较良好的环境。这些在楚辞形成的过程中，都起了重要作用。但原始艺术总是和过于荒诞的观念、虚幻的信仰与幼稚的期望掺杂在一起，因此从审美感受的角度看，它不免过于单薄，而只有通过升华才能获得强烈的艺术魅力。而其升华的关键在于把融合着远大理想、峻洁人格和现实精神的深沉情感灌注其中，只有这样，具有奇幻想象特征的艺术，才能体现出时代与社会的审美理想，才能激起人们心灵震荡的审美感受。在这里，北方的理性精神之于楚辞正起到了这种升华的作用。它表现在以下三个方面。

一是民本思想的深蕴。民本思想是北方文化理性精神萌发的产物。殷商时期，神权至上的观念占统治地位，人们认为天神是天地间的最高主宰，所有自然现象的变化以及人类社会的种种活动，都受着神的意志的支配，君主作为神的代言人成为人间的最高主宰，具有至高无上的权力。然而，标志着中国历史跨入领主制封建社会的西周时代，基于对殷商覆辙的痛切认识，在继承传统天命观念的同时，其统治思想逐渐渗入了“人”的因素，体现了一定程度的理性内容。他们认识到“天惟时求民主”（《尚书·多方》），民心向背是天命的具体体现。由此，便形成了“敬德保民”的中国早期的民本思想。到了春秋，民本思想进一步壮大，它推动着当时的社会大变革，从而也就推动了理性精神的进一步觉醒。思想家们较为普遍地认识到民对君乃至对神的制约作用，提出了“天生民而树之君，以利之也”（《左传·文公十三年》）、“夫民，神之主也”（《左传·桓公六年》）的论断，从而改变了“听于神”的传统观念，重民、济民、爱民成为春秋战国普遍的文化意识。《楚辞》中“皇天无私阿兮，览民德焉错辅”（《离骚》）、“愿摇起而横奔兮，览民尤以自镇”（《抽思》）等所表现出的民本思想正源于此。

二是批判精神的高扬。由于商周之际思想上从神到人的大转换，君与臣、君与民的关系得到重新调整，人的自我意识逐渐得到确认，神圣的社会责任感和历史使命感使北方的思想家、政治家用理性精神观照、分析、批判现实政治中一切不合理的现象，而不是沦为对现实政治的辩护、认同和屈服。因此，当内忧屡作、外患频仍、社会动荡、国势衰微的时候，他们往往敢于坚持原则，申明自己的政治观点，指斥当权者的恶德恶行，并且提出富于改革精神的力图补阙救失、匡乱扶危的政纲。《诗经》大小雅中的“政治怨刺诗”便是这种批判精神的反映。孔子、孟子、荀子等思想家，更把是否具有批判精神作为衡量士人品格的标准之一。楚辞中表现出的作者不随世俯仰，不盲从君主，以及对腐朽势力的猛烈抨击、对奸佞党人的愤怒痛斥，对昏庸楚王的大胆谴责，均是这种精神的直承和发扬。

三是人格完善的追求。在北方文化中，人格的自我完善是士人最高的人生价值形态。孔子宣称“克己复礼为仁”（《论语·颜渊》），要求以对诗、书、礼、乐的知识性探寻和学习为起点，并以此指导自己的社会生活方式，以此严格约束、锻炼、塑造自己，修身养性：“君子无终日之间违仁，造次必于是，颠沛必于是。”（《论语·里仁》）甚至不惜自己的生命去“杀身以成仁”（《论语·卫灵公》）。孟子不仅努力维护自我人格的尊严：“乐其道而忘人之势，故王公不致尽敬礼，则不得亟而见之。见且由不得亟，而况得人臣之乎?”（《孟子·尽心上》）而且为了人格的完善甘愿“舍生而取义”（《孟子·告子上》）。这种人生态度对南方士人有着极大的影响，王国维先生在《屈子文学之精神》中曾论道：“南方之人，以长于思辨而短于实行，故知实践之不可能，而即于其理想中，求其安慰之地，故有遁世无闷、嚣然自得以没齿者矣。若北方之人，则往往以坚忍之志，强毅之气，恃其改作之理想，以与当日之社会争。”王氏所言未必全面，但楚辞中无论是“苏世独立，横而不流”（《桔颂》）的特立独行，还是“伏清白以死直”（《离骚》）、“重仁袭义兮，谨厚以为丰”（《怀沙》）的坚持节操，还是“路漫漫其修远兮，吾将上下而求索”（《离骚》）的追求精神，都既沾濡着荆楚文化的传统，又蕴藏着较多的北方文化的内涵。

三 《九歌》的民族精神

这种浪漫色彩和理性精神的融合，也是贯穿《楚辞》每一篇的特点。我们以《九歌》为例。《九歌》明白地描写了迎神、送神的场面，因此学者都不怀疑其作品与神祇的关系。只是在是用祭歌的形式还是全出自创造、是民间祭歌还是国家礼典所用等方面，仍存在分歧。当然，这在王逸和朱熹这里已有细微差别，朱熹说是改编民间祭歌而成，王逸则说是创作，但他认为是为楚民间祭祀而作。后代大多数学者，如明汪瑗《楚辞集解》、张京之《删注楚辞》，清钱澄之《屈诂》、王夫之《楚辞通释》、陈本礼《屈辞精义》等均同意朱熹之说；少数学者认为屈原所创作，与祭歌无干，如明黄文焕《楚辞听直》说："余谓《九歌》之名，自古有之，非楚俗之歌也……兹之有作，如后人拟古乐府，代古乐府，因其名而异其词云耳，不可以云楚，何云巫?""以原之事神，而专谓借事神以比事君，亦非也。"林云铭《楚辞灯》也说："余考《九歌》诸神，悉天地云日山川正神，国家之所常祀，且河非属江南说，必无越千余里外往祭河伯之人，则非沅湘间所信之鬼可知。其中有言迎祭者，有不言迎祭者，有言歌舞者，有不言歌舞者，则非更定其词托于巫口犬可知矣。""是迎神则原自迎，祭神则原自祭，歌舞或召巫歌舞其词其意，乃《九章》之变调，非他人祀神者所能取用。"我们认为，现存《九歌》固已不必为祭祀之实用，然其脱胎于民间祭歌则是无疑的。

《九歌》的题材来源是民间祭祀，十一篇中除《礼魂》是送神曲外，所祭者九神："东皇太一"是至上神；"云中君"即云神丰隆；"湘君""湘夫人"为异词同源，它们是在同一神话的传说基础上分化出来的两篇祭歌，经屈原改编后成为现在的形式，所舞唱的是同样的神祇，即湘水之神①；"司命"是主生命之神，"大司命"主人寿，"少司命"主子嗣；"东君"是日神；"河伯"是黄河之神；"山鬼"

① 参见郭杰《读〈九歌〉札记》，《吉林大学中文系建系四十周年学术论文集》，吉林大学出版社 1992 年版。

即山神；“国殇”是为国捐躯的亡灵。祭祀的仪式，神话的内容，热烈的场景，神秘的氛围，都使《九歌》充满了浪漫的气息。但在思想宗旨上，《九歌》却“寓情草木，托意男女”，通过神灵形象的塑造，抒发了诗人的思想感情，同时也流露出某些民族精神的特征。

首先，表现了执着的追求精神。《九歌》的《湘君》《湘夫人》《大司命》《少司命》《河伯》《山鬼》都描写了神的爱情故事，表现了神的悲欢离合，而通过神话的故事情节也表现了人的现实情感。《湘君》《湘夫人》是以一个女子的口吻写对湘水之神的思念之情。湘夫人约湘君前来相会，共成夫妻之事，但久候不至因而焦急万分。在急切的等待中，她产生了某种埋怨甚至猜疑：湘君啊，究竟为什么留恋家中而迟迟不来相会呢：“君不行兮夷犹，蹇谁留兮中洲？”为了能尽快见到湘君，她不愿再被动地等待，而要去主动迎接，于是她刻意装饰，亲驾桂舟，前往湘江。虽几经波折，终不得相会。但她并不绝望，而是捐玦袂、遗佩褋、赠杜若，表达了不相弃、长相知之心。《少司命》是写“少司命”对心爱的男子格外钟情，但她却“入不言兮出不辞”，“倏而来兮忽而逝”，自己忍受着“生别离”的痛苦，只有以“临风怳兮浩歌”来排遣内心的孤独。但她并未因此而削减心中的爱情，而是以其美好的心灵构筑着幸福的未来。《山鬼》写山中女神赴约，因不得与情人相会而产生了幽怨之情。她虽然认识到“思公子兮徒离忧”，但仍不改初衷，在“雷填填兮雨冥冥，猿啾啾兮又夜鸣，风飒飒兮木萧萧”的环境中，伫立山巅，等待着情人的到来。这些诗歌写的是对爱情的执着追求，但揭开掩在诗上的神秘面纱，联系屈原作品的男女之喻及求索精神，我们分明可以看到它与《离骚》“叩阍”“求女”的相似之处，可以体会到它所表现的屈原的精神实质。因此，《九歌》恋情诗中主人公对美好爱情的追求，正是诗人对美政理想上下求索的写照；主人公对爱情始终不渝的坚贞态度，正是诗人为理想九死未悔、体解不变的精神的体现！

其次，表现了高洁的好修品质。《九歌》中的神灵有一个共同的特征，这就是披香戴芳，嗜喜馨香。在《九歌》的神灵那里，大自然的香草香木都具有非凡的用途，有时它们是饮食的香料和调料："蕙肴蒸兮兰藉，奠桂酒兮椒浆"（《东皇太一》），"操余弧兮反沦降，援北斗兮酌桂浆"（《东君》）；有时它们是生活中的饰物和香料："荷衣兮蕙带，倏而来兮忽而逝"（《少司命》），"被薜荔兮带女萝""被石兰兮带杜衡"（《山鬼》），"浴兰汤兮沐芳，华采衣兮若英"（《云中君》）；有时它们是馈赠表情的礼物："搴汀洲兮杜若，将以遗兮远者"（《湘夫人》），"折疏麻兮瑶华，将以遗兮离居"（《大司命》）；有时它们是生活用具或居室建筑的材料来源："沛吾乘兮桂舟，令沅湘兮无波"，"薜荔柏兮蕙绸，荪桡兮兰旌"（《湘君》），"桂栋兮兰橑，辛夷楣兮药房。罔薜荔兮为帷，擗蕙杓兮既张。白玉兮为镇，疏石兰兮为芳。芷葺兮荷屋，缭之兮杜衡"（《湘夫人》）；有时它们又是美化环境、装点住宅的原料："沅有芷兮醴有兰"，"合百草兮实庭，建芳馨兮庑门"（《湘夫人》），"秋兰兮麋芜，罗生兮堂下。绿叶兮素枝，芳菲菲兮袭予"（《少司命》）。[①]这样，《九歌》中的神灵便都披香戴芳、含英咀华、居幽处馨，通身洋溢着沁人心脾的清新芬芳之气。当然，无论是环境的芳馨、气氛的幽雅，还是容饰的修洁，都是与主人公内心的纯美、志节的高尚和谐统一的。诗人正是以此来象征自己的崇高品德、美好情怀以及为达到这种高洁而进行的多种努力。这与《离骚》"纷吾既有此内美兮，又重之以修能。扈江离

① 参见傅庆昇、孙绿怡《植兰树蕙，播香布芳——漫谈屈原辞赋中的花草树木》，《北方论丛》丛书第三辑《楚辞研究》。

与辟芷兮，纫秋兰以为佩”“朝搴阰之木兰兮，夕揽洲之宿莽”，“制芰荷以为衣兮，集芙蓉以为裳”的合“内美”与“外修”的诗人形象是相通的。

再次，表现了刚勇的民族性格。楚民族长期僻居南方，早年由于人少势弱而经常遭到北方中原大国的歧视与打击，因而楚先人在“筚路蓝缕”“以启山林”的过程中，一方面在不断壮大着自己的国势；另一方面也逐渐培养了坚定的爱国信念和刚勇的民族性格。对此，《国殇》有突出的反映。《国殇》是为祭奠为国殉难的楚军将士而作。面对势力强大的敌人和残酷激烈的战争，楚军将士毫不退缩，奋勇争先，表现出视死如归的战斗精神。战斗虽激烈，死亡虽惨重，但诗中并无半点颓丧情绪，诗人怀着敬仰的心情礼赞他们“诚既勇兮又以武，终刚强兮不可凌。身既死兮神以灵，子魂魄兮为鬼雄”，实际也是对楚民族刚毅勇武的伟大性格的热情赞颂。

第二节　直切与迂曲

屈原“信而见疑，忠而被谤”，他的内心满怀对切身遭遇的疑虑，对群小党人的怨愤，对昏暗政治的担忧；此外，他“睠顾楚国，系心怀王”，充满对宗国的挚爱，对楚国命运的关怀，对政治参与的热望。因此，在《楚辞》中，诗人的情感是忠直的，又是婉曲的；诗歌在艺术表现上既是激切的，又是幽隐的。无情的指斥、愤怒的批判、热情的赞美、幻想的描绘、理想的神往，常常间杂在一起；现实与神话、写实与象征，构成了亦真亦幻的艺术境界。

一 《离骚》：真切现实与浪漫幻想

《离骚》较完整地展现了诗人的政治理想，抒发了为实现自己理想而不懈追求的崇高精神。诗人的政治理想，他自己称为“美政”。其美政理想的重要方面是举贤授能和修明法度：“汤禹俨而祗敬兮，周论道而莫差。举贤而授能兮，循绳墨而不颇。”诗人列举夏、商、周开国君主的事迹，说明举贤授能和遵循法度是政治清明、行无偏颇的重要保证。诗人还援引殷高宗荐举傅说、周文王重用吕望、齐桓公任宁戚为相的史实，进一步指出选拔人才要不拘一格，而只有依靠这些贤才方能成就壮伟的事业。对于“固时俗之工巧兮，偭规矩而改错；背绳墨以追曲兮，竞周容以为度”的黑暗政治进行了批判，指出正是这样不依法度、曲媚逢迎，造成了国家“路幽昧以险隘”的岌岌可危的命运。

屈原“美政”理想的基础是民本思想。《离骚》有如下一段：

> 皇天无私阿兮，览民德焉错辅。夫惟圣哲以茂行兮，苟得用此下土。瞻前而顾后兮，相观民之计极。夫孰非义而可用兮，孰非善而可服？

意思是上天是公正无私的，它要观察人们的德行以决定是否给予帮助和扶持。只有圣明睿智、道德高尚的人，才能得到上天的辅助并享有天下。纵览历代兴亡，遍观民心所向，哪有对人民不义、不善而能够保有天下的呢？

屈原“美政”理想的目标指向是“存君兴国”，一统天下。战国时代，天下一统已成为人心所向的历史趋势，“横成则秦帝，从成即楚王”（《战国策·秦策四》）的说法也被人们普遍认可。尽管屈原生活的怀、襄时期，楚国已是内忧外困，日趋衰落，但他仍然基于楚国的有利条件，站在时代的历史高度，洞察社会的发展前景，希望通过举贤授能、修明法度改革楚国的政治，以达到富国强兵、一统天下的目的。在诗中，屈原大一统的思想多有表现。他自叙世系时称自己是："帝高阳之苗裔"，"高阳"即传说中五帝之一的颛顼，而五帝（包括高阳颛顼）则为中华民族的共同祖先。他称颂的前圣、"前修"如尧、舜、禹、汤、武丁、周文王、齐桓公以及傅说、吕望、宁戚等都是华夏各国公认的圣君贤臣，所批判的败国亡身者如羿、浇、桀、纣等也都是天下公认的暴君，这些都不局限于楚国的历史。另外，《离骚》中，诗人神游天地、上下求索时经过的地区，如苍梧、县圃、崦嵫、咸池、白水、昆仑、天津、西极、不周山、西海等，遇到的神灵羲和、望舒、飞廉、丰隆、宓妃、有戎之佚女、巫咸等，也都突破了楚国的范围，包括了神话传说中整个中国的广阔空间，这些都反映了屈原的大一统思想。

为实现"美政"理想，诗人曾精心培养人才，希望依靠这些力量改变楚国的政治局面："余即滋兰之九畹兮，又树蕙之百亩。畦留夷与揭车兮，杂杜衡与芳芷。冀枝叶之峻茂兮，愿俟时乎吾将刈。"但现实的黑暗熄灭了诗人理想的火花，群小的贪婪摧毁了"众芳"幼稚的心灵。诗人一方面感叹"虽萎绝其亦何伤兮，哀众芳之芜秽"，另一方面又独立地与黑暗势力展开了坚决的斗争。他悲怨地责数楚王朝令夕改、弃贤用谗的昏聩腐朽，辛辣地揭露楚国颠倒黑白、玉石杂糅的险恶世风，尖锐地抨击奸佞群小苟且偷安、祸国殃民的恶德败行，表现出强烈的批判精神。在诗中，面对黑暗的现实、污浊的政治、不明的君主、恶毒的党人、变质的群贤，诗人始终保持坚贞高洁而正直光明的德行："民生各有所乐兮，余独好修以为长"，"芳菲菲而难亏兮，芬至今犹未沫”。他坚持理想，执着追求，并为了这种理想与追求抗争到底，甚至不惜牺牲自己的生命：“路漫漫其修远兮，吾将上下而求索”。“亦余心之所善兮，虽九死其犹未悔”“虽体解吾犹未变兮，岂余心之可惩?”“既莫足与为美政兮，吾将从彭咸之所居!”表现出“鸷鸟不群”的高风亮节和“独立不迁”的峻洁人格。

《离骚》是将真切现实与浪漫幻想交织而成的艺术作品。它揭露楚国的黑暗现实，叙述诗人的坎坷遭际，抒发主人公的顽强抗争，表现出强烈的现实精神；同时它描绘向重华陈辞以及灵氛占卜、巫咸夕降的动人场面，状写“周流乎天”的神奇境界、抒情主人公上下求索的自由旅程，都显示出超俗的浪漫特质。在结构的安排上，诗篇前半部分写人生际遇，后半部分写神境遨游，最后又回到楚国现实。把现实世界中种种不能实现的理想与愿望，借助神话传说的素材，以幻想的方式传达出来。但他终究割舍不下故国的情思，艺术的幻想不可能真正持久地使他从现实的苦闷中解脱出来，于是在“乱辞”中，他从神游的兴高采烈跌入人间的冷酷绝望。在全诗中，幻想与现实交织互动，既矛盾又依存，共同推动着作品层次结构的渐次展开和深化，从而形成一个完美的艺术整体。

为了创造那种亦真亦幻的艺术境界，《离骚》继承了《诗经》开创的“比兴”传统，超越了《诗经》比兴个别事物的简单类比，而把比兴手法提高到一个新的境界，完成了从比兴到象征即从现实的艺术联想到超现实的艺术想象的转变和飞跃。《诗经》中的比往往比较简单，即“以彼物比此物”，即使复杂如博喻，也不过是几个比喻的简单连缀；《诗经》中的兴往往在诗的开篇，“先言他物以引起所咏之词”，对全诗起着标示主题、烘托气氛的作用。但无论比或兴，《诗经》都取材于自然形态的物类事象，取喻于它们的自然属性，而不是经过作者运用想象和虚构创造出来的艺术形象。屈原则把《诗经》中的比与兴有机地结合起来，采取了比的手法，发挥了兴的作用，使之具有了象征的功能。在《离骚》中诗人已经不再去单纯地考虑事物的自然属性，不再去追求自然事物与思想感受之间的简单对应关系，而是把本体和喻体混成一体，融在统一的艺术形象中，并且通过想象和虚构，创造出一个饱含感情的艺术境界，构成一个五彩纷呈、出神入化的象征体系。兰、蕙、菊、桂、杜衡等香草芳木象征美好崇高，菉、艾等恶草臭木则象征奸邪污秽。于是餐英饮露、披香戴芳，象征诗人不断地进行自身修养与完善；植兰树蕙、莳香冀芳象征诗人辛勤地培养人才并寄予厚望，香草“荃”更成为君王的化身，香花恶草的对立也反映着楚国朝廷现实的政治斗争。在这里，物我而一，融为一体，“物”不仅是人（或神）存在的环境，为人（或神）创造气氛，而且就是人（或神）本身，这便与《诗经》中用作比兴的事物有了本质不同。不仅如此，屈原还以现实为基础，进行了超现实的奇幻想象，编织出一幅神话与人间交相辉映的绚丽画面。“三求美女”“灵氛占卜”“巫咸降神”“飘然远逝”等一幕幕融情于境的具有象征意义的艺术境界，构成了一个完美的象征体系。

二 《招魂》：招魂续魄与现实哀伤

如果说《离骚》是通过创造亦真亦幻的艺术境界，述说屈原内心的理想和对理想的追求，那么《招魂》则以民间招魂词的形式表达了诗人对楚国社稷的深情厚爱，同时流露出对时政的隐约怨悱和对人生的无限哀伤。

《招魂》开篇即声称“朕幼清以廉洁兮，身服义而未沬”，说自己从小就具有清正廉洁的品德，这与其他的写法相同，《离骚》写自己神奇的降生之后，即表彰其天赋的美德："纷吾既有此内美兮，又重之以修能。"《九章·涉江》则开篇即为"余幼好此奇服兮，年既老而不衰"，也是从幼年时代的高尚品德写起，都是屈原作为贵族的优越感和责任感的体现。

诗人对宗国的挚爱之情集中表现在"巫阳"的招魂词上。在这里诗人历陈天、地、四方之恶，极写楚国之美好，将深挚的情感寄托于铺陈的描写中，诗人写到天、地、四方之恶均不是久居之所：东方有千丈长人，专食鬼魂，十日代出，炎热无比，魂位东方，必释无疑；南方是蛮荒之地，那里的人纹首黑牙，杀人祭祀并把其骨做成肉酱，而且荆棘丛生，各种凶猛的野兽出没无常，久居此地，必为非人；西方流沙千里，旷野无极，那里怪兽横行，五谷不生，土地烂人，求水难得，即使侥幸不被流沙压碎，也无可存身；北方冰雪连绵，寒冷难耐；作为人间向往的天堂则是天门九重，虎豹守关，九头人、立眼兽，你来我往，它们"啄害下人"，或高高悬起，或投入深渊，折磨以尽后才置之死地；阴曹地府更是恐怖异常，妖魔头子一身九尾，头角锐利，指爪滴血的敦脄往来逐人，其他怪兽也穿行不已，它们都以人为美味。而只有楚国才是理想的安魂之地：这里有曲廊连环，楼台重重、临山面水、冬暖夏凉，环境幽雅的宫室建筑，有雕梁画栋、帷帐遮壁、烛光兰香，五彩辉映的房屋装饰，有容貌娇艳、目送秋波、轮流陪宿，随从游览的美女侍妾，有种类齐全、味道殊异、烹调讲究，花样常新的丰美饮食，有象棋六簿的娱戏之乐，等等。这里安宁祥和，人盛物丰，因而在"外陈天地四方之恶，内崇楚国之美"后，诗人热切地呼唤着："魂兮归来！"反故居些尸这种笔法很容易让我们联想到《离骚》中的写照，诗人在现实的黑暗与腐败中无法实现理想，极度的苦闷使他神思飞跃，于是上天入地，周游求索："及余饰之方壮兮，周流欢乎天下。”但是在“陟升皇之赫戏”的远游过程中，却因“忽临睨夫旧乡”而“蜷局顾而不行”。这种对“旧乡”的顾念，《哀郢》中“鸟飞返故乡兮，孤死必首丘”的信念，正是《招魂》“外陈四方之恶，内崇楚国之美”的思想基础，也正是史迁所悲的“志”之所在。[①]

《招魂》情感内容的另外一层则是对楚国社会政治的讽刺、怨悱和对自己的无限忧伤。而且这层内容或隐或现地贯穿始终，成为本篇情感的深层内涵。第一部分写招魂的缘由，诗人首先写到自己魂魄失散的原因：“朕幼清以廉洁兮，身服义而未沬。主此盛德兮，牵于俗而芜秽，上无所考此盛德兮，长离殃而愁苦”，然后又写到对未来人生的担忧：“恐后之谢，不能复用。”正如《左传·昭公二十五年》记载乐祁所说：“心之精爽是谓魂魄，魂魄去之，何以能久?”从这种观念中，通过作品的描写，我们俨然可以看到经过“既放，三年不得复见”和“至今九年而不复”的不幸遭遇后，诗人那“颜色憔悴，形容枯槁”（《渔父》），“竭智尽忠而蔽障于谗，心烦虑乱，不知所从”（《卜居》），“独历年而离愍”（《思美人》）的孤独愁苦形象。第二部分幻设巫阳为诗人自己招魂，作者极尽铺陈夸张，利用所谓灵魂到处游荡的特点，一方面着力描绘了一幅“天地四方，多贼奸些”的画面，使之充满了阴森可怕、异常险恶的气氛；另一方面又别开生面地创造了一种穷极珍靡、气象殊异的境界，使之具有心神畅悦、安适栖息的乐趣，从而曲折地反映了诗人迫切希望“入修门”“返故居”，早日得以重用的忧思之情。第三部分写诗人被放逐江南的所见所感。首先点明自己初春时节被放逐南行，从途中历程的叙述和所见景物的

---

① 《史记·屈原贾生列传》：“太史公曰：余读《离骚》《天问》《招魂》《哀郢》，悲其志。”

描写，可见诗人对楚国山川草木的眷恋怀想；继而写触景生情，忆起昔日陪君主游乐于云梦的欢乐盛况，以寄托时过境迁、燕去楼空的深沉感慨；最后写时序流转，山水无情，国事日非，不堪回首，点出“伤春心”“哀江南”的主题，抒发了愤懑、忧思之情。

不难看出，诗人的忧思与楚国的政治密切相关。他之所以“魂魄离散”，是自己自幼清廉高洁，服义未沫而被群小人所谗害，长期遭受流放的郁闷所致；诗中天地四方的黑暗恐怖，连灵魂都不得安身，正是楚国现实社会的腐败政治、险恶世风的反映，故居的奢华侈丽正是楚国贵族糜烂生活的再现；自己之所以“伤春心”“哀江南”，更是由于眼见今主只知佚乐，不思进取，因而国家江河日下，自己生归无望，今望其魂返，其痛更深矣，全文的爱国忠贞之志与忧伤怨思之情，实不减《离骚》《九章》，亦可谓“一篇之中，三致志焉”！

总之，《招魂》表现了一种悲壮的情感。屈原遭谗被毁，两次流放，以至“魂魄离散”，但忧国之心不变；虽国事日非，己愿难酬，但忠贞之志不改。史迁称“悲其志”，其意在此。但这种悲壮之志，作者却以“奇”“丽”之语出之。李贺曰：“幽秀奇古，体格较骚一变。”桑悦曰：“《招魂》体极奇，辞极丽。”孙鑛曰：“构法奇，撰语丽，备谈怪说，琐陈缕述，务穷其变态，自是天地环纬文字。”《招魂》几乎全篇采用夸张铺饰的表现手法，从大的方面说，诗人分别从东、南、西、北、天、地六个方位进行铺写，陈其恶以阻止灵魂远游，然后又对中间的楚国进行描写，崇其美以引导灵魂归来。从小的方面看，每一个方位都极尽铺陈，如对楚国是从宫室、侍御、饮食、女乐、娱戏几方面进行层层的铺陈和渲染，而每一方面又都写得细致入微。如写宫室，地理环境是“层台累榭、临高山些”“川谷径复，流潺湲些”，总体风貌是“高堂邃宇，槛层轩些”，结构特点是“网户朱缀，刻方连些”，室内感受是“冬有突厦，夏室寒些”，室外风光是“光风转蕙，氾崇兰些”，宫内装饰是“红壁沙版，玄玉梁些”，室中所藏是“多珍怪些”。再如写女乐，有“陳钟按鼓，造新歌些。涉江采菱，发扬荷些”的音乐之声，有“二八齐容，起郑舞些。衽若交竿，抚案下些”的舞蹈之形，有“美人既醉，朱颜酡些。嬉光眇视，目曾波些”的妩媚之容，有“被文服纤，丽而不奇些。长发曼鬋，艳陆离些”的美女之态，有“竽瑟狂会，搷鸣鼓些。宫庭震惊，发激楚些。吴歈蔡讴，奏大吕些”的狂欢之景，有“士女杂坐，乱而不分些。放陳组缨，班其相纷些”的放纵之情。其他几方面，莫不如此详备。这种手法的运用，使全诗具有一种恢宏阔大的气势，加强了作品中悲壮情感的表达。

上古的招魂仪式反映着人类普遍存在的恶死乐生的共同愿望，因而招魂的内容不过是表现四方的险恶和故居的美好，以使游魂早日归来。在“重实际而黜玄想”的中原，尽管对招魂的具体形式，礼书有许多详尽的说明，但招魂的内容却十分简单：“及其死也，升屋而号，告曰：‘皋，某复！’”（《礼记·礼运》）。在国外，例如缅甸的加伦人招魂词也是分为两部分，但陈述的都是日常现象，用语也朴质无华，很少神奇的想象。[①] 而《楚辞》中的《招魂》则通过想象创造出了一种虚幻、瑰玮的艺术境界。天地四方自不必说，挺立“千仞”“惟魂是索”的可怕“长人”“雕题黑齿，得人肉以祀”的凶恶怪人、九头的“雄虺”、易形魅人的妖“狐”、灼人的千里“流沙”、黑浪翻腾的“雷渊”、冷彻骨髓的冰层、头角锐利的“土伯”、指爪浸血的“敦

---

① 陆侃如、冯沅君《中国诗史》引其辞曰：“啊！回来呀，我的灵魂，别在外面停留呀！天若下雨，你便要淋湿了。太阳若出来，你便太热了。小蝇们将刺你，蚂蝗们将咬你，老虎们将吞你，雷电将劈你。啊！回来呀，我的灵魂。这儿恰相反，你将异常舒适。你什么都不会缺少。来吃罢，狂风暴雨都不会袭你。”

脓”等构成了一个令人惊心动魄的神怪虚境，即便是楚国世俗生活实境的描写，那“异采惊华，纷纭繁会”[①]，也同样具有相当的想象成分。这种境界使这一招魂词完全超越了一般仪式中简短呼唤语所代表的朴素情感，从而使忧国之情得到更为突出的体现，产生了强烈的艺术效果。

第三节 神性与人性

原始时期的人们有着特殊的思维方式，对此，法国学者列维－布留尔说过：“原始人感到自己是被无穷尽的、几乎永远看不见而且永远可怕的无形存在物包围着，这常常是一些死者灵魂，是具有或多或少一定的个性的种种神灵。”[②] 基于这种独特的思维方式，原始人产生了万物有灵观念，并出现了膜拜神灵的意识及行为。这种原始氏族的风俗、习惯与意识，在南方楚国尤为盛行，而且在春秋战国时期仍然较多地留存着。

一 楚风与楚辞

楚国巫风盛行，既有自然的条件，也有社会的因素。

历史与文化的发展不能摆脱人类所处的特定的自然条件，地理环境为人类的历史与文化提供了广阔的自然背景和舞台场景。荆楚地处南方，与中原有所不同。《左传·昭公十二年》载子革言：“昔我先王

① 蒋骥语，见《山带阁注楚辞·楚辞余论卷下·招魂》，上海古籍出版社 1958 年版，第 236 页。

② ［法］列维－布留尔：《原始思维》，丁由译，商务印书馆 1981 年版，第 58 页。

熊绎，辟在荆山，筚路蓝缕，以处草莽，跋涉山林，以事天子，唯是桃弧、棘矢，以共御王事。”这种荆棘丛生、山重水复的地理环境，不仅使荆楚先民生性惧鬼信神，而且使巫文化传统得以形成和发生影响。从社会发展的方面看，由于直接脱胎于原始社会，因而奴隶社会的社会意识形态内涵许多原始的习俗与意识。在北方，因为社会经济的发展，西周初已经开始了理性精神的萌发。而在南方，由于经济发展落后于北方，楚国在社会心理和风俗习惯方面，较多地保留了氏族社会以来的浓厚的巫风。到了春秋初期，由于经济发展的不平衡、北方封建社会的衰落、封建文化的影响，楚国社会性质出现了急剧的变化，在较短的时期内形成了兴盛的封建社会。由于社会形态的变化过于迅遽，因此相对于北方中原地区，南楚更多地积淀了原始的宗教与艺术。

《国语·楚语》载观射父答楚王问说：

> 古者民神不杂。民之精爽不携贰者，而又能齐肃衷正，其智能上下比义，其圣能光远宣朗，其明能光照之，其聪能月彻之，如是则明神降之，在男曰觋，在女曰巫。……及少皞之衰也，九黎乱德，民神杂糅，不可方物。夫人作享，家为巫史，无有要质。民匮于祀，而不知其福。蒸享无度，民神同位。民渎齐盟，无有严威。神狎民则，不蠲其为。嘉生不降，无物以享。祸灾荐臻，莫尽其气。

在这里，我们可以了解到：第一，神与人是可通的，而通神人之职由巫、觋承担；第二，人若通神，必须采取祭祀的方式；第三，神与人相通，则可“取威于民”，祸灾不兴，鬼神对现实生活有着人类难以企及的作用。观射父的这一思想正是原始意识的残留。正因如此，荆楚文化具有浓厚的重巫信鬼的色彩，所以《汉书·地理志》说楚地之俗是“信巫鬼，重淫祀”。楚人热情而虔诚地对待鬼神，不惜以各种手段去取悦鬼神，以求赐福于自己，其结果必然是巫风盛行。《山海经》记载祀首阳山等要“合巫觋二人舞”，王逸《九歌章句序》也说：“昔楚国南郢之邑，沅、湘之间，其俗信鬼而好祠，其祠必作歌乐鼓舞，以乐诸神。”而在出土的楚文物中，我们也时常看到身着奇装异服、手持通灵宝器、立于人界与天界之间的巫师形象。值得重视的是，楚国浓厚的巫风，不仅诱生了大量的巫舞、巫画，也孕生了大量的原始宗教歌诗，更是直接影响了楚辞的诞生。

楚人信鬼神重淫祀，其结果必然是巫风盛行。在祭祀过程中，往往是歌、乐、舞同时并举、融为一体的。《楚辞·九歌·东皇太一》描绘迎神的场面道：“扬枹兮拊鼓，疏缓节兮安歌，陈竽瑟兮浩倡。灵偃蹇兮姣服，芳菲菲兮满堂。五音纷兮繁会，君欣欣兮乐康。”朱熹注曰：“举袍击鼓，使巫缓节而舞，徐歌相和，以乐神也。”楚人希望通过能够使人间愉悦的歌、乐、舞以娱神，并借此来实现自己的某种愿望和理想，或企图得到神的某种启示。于是，人们在热烈宏大的祭祀活动中酣歌滥舞，使全身心都融化在迷狂的气氛之中，从而使自己的内心世界、个性意志、愿望理想，得到极为充分的宣泄和表现。这种风俗习惯经过长期的历史积淀形成了一种独特的民族心理和审美情趣：以巫歌巫舞来达理，借巫歌巫舞来表情。在这种社会心理和审美情趣的支配和诱导下，楚辞充满了巫文化气息。《九歌》采取了巫祝神曲的形式，描写的是娱神降神的场面；《招魂》则运用了民间招魂词的形式，写照的是设祀招魂的内容。但无论《九歌》还是《招魂》，其间都寄托着诗人眷恋宗国、热爱乡土的执忱，抒发着纯洁、真挚的情感。在表现形式上，这种祭祀歌舞既具有浓厚的抒情色彩，又兼有一定的故事情节，语言生动活泼，节奏明快飞动，结构宏伟阔大、起伏跌宕。《九歌》以亲切的笔触热情地描述了从迎神到降神的全过程；《招魂》既点出设祀的原因，又把东、南、西、北、天上、地下招遍的程式全部铺叙出来；《离骚》从个人的身世写到政治的遭遇，再写到上下求索的过程，写到得志的兴奋与失意的悲愤，又写到生的愿望与死的价值。这些都可见巫歌巫舞的影响。在形象上，巫歌巫舞创造了大量的神异形象。在祭祀中，歌舞的目的在于娱神降神，因而巫觋都把自己打扮成各种奇异的神性形象。这些形象有声有色，活灵活现，丰富着人们的想象。在此启迪下，楚辞塑造了许多神性形象。《九歌》中的东皇太一、云中君、湘君、湘夫人、太司命、少司命、东君、河伯、山鬼、国殇，或为天神，或为地祇，或为人鬼。《离骚》中的自我形象则是赫赫大神高阳的后裔，不仅佩饰着香花芳草，有着上天入地的非凡本领，而且与神有着相通之处，仿佛整个宇宙都以他为中心，一切为他所用，日月星辰，异兽珍禽，神灵圣哲，都听命而来，任其驱遣。

二 《天问》中的“天”与“人”

《天问》的内容涉及天上、地下、人间的种种问题，而且形式独特，采用问难的抒情方式。特别是有时候它并不按历史的逻辑而是依情感的流动来结构篇章，因而，一会儿天上，一会儿人间，一会儿神话，一会儿历史，一会儿现实，初读之，大有结构散漫“无断无案”之感。但实际上，结合诗人的创作目的，其中是有规律可循的。屈原创作《天问》，是要穷究天人之际，抒忧国之情怀。因而，从总体上看，根据问题性质的不同，《天问》可分为两部分，第一部是关于“天”即宇宙自然的，第二部分是关于“人”即人类社会历史的。前者着重问明天的自然属性，或说明宇宙自然自有其运动规律，无涉人事；后者着重问明人的社会属性，说明人类社会的一切变化均取决于自己。而从问题的内容上看，《天问》关注更多的历代的兴亡治乱，作者是通过对历史经验的总结，表明自己的政治主张，抒发对谗佞当道，贤能见斥的政治忧愤。正如林云铭所说："兹细味其立言之意，以三代之兴亡作骨。其所以兴，在贤臣；所以亡，在惑妇。惟其有惑妇，所以贤臣被斥，谗谄益张，全为自己抒胸中不平之恨耳。"①

关于"天"的问题，涉及宇宙本原、天的构造、日月运行、地理风物等诸多方面，集中表现了作者坚韧不拔的探索精神和冲决罗网的怀疑精神；关于"人"的问题涉及传说故事、历史情况、现实生活等诸多方面，表现了诗人的政治思想和斗争精神。

《天问》开始便提出了宇宙本原、天地剖判、万物生成的问题：

> 曰遂古之初，谁传道之？上下未形，何由考之？冥昭瞢暗，谁能极之？冯翼惟像，何以识之？阴阳之合，何本何化？

在这里，屈原对天地的形成以元气运动为依据，对万物的生成以阴阳化育说为依据，而对有关天地剖判的奇谈怪论持怀疑和否定态度。关于宇宙、世界万物和人类的起源，在人类认识史上从来就是最重大最基础的问题之一。先秦时期的哲人们对此曾经进行过多方面的探讨，比较通行的见解认为，宇宙最初是一种元气，鸿蒙混沌，没有天地的分判。元气不断地运动变化，分化成阴阳二气，通过自然的作用，才分成天地，产生万物。《天问》开头的这六问正是这种理论的特殊阐述。它说明："第一，宇宙并不是一开始就是现在这个样子的，有它发生发展的

① 林云铭：《楚辞灯》，彭丹华点校，华东师范大学出版社1912年版，第75页。

历史。第二，宇宙最初原于一种原始的物质，叫作元气，天地万物即由万物发展变化而来，因而宇宙的本质是物质的。第三，宇宙的产生是它自身矛盾作用的结果，不是由任何神的意志决定的。”①

关于天体构造，日月星辰的运行问题，《天问》曰：“圜则九重，孰营度之？惟兹何功，孰初作之？斡维焉系？天极焉加？八柱何当？东南何方？九天之际，安放安属？隅隈多有，谁知其数？天何所沓？十二焉分？日月安属？列星安陈？出自汤谷，次于蒙汜；自明及晦，所行几里？夜光何德，死则又育？厥利维何？而顾菟在腹？”在这里，诗人对当时流传的“天有九重”和八柱撑天的“盖天说”提出了大胆的质疑。他认为，天不仅没有层次的划分，也没有大小的划分，它由气构成，并且无边无际，是自然而然的，因而日月星辰的运行也是无法测量的，是自然而然的。

此外，《天问》还涉及昼夜变化、地理特点、自然现象等许多方面。这些问题无疑显示出屈原追求真理的探索精神，表达了人类要认识自然进而征服自然的雄心壮志。但是，作者用了三分之一的篇幅提出有关“天”的疑问，目的仅在于此吗？它与《天问》的整体、主题有什么关系呢？如前所述，屈原创作《天问》的目的是穷究天人之际，探讨天人关系的基本规律，让人的作用更加凸显。这样，屈原在探究天人之际的时候，首先说明天的自然属性，自然现象又各有其运动的规律，这就肯定自然万物的客观性质。作者再用神话传说、历史事实和现实生活的大量问题发问，便一步步地将作品的主题显现出来，把作者的思想感情抒发出来。

关于“人”的问题，屈原问到了事的吉凶、人的祸福、国的兴

---

① 黄瑞云：《先秦对天的认识与〈天问〉》，湖北省社会科学院文学研究所编《屈原研究论集》，长江文艺出版社 1983 年版，第 209 页。

亡；有的是向传统观念挑战，有的是向古圣先贤质疑，有的是对楚国君臣劝告；从历史的发展看，则涉及传说中的尧、舜、禹和历史的夏、商、周三代。而在这些层层深入的发问之中，表现出一些可贵的社会政治思想。

怀疑天命，看重人事。《天问》用了大量篇幅来探索传说和历史，考察三代的兴衰成败，质问天命的有无。商周统治者为了维护自己的权力和利益，总是宣扬“君权神授”，他们是“受命于天”。但这常常与自己的所闻所见发生冲突，于是屈原问道：伯益和禹一样鞠躬尽瘁，为什么禹繁衍昌盛，伯益却遭受厄运？舜的弟弟放纵其猪狗一样的险恶心肠，为什么后来却不危败？上帝把天下授与殷商，他们施行了什么德政？后来促使他们灭亡，他们又有什么罪行？上帝把天下授予一个统治者，他如何才能保有政权？上帝使一个王朝受于天下的礼敬，为什么后来又使一个王朝取而代之？齐桓公九合诸侯，为什么下场可悲？天命如此反复无常，它惩罚的是什么？庇佑的又是什么？

> 皆归射鞠，而无害厥躬？何后益作革，而禹播降？
> 舜服厥弟，终然为害。何肆犬体，而厥身不危败？
> 授殷天下，其德安施？反成乃亡，其罪伊何？
> 皇天集命，惟何戒之？受礼天下，又使至代之？
> 天命反侧，何罚何佑？齐桓九合，卒然身杀。

这里虽在一味发问，但联系传说和历史的情况，答案不难求得，而且在其他作品中，屈原对此已有深刻的认识：“皇天无私阿兮，览民德焉错辅。”归根结底，决定治乱兴衰的是人事而不是天命。

贤能兴邦，谗佞祸国。诗人既然已经对天命提出了怀疑，就认为贤能、谗佞的任弃，是社会兴亡治乱的根本所在。伊尹是奴隶出身，但夏桀失之以亡，商汤用之以兴："缘鹄饰玉，后帝是飨。何承谋夏桀，终以灭丧？帝乃降观，下逢伊挚。何条放致罚，而黎服大悦？"伊尹在未遇时，不过是个奴隶身份的媵臣，但他高尚的德行和治国的才能终于被商汤巡察时发现并被重用，因而他在商王朝建立过程中起到了重要作用，甚至死后配享汤庙，像祖宗一样受到殷人后代的祭祀："何卒官汤，尊食宗绪？"师望（姜太公）原来只不过是一位屠夫，但西伯昌（周文王）却用他而兴周。诗人问道："师望在肆，昌何识？"在《离骚》中诗人也曾说："说（傅说）操筑于傅岩兮，武丁用而不疑。吕望之鼓刀兮，遭文王而得举。宁戚之讴歌兮，齐桓闻以该辅。"在这里，诗人强调的是明君能够举贤授能，知人善任，而昏君则往往重用谗佞小人，宠幸惑妇，放逐贤臣。诗中问道："妖夫曳炫，何号于市？周幽谁诛，焉得夫褒姒？""彼王纣之躬，孰使乱惑？何恶辅弼，谗陷是服？比干何逆，而抑沈之？雷开阿顺，而赐封之？"比干被杀，雷开受封，褒姒得宠，君王的好恶言行往往反映着一个时期的施政原则，也往往预示着一个国家的兴亡成败。同一个齐桓公，当初任用管仲、宁戚等贤臣，一时"九合诸侯""一匡天下"，成为春秋时期的著名霸主；后来却信用易牙、竖刁、开方等佞臣，结果内乱不止，自己也饥渴困死，"卒然身杀"。屈原政治上主张修以法度，选贤任能，《天问》以特殊方式对此做了形象的阐明。

借鉴历史，改革现实。写作《天问》时，诗人虽遭到谗毁，身被放逐，但心却系怀楚国。他呼号问天，是要穷究天人之际，总结历史经验，抒发自己的忧国之情，因此，《天问》最后的落脚点便是楚国的社会现实。"薄暮雷电，归何忧？"这是说在雷电交加的时候，自己远在放地，内心更加忧伤，而君王如能及时将自己召回并重用，自己还有何忧，必将如伊尹、吕望之做出贡献。"厥严不奉，帝何求？"这是对楚国君王的质询。历史记载，楚怀王晚期，党人当道，国势日衰，而怀王却执迷不悟，面对强秦的威胁，“隆祭祀，事鬼神，欲以获福助，却秦师”（《汉书·郊祀志》），祈求上帝的保佑，结果只能失地折将，一败涂地。在这里，诗人严厉正告统治阶级只有尽人事、举贤能，革新图强；才能挽救楚国的危亡。“悟过改更，我又何言?”正点出了诗人的创作意图。

第四节 热烈与悲凄

屈原的人生是一个悲剧，理想与现实的尖锐矛盾，“致君尧舜”的努力、矢志不渝的坚定执着与“哲王不悟”的激烈冲突，导致了他人生的悲剧。《楚辞》正是诗人悲剧人生的反映，呈现出悲凉的情感基调，表现出一种悲剧的美。但这种悲剧之美除了作品直抒胸臆、景物烘托、环境渲染等之外，在楚辞艺术中，用热烈场面描写的比衬是一个重要手段。

一 《离骚》的盛大场面与冷酷结局

在《离骚》中，诗人首先展示了自己的高洁志向、好修精神与群小党人嫉贤害能、时俗世风投机取巧、执政君王不辨是非的矛盾冲突。现实既然不能实现理想，诗人便愤而超越时空，去历史上探寻追求，到神界中求索正义。在历史上，他看到了正反两方面的经验教训，虽忠直者亦常遭不幸，然最终圣德茂行之君才能拥有天下，而那些贪婪、残暴、荒淫之徒只能为历史所不齿。由此他得出结论，必须以德立国，以义服众；由此他更加坚定信念，决定不改初衷，坚持以死抗争！由此他也更加悲哀，为自己所处现实的黑暗，为自己的生不逢时，为自己已经经历、正在经历和将要经历的人生！在神界中，神灵为他服务：日神羲和为他赶车，月神御者望舒为他开路，风神飞廉作为随从，鸾皇在前警戒，雷神为他殿后，凤鸟日夜伴随左右飞舞，旋风聚集彩云前来相迎：

饮余马于咸池兮，总余辔乎扶桑。折若木以拂日兮，聊逍遥以相羊。前望舒使先驱兮，后飞廉使奔属。鸾皇为余先戒兮，雷师告余以未具。吾令凤鸟飞腾兮，继之以日夜。飘风屯其相离兮，帅云霓而来御。纷总总其离合兮，斑陆离其上下。

诗人驰骋非凡的想象，驱使神人灵异，开始了一次次的远游。他心神远举，没有了现实的烦恼，超越了现实的苦难，告别了是非的深渊，摒弃了一切喜怒哀乐，尽情陶醉于古曲《九歌》《韶》乐的美妙旋律之中：

灵氛既告余以吉占兮，历吉日乎吾将行。折琼枝以为羞兮，精琼爢以为粻。为余驾飞龙兮，杂瑶象以为车。何离心之可同兮？吾将远逝以自疏。邅吾道夫昆仑兮，路修远以周流。扬云霓之晻蔼兮，鸣玉鸾之啾啾。朝发轫于天津兮，夕余至乎西极。凤皇翼其承旗兮，高翱翔之翼翼。忽吾行此流沙兮，遵赤水而容与。麾蛟龙使梁津兮，诏西皇使涉予。路修远以多艰兮，腾众车使径待。路不周以左转兮，指西海以为期。屯余车其千乘兮，齐玉轪而并驰。驾八龙之婉婉兮，载云旗之委蛇。抑志而弭节兮，神高驰之邈邈。奏《九歌》而舞《韶》兮，聊假日以媮乐。

但这种远游只是畅想，更是虚设，一个“忽”字将诗人拉回现实，悲伤之情又充满了诗人的胸膛：“陟升皇之赫戏兮，忽临睨夫旧乡。仆夫悲余马怀兮，蜷局顾而不行。”热烈的气氛、隆重的场面、得意的驱遣，都反映出诗人追求的强烈，更反衬出现实的冷酷。

二 《九歌》的热烈场景与哀怨情调

阅读《九歌》，让我们首先惊奇的也是其中盛大、热烈的场面描写。

这种场面有两种，一是祭祀活动，二是生活场景。从祭祀活动上看，《九歌》详尽地描写了许多祭祀程序。整体上，《九歌》十一篇，开头有迎神曲，《东皇太一》以热烈的气氛迎接至上神的到来，结尾是送神曲，《礼魂》以“春兰兮秋菊，长天绝兮终古”表现了祭祀不断的愿望。中间部分是为与人们生活密切相关的诸神设置的设享之礼。孙常叙先生更将《九歌》按祭祀的程式分为四部分：迎神之辞、愉神之辞、慰灵之辞、收场之辞，可见其程序之完整。[①] 具体来说，各篇都有关于祭祀的生动描绘。如《东皇太一》，首先写吉日良辰，主祭者装扮齐整，庄严肃穆，以敬候天神，接着写盛大而热烈的祭祀场面：令人目眩的华丽布置，包含神人的丰盛用品、庄严快乐的祭祀活动，最后是袅娜多姿、芳香怡人的巫女，身着华丽的服饰，和人们载歌载舞，祝愿天神。再如《东君》写“翾飞兮翠曾，展诗兮会舞。应律兮合节，灵之来兮蔽日”，《云中君》写“浴兰汤兮沐芳，华采衣兮若英。灵连蜷兮既留，烂昭昭兮未央”等均为此例。从生活场景

① 孙常叙：《东皇太一新解——楚辞九歌系解之一》，载辽宁省文学学会屈原研究会首届学术讨论会论文集《楚辞研究》。

上看，《九歌》有许多具体描绘。除了上述的祭祀生活的描写外，如“筑室兮水中，葺之兮荷盖。荪壁兮紫坛，播芳椒兮成堂。桂栋兮兰撩，辛夷楣兮药房。罔薜荔兮为帷，擗蕙榜兮既张。白玉兮为镇，疏石兰兮为芳。芷葺兮荷屋，缭之兮杜衡。”“合百草兮实庭，建芳馨兮庑门。”（《湘夫人》）这是对为迎接情人前来而进行的准备工作的描写，多方设辞，面面俱到。“凌余阵兮躐余行，左骖殪兮右刃伤。霾西轮兮絷四马，援玉枹兮击鸣鼓。天时怼兮威灵怒，严杀尽兮弃原野”（《国殇》），这是对战争场面的描写，纵横交错，多方展示。

《九歌》中多场面描写的原因，首先与宗教祭祀有密切联系。原始宗教情感的内容表现，主要利用音乐、舞蹈赞美神灵，并通过情感的尽情发泄来进行，主要通过宗教仪式活动完成。因此，恩格斯说：“在以前的一切宗教中，仪式是一种重要的事情。”[①] 在古代祭祀中，场面越阔大，祭品越丰富，越能体现出敬神的诚挚。《国语·楚语下》记载的观射父答楚王问透露了这方面的信息。观射父认为，神与人是可通的，而通神之职由巫觋承担；人若通神，必须采取祭祀的方式；祭祀时要有丰盛的“牲器时服”，祭祀要达到使人们“能知山川之号、高祖之主、宗庙之事、昭穆之世、齐敬之勤、礼节之宜、威仪之则、容貌之崇、忠信之质、禋洁之服”，这些祭品更要取得使后人“能知四时之生、牺牲之物、玉帛之类、采服之仪、彝之量、次女之度、屏摄之位”等效果。可以想见其祭祀场面是怎样的宏伟而热闹。应该说，《九歌》的热烈场面描写是直接来源于此的，祭祀活动的场面自不必说，是现实生活中祭祀活动的艺术再现；生活场景的描绘，或为取悦于神，或为述神之职，也是祭祀生活的折射。

① 恩格斯：《布鲁诺·鲍威尔和早期基督教》，《马克思恩格斯全集》第19卷。

《九歌》虽然描写的场景十分热烈，但创造的境界却格外凄清。对此，前人曾多有论及，如明代冯觐说它“情神惨惋，词复骚艳，喜读之可以佑歌，悲读之可以当哭”；清陈本礼也说：“愚按《九歌》之乐，有男巫歌者，有女巫歌者，有巫觋并舞而歌者，有一巫倡而众巫和者。激楚扬阿，声音凄楚，所以能动人而感神也。”（《屈辞精义》）作者在《九歌》的许多篇章里写出了萧条凄凉的景象、阴森可怖的环境、爱而不见的惆怅、理想破灭的哀怨，从而构成了哀怨凄恻的总体情调。

闻一多先生曾认为，《九歌》十一篇可分为三种类型：《东皇太一》《礼魂》为祭歌，前为迎神之曲；中间八篇为恋歌，《东君》与《云中君》、《湘君》与《湘夫人》、《大司命》与《少司命》、《河伯》与《山鬼》各为一对配偶神；《国殇》为挽歌。三类作品的内容及感表色彩分别为：第一类是铺叙祭祀的仪式与过程，是肃穆而欢娱的；第二类是陈述悲欢离合的故事，是哀怨艳婉的；第三类是铺陈战争的壮烈，歌颂战士的英勇，是慷慨悲壮的。[①] 且不讨论闻先生的对分类和内容的论证，单从其对《九歌》感情色彩的体味来说，还是比较中肯的。我们认为《九歌》情感的总体特征是“悲”，《山鬼》写山中女神精心打扮后去与情人相会，心中满是幸福憧憬，却久候而情人不至；《湘君》《湘夫人》写湘水之神思恋情人，但望而不见，相遇无缘，表现出悲哀怅惘之情；《少司命》的爱而不得，《大司命》的思而生怨，《河伯》的凄然而别，《东君》的“长太息兮将上，心低细兮顾怀”，《云中君》的“思夫君兮太息，极劳心兮忡忡”，都表现出悲凉忧慎之情；《国殇》写楚军将士义赴国难，在激烈的战争中为国

① 闻一多：《〈九歌〉的结构》，《中国社会科学》1980 年第 4 期。

捐躯，他们的自然生命永远逝去，但其精神却永世长存。诗中流露出一种悲壮之情。即使是送神曲《礼魂》也流露出一种悲哀之情，刘熙载曰："楚辞《九歌》，两言以蔽之，曰'乐以迎来，哀以送往'。"（《艺概·赋概》）黄文焕更直接说它"吞声之视放声，惨更甚也"（《楚辞听直》）。当然，作品中表现的虽然是神灵的悲，但实际上屈原自己遭谗见疏，含冤被放，请缨无路，报国无门的情感，也在改编中自然流露出来。

对这种悲情，作者除了如"悲莫然兮生别离""思公子兮徒离忧""羌愈思兮怨人"之类的直接宣泄外，更主要的是通过艺术境界的创造来表现。作者往往借景言情，寓情于景，通过情景交融创造意境。如《湘夫人》开头四句："帝子降兮北渚，目眇眇兮愁予。袅袅兮秋风，洞庭波兮木叶下。"历来被称为"写景之妙"（林云铭语）的佳句。主人公凝神远望，切盼着情人的到来，但充满她感官的却只是轻轻吹拂的秋风、粼波荡漾的湖水、飘摇而下的黄叶，此时此刻，面对此景，情何以堪！在这里，诗人描写的是洞庭湖上冷落萧瑟的清秋景色，表现的却是望穿秋水不见伊人的凄苦心情。可以说是情与景会、意与境合。再如《山鬼》，写山中女神披荔戴萝，乘坐华贵的车驾来与情人相会，但久等而不遇，她独立高山之山，感受着自然的变化，黯然神伤："表独立兮山之上，云容容兮而在下。杳冥冥兮羌昼晦，东风飘兮神灵雨。""雷填填兮雨冥冥，猨啾啾兮狖夜鸣。风飒飒兮木萧萧，思公子兮徒离忧。"方才还是晴云丽日，转眼已然风云突变。那翻滚的乌云、沉沉的黑夜、凄冷的东风、淅沥的寒雨、隆隆的雷声、哀婉的猿鸣、萧萧的落木与女主人公难以名状的内心痛苦结合在一起，构成了一种缠绵悱恻、哀婉凄绝的艺术境界。作者还往往通过理想与现实的巨大反差，热烈场面与悲剧气氛的极不协调创造意境。《湘君》《湘夫人》写湘水之神为与情人会面，乘着飘香的桂舟渡过沅湘，驾着迅捷的飞龙前往洞庭，他精心装饰自己的车驾，以及居室，但最终未能如愿。《少司命》开始即烘托“秋兰兮麋芜，罗生兮堂下。绿叶兮素枝，芳菲菲兮袭予”的芬芳环境，但司命女神却不为“袭予”的馨香心动，而为“美人”的未来神伤。“东君”中那“緪瑟兮交鼓，箫钟兮瑶簴，鸣篪兮吹竽，思灵保兮贤姱，翾飞兮翠曾，展诗兮会舞，应律兮合节，灵之来兮蔽日”的盛大场面也难掩其“长太息兮将上，心低佪兮顾怀”的忧伤。“山鬼”披荔载萝打扮得袅袅婷婷，夷车桂旗装饰得华丽芬芳，但当她驱豹纵狸来到相会的地点时，却没能看到心上人。这种写法能够在反差与不协调之中，让读者容易受到感染，意境更加深婉、动人。

第五节 时间与空间

屈原首先是以忠贞贵族的典型出现在历史上的。在他光辉的一生中，那固守美好节操、不合世俗的高风亮节，那对美政理想的热烈追求，那九死未悔的斗争精神，以及那沉湘殉国的悲壮生命，深深感动了广大的后人。屈原又是以一个“自铸伟辞”的伟大诗人雄视百代的。在他“奇文郁起”的辉煌诗篇中，那“发愤以抒情”的文学思想，那忧国忧民、求索抗争的情感意蕴，那五彩缤纷、奇幻绚丽的艺术境界，深深熏染了当时的楚国文人和此后的许多文学家。

因此，在中国文学史上出现了一种十分独特而重要的现象：一方面，在屈原的故乡以及他流放所至地区的人民为他创造了许多优美动人的传说故事，它们以奇妙的情节、朴素的语言、虚构和幻想的手法，热情地歌颂屈原，从而更突出了屈原的高尚情操，也表达了广大人民对他的无限崇敬和深切怀念之情；另一方面，屈赋“叙情怨则郁伊而易感，述离居则怆怏而难怀，论山水则循声而得貌，言节候则披文而见时”（《文心雕龙·辩骚》）的艺术风貌，不仅时人争相创制，竟成“楚辞”一派，汉代“遽蹑其迹”，遂成骚体之赋，而且历代文人追风沿波，袭文体质，形成了经久不衰的深远影响。前者在先秦就出现了《渔父》《卜居》的记录，后南朝梁代宗懔《荆楚岁时记》、唐沈亚之《屈原外传》都保存了部分有关传说，近年民间文学工作者又进行了多方面的整理；后者先秦时期即有宋玉、唐勒、景差的继起，汉代又有贾谊、淮南小山等人的仿制，此后又得阮籍、李白、柳宗元、辛弃疾等的发扬。可以说，从先秦时期开始，悲悯屈原的历史回音就形成了民间文学和文人文学两个系统，并且各以其奇芳异采竞胜于中国文学的百花园中。

一 《卜居》《渔父》：历代咏屈的先声

从屈原美好品质的影响性、忧国忧民精神的鼓动性，以及后代有关传说故事的丰富性，我们可以推测，在先秦时代，关于屈原的民间传说就已广泛流传了，只是种种原因，人们没有把它们全部记录下来，因此造成了历史的缺憾。从现存资料看，最早关于屈原的传说故事的记录是《楚辞》中的《卜居》和《渔父》。两篇故事都很单纯，是用对话的形式说明一个问题，却传达出丰富的感情，具有深刻的思想内涵。

我们认为，《卜居》和《渔父》是屈原既死之后有关民间传说的记录，时间应在战国末期。这是因为：第一，《楚辞》中的屈原作品，尽管篇幅长短不同，但它们所表现的思想情感，无不蕴藉深厚，曲折复杂。这两篇则通篇气势流畅，明朗而单纯，它是以第三者身份设想屈原处境、对屈原心理做一般的推测和综合，因而与屈原的自抒抑郁愤懑之情，思想深度自然相差一层。第二，文体上，《楚辞》中的屈原作品始终活跃着诗的生命，是诗歌而不是散文，即使《招魂》虽以对话形式结构作品，然亦为通篇用韵。这两篇则首尾完全是散体的写法，中间用骈散交错的句式组成，用韵也比较自由，显然为介于诗歌与散文之间的一种新体裁，表现出从楚辞到汉赋的演化轨迹。第三，司马迁在《史记·屈原贾生列传》中曾征引了《渔父》全文，但不像征引《怀沙》那样标明为屈原所作，而只是把它当作有关屈原生平的传记材料而已。第四，王逸《楚辞章句》的《渔父》解题，先说是屈原所作，接着又说是楚人“叙其辞以相传”，前后矛盾，不足为凭。从全篇的文气看，它以第三者的身份设想屈原的处境，对屈原心理做一般的推测与综合，对屈原的逸闻逸事加以切近屈原精神的客观叙述，因而符合民间传说的特点。《卜居》以“长”“明”“通”相叶，《渔父》以“移”“波”“醴”“为”相叶，都是先秦古韵。

《卜居》以屈原第一次谪居汉北为背景。蒋骥说：“居，谓所以自处之方。”卜居即卜问自己对现实应采取什么态度。屈原“正道直行”，为楚国“竭忠尽智”，奔走先后，却受到来自各方面的沉重打击，最后被流放到汉北，内心的苦闷与怨愤相交织，却无可告诉。楚人以此为根据创作了这篇传说故事。作品把屈原放在“心烦虑乱，不知所从”的处境中，设置了一段问卜之词，似是“心意迷惑，不知所为”，“冀闻异策，以定嫌疑”（王逸语），在思想中想另寻出路，其实是“以忠获罪，无可告诉，托问卜以号之。其谓不知所从，愤激之辞也”（蒋骥语），突现了屈原与黑暗势力不屈不挠的坚强斗志。作品先写屈原请卜，叙述了问卜的原因，继写屈原的贞问之词。屈原一连串提出了十八个问题，请詹尹“决之”的有八个方面，用“宁……

将……”句式蝉联成文，“宁……”和“将……”这一对问句在内容上先褒后贬，正反对比，因而是非取舍，昭然若揭。一、三、五问以德行相问，肯定了屈原忠于君国、正道直行的品格，否定了随波逐流、从俗富贵的人生；二、四问以行事为问，歌颂了屈原宁愿隐居田亩、躬耕自全，超然世外、返璞归真，也不游说诸侯、出仕他国、奉颜承色、谄谀献媚的执着的爱国情感；六、七、八问则彰明屈原“苏世独立，横而不流”，心神远举、志行昂昂而不与世沉浮、随从流俗、苟且自安的心志。而最后通过郑詹尹回答屈原的“用君之心，行君之意”两句话，更突出了这一主题。屈原是为了宗国、为了理想、为了人格而献出宝贵生命的，他的“心意”在其作品中均有明确表示：

> 民生各有所乐兮，余独好修以为常。虽体解吾犹未变兮，岂余心之可惩！（《离骚》）
>
> 苟余心之端直兮，虽僻远之何伤……吾不能变心而从俗兮，固将愁苦而终穷。（《九章·涉江》）
>
> 万民之生，各有所错兮。定心广志，余何畏惧兮！（《九章·怀沙》）

忠君爱国、独立不迁、上下求索、好修为常，这就是屈原的“心意”，本篇让屈原依自己的“心意”行事，体现了楚国人民对屈原的正确理解，也反映了屈原精神的巨大感召力量！

《渔父》的背景是屈原第二次流放江南时期，“它通过对话的形式，从两种不同思想意识的对比，表现了人们对屈原沉湘自杀这一历史悲剧的深刻理解”①。在士阶层中，“穷则独善其身，达则兼善天

---

① 马茂元：《楚辞选》，人民文学出版社1958年版，第224页。

下”（《孟子·尽心下》）是他们固守的信条，即使像孔子那样标举经世致用、一生充满了“知其不可而为之”精神的人，也主张“天下有道则见，无道则隐”（《论语·泰伯》）。“达”是他们共同的人生理想，“隐”则是他们对现实态度的一种特殊方式。春秋战国时代，正是孔子所说的“无道”之时，政治混乱，各种矛盾极为尖锐。因此，在当时的士人那里，形成了两种思想意识的交锋，一种是佯狂若愚、玩世不恭、逃避现实的隐遁意识，具有这种思想意识的士人不满于现实，但他既不想沉溺现实、随波逐流，又不愿献出才智、引火烧身，因而只能远离社会，寻找“世外桃源”。楚国中这类人物很多，孔子游楚时遇见的楚狂接舆（《论语·微子》）、《韩非子·解老》中的詹何、《韩诗外传》中的北郭先生等都是楚人，本篇中的“渔父”也是这类人物的典型。他们希望保全自己的独立人格，却以牺牲理想、放弃追求为代价。另一种是愤世嫉俗、积极用世、不惜任何代价以济世的进取意识，具有这种思想意识的士人认识到了现实的黑暗，但又不愿同流合污、被黑暗所同化，因而他们满怀理想、力求冲破黑暗，使黑暗的现实早日露出一点黎明的曙光！但时代与环境决定了他们只能在人生舞台上演出一场场雄壮的历史悲剧，屈原便是他们中的杰出典范。《渔父》在“屈原既放，游于江潭”的背景之下展现了两种思想意识的原则分歧与激烈斗争。渔父主张明哲自保，“与世推移”；屈原则主张洁身自好，宁殉理想。两相对比，屈原坚贞不屈的意志，“伏清白以死直”的精神，表现得十分充分。

二 宋玉与唐勒：屈骚的余响

屈原殉国以后，楚辞的创作并没有中断。司马迁在《史记·屈原贾生列传》中说：“屈原既死之后，楚有宋玉、唐勒、景差之徒者，皆好辞而以赋见称。然皆祖屈原之从容辞气，终莫敢直谏。”司马迁的记述可见，屈原之后，楚国有宋玉、唐勒、景差等人，他们的创作受到了屈原的直接影响，在语言运用、体制章法等方面虽然继承了屈骚的某些特点，但也有自己的独特风格；他们在政治上亦不得志，然而比较软弱，不如屈原的敢于犯颜直谏。遗憾的是，在传世文献中，只有宋玉的作品流传下来。

关于宋玉的经历，在《新序·杂事》《韩诗外传》卷七、《水经注》卷二十八、习凿齿《襄阳耆旧记》卷一等也有些记载，但均为零星片断而无完整的反映，其中有些过于简略，有些只是作为遗闻佚事来述说，有些则相互抵牾。经过研究整理，学术界对此已有基本一致的看法：他生于楚怀王末年，长于言谈，善文而识音，通过友人的引荐仕于襄王时期，襄王只爱其才辩，使之作文助兴，附会风雅，但并不重用他。宋玉一生颇不得志，到考烈王之世，被迫弃官而流落他乡。

宋玉杰出的才思和不平的遭遇，成就了他的文学创作。他一生留下了许多作品，《汉书·艺文志》著录为16篇，《隋书·经籍志》著录有《宋玉集》3卷，但均未标明篇目与内容。现存典籍载宋玉作品的有15篇，但争议较大，其中《九辩》《风赋》《高唐赋》《神女赋》《登徒子好色赋》《对楚王问》《大言赋》《小言赋》《讽赋》《钓赋》诸篇，有些虽多遭怀疑，但理由颇不充分，在没有足够的证据否定之前，可以认为是宋玉的作品。这些作品可分为两类，骚体赋，只有《九辩》一篇，其余则均为散体赋。

《九辩》是宋玉最负盛名的代表作。《九辩》本是远古的乐曲，传说夏启从天帝那里将它和《九歌》偷下了人间，这在《离骚》《天问》中都有记载。当然，宋玉只不过是借《九辩》之名，来表现自己的思想情绪而已。本篇继承了屈原“发愤以抒情”的传统，着意抒发了作者“贫士失职而志不平”的悲情。诗中的抒情主人公是一个怀才不遇、惆怅自怜的典型形象。他有“昭昭”之忠、“皎日”之行、“耿介”之志，希望能够一展抱负，“布名于天下”，以实现自己的人生价值。因此，他无时不在追慕着“先圣之遗教”，希望能够随时履行先王之“规矩”“绳墨”；他深深感慨人生之短促，希望能够早日功成名就：“生天地之若过兮，功不成而无效。”但当时楚国的社会现实却更加黑暗，在上是“君门九重”，而且“猛犬狺狺而迎吠兮，关梁闭而不通”，君主难以理解臣下的心；在下是“时俗工巧”“背绳墨而改错”“灭规矩而改凿”，到处是摇唇鼓舌，尔虞我诈。因而“骐骥伏匿而不见兮，凤皇高飞而不下”，贤能之人无法安身。面对这种状况，他常感慨生不逢时：“悼余生之不时兮，逢此世之俇攘。”他的内心始终处于矛盾之中，进则不能，退则不忍：“君弃远而不察兮，虽愿忠其焉得？欲寂漠而绝端兮，窃不敢忘初之厚德。”在主体意志和客观形势的激烈冲突中，他常有“中路而迷惑”之感。于是他一方面仍寄希望于君心之悔悟；另一方面自己也想依德直行，寻路而进。但结果却是君门九重，难以相见，与君心相异，难以相知；自己也是欲行难动，壅阻重重：

> 专思君兮不可化，君不知兮可奈何！蓄怨兮积思，心烦憺兮忘食事。愿一见兮道余意，君之心兮与余异。车既驾兮朅而归，不得见兮心伤悲。
>
> 愿徼幸而有待兮，泊莽莽与野草同死。愿自直而径往兮，路壅绝而不通；欲循道而平驱兮，又未知其所以。

不要说诉志陈情，甚至连见君的机会都没有；他也想实现壮志，但连正直地行进一步都很困难。因而他孤独伤悲，顾影自怜，内心深处充满无法排遣的郁郁愁情："倚结軨兮长太息，涕潺湲兮下沾轼。忼慨绝兮不得，中瞀乱兮迷惑。私自怜兮何极，心怦怦兮谅直。""块独守此无泽兮，仰浮云而永叹"，"独悲愁其伤人兮，冯郁郁其何极！"然而他不甘堕落，不愿丧志自全，因而他又发出了铮铮誓言：

> 处浊世而显荣兮，非余心之所乐。与其无义而有名兮，宁处穷而守高。食不偷而为饱兮，衣不苟而为温。窃慕诗人之遗风兮，愿托志乎素餐。

为了保持这种节操不受世俗污染，他远走高飞，"放游志乎云中"，逍遥娱乐，缄口不言。然而，身为忠直之士，尝蒙君王恩泽，使他思君恋国，无法割舍对君国的眷怀之情，去不是，留也不是，从而陷入更深的悲苦境地。

总之，篇中所表现出的以诗赋抒情志、叙经历、叹遭际的特点，抨击时政、存君兴国的情感，惜时叹逝、坚持节操的品格等都与屈原作品的精神有着一脉相承的关系。尽管与屈原相比，无论是追求理想的执着，还是与邪恶斗争的坚决，宋玉的思想境界都难以与之齐肩，但他毕竟表现出了一个失职贫士之志和封建时代文人的普遍不幸，因而他的思想情绪往往能够引起历代落魄文人的共鸣，千载之下，常有知音。

在艺术表现上，《九辩》也受到屈原的直接影响，在用词、造句、语气、创作手法等方面，宋玉有意识地学习屈原的《离骚》《九章》，甚至有模拟、袭用的痕迹。但在总体构思、抒情方式、语言运用、章法结构等方面，宋玉也着意创造，从而使《九辩》表现出与屈骚不同的艺术风貌。

诗人善于通过对环境气氛的渲染，对典型景物的描写，表达自己对社会和人生的感受。在作品中，与抒情主人公幽怨哀伤的感情相融合的是萧瑟冷落的秋景。秋天，虽然丰收在望，可以给人以收获的充实之感，但又是“肃杀寒凉，阴气用事，草木零落，百物凋悴”之时（朱熹《楚辞集注》本篇注语），那萧瑟的秋风、凋零的草木、结为霜的白露，总之整个大自然冷落寂寞的景象，最容易触动人们的忧愁情绪。因而古人有言：“秋之为言悲也。”“春，女悲；秋，士悲，感其物化也。”最早将愁情与秋景联系在一起的，当首推《诗经》。但在《诗经》中，这种诗句只作为一种兴象发挥着它的艺术作用。在屈赋中，景物描写也曾以极优美的笔墨加以点染，如《九歌·湘夫人》：“袅袅兮秋风，洞庭波兮木叶下。”而在《九辩》中，悲秋则发展成为贯穿全篇的主旋律，它成为引发并进而表现诗人由“失职”“羁旅”而引起的孤单凄凉、空虚惆怅之情的重要手段：

悲哉秋之为气也！萧瑟兮，草木摇落而变衰。憭慄兮若在远行，登山临水兮送将归。泬寥兮天高而气清，寂寥兮收潦而水清。憯悽增欷兮薄寒之中人，怆怳懭悢兮去故而就新。坎廪兮，贫士失职而志不平；廓落兮，羁旅而无友生。惆怅兮而私自怜。燕翩翩其辞归兮，蝉寂漠而无声。雁廱廱而南游兮，鹍鸡啁哳而悲鸣。独申旦而不寐兮，哀蟋蟀之宵征。时亹亹而过中兮，蹇淹留而无成。

诗人生活的襄王、考烈王之世，楚国日益衰落，灭亡之势已不可挽回，正如秋之来临，杳无生机；诗人自己则老而无成，无所建树，此时又失职而远走他方，正如秋风之中的落叶，不知将飘零何处。对国家命运的忧虑和对自己前途的感慨可以说长久地缠绕着诗人的心，此时受到秋气的触发，又借着对秋气的悲叹抒泄出来。因此，这里的“秋气”已经是楚国当时社会背景的写照，是诗人自我命运的缩影。而对于悲秋的描写，便蕴含着诗人对时代、社会和个人命运的无限悲慨。诗人善于抓住具有特征性的事物进行描写，因而凉风萧瑟、草木凋落、天高气清、北燕辞旧、寒蝉无声、群雁南翔、鹍鸡悲鸣、蟋蟀宵征等构成了一幅凄清孤寂的秋景图。而这种景物又与诗人的仕途失意、生不逢时之感，壮志难酬、迟暮无成之悲，失职遭遣、羁泊他乡之苦交融在一起，创造出了一个凄凉惨淡、感人肺腑的艺术境界。正由于本篇以因秋兴感的抒情方式抒发了自己的悲情，所以鲁迅先生才说它“虽驰神逞想不如《离骚》，而凄怨之情实为独绝”。

《九辩》的写景与抒情都具有细致刻绘、反复渲染的特点。写秋景，作者开篇首先发出富于感染力的强烈感叹：“悲哉秋之为气也！”接着从总体上描绘秋景的典型特征：“萧瑟兮草木摇落而变衰”，然后诗人通过“远行”“送归”“登山”“临水”时那种凄怆的感受写照秋气的凄神彻骨，通过天上、地下的描绘显出秋天的空旷寂寥，通过各种富于物候特征的事物的铺写突出秋天的凄清孤寂，通过对草木的摧残写出秋气的凛冽肃杀。这些描写由于和抒情主人公的情绪结合在一起，因此使人不仅没有感到琐细和重复，反而体会到诗人悲秋情绪的浓重。写悲情，诗人开篇即以“悲”字统领，奠定了全篇的感情基调；接着以“远行”“送归”“登山”“临水”四方面加以渲染；然后又反复陈述己志之磊落、遭遇之不公，反复申说思君而难见、奸佞之横陈，反复渲染老冉冉其将至、惆怅而私自怜。抒情主人公的忧心与信念，焦虑与追求，被反复交替地加以咏叹、加以渲染，淋漓尽致地展现了诗人复杂而不平静的内心世界。其语言和节奏都极为灵活自由，造成一种起伏跌宕、回肠荡气的美感。

如果说宋玉的骚体诗更多地继承了屈骚的艺术精神而有所创新的话，那么他的散体赋则为辞赋文学开拓了一个新领域，标志着赋体的衍变。可以说，后来汉赋的许多特色在宋玉的散体赋中已露端倪。这表现在：

第一，描写力求完整性，因而往往多侧面、多层次，甚至全方位地状写事物，夸张渲染，极物图貌。这在屈原《招魂》中已经开始，宋玉更使之发展下去。如《高唐赋》写高唐观的景物，先写雨后初晴、百川融汇、水流奔腾、鸟兽惊恐的情景，继写冬日山中草木鲜茂之态和风吹草动、使人“感心动身，回肠伤气”之状，又写登高远望所见之山势高峻险恶及种种“使人心瘁”之景象，最后写“上玉观侧”所见之异景和方士仙人“公乐聚谷”之盛况。这种穷形极貌的描写，颇具“苍括宇宙”之气势，已兆汉大赋宏大之端倪。其他如《神女赋》对神女美貌体态的描写，《风赋》对雄雌二风的描写，都具有这个特点。

第二，结构形式多用主客问答体。宋玉诸散体赋大都以楚王问、宋玉对的方式展开描述。《风赋》写宋玉与景差侍襄王游兰台之宫，感于“有风飒然而至”，楚王有“快哉！此风”之叹和“寡人与庶人共孝邪”之问，因而宋玉展开对风的描写并进而点出题旨。《高唐赋》写楚襄王与宋玉游云梦之台，在“望高庚之观”时楚襄王疑而有问，宋玉对而成篇。其他各篇，莫不如此。它从开子汉赋“述客主以首引”的结构形式之先。

第三，曲终奏雅，以讽喻作结。宋玉散体赋在铺叙之后往往篇末点明题旨，进行讽谏。如《高唐赋》末尾“思万方，忧国害，开贤圣，辅不逮”，便隐寓讽谏楚襄王不应沉溺于神思奇想的游历之中，而应以国事为重，以万民为重之意。《登徒子好色赋》最后说：“目欲其颜，心顾其义，扬诗守礼，终不过差。”亦在阐明自重原则，不应有贪淫好色之念。刘勰说：“宋玉赋《好色》，志在微讽，有足观者。”（《文心雕龙·谐隐》）李善注《文选》也认为“此赋假以为辞，讽于淫也”，陈第更认为宋玉的散体赋篇篇有讽喻。当然，与全篇的骋辞侈说相比，其讽谏意义毕竟是微乎其微的，这也奠定了汉大赋“劝百而讽一”的特点。

在中国文学史上，宋玉是与屈原并称于文坛的，《文心雕龙·辩骚》说：“屈宋逸步，莫之能追。”李白语曰：“屈宋长逝，无堪与言。”（《夏日诸从弟登汝州龙兴阁序》）杜甫亦曾赞道：“窃攀屈宋宜方驾，恐与齐梁作后尘。”（《戏为六绝句》）从流传下来的宋玉辞赋来看，其总体成就虽然难与屈原并论，但它们能广泛吸收《诗经》、屈骚的创作经验，并在艺术领域勇于创新，因而在辞赋发展史上表现出继往开来的重要价值。

附录一　诗意中国

中国是一个诗的国度。

从远古的时候起，中华民族就诗意地生存在这块古老的土地上，而且这种诗意以各种形式不断延伸，贯穿于中国历史发展的整个过程。在原始社会中，人们的生存环境极为恶劣，人们的物质生活极为匮乏，但人们却在对自然的感动中萌发着诗意，在想象的空间里挥洒着诗意。于是，我们看到，在原始神话里，天空是五彩缤纷的，女娲补天要炼就“五色石”；大地万物则是开天辟地的盘古用生命化成的：“四肢五体为四极五岳，血液为江河，筋脉为地理，肌肉为田土，发髭为星辰，皮毛为草木，齿骨为金石，精髓为珠玉，汗流为雨泽。”通过考古发掘，我们还看到，在仰韶文化时期，原始的人们普遍在陶制食器上着以绚丽的色彩、纹饰、图案，创造了辉煌的彩陶文化（如西安半坡村出土的人面鱼纹彩陶盆）。而在与自然抗争的过程中，人们也忘不了那去诗意地再现那抗争的场景：“断竹，续竹，飞土，逐宍（肉）”。

刘勰在《文心雕龙》中称这首诗为“黄歌斯竹”或“断竹黄歌”，“黄”指的是黄帝之世。它是否为黄帝时代之歌，已难确考；但其源出甚古，则无可置疑。就是从产生了“断竹黄歌”的《弹歌》这类记录和没有记录下来的歌谣开始，诗歌也就成了反映中华民族诗意生活的重要形式之一。

鲁迅先生在《且介亭杂文·门外文谈》中说道："我们祖先的原始人，原是连话也不会说的，为了共同劳作，必须发表意见，才渐渐地练出复杂的声音来。假如那时大家抬木头，都觉得吃力了，却想不到发表，其中一个叫道：'杭育杭育'，那么，这就是创作；大家也要佩服、应用的，这就是文学；他当然就是作家，也是文学家，是'杭育杭育派'。"从这样简单的音节到二言（如《弹歌》）、三言（如记载于《尚书·益稷》中的《赓歌》），再到四言（如记载于《礼记·郊特牲》中的《伊耆氏蜡辞》），原始诗歌经过了艰难的、漫长的而又具有特殊意义的发展过程。

四言诗补足了诗的节拍，丰富了诗的含量，是中国诗歌的第一个成熟的形式。四言体诗成熟的标志是《诗经》。《诗经》是中国古代的第一部诗集，也是中国诗歌的第一座山峰。它广泛记录了从西周初年到春秋中叶500年间的社会生活和人们的精神风貌，在艺术上也取得了很大成就，它所开创的赋比兴的表现手法，它所形成的优美的韵体与节奏，它所采用的富于意味的意象与抒情，都在中国诗歌的发展史上产生了重大影响。但由于节拍的整齐和节奏的短促，后代除了像曹操、嵇康等四言诗具有一定影响外，四言诗并没有成为中国古代诗歌的主流。

中国古代诗歌的主流是五言诗和七言诗。《诗经》中已有五言的诗句，经过了战国、秦汉的发展，五言诗在东汉时期成熟起来，汉乐府中的五言诗是其成熟的标志。而文人五言诗的首倡是班固的《咏史》，标志文人五言诗成熟的是东汉末年产生的《古诗十九首》。其后，经过曹植、陶渊明、谢灵运等诗人的推动，到唐代形成了五言诗创作的高峰。七言的形式在《荀子》的《成相篇》中得到了较好的运用，屈原创造的“楚辞”主体句式是六言与七言相间，东汉时期渐渐成熟起来。今存最早的完整的文人七言诗是三国时期曹丕的《燕歌行》。经过魏晋南北朝时期诗人如沈约、谢朓、鲍照等的推动，唐代的七言诗创作也取得丰硕的成果。而且作为诗歌主流的五言、七言诗，在唐代的体式也是多种多样的，如五言古诗、七言歌行，五言律诗、七言律诗、五言绝句、七言绝句等，都产生了许多名家与名作。

唐代确实是一个诗歌高度发展的时期，是中国古代诗歌史上的黄金时代，表达心志用诗，相互酬唱用诗，科举考试也用诗。古体、近体争相斗艳，各种风格流派异彩纷呈。各个时期都诗才辈出，星驰云涌，初唐的陈子昂、“四杰”，盛唐的王维、岑参、李白、杜甫，中唐的白居易、韩愈、李贺、刘禹锡，晚唐的杜牧、李商隐，等等，交相辉映，共同铸造了唐代诗歌的五彩星空。所以王国维说诗歌是唐代“一代之文学也”，是唐代文学的代表。后代诗歌虽然从总体成就上不及唐代，但也都表现出每一时代的各自特点，如宋诗之理趣、明诗之性灵、清诗之神韵，在中国古代诗歌发展史上都具有重要地位，产生了巨大影响。中国现当代诗歌正是根植于中国社会的深厚土壤，吸收中西方文化的诸多营养，从而创造的艺术奇葩。它的体式更自由，它的语言更活泼，它的韵律更和谐，它的理念更丰富。郭沫若、闻一多、徐志摩、戴望舒、贺敬之、郭小川、李瑛、北岛、食指、海子等便是不同阶段、不同诗派的代表诗人。

在中国诗歌发展史上，诗意化成了中国文学的多种形式。“词”被称为“诗之余”，其实也是诗歌的形式之一。参差错落的句式、抑扬顿挫的韵律，把缠绵悱恻的感情表达得淋漓尽致。词产生于盛唐，宋代发展到高峰，苏轼和辛弃疾是词史上并峙的两座高峰，柳永、周邦彦、李清照、姜夔等都是重要的代表。“散曲”虽可以配合流行曲调清唱，但也是一种抒情诗体。在北方民族乐曲的影响下，散曲在元代兴起并迅速繁荣。散曲具有浓厚的市民通俗文学色彩，给诗坛注入了一股清新的空气。其内容十分广泛，而表现最多的是歌唱山林隐逸和描写男女风情。关汉卿、马致远、张可久、乔吉是最具代表性的元代散曲作家。“辞赋”是一种综合性的文学样式，诗歌无疑直接参与了赋体的建构，并成为赋体最重要的文学基础，所以刘勰在《文学雕龙·诠赋》中说：“赋也者，受命于诗人，拓宇于楚辞也。”

其实，在人类的生活中，到处充满诗意；在人类的发展中，也到处创造着诗意。所以，德国哲学家海德格尔说：“我们诗意地栖居在大地上。”

附录二　盛唐气象与民族精神

中国是诗的国度，唐诗则是中国诗歌史上的一颗最为耀眼的璀璨明珠。在初唐、盛唐、中唐、晚唐四个阶段中，盛唐诗歌又以其“诗国高潮”的辉煌格局和“气象壮美”的雄浑风貌，代表了唐诗的最高成就，奏响了昂扬奋进的民族精神的最强音。

以“气象”论诗，唐代皎然的《诗式》就已开始，他说：“气象氤氲，由深于体势。”[①] 宋代严羽的《沧浪诗话》多用“气象”一词论前代诗，他说：“汉魏古诗，气象混沌，难以句摘”；“建安之作，全在气象，不可寻枝摘叶”；“虽谢康乐拟邺中诸子之诗，亦气象不类”；“唐人与本朝人诗，未论工拙，直是气象不同”。[②] 在《答吴景仙书》中，更直接说：“盛唐诸公之诗，如颜鲁公书，既笔力雄壮，又气象浑厚。”20 世纪 50 年代，林庚先生首先使用“盛唐气象”的文学史概念，并对这一概念做出了明确的界定：

> 盛唐气象所指的是诗歌中蓬勃的气象，这蓬勃不只由于它发展的盛况，更重要的乃是一种蓬勃的思想感情所形成的时代性

---

① 皎然：《诗式》，何文焕辑《历代诗话》上册，中华书局 1981 年版，第 27 页。

② （宋）严羽：《沧浪诗话校释》，郭绍虞校释，人民文学出版社 1961 年版，第 151、158、192、144 页。

> 格。这时代性格是不能离开了那个时代而存在的。盛唐气象因此是盛唐时代精神面貌的反映。
>
> 蓬勃的朝气，青春的旋律，这就是“盛唐气象”与“盛唐之音”的本质。①

林庚先生的阐释既为创始，又触及了它的本质，因而得到学术界的普遍认可。从唐代诗创作的实际情况来看，“盛唐气象”的确是盛唐诗歌风格最为形象的概括，也是唐代文学精神最为形象的反映。仅从葛兆光先生《唐诗选注》选录的盛唐诗歌中，我们便可以感受到这种盛唐精神的震撼力和民族精神的影响力。

王湾的《次北固山下》是被称作“盛唐气象的象征”的一首诗。诗曰：

> 客路青山外，行舟绿水前。潮平两岸阔，风正一帆悬。
> 海日生残夜，江春入旧年。乡书何处达，归雁洛阳边。

这首诗作于诗人客游江南、回归洛阳的途中。诗人从南至北，一路行来，水阔风顺，诗意盎然，当船行至三面临江、号称“京口三山”（金山、焦山、北固山）之一的北固山的时候，吟成了这首诗。由于是年底，又是一年将去，新年将临，诗人归乡心切，因而昼夜兼程；心潮激荡，因而彻夜难眠。所以，在渐行渐亮的天色中，他及时捕捉到了江上日出的美景，敏锐地感受到了寒中暖在的春意。“海日生残夜，江春入旧年”是诗中的名句，意思是说：“当残夜还没有消退之时，一轮红日已从海上升起；当旧年尚未逝去，江上已呈露春

---

① 林庚：《盛唐气象》，《北京大学学报》1958年第2期。

意。”[①] 这两句是写景，用字精巧，语言锤炼。正如葛兆光先生所论，“海日”“残夜”“江春”“旧年”构成四个并列的意象，“当读者读到这四个并列凸显的意象时，海上旭日、残夜黑幕、江上春色、旧年残冬就同时呈现在视界中，让你在刹那间体验出时序交替的情景”。“此外，动词‘生’‘入’两字也下得十分讲究，‘生’字很平常，使你几乎注意不到它的存在，突出了两端的意象，而‘入’字却很‘别扭’，不说‘旧年’有了‘春意’，却说‘江春 入了‘旧年’，于是读者就感到了新颖与精致。”[②] 所以清代沈德潜说：“江中日早，残冬立春，亦寻常意思，而王湾……一经锤炼，便成奇绝。”（《说诗晬语》）更值得注意的是，从“残夜”之中生出了辉煌的红日，满含希望的春色进入“旧年”将要取代“旧年”，于是诗人让我们的心中充满了辉煌的憧憬，充满了比“冬天来了，春天还会远吗”的期望更近的、更可及的期望！这是盛唐人给我们的憧憬，是盛唐的时代给我们的期望。因此，不仅晚唐顾非熊《月夜登王屋仙台》模拟前一句写成“云中日已出，山外夜初残”，“没有味道得很”，而且中唐诗句“风兼残雪起，河带断水流”、晚唐诗句“鸡声茅店月，人迹板桥霜”，都是写景名句，“妙绝千古”，但其中的意蕴、气象已是不可同日而语了！所以，明代的诗评家胡应麟发出“故知文章关气运，非人力”的感叹[③]，也是再自然不过的了！

其实，像王湾《次北固山下》这样“阔朗旷逸”的作品，在盛唐比比皆是。同样的景色，在盛唐诗人的笔下，意境更为开阔。如以雪喻花，或以花喻雪，早已不是新鲜的手法。南朝萧子显《燕歌行》

---

① 萧涤非等：《唐诗鉴赏辞典》，上海辞书出版社 1983 年版，第 366 页。

② 葛兆光：《唐诗选注》，浙江文艺出版社 1999 年版，第 79 页。

③ 胡应麟：《诗薮》内篇卷四。

说："洛阳梨花落为雪"，初唐东方虬《春雪》说："春雪满空来，触处似花开。"而盛唐岑参《白雪歌送武判官归京》却说：

> 北风卷地百草折，胡天八月即飞雪。
> 忽如一夜春风来，千树万树梨花开。

萧子显的诗以雪喻花，以飘雪比落花，以飘雪的飘飘洒洒比落花的纷纷扬扬，以雪后的一片洁净喻落花的一片素淡，十分形象，想象力非常丰富，意境也较为阔大；但以冬雪比春花、以飘落的雪喻零落的花，总给人一种凄凉、衰败的感觉，充满怜惜、悲哀之意。东方虬的诗以花喻雪，以春花喻春雪，以花的漫山遍野写雪的扑面而来，富有生机；但"触处"未免细小，给人的感觉是一点一点、一朵一朵逐渐开放的，而"似"是明喻，未免直白。岑参的境界却大为不同，他以梨花开喻飞雪来，突出了雪的洁白、风的迅猛，暗含着环境的恶劣或对春天的期待，生机活泼；用"千树万树"的梨花形容漫天飞舞的白雪，铺天盖地，一片晶莹，景象壮美，意境开阔，气势恢宏；用隐喻而不用明喻，让人感到似乎真的出现了晶莹雪白、春日梨花的幻景，形象逼真，达到忘境。

同样的题材，在盛唐诗人的作品中，亦显出别样的风格。如写送别，魏晋南北朝诗歌中多有送别之诗，萧统的《昭明文选》中还专设一类，称为"祖饯"诗，其中收录的七题八首诗作，都充满了离别的感伤情绪。的确，不管由于怎样的原因，离别总是让人感怀伤悲，所以江淹在《别赋》开头就感叹："黯然销魂者，唯别而已矣！"赋末又说："是以别方不定，别理千名。有别必怨，有怨必盈。使人意夺神骇，心折骨惊！"但在唐代，特别是盛唐，悲伤的送别也被赋予了"长歌郎笑"的意蕴，这在初唐的一些送别诗中已露端倪，如千古传诵的名篇王勃的《送杜少府之任蜀州》：

> 城阙辅三秦，烽烟望五津。与君离别意，同是宦游人。
> 海内存知己，天涯若比邻。无为在歧路，儿女共沾巾。

诗中撇开了“心事同漂泊，生涯共苦辛”的悲凉凄绝，表达出“海内存知己，天涯若比邻”的旷达之意和“无为在歧路，儿女共沾巾”的豪迈之情。这种情感在盛唐的送别诗中十分普遍，王维《送子福归江东》说：“惟有相思似春色，江南江北送君归”，以“春色”比“相思”，既充溢“江南江北”，又满怀美好回忆；李颀《送魏万之京》说：“莫见长安行乐处，空令岁月易蹉跎”，表达出对好友前景的期待和瞩望；李白《黄鹤楼送孟浩然之广陵》说：“孤帆远影碧空尽，唯见长江天际流”，绵绵的相思融入辽远的境界之中；高适《别董大》说：“莫愁前路无知己，天下谁人不识君”，表现了无限的豪迈与自信。这正是盛唐气象的展现，是唐代文学精神的展现！

盛唐诗歌的风格是多样的，有李白的潇洒、王维的自然、孟浩然的孤高，有高适的慷慨、岑参的壮丽、王翰的不羁，还有王昌龄的豪迈、崔颢的率性和杜甫的沉郁顿挫！每一个诗人都带着诗性的顽韧去追求，每一种追求都带着别致的风格载入史册。清人乔亿在《剑溪说诗》中说李白的诗：“有似《国风》《小雅》者，有似《楚辞》者，似汉魏乐府及古歌谣杂曲者，有似曹子建、阮嗣宗者，有似鲍明远者，似谢玄晖者，又有似阴铿、庾信者。”其实，正是李白包容诸家风格，融合他人所长，随心左右采撷，着力创造自我，才铸就了他在中国诗歌史上的崇高地位。

经历了初唐励精图治的探索和“贞观之治”的大力铺垫，盛唐时期以“开元盛世”为外在表现形态的中国文明拥有了热闹的繁华和雍容的气度！开放性的盛唐以兼容并包的思想文化政策促成了这个时代独有的社会气象。文学承载着民族精神，也凝聚着民族精神。盛唐诗歌所展现出来的积极向上、奋发进取、昂扬乐观、豪迈自信，它们作为盛唐气象的核心，不正是中华民族精神的精髓吗？

附录三　经学传统的开掘与反思

——读边家珍《经学传统与中国古代学术文化形态》*

经学滥觞于先秦，形成并盛行于汉世，继兴于唐宋明清，是中国古代最具影响力的学术文化，也是中国古代封建社会意识形态的主流，冯友兰先生甚至把自汉代董仲舒至晚清康有为时期的哲学称为“经学时代”（《中国哲学史》）。在“经学时代”，人们不仅仅去传播、阐释经典，而且在传播、诠释的过程中形成了某种思想传统、治学传统，这种传统不仅制约着经学的价值与走向，而且影响着中国古代的学术文化形态。因而从经学角度探讨中国传统文化的价值本源，无疑是一条十分重要的途径。但遗憾的是，自皮锡瑞的《经学历史》和《经学通论》问世以来，人们对经学的探讨，较多的还是历史过程的一般描述，经学问题的个案探讨，以及各家各派的思想研究，而特别缺乏以内在学理贯穿的、具有广阔学术视野的对中国古代学术形态的整体理解与把握。正是基于这样的责任意识，边家珍教授承担的国家社科基金课题“经学传统与中国古代学术文化形态”，才把“以经学传统为支点与视角，探讨古代学术文化形态的特质及优劣得失”作为

---

* 边家珍：《经学传统与中国古代学术文化形态》，人民出版社 2010 年版。

研究主旨。最近由人民出版社出版的《经学传统与中国古代学术文化形态》便是他这一研究的重要成果。

中国古代的学术文化，具有既不同于西方也不同于现代的形态。西方文化强调的是自主的个人，是个体的自主性；中国文化更强调社会的整体，强调血缘伦理。中国近现代文化讲求中体西用，古代文化则强调内圣外王、通经致用。而这种明显特点，正是在经学基础上形成的。以“经”与“道”为标准，以“圣”与“王”为理想，以“述”与“解经”为方法，这种经学思维方式常常制约着中国古代的学术品格与方法论特点，而“通经致用”的价值观念不同程度地成为中国古代学术文化发展的内在动力。因而把经学放在中国古代学术文化的背景中研究其影响，对中国古代学术文化从经学传统角度切入研究其形态，研究视角具有独特性。

作者在经学研究中，此前已经出版了《汉代经学发展史论》《汉代经学与文学》等学术成果。但多年的研探，并没有使之形成传统儒生抱残守缺、故步自封的研究模式。相反，作者博观宏论、贯通中西、纵论得失，其研究具有辩证性。与前两种著作相比，本书论题视角开阔，理论性强，这就要求作者既能高屋建瓴地宏观把握，又能深入细致地具体分析；既能条分缕析地描述过程，又能提纲挈领地抽象特征。可以说，作者很好地处理了宏观与微观、史与论的关系。全书的六个论题既各自独立地专题探讨经学传统的文化渊源、思维方式、价值观念、今文经学、考证疑辨等，又彼此观照地系统论述其形成流变、学术文化影响、学术价值评估、现代文化转型等，从而构成体制充实的学术系统。而每一具体内容，作者都是从概念的辨析入手，进而论证其内涵的特质及在经学传统中的意义、在学术文化中的影响，由微观到宏观，层层推演，史与论结合，以论带史。在研究中，作者不仅运用传统的研究方法如考据、辞章、义理之学，更注重运用马克思主义理论，“用今天科学的历史观”去研究问题，“有分析、有辨别、批判性地认识经学传统及其影响”，并把问题放在中西文化的大背景中揭示其特殊性，因而提出了不少颇具识见的观点。如论经学传统的六方面内涵、论“经典”的文化成因、论经学思维方式的六种表征、论通经致用对文学观念的影响、论今文经学的得失、评估疑经辨伪的学术价值、论科学方法与传统经学方法的碰撞与融通等，都充分反映出作者对经学传统开掘的深度与反思的力度。

中国具有深厚的思想文化传统，作为社会科学工作者，我们研究是为了更好地认识古代的学术文化，是为了弃其糟粕、取其精华。对此，边家珍教授有着高度的学术自觉，因而其研究具有现实的启迪性。作者在书中说道：“深入地认识过去，是为了现在与将来，因而我们充分重视对传统文化中固有价值的发掘，以期对当代学术文化建设有所裨益。”在概括经学传统内涵时，作者既讲它“是崇古与开新的的统一”，又说它“有很大的保守性”；谈到师法家法时，既承认其“产生的历史条件与作用”，又分析了它束缚思想和才智、导致章句烦琐、形成宗派性“学阀”气等弊端；论到经学考据，既肯定其“注重实证”的科学态度，又指出其“为考证而考证，流于烦琐”及由此带来的“因枝节而忘根本、陷于个别而忘了全体、为了手段而失去目的”的结果。在全书最后“结语”中，作者集中论述了经学传统“先天性保守、封闭的消极特质”对学术文化发展所带来的阻滞作用，这是否也包含着作者对“学术范式”转变与“思想观念”更新的殷切期望呢？

正如作者为“古代学术文化形态”定义时所说：“古代学术文化形态是指古代不同于西方亦不同于现代的学术风貌、学术品格、学术特质的总和。”中国古代学术文化涉及面十分广泛，近 32 万字的篇幅也只是粗线条的勾勒，而且多是政治、哲学、历史、教育、文学等层面的勾勒，还有一些层面如医学、农学、天文学、地理学等很少涉及或没有涉及，我们期待着这项不仅具有理论性的学术意义，而且具有方法论的启迪意义的研究，能够更加全面、更加细致地开展起来。

参考文献

《十三经注疏》，阮元校刻，中华书局1980年影印版。

《诸子集成》，国学整理社辑，中华书局1954年版。

《史记》，中华书局1982年版。

刘勰著，范文澜注：《文心雕龙注》，人民文学出版社1958年版。

刘熙载：《刘熙载文集》，江苏古籍出版社2001年版。

《马克思恩格斯选集》，人民出版社1972年版。

任继愈主编：《中国哲学发展史》（先秦），人民出版社1983年版。

李泽厚：《中国古代思想史论》，人民出版社1986年版。

杨公骥：《中国文学》（第一分册），吉林人民出版社1957年版。

赵明主编：《先秦大文学史》，吉林大学出版社1993年版。

郭杰、李炳海、张庆利：《先秦诗歌史论》，吉林教育出版社1995年版。

赵敏俐：《文学传统与中国文化》，东北师范大学出版社1993年版。

郭杰：《古代思想与诗的世界》，中国社会科学出版社2008年版。

郭沂：《郭店竹简与先秦学术思想》，上海教育出版社2001年版。

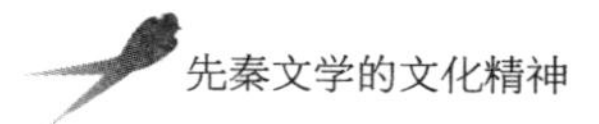

张庆利主编：《中国文学史话》（先秦卷），吉林人民出版社 1998 年版。

郑奠、谭全基编：《古汉语修辞学资料汇编》，商务印书馆 1980 年版。

袁珂校注：《山海经校注》（增补修订本），巴蜀书社 1993 年版。

王利器：《吕氏春秋注疏》，巴蜀书社 2002 年版。

袁珂：《中国神话传说》，中华书局 1960 年版。

列维－布留尔：《原始思维》，商务印书馆 1981 年版。

冯天瑜：《上古神话纵横谈》，上海文艺出版社 1983 年版。

谢选骏：《神话与民族精神》，山东文艺出版社 1986 年版。

邓启耀：《中国神话的思维结构》，重庆出版社 1992 年版。

赵沛霖：《先秦神话思想史论》，学苑出版社 2002 年版。

刘毓庆：《图腾神话与中国传统人生》，人民出版社 2002 年版。

李光地编纂，刘大钧整理：《周易折中》，巴蜀书社 2006 年版。

高亨注：《周易古经今注》，中华书局 1984 年版。

高亨注：《周易大传今注》，齐鲁书社 1979 年版。

黄寿祺、张善文译注：《周易译注》，上海古籍出版社 2007 年版。

金景芳、吕绍纲：《周易全解》，吉林大学出版社 1991 年版。

侯敏：《意象论》，北京大学出版社 2006 年版。

于雪堂：《〈周易〉与中国上古文学》，北京师范大学出版社 2005 年版。

黄黎星：《易学与中国传统文艺观》，上海三联书店 2008 年版。

亚里士多德：《修辞术·亚历山大修辞学·论诗》，颜一、崔延强译，中国人民大学出版社 2003 年版。

朱熹：《诗集传》，上海古籍出版社 1980 年版。

方玉润:《诗经原始》，李先耕校点，中华书局 1986 年版。

王先谦:《诗三家义集疏》，中华书局 1987 年版。

洪湛侯:《诗经学史》，中华书局 2002 年版。

周蒙:《〈诗经〉民俗文化论》，黑龙江教育出版社 1994 年版。

张松如、郭杰:《周族史诗研究》，长春出版社 1998 年版。

夏传才:《思无邪斋诗经论稿》，学苑出版社 2000 年版。

许志刚:《〈诗经〉艺术论》，辽海出版社 2006 年版。

赵敏俐:《周汉诗歌综论》，学苑出版社 2002 年版。

姚小鸥:《诗经三颂与先秦礼乐文化》，北京广播学院出版社 2000 年版。

傅道彬:《诗可以观——礼乐文化与周代诗学精神》，中华书局 2010 年版。

刘怀荣:《赋比兴与中国诗学研究》，人民出版社 2007 年版。

杨伯峻注:《春秋左传注》，中华书局 1990 年版。

徐元诰集解:《国语集解》，中华书局 2002 年版。

来可泓:《国语直解》，复旦大学出版社 2000 年版。

毛振华:《〈左传〉赋诗研究》，上海古籍出版社 2011 年版。

陈彦辉:《春秋辞令研究》，中华书局 2006 年版。

李洲良:《春秋笔法论》，中国社会科学出版社 2012 年版。

刘成荣:《〈左传〉的文学接受与传播研究》，南京大学出版社 2014 年版。

朱熹:《四书章句集注》，中华书局 1983 年版。

程树德:《论语集释》，中华书局 2013 年版。

钱穆:《论语新解》，生活·读书·新知三联书店 2002 年版。

杨伯峻译注：《论语译注》，中华书局 1980 年版。

杨伯峻译注：《孟子译注》，中华书局 1962 年版。

梁启雄：《荀子简释》，中华书局 1983 年版。

钱穆：《先秦诸子系年》，商务印书馆 2001 年版。

匡亚明：《孔子评传》，齐鲁书社 1985 年版。

陈鼓应：《老子注译及评介》（修订增补本），中华书局 2009 年版。

张松如：《老子校读》，吉林人民出版社 1981 年版。

任继愈：《老子新译》，上海古籍出版社 1985 年版。

陈鼓应注译：《庄子今注今译》，中华书局 1983 年版。

杨伯峻：《列子集释》，中华书局 1979 年版。

方铭：《战国诸子概论》，学苑出版社 2012 年版。

李炳海：《道家与道家文学》，东北师范大学出版社 1992 年版。

崔大华等：《道家与中国文化精神》，河南人民出版社 2003 年版。

吴怡：《逍遥的庄子》，广西师范大学出版社 2006 年版。

陶东风：《从超迈到随俗——庄子与庄子美学》，首都师范大学出版社 1995 年版。

刘生良：《鹏翔无疆——〈庄子〉文学研究》，人民出版社 2004 年版。

陈其遒集释：《韩非子集释》，上海人民出版社 1974 年版。

《韩非子》校注组：《韩非子校注》（修订本），周勋初修订，凤凰出版社 2009 年版。

闫笑非：《韩非子丛稿》，吉林大学出版社 1991 年版。

李炳海：《周代文艺思想概观》，东北师范大学出版社 1993 年版。

王秀臣：《三礼用诗考辨》，中国社会科学出版社 2007 年版。

王秀臣：《礼仪与兴象——〈礼记〉元文学理论形态研究》，社会科学文献出版社 2014 年版。

赵东栓：《先秦哲学思想与文艺美学观念》，吉林人民出版社 2005 年版。

夏静：《礼乐文化与中国文论早期形态研究》，中华书局 2007 年版。

赵辉：《先秦文学发生研究》，人民出版社 2012 年版。

王逸章句，洪兴祖补注：《楚辞补注》，中华书局 1983 年版。

朱熹集注：《楚辞集注》，上海古籍出版社 1979 年版。

蒋骥注：《山带阁注楚辞》，上海古籍出版社 1984 年版。

姜亮夫：《楚辞通故》，云南人民出版社 1999 年版。

褚斌杰编：《屈原研究》，湖北教育出版社 2003 年版。

汤炳正：《屈赋新探》，齐鲁书社 1984 年版。

毛庆：《屈原与中华文化和民族精神》，四川大学出版社 2008 年版。

潘啸龙：《屈原与楚文化》，安徽文艺出版社 1991 年版。

周建忠：《楚辞考论》，商务印书馆 2003 年版。

后　　记

回想起来，我从事先秦两汉文学的教学与研究已经三十多年了。

先秦文学的一个重要特点是文史哲不分，前人早就有“六经皆史”“六经皆文”等说法，文学的经典中记述着历史的足迹和观念的演变，历史发展的叙述和哲学思想的表达又充满文学的意味和绵绵的诗意。因此，在教学过程中，除了进行文学的分析，讲清楚这些文学的特点和对后代文学的影响之外，我还在思考着，这些文学中蕴含着怎样的文化精神？它们在中华民族的发展中产生了怎样的作用？

从20世纪80年代开始，文学的文化研究引起了学界的普遍重视，并在不断的理论探讨和研究实践中，使之走向开阔与深化。1986年至1989年读硕士研究生期间，先师傅庆昇耳提面命，要求我们从经济与社会的变革中看待先秦两汉文学的历史进程和发展规律，从精神与文化的创造中挖掘先秦两汉文学的独有特点和特殊价值；李炳海老师教诲点拨，既引导我们运用音韵学、文字学、词源学等传统治学方法通过细读文本得出不同认识，又告诫我们必须从中国文化的发展中、从与西方文化的比较中，才能对文学问题得出规律性认识。因此，我试着从这些方面进行研究。为李老师讲授课程《先秦文论研究》所写的课程作业《季札论乐平议》（后发表于《牡丹江师范学院学报》1992 年第 2 期），便是较早的尝试。硕士学位论文《汉大赋的文化背景透视》力求从汉代的文化特点、思维方式、学术思潮三个方面探讨汉大赋的形成、特点与流变，论文主体先后以《汉代的思维方式与汉大赋的特点》《汉代经学与汉大赋的流变》《汉代的文化特点与汉大赋的形成》为题发表于《东北师范大学学报》（1990 年第 3 期）、《中国文学研究》（1991 年第 1 期）、《求是学刊》（1993 年第 5 期）。

论文发表后，产生了较好的学术反响，也促使自己进一步思考相关问题。在黑龙江绥化学院工作的时候，我以“中国古代文学文化心理研究”“中国古代文学与中华民族精神研究”等为题向黑龙江省教育厅申报过项目，进行过一些初步研究，并发表过《论楚辞生成的文化背景》（《贵州文史丛刊》1993 年第 5 期）、《楚族巫俗与〈楚辞·招魂〉》（《蒲峪学刊》1994 年第 3 期）、《荆楚文化与〈楚辞·九歌〉》（《中州学刊》1996 年第 3 期）、《上古神话与民族精神》（《绥化学院学报》2006 年第 6 期）等论文。攻读博士学位期间，导师傅道彬教授以文学与历史融通、文献与文学互证的方式为我们讲授春秋文化与文学，要求我们既要具有历史的视野，又要肩负起文化的责任。调入辽宁师范大学文学院之后，我继续加强先秦文学的文化研究。一方面，在博士学位论文《〈易传〉文学研究》中，我将“在先秦广阔的文化背景和先秦文学的广泛联系上探讨《易传》的文学观念、文学特点与文学精神”作为自己研究的出发点和主要内容，把《易传》放在历史中，放在文学史的发展中，放在中国古代文化的大背景中，通过横向比较，突出其特殊价值；通过纵向比较，揭示其文学史地位。所撰论文顺利通过答辩，这项研究还获评 2016 年国家社科基金后期资助项目。另一方面，从先秦文学中探讨中华民族精神的形成与发展，挖掘中国艺术精神的内涵和美学精神的表现，揭示中国文学精神的萌动形成与民族特征，在我的学术思考中一刻也没有停止过。我所申报的“先秦文学的文化精神研究”被列为2007年辽宁省社会科学规划重点项目；“法治文化与《韩非子》散文研究”被列为2014年辽宁省社会科学规划重点项目，作为其结题成果的本书又被大连市学术专著资助出版评审委员会列为资助项目，便是这些思考的阶段性成果。

罗列上面的一些情况，一方面在于梳理自己在老师引导下如何形成“先秦文学的文化研究”这一学术方向及其研究过程；另一方面，更为了说明一个人学术的成长离不开师友的帮助和学界的扶持。为此，我特别感谢我的导师傅庆昇教授、李炳海教授、傅道彬教授，感谢我学术的助推学者赵敏俐教授、杨树增教授、姚小鸥教授、郭杰教授、周建忠教授、方铭教授、郭建勋教授、曹书杰教授、刘晓峰教授、李洲良教授、王秀臣教授等；感谢为刊布研究成果提供无私帮助的龙光沛先生、叶伯泉先生、程仁章先生、祝一寰先生、汤漳平先生、张树武先生、王占峰先生、王洪军先生、于年河先生等；感谢黑龙江省教育厅科研处、辽宁省社科基金规划办、大连市学术专著资助出版评审委员会的同志。

大学同学杜军、房宇夫妇向中国社会科学出版社推荐了本书，文学编辑室主任郭晓鸿编审不仅接纳了书稿，而且严格把关、时时敦促，才使书稿得以顺利修改和出版。在此，谢谢晓鸿老师，谢谢杜军同学，谢谢房宇嫂子！

项目结题，成果出版，心里有一些放松，也有一些忐忑。虽然即使发表过的成果纳入本书时也做了较大程度的修改，但力所能及的努力自然也会留下力所不及的遗憾。也许正是有些遗憾，以后才会更加深刻地体会到学术进步过程带给自己的快乐。

张庆利

2017 年 9 月 1 日于大连